高山宏セレクション〈異貌の人文学〉

ノンセンスの領域

エリザベス・シューエル
高山宏❖訳

THE FIELD OF NONSENSE ELIZABETH SEWELL

白水社

ノンセンスの領域

THE FIELD OF NONSENSE
by
Elizabeth Sewell
1952

The two essays by Elizabeth Sewell reprinted here are taken from her
TO BE A TRUE POEM（Winston-Salem NC: Hunter Publishing Co., 1979）:
"The Nonsense System in Lewis Carroll's Work and in Today's World"（pp. 1–9）:
and "Lewis Carroll and T. S. Eliot as Nonsense Poets"（pp. 10–16）.

装幀　山田英春
企画・編集　藤原編集室

長くも十二か月歓待たまわりし

オハイオ州立大学に

著者謹みて本書を献ぐ

著者が母校の

その大いなる恵沢《めぐみ》、基金の援助に

（オハイオ州立大学にノンセンス研究におもむける者の旅は、

この開豁にして、人つどい、活気ある、意想外と愛の学舎《まなびや》の

高邁の気概と目的を反映したるものなど言う者のさらに無きよう）

ノンセンスの領域　目次

ノンセンスの領域

XVI
THE TOWER.

彼らは一揃いのカードで己が運命を築いた、
骨牌《かるた》の塔、偶然の息呑むやぐらを。
彼らが塔をつくったのは
胸壁の上　つまさきだちで星たちを踊らせるため。
つまさきかかとで星たちは踊ろうというのだ、
バビロンの地　胸壁に沿うて
老いた僧形の呪句《いのり》にあわせ。
それは傲慢のきわみ。が　彼らの祈りに
星たちは一番上のきざはしにその靴をおいてよかったのに——
しかし星たちは靴ひも引きちぎると、たちまちに裸足《はだし》となって、
古《いにし》えの骨牌《かるた》が呪呼する調べにあわせて彼らのかたちを踊った。
(王に皇帝に法王)*1
僧の手が繰る天宮図《ほろすこうぷ》、
古えよりのペイシェンス、十二宮図《ぞうでぃあっく》が
赤と黒の星なす骨牌《かるた》にちりばめられた。
しかしやがて黄緑と赤紫に夜が明けそめるや神が彼らをうちしだいたのだ。
すべての骨牌《かるた》は渦巻いて

傷ついた穹《そら》に舞いあがった。
寓意の砂塵、雲は紫電し雷鳴発し、
朝の冷気のなか　神は彼らを微塵と砕いたのだ。
彼らの言葉の威厳は過ぎていった。

星たちは靴をはく、
まじめな気分で。
鶏《とり》がときをつくる、
砕かれた石庭の上にさざなみつくって。
そこでは汚れた族《うから》があくびし肘をのばす。
が　夜明けをくいとめるのはわたしたちだ
何時間も何時間も、
六十年も、六十と十マイルを
毀《こぼ》たれた塔めざし蠟燭の火たよりに踊るのだ。
小さなろうそくもつわたしたちのスカートはくるくるぐるぐるひるがえる。
わたしたちの踊る言葉に星たちも出たり入ったり。
神は眠たげに笑《え》み、その手を伸ばす
——何をつかもうとして？　が　星たちはすでに軌道を見失っていて
わたしたちのたわごと《リグマロール》にあわせて踊るファランドール。
わたしの衣匣《かくし》にはかの古《いにし》えの骨牌《かるた》があるからだ。

（王に皇帝に法王）
そしてバビロンの平原に永久に踊るのだ、
きちんと星のかたち描き、香具師《やし》の脳裡に
言葉のカード繰りながら、
魔の力におびえつつ、
しかし　この踊りにいまいちど
神を巻きもどす天空の望みにかけて。

訳注

＊１　タロウ・カードの役札に「皇帝」、「女皇帝」、「法王」がある。因みに役札十六番が「塔」である。

第一章　センスとノンセンス

ノンセンス（nonsense）という言葉は、実にさまざまな局面で使われている。論理学者はこの言葉をあるシステム（体系）の中の矛盾を指すのに用いるし、科学者たちは既知の事実とどうもうまく合わない陳述をこの言葉で呼ぶ。使われた言葉が意味をなすためのルールからはずれているような文章を言うのに、現代の哲学者たちが使うのもこの言葉である。一般の人はどうかというと、普通これが真だとみなされている事実に合致しないというか、もっと簡単に言えば、つまり真でないと考えらるべき状況や言葉もろもろを指して「これはノンセンスだ」と言う。そう言う以上は、その対極たるべきセンス（sense）がどういうものか御当人は知っているはずだが、いざ説明するとなると曖昧模糊、隔靴《かっか》掻痒《そうよう》の思いながら何となく面白いので、面白がってそのままというのが常である。

いま仮にそういう風な立場をとるものとする。つまりある決った根拠によってたち、「こっちがセンス、あっちがノンセンス」と言い切ってしまうのである。一見造作ないことのようだ。ちょうど子供が棒きれで地面に円を描いて「ここはトム・ティドラーの土地だ」と言うのと変りない。ところがおよそ造作なくなどとはいかないのである。センス、ノンセンスのそれぞれの領域を、ここから向うがどっちというような形で一枚の明々白々たる地図に描きだすことはできないのだ。人間の頭の中にサッと一本線を引いて、この思想、あの思想をきちんと切り分けるなどできぬ相談であろう。我々がこれはセンス、あれはノンセンスと判断できる（と思っている）のは、真なる世界がどれか見分けられるということとは別に関係なくて、あるメンタルな、というか心《マインド》の中の関係体（mental relations）を一つ我々の方で選びとっているからなのである。つまりその関係体に照らしてみて、真なればそれはセンス、さなくばそれはノンセンス、いたって単純な話なのである。

先にあげた専門家の人たち、論理学者、科学者などなどのことを考えてみると問題がはっきりしてくる。まず論理学者。彼はメンタルな関係体のシステムを一つもっているが、このシステムは已れに合致しないものを何ひとつ許そうとしない。論理学では、ノンセンスは矛盾、つまりゲームのルールを破るものという形をとる。この論理ゲームは完全に知的かつ抽象的なゲームであって、その領域の外にあるセンスおよびノンセンスについては、何ひとつはっきり言うことができない。経験はそれが抽象化されてのみ論理学の対象になり、その関係もろもろがルールに従っているものであれば、論理学からみてそこにセンスが生じ、そうでなければノンセンスだというわけである。ところが人間経験のほとんど大部分は、論理学にとってはセンスでもノンセンスでもない。ただ扱えないというだけの話である。十分に抽象的な相手でないとだめなのだ。次は科学者。彼の世界は完全に抽象的であるわけではない。彼の選んだメンタルな関係体のシステムは、人間経験と合致することをめざしているからである。外なる世界のパターンはこんなものと、これまでに科学が一枚の地図として描きだしてき、そしていやましに数学的になりまさるメンタルな関係体の一定の網の目があって、これに合致する事件なり陳述が、科学でいうところのセンス、そうでないものがノンセンスということになる。センスの基準として科学が選びとったこの関係体に、すべての言表が合致するのでなくてはならないのである。さて、問題の第三のケース、つまり現代の言語哲学者の場合だが、基準になる関係体が一つ選びとられていて、それに合致するものが即ちセンスとされるという点では同断である。その一人、A・J・エアはこう言っている。「幻想《ヴィジョン》を説明しようとしている形而上学者の言葉は文字通り無意味《センスレス》である」（『言語、真理、論理』第一章。四五ページ）。この場合でもまた、センスとノンセンスを分つ基準は、あるマインドが選びとったあるパターンなのであって、それがここではもっぱら一組の言語的な関係体であったというわけである。

しかし、科学者、論理学者、哲学者のいずれでもない普通の人にしても、何がセンスで、何がノンセンスかちゃんと弁《わきま》えている。そこではノンセンスは、おそらく次の二つのうちどちらかの形をとるのである。文字やシラブルの並び方、その選択および前後関係の点で、あるマインドが慣れ親しんできた決った言語パターンにどうも合わない語の塊、これが第一の形である。母国語がセンスであれば、それ以外はその分だけチンプンカンプン語ということになる。ノンセンスの第二の形は、その順序なり関係がどうも尋常のものとは違っているような事件、およびその描写である。むろん一般の人は論理学とかそうした高度の思弁には通じていないだろうが、座標のとり方は全く同じで、つまり文字の間、単語の間、事件の間を律するメンタルな関係体の一定のパターンに合致するかしないかなのである。

それゆえまずノンセンスを、あるマインドがもつ何かはっきりしたシステムに、その構成において合致しない言葉または事件という風に定義して論を進めてみようか。実際には「これはノンセンスだ」という言い方は、事物の塊に対してより語の塊に対して使われることが多い。事物に意味《センス》を与えるマインドの主たる道具が言語なのだから、これは当りまえと言えば当りまえのことなのだ。どうやらセンスもノンセンスも、主に言語の上の現象ということなのだろうが、今はただそう言うにとどめておくほかない。ノンセンスのように思える――というか、対象の中にどうもピタッとくる感じがないように思える――という場合、二つの理由が考えられる。その対象の中に内的な関係性が何もないか、あるいはマインドにとって未知のシステムがひそんでいるか（ここからして「偶然」なる概念が出てくるだろう）。この二つの可能性は、意識あるマインドにとって未知の関係システムなど、何のシステムも存在しないに等しいわけだから、つまりは同じことを言っているにすぎないように見える。しかし実はこの二つは違う。実際はっきりと違うのである。何の関係体もないのだと言ってしまえば、論はそこで終りである。が、対象の中に、まだ知られてはいないが関係体が何かあるのだと仮定すれば、そこから何かが始まるのだ。

本書が扱う対象、自他ともに許す**ノンセンス**（Nonsense）は、まずエドワード・リアとルイス・キャロルの作品である。リアの**ノンセンス**ということになると、約二百を数えるリメリック、二十篇のノンセンス・ソングズ（リメリックよりは長く、物語になっていて、「ふくろうと猫」「ヨンギー・ボンギー・ボー」の如き、リアの最も有名な作を含むもの）、ノンセンス・アルファベット帳が六つ、ノンセンス料理教室とノンセンス植物園をのせた二つのコレクション、ノンセンス・アルファベット帳が六つ、それに「四人の子供、世界を一周するの話」「ピプル・ポプル湖の七つの家族の物語」という散文掌篇である。キャロルの**ノンセンス**は『不思議の国のアリス』『鏡の国のアリス』『スナーク狩り』、それに部分的に**ノンセンス**である正続二巻の長篇『シルヴィとブルーノ』である。二人の他の作品については、参照程度にふれることがあるかもしれないが、本題として紙幅を費すことはない。
　以下本書で**ノンセンス**と言う時、それはまず誰しもが認める斯界の巨匠たるこの二人の作品を指すことになる。普通人のマインドの前に二人がつくりだした周到極まる**ノンセンス**の世界がある。そのマインドは三通りほどの受けとり方をするだろう。ごりごりのリアリストのマインドだとすると、すでに一定の関係体を絶対的なものとして選びとっていて、それに合わぬものを許しもしないし、まして楽しみなどしないわけで、このマインドの言う「リアルな」ものに合致せぬ夢、魔術、詩、宗教などなどのメンタルな関係体と一緒くたに**ノンセンス**も、がらくたとして葬り去られるであろう。ありうる第二の態度は、言語の上のものかそうでないかを問わず、とにかく関係体の破壊者として**ノンセンス**を遇する立場であって、何のルールにも縛られない愉快で果てしもない混沌の世界として、それを楽しむ態度である。秩序やシステムの重圧からの解放をそのマインドに味わわせてくれるというわけだ。そして第三の立場が、有効なメンタルな関係体によって織りあげられている一つの構造（a structure）として、**ノンセンス**をみる立場である。

　これら三つのうち、第一の態度については何をか言わんやである。リアも、キャロルも、本書も、その他もろもろも、彼らには無益である。本書がねらうのは第二、第三の態度の中間あたりである。大多数の人は第二の立場だろうと思う。つまり**ノンセンス**とはズバリ意味なし《ノット・センス》の相手なので、体系化などしようものなら、つれづれなるままの味な愉しみごとを台なしにしてしまうのがオチだという考え方である。詩についても同様の意見がある。詩の精髄たるや玄妙極まるもので、それを知的に解明するなど誤れるペダントリーもいいところ、最悪の場合は瀆聖行為ではないかというのである。しかし、詩人たちは詩についてそうは考えないし、おそらく**ノンセンス**の作家は、**ノンセンス**についてそんな風には考えないのである。もしそんな風に考えるなら、**ノンセンス**は偶然がメンタルなレヴェルで働いた所産ということになり、マインド上に浮遊するイメージを意識がコントロールするのを抑えようとするシュールレアリスムの文学に似たものとなろう。

　こうした考え方は、違っているのだとはいくらでも言える。リアやキャロルのつくりだした**ノンセンス**はちょっと見たところでも、法則のないもの、偶然の所産なるものとは違い、終りないもの、無限へと開かれたものとは違っているらしいことはどうやら明瞭である。エドマンド・ストレイチー卿は一八八八年、『クォータリー・レヴュー』誌上で、リアの**ノンセンス**を天才の産物、**芸術**《アート》の一つと呼んだ。**芸術**の一つということになると、これはもう偶然の作物でもなく、無制限さの結果でもあるまい。何よりも扱いにくい代物であるあの無限なるものを相手にすると、我々の心《マインド》はおよそなすすべを知らぬからである。リアやキャロルは、我々に無尽蔵な知的喜びを与えてくれると言ってよかろうと思うが、それは決してでたらめな事件がはてしなく続く世界ではない。もしそうなら、やがて退屈この上ないことになるはずである。また彼らの世界は、コントロールをはずれて、狂気すれすれになった慄然たる宇宙をめざしているのでもない。**ノンセンス**に関して芸術《アート》の名をもちだし、またそこには退屈さも不安感もないと言ったことで、我々は偶然とシュールレアリスムをとり除くことができそうである。**ノンセンス**とは、ただ単にセンスの否定であったり、日常経験のでたらめな転倒であったり、日常生活の制約の中から偶然と無限の中へと走る逃避行であったりするのではなく、逆に周到そのものに限定され、理性によりコントロールされ導かれている一世界であり、それ自身の法則に従う一つの構築体なのではあるまいか。これこそあげて我々の言わんとするところである。

　こんなことを言うと、ノンセンスのひめやかな世界がぶちこわしだという議論は間違っている。いかなるものにせよメンタルな構造が分析に耐ええないということであれば、その構造にはどこかいい加減で、あやふやなところがあるのである。これは別にノンセンスに限ったことではない。たとえば詩であるが、論理学がそれに触れたからといって別に色褪せたりはしない。ノンセンスだけが壊れてしまういわれはないのである。論理学につつかれるのを恐れる人ありとせば、どこか俎上の材料自体に、あやふやなところがあることに本人が気づいているからだろう。仔細に検討されたりすると、たちまち雲散霧消してしまうとされるこうした「神秘的精髄」などというものには、どこかいかがわしいところがある。**ノンセンス**は、名にし負うバランスと安定第一の世界ではあって、そんなものよりはずっと牢固たる出来をしているのである。何かの建造物の壮麗な幻が、その縦横その他の寸法を細かく知られたとたんに忽然《こつぜん》雲か霞とかき消えてしまうのでは、と恐れるがごとき杞憂は願いさげにしてもらおう。いや、そうした幻でさえ、ものさしで細々と測り上げられてもいっかな平気だったという例が、記録によると少くとも一つはあるのだ。そしてその測定三昧で当の天使や預言者エゼキエルが、不毛な瀆聖の行いをしたと心をいためている様子もない[*1]。

もし**ノンセンス**が芸術だとするなら、それは自らの構成の規則もろもろをもつはずであり、それらを検討しようとすればたちまち、ある領域内部のメンタルな関係体を研究するものとして、論理学にであうことになるだろう。かく領域を限定する以上、いくつかの脱落はやむをえない。たとえば本書は、ユーモアないしコミカルなものの研究とはならないであろう。笑いはノンセンスにつきものだが、本質的なものではない。両者を混同する人が多いが、しかしリアやキャロルの作品をちょっと思い出していただけば分かるとおり、**ノンセンス**の世界で起ることのほとんどは全くコミカルではないのである。それから精神分析にもふれない。二人の作家の心《マインド》に近づくのにそういうやり方もありえようが、本書の目的は一にかかって論理学からの解明であって、精神分析学的なそれではない。想像力の産物を個人の経験という観点から、ある特定の理論に従って解釈しようというのが心理学である。しかし、私のような素人も含めておよそ論理学者にとっては、この「解釈」なる操作は問題にならない。想像の産物たる世界を、それ自身の統一性をもつ一つの有効な構造とみなすのであって、それを他のシステムなり思考形式の言葉に翻訳して語る必要は、さらにないのである。「ひげをはやしたさる老人」なり「にせ海亀」なりが何を表わしている（stand for）かは問題ではない――それらがそこにある（stand）というだけで十分なのである。二人の作家の「潜在意識」など明らかにしようとは思わない。そんな言い方は絶対にしないつもりである。二人の**ノンセンス**それ自体の構造を見つけだしたいとのみ願うわけで、そのために或る思想流派の流れを汲む必要などさらさらない。というのも、この点で論理学は心理学より有利なのだが、論理《ロジック》の中で心《マインド》がどう動くか、これはおよそ論争の入り込む余地のないことがらに属すのである。[＊2] 何より、二人の**ノンセンス**作家のうちの一人「キャロル」は、彼自身が専門の論理学者だったのではあるまいか。

訳注

＊1 旧約聖書エゼキエル書、四〇―四一章を参看のこと。

＊2 論理、ゲームのように独自のルールをもって完全に閉じられた構造を相手にしては、要するにそれを全体として受けいれるか受けいれないかなのである。受けいれなければすべて始まらない。「こうした研究方法をゲームに引き比べるのは有望な観点だ。ゲームは関係システムとそれを動かすルールの問題をもっと身近なところで明らかにし……しかも問題をそうあるべき位置に、つまり論争のらち外に置いてくれるからだ。ヴァレリーも〈ゲームのルールについては疑問の入る余地などない〉と言っている」とシュー

エルが前著『詩の構造』（九二ページ）で言っているところに徴すれば、ここで彼女の言わんとすること
は明らかであろう。

第二章　「三つの項の複比例」

のっけからキャロルとリアを一緒に論じなくてはならぬというのでは、都合がよくない感じだ。『アリス』の世界とリメリックの世界とでは、あまりに違いすぎるように見える。リアの**ノンセンス**は単純、具体的、描写的で会話部分が少ないのが骨法で、大部分は散文よりは韻文である。キャロルの**ノンセンス**は一連の物語の形をとり、韻文よりは散文の量が多いし、基本的に会話中心であり（話相手がいないとアリスは、自分を相手にお喋りする）、そして時々その言語は高度に抽象的かつ複雑を極める。この二人は全く違っていて、ただ**ノンセンス**という名だけでひとからげにされているにすぎないのではなかろうか。それぞれに強烈な個性をもった二人を一度に論じるよりは、別々に論じた方があるいは得策だったのかとも思える。

過去の論は事実、このやり方をとったのである。キャロルについては沢山の論が出た。主に伝記的なもので、キャロルをもちあげるものが多かった。ところがリア論はぐっと少ない。アンガス・デイヴィッドソンの比較的最近のリア伝[1]と、エミール・カマーツの『ノンセンス詩研究』で彼に割かれている紙幅を除けば、リア研究はさっぱりである。分からぬこともない。キャロルのはるかに精妙な明々白々たる**ノンセンス**の方が、分析向きだからである。私の知る限り、カマーツ氏の本がこの二人をひとしなみに然るべく詳論した唯一の著作ではなかろうか。

本書のねらいは、二人の個人的な点について何か新しい発見をしようとか、彼ら自身、あるいはそれぞれの**ノンセンス**の種類を一度に一つずつ説きさろうとすることにはない。構造を明らかにすること、**ノンセンス**についての筋道だった考え方をうちたてようというのが眼目である。もしこのねらいがことの正鵠《せいこく》を得ているなら、二人の作家に共通する一つの構造を、やがて我々は見いだすことになろう。この構造を見いだすためには、我々自身一つの構造をつくり上げねばならない。もっと人気のある文学批評の形式もろもろに比べるなら、これはまるで、印も数もきちんと並んだトランプを使って平たい緑色のテーブルの上でひとり遊び《ペイシェンス》をする代りに、カードのお家《うち》をつくり上げようと頑張るのに似ていなくもない。できあがったお家はバランスもおぼつかず、簡単に壊れてしまう。しかしそういうところがまた不思議の国ふうでいい。その国もまた、作者によると「何よただのトランプ」にすぎず、最後にはバラバラになって少女の耳元に舞い散ったのではなかっただろうか。

二つのものを同時に考える不利はおくとして、また有利な点も二つばかりあるのである。一つは比較という観点、似ている似ていないというとても便利な論じ方が可能になること。たった一つだと、自分自身に似ているとか似ていないとかという言い方はできないわけだから、もし対象が一つしかないなら、右の如き観点がとれないのは火を見るより明らかである。第二の利点というのは、二つの世界のうち一つは単純、いま一つは複雑に見えるという点にあって、というのは片われに対して使った方法を、もう一人の方に対しても使えそうだからである。リアの外見上の単純さの陰に複雑さを見、キャロルの複雑にひそむ単純を発見することができそうだからである。

もっともこの二つの世界の相違点を明らかにするのに、比較という方法はすでに多々試みられている。それではどうも一方に手抜きの印象を免れないので、ここでひとつ、二つの**ノンセンス**世界、それにそれをうみだした二人の人物の間に何か類似点を幾つか見いだしておくのも無駄ではあるまい。人物という点からいくと、二人とも英国人であり、ほぼ同時代の人間だった〔リアは一八一二—八八。キャロルは一八三二—九八〕。リアの初めの『ノンセンスの絵本』が一八四六年の上木、キャロルの『不思議の国のアリス』が、実は三年ほど完成から経っていたのだが一八六五年に上梓されている。二人とも独身で終った。二人とも日常生活にあって正確さにかけては、超うるさ型であった。この点ではキャロルの方がよく知られている。リアの生きざまは、キャロルのそれに比べてあまり人の知るところではないが、リアもまた細かい点にこだわる点では何ら遜色ない仁であったのが面白い。リア伝は、彼の日記にみられる細部《デテイル》への尋常ならざる執心ぶりのことを伝え——ホテル料金、切符の値段、汽車の時間、寄った駅名などなど——、「一切の行動にその時間がついている。それも何日というのではなく、時間きざみで」と評している（デイヴィッドソン。十五章。二二九ページ）。二人とも犬がきらいだった。申しあわせたように大の文通狂であった。二人とも宗教的信念が固く、カトリックには深い疑念を抱いていた等々。幾つかでたらめにあげた類似点だが、何かが言えそうでなくもない感じである。

細かい類似点なら、彼らの**ノンセンス**の行文からも同様に拾いだすことができる。どっちがどっちを剽窃したかなどに立ち入る要もあるまい。一方が他方の作品に親愚していたという証拠はないし、批評家たちの喋々喃々《なんなん》で何かラチがあいたというわけでもない。類似点にしたところでどうも剽窃という感じにはいたらないから、剽窃問題は一応棚上げにしてよかろうと思う。実際、**ノンセンス**形式のここかしこに奇妙な親近性があるのである。

1　その顔は真ッ黒、で一行はその人の面かげをば
　まるきり見わけることもならなんだ。
あまりにおびえたその余り　胴着ときたら
　まっ青ケ——

ポートグリゴールの逆立ち老人（リア画）

何ともたいした見ものじゃないか！
（キャロル『スナーク狩り』七章）

ポートグリゴールにさる老人ありて
有名な御仁、元気ハツラツで。
逆だちしたあまり胴着は真っ赤、
ポートグリゴールの老人はさてもやりたがり屋で。
（リア『続ノンセンスの絵本』）

2

ネムリネズミはもう一分そのことを考えると言いました。「それは糖蜜の井戸だったのさ」
（キャロル『不思議の国』七章）

一行がみつけたのはただマルベリー・ジャムが一杯の広くてふかーい井戸でした。
（リア「四人の子供」）

3

コーヒーに猫を、お茶にネズミを入れろ――
そして女王アリスに、三を三十倍の万歳を！
（キャロル『鏡の国』九章）

ユーウェルにさる老人ありて、
にかわばっかし食ってござって、
おいしくしようとネズミを入れた
ユーウェルの老人はさてもハツラツで。

（リア『ノンセンスの絵本』）

次のペアにも同様な混ぜものが登場している。

その宴、こと予想と裏腹に
バラの蕾《つぼみ》入り御飯に化けるのだ。

（キャロル『シルヴィとブルーノ』続篇。十七章）

彼のたっての願いとあっておばさんごちそうをこしらえ、
それは卵とキンポウゲと魚のからみ揚《あ》げ。

（リア「足指なくしたポブル」）

二人ともコルク栓ぬき製の珍獣を考案している。キャロルのは「ジャバウォッキー」詩に出てくる「トーヴ」で、ハンプティ・ダンプティによれば「何かこうアナグマみたい――でもあるし、トカゲみたい――でもあるしコルク栓ぬきみたいでもある」のだそうだ。リアのは鳥で、「コルク栓ぬきを足にもつフィムブル鳥」である。「クォングル・ウォングルの帽子」に出てくる。さらに二人とも、跳《と》べないでいて、跳べる相手に秘術伝授を乞う動物を描いている。

さまよえる蛙ありて……
言うにゃ「豚くん。何を泣く」
すりゃ豚の答やあわれなる、
「跳べぬ我が身が悲しいの！」

（キャロル『シルヴィとブルーノ』続篇。二十三章）

「この池はローゴク、毎日は退屈しごく、
むこうの世界に行きたいな、ぼく！
君のように跳べたらいいな！」
と、あひるがカンガルーに言いました。

（リア「あひるとカンガルー」）

二人とも犬を人間より大きくしてみせる。元はほんの小犬である。キャロルでは不思議の国でアリスが仔犬《パピー》にでくわすところがそうである。「大きなワンちゃんが大きな丸い目で彼女を見下ろしていました、……彼女はワンちゃんがお腹をすかしてるのかもしれないと思うとずうっと気が気ではありません。なぜってそうなら、いくら助けを乞うてもワンちゃんが彼女を食べてしまうにちがいなかったからです」。リアの**ノンセンス**の方では犠牲者は本当に食べられてしまう。

レッグホーンにさる老人ありて、
そはまれにみる小柄の仁で。
あるとき急に小犬がぱっくらこん
レッグホーン老人をぺろりと食べて。
（リア『ノンセンスの絵本』）

「大きなワンちゃんが」（ジョン・テニエル画）

「小犬がぱっくらこん」（リア画）

これともう一つ「アンコナにさる老人ありて、持ち主のない犬をみつけた」というリメリックに付された挿絵を見ると、犬が人間よりずっと大きく描かれている。

二人とも猫の仲間をふくろうのペアに仕立てるのが好きらしい。リアの「ふくろうと猫」は多分彼の一番有名な作品だろうが、キャロルにだって同様のコンビが出てくる。

その庭のそばを通って、片目でチラリとみたところ、
ふくろうとヒョウが一つのパイをわけあうところ。

(『不思議の国』十章)

これと似たものがリアに出てくる。パイと鳥の組み合せが、**ノンセンス**・アルファベット帳に出てくるのである。もっともふくろうではなくて鸚鵡《おうむ》である。「垂直なす紫色のオウムちゃん、めがねをかけて新聞読み、パースニップ・パイを食べること」。傘のかげに姿をかくした人物が二人の作品に出てくる。トゥィードルダムがこわれたガラガラをみつけると、トゥィードルディーは「すぐに地べたに坐って雨傘のかげに隠れようとしました」とキャロルは書いている。リアのは、オウムちゃん同様**ノンセンス**・アルファベットにある。「かげのある傘屋、彼の顔をみた人ない。いつも傘に隠れているのだもの」。文字通り毛糸玉に絡《から》みつかれた動物をやはり二人とも描いていて――

仔猫はアリスが巻こうとしていた糸の玉にもつれ目をつくり、あっちこっちころがしたもので

すからまたまたすっかりだいなしです。

（キャロル『鏡の国』一章）

一行は世にも珍らしく面白い光景を目にとめました。沢山の蟹《かに》とザリガニが――そうね、六百や七百はいたでしょう――水ぎわに坐って、薄いピンクの大きな糸玉を一生懸命ほどこうとしていたのです。

（リア「四人の子供」）

言い回しそのものが奇妙なほどそっくりの例もある。その一例。

小鳥たちは
旅行カバンに罪をかくしています。

（キャロル『シルヴィとブルーノ』続篇。二十三章）

気のいい灰色カモメは年寄りふくろうとその緋色の旅行カバンを川向うへはこんでやった。だってまるで泳げないんだもの。

（リア『続ノンセンスの絵本』）

こうした細かな類似点を縷々《るる》並べても、故に重要と言うためにはまだ力不足である。しかしながらこれらを通じて、この二つの世界が互いにもう一方ではどうなのだろうかという風に、我々の意識を働かしむる体《てい》のものであることは少くとも分かっていただけよう。同様にして両者の中間あたりに目をやることができれば、右の二つの世界がそこで出会うはずの「何ものか」が見つかるかも知れない。二人の作家が共通の地盤としてそこに立つべき何かのシステムなり構造なりの形式がすでに存在し、十分に親しまれていることが必要である。この要求を満たしてくれそうな文学ジャンルが一つある。児戯そのものの単純明快なジャンル――**童謡**（ナースリー・ライムズ）がそれである。

　他の点に劣らずこの点においても、リアはキャロルとは違っているようだ。**童謡**を直《じ》かには決して使わないからである。その登場人物がリアの**ノンセンス**に顔を出している例は皆無だし、童謡そのものを使うことも、パロディ化することもない。さすれば、それがリアとキャロルの作品をつないでいるなど言うもおこがましくはなかろうか。しかし、リアの作品にあからさまに現われていないからと言って、それがリアと無縁だなどとは言えないのである。読めば読むほどに**童謡**の谺《こだま》が聞きとれる。『ノンセンス詩研究』の二ページ目でカマーツ氏は、リアのさる友人が彼に「トバゴにさる老人ありて」で始まる童謡のことを教えたのがきっかけで、リアが地名ネタのリメリックを書こうと思いたったのだと指摘し、「このようにして古今のノンセンスはしっかりとつながれたのだ。ノンセンスな歌を我々は童謡にこそ負っているのである」とまとめている。英国童謡とリアの戯《ざ》れ唄は親近性があるにせよ、それ以上論を進めぬ方が怪我がない感じだが、ともあれ親近性はまぎれもないということだ。リアのさる島国老人は「ヘイ・ドゥム・ディドルを唄い、ヴァイオリンを掻きならし」するのだが、「ヘイ・ディドル・ディドル」を想起しない方がおかしい[2]。**童謡**はおちこちに影を落としているのである。

ハナ・バントリー
そこは食器室《パントリー》
羊肉の骨を食べていた……

これがリアでは——

さる若い御婦人がバントリー
いつも白河夜舟のパントリー。

pig（豚）と wig（かつら）の押韻はあちこちの戯れ唄《ジングル》でおなじみのものである。

ボナーへの道すがらに
でっくわしたのは豚
つけてないのはかつら
誓ってこいつは嘘じゃない。
床屋さん、床屋さん、剃《そ》ってよ豚、
どれくらい毛が要るかつら。

これがリアのリメリックではもう椀飯《おうばん》振舞である。

メッシーナにさる老人ありて
オプシビーナが娘の名前。
娘ちょこなんかつらのせて豚の背に、
さても歓天喜地　メッシーナの街で。

チードルにさる老人ありて
さらしもの　教会の手で。
豚に着物にかつらくすねたかど、
さても恐ろしや　チードルの老人って。

「水も漏らさぬ風呂おけでセント・ブラブさして船出した」グレンジのさる老人は、お椀《わん》で海にのりだしたゴタムの三馬鹿の末裔であろう。リアのジャンブリーたちはもう少しまともと言うか、篩《ふるい》で船出するというからふるっている。童謡の「マフェット嬢ちゃん」とつながるのが「泥んなかさ坐って、蜘蛛とパン屑食った」グロムリーのさる老人であるし、次なるリアの「自画像」にはウィリー・ウィンキーの姿が見え隠れする[*1]。

上　グレンジ老人の船出
右　ジャンブリーの船
（リア画）

「童謡びたしに責めさいなむべし」
（ハリー・ファーニス画）

彼が白いレインコートで歩くと、
子供らがなんて後を追ってくることか！
「ねまきなんかで」と、そのはやすこと
「えげれすの気ちがい爺が歩いてやがら！」

こうした例から察するに、リアは**童謡**の世界と似た世界をつくりあげようとしたものとみえる。もっとも表向きには何にも言っていないけれども。

キャロルの場合はこれとは違う。リアに比べて多くの点で彼の世界は**童謡**の世界とは似ていないのだが、ともかくこれら童謡とその登場人物たちをそっくり自分の**ノンセンス**にもちこんだのは彼である。『不思議の国のアリス』では、ハートの女王にまつわる童謡が一つあるのみ。アリス自らが口ずさんでいる。一つあるのみとは言いながら、その人物たちが作品の大半部分をにぎわしている。これが『鏡の国のアリス』となると**童謡**の花ざかりで、トゥィードルダムとトゥィードルディー、ハンプティ・ダンプティ、ライオンと一角獣の挿話などなど。「ハッシャバイ、レイディ、アリスのひざで」は童謡「ロッカバイ、ベイビー、木のてっぺんで」のもじりだし、「マルベリーの木の周りをまわろう」への言及もある。[*2]『シルヴィとブルーノ』では「バビロンまでは何マイル」が引用されている。**童謡**の引用ということではこれぞ極めつきというのが『シルヴィとブルーノ』続篇の「救いに！」の章（十七章）に出てくる。これは「廃墟より侘《わ》びし地、死よりも奇《く》しき海、ひとひらの薔薇すら咲かぬ野、そよとの風も絶えし荒淋の絶域……」うんぬんと続くスウィンバーンの「北海のほとりに」のパロディである。原詩はスウィンバーンらしいしらべをもつ一篇だが、彼の最良のものとも言えぬ作である。これをキャロルは「小さな男がおりまして小さな鉄砲もっていた」テーマに変えてしまう。全部引くには長きに失する。なかなかの傑作詩ゆえ残念だが、中間の三聯《れん》だけをとりあえず以下に引用しておこう。

彼は込めた。弾丸《たま》と火薬を。
　その跫音《あのと》は空気のごと音もなし。
されど　いやましに大なる声ども、
　おらびたて吼えさわぎ、
前に後にとよもすかとみるうち
　上と下とにはたはたと、
絹を裂くよな武骨な嗤《わら》い、
　はた啜《すす》り泣くよに嘆くこと！

その音は彼の外に響き、内に谺《こだま》す。
　彼の髯、彼の鬚を身ぶるいして抜け、
独楽《こま》のごとく恰《あたか》も彼をめぐって舞う、
　ありたけの侮蔑をこめて。
「復讐を！」と声どもは言う「我らが仇《あた》に！
　我らが邪曲《よこしま》もて木石をも泣かしむべし！

奴めを頭から足先に
　童謡びたしに責めさいなむべし！」
「奴をしてヘイ！　ディドル！　ディドル！　を思わしめよ、
　月を越えゆく牛のことを。
奴をして猫とヴァイオリンに狂わしめよ、
　匙《さじ》と逃げた皿のことにも。
奴をして、マフェット嬢が乳漿《フエイ》するを眺め
　その傍にやさしく腰おろし
嬢ちゃまをおったまげしめたあの蜘蛛のこともて
　嘆かしむべし！」

我々が検討を始めた**ノンセンス**なるものの構造として、こうした**童謡**の世界を追加してみるのも裨《ひ》益《えき》するところ大ではないかと思う。この**童謡**というものが、もっと文学的な**ノンセンス**の形式もろもろと同じく、どこよりもこの英国の地で栄えてきたというのが面白い。むろんその中には時局諷刺的な作もあって、これはキャロルやリアの作品とは自ずと別乾坤《けんこん》の世界に属する（もっともキャロルには諷刺性があることを言う論者もいるにはいるけれども）。ここでは**童謡**の歴史的な由来など重要ではない。重要なのは、それらがその時代時代にもっていた意味が忘れられても、なお久しく民衆的伝統の中にしたたか組み込まれて、**ノンセンス**の構造体として命脈を保ってきているという事実である。

こうした構造体として、それ固有の問題をそれらは孕むものである。それらは、いわば胎児の段階にある詩なのではあるまいか。やがては全き詩に発展しうるもろもろの因子をたっぷりもちながら、どういうわけか抑えつけられ、それで生長することができなかったのではなかろうか。いやひょっとすると、それはそれで何かが立派な生長をとげたかたちなのだろうか。詩プロパーの生長法則とは異なる、ある独自の法則に従って生《お》いたった立派な何かなのかも知れない。これは**ノンセンス**全般にあてはまる問題のようにも思えるが、今のところは触れないでおこう。**童謡**などという第三の材料をもちこんできたりして、ますますややこしくなってしまったように思えるかもしれないが、すでに見たように我々はテーマを適宜単純化したり複雑化したりせねばならない。我々も**ノンセンス**風に、一度に両方向へ向って進んでいかねばならないのである。ここが勘どころである。ここでは共通項さがしのため、相手を二つから三つにしただけの話なのだ。キャロルも書いているではないか。

奴は思った　鍵であく
　庭の扉を見たように。
奴がも一度見ると　そいつは何と
　三つの項の複比例。

いや、三つの項の複比例だったからいいのである。頭の中で動かすことができる抽象的なものだからである。これが庭の扉ならそうはいかない。

（1）『エドワード・リア、風景画家そしてノンセンス詩人』、ジョン・マリー社刊。ロンドン。一九三八年。〔再版は一九六八年〕
（2）この本の童謡はほとんど記憶によるもので、参考書としてはジェイムズ・ハリウェル編『英国童謡集』（一八四二）を使ったが、本と私の記憶とが違っている時には、活字よりは生ける伝承の方をとることにした。

訳注

＊1　童謡「ウィー・ウィリー・ウィンキー町んなか走ってる。ねまきで階段上ったり下ったり、窓を叩き鍵穴からどなってる。いい子は寝たか。もう八時だよって」。
＊2　トゥィードルダムとトゥィードルディー、アリスが踊るくだり。「マルベリーの木……」は子供たちが輪踊りする時に歌った古い童謡。

第三章 「正しい言葉」

今まで我々は、**ノンセンス**の「世界」という言い方をしてきた。それはそれで一つのとらえ方だろうが、この**ノンセンス**の世界を事物の世界と混同しないようにしなければならない。そんなこと今さらしくと言われそうだが、しかし事物についての観念と事物そのものをしっかりと区別することは、我々の心《マインド》にとっていつもいつもそうたやすいことではないのだ。それも**ノンセンス**のように、そこで使われている言葉が易しく、またテーマが具体的を極めるという場合にはなおさらである。マインドは言葉の間をどんどんすべり抜けていき、言葉が指している事物の方に向いていってしまう感じなのだ。リアが「船にさる老人ありて、その鼻は巨大限りなかった」と言うのを聞くと、我々は「ここにはつまり三つのものがある。人間一人、船一隻、鼻一つ」と自らに言いきかせるのである。キャロルが「三月兎がお皿の中にミルク瓶をひっくりかえしました」と書いているのを見ても同断である。

指されているものが、この世に実在するものか否かはこの際関係ない。相手がライオンだろうと一角獣だろうと、「さあこのものたちが相手だぞ」とマインドは言うのだ。しかしこれは間違いである。

事物の宇宙ではなく言葉の宇宙であって、言葉の使い方がすべて、それに幾許《いくばく》かの挿絵が入っている**ノンセンス**の宇宙を前にしては、少くともこれは間違った態度である。このことさえ呑みこめば、**ノンセンス**探究の道は正道を大きくそれることはないはずだ。居間の炉辺で赤いモロッコ革の肘かけに坐ってトーストを焼いている牛（『続ノンセンスの絵本』）や、火ばしから灰だらけの炉に滑りおちたチェスの駒（『鏡の国』）が我々の相手ではない。相手は言葉そのものなのである。**ノンセンスでは**童謡にも言うが如く、まさに「世界がすべて紙ででき、海は一切インクででき」ているのである。頭が痛くなる向きもあろうが、こんな風に考えると一つ大きな便利がある。**ノンセンス**の世界が、本当に実在するかしないかといった徒労の議論を免れることができるからである。我々の守備範囲はもっぱら、一個のマインドの中で何がおきているかという点に限定される。仮に「ほうきとシャベル、火ばしに火ばさみ」といった言い回しをリアがどのように連発していようと、キャロルがブルーノ少年にぴったりの舌ったらずな台詞回しで「むかちお豚ちゃんとアコーデオンと、オレンジ・マーマレードがふたちゅぼありました」と言わせていようと、我々は頭の中へシャベルや豚やジャム壺をもちこむわけではないのだ。もちこまれるのは言葉、言葉、言葉のみ。手はじめはそれで十分なのである。

さて興味あることに、一方でリアが、のちに見る**ノンセンス**な言葉は別として、言葉というものを他のマインドとのコミュニケーションの手段としてのみ使っているのに対して、同じようにその言語は透明でありながらキャロルの方は、言語のプロセスそのものに深く沈潜しているようにみえる。彼はシステムと本質に注意を惹かれている。だから彼の作品は言葉で書かれているのみではなく、しばしば言葉について書かれているのである。『アリス』作品では殊にこれがはっきりしている。その**ノンセンス**世界でキャロルは、ほとんどすべてのものに喋る力をさずけるから、作品にはいつもお喋りが絶えない。リアもノンセンス・ソングズの八篇と散文もの二篇で動物やものたちに喋る力を与えているが、キャロルほど徹底的にはやっていない。『アリス』ものでは花や昆虫、動物、羊肉の足やクリスマス・プディング、あげくはトランプのカードやチェスの駒、一切のものがお喋りするから、結果それらとアリスはいつ終るとも知れないダイアレクティック（やりとり）の渦に巻き込まれていく。[*1]「『ほんとにうんざりだわ』とアリスはひとりごちました。『この人たちのああでもない、こうでもないときたら。ほんとにおかしくなりそう！』」だからこそ不思議の国なのだ。「小さな蜂さん……」の唄を復唱しようとして、とちったアリスのこぼしよう。「正しい言葉じゃないわ」。芋虫の要望に答えて「年とったね、ウィリアム父っつぁん」をおさらいした後でも、アリスは「言葉がいくつも変っちゃってるわ」と言っている。二つの『アリス』作品を通してたえず、正確な言葉使いが言われているのである。たとえば三月兎は「心に思ったとおりを口にすべきだ」と言うし、『鏡の国のアリス』の次のくだりなど見ていただければよい。


「私は『もしも』って言っただけじゃない」と、かわいそうにアリスは訴えるように言いました。二人の女王は目と目を見交すと、赤の女王の方がブルブルとふるえながら言いました。「もしもと言っただけじゃとこの子は言うておる——」

「この子はそれ以外にも沢山言うたぞい」と、手をもみながら白の女王がうめきました。「そうとも、沢山に言わしゃったぞ」

「沢山言うたじゃろうが」と、アリスに赤の女王が言いました。「いつも本当のことを言うのじゃ——口にする前にとくと考えての——それから書きつけるのじゃ」

『鏡の国のアリス』には、名なしのものたちの森が出てくる。それから他の国語を使ってもよいとされたりする――「あるものの名が英語で浮んでこなきゃフランス語でやってみるがいい」。アリスとハンプティ・ダンプティのやりとりはズバリ言葉をめぐってのものだし、巻末近くには互いに紹介し合うという形で、アリスと料理の間にやりとりがある(「自分が紹介された相手にナイフを入れるなんて失礼もいいところですよ。その肉を下げておしまい!」)。ちょうど開巻すぐにアリスが言葉を書いた壺に出くわす――オレンジ・マーマレードと書いてある奴だ――が、中には何もない、あれと同工である。『スナーク狩り』にも、もっと目立たぬ感じだがこのテーマが出てくる。『アリス』作品を思わせる個所を二つ。

着物なくしても些細《ささい》至極だ、
　やってきたとき、コート七着と
ブーツを三足もっていた――しかしまずいことには
　すっかり忘れてた自分の名前を

……………

「私はヘブライ語で言いました――オランダ語でも――
　ドイツ語でもギリシア語でも――
でも忘れとりました(ほんに参っちまうこと)

あなたの言葉が英語だったと！」

同作第六の章は『不思議の国のアリス』の裁判シーンを思い出させる。裁判というのが、言葉のダイアレクティック（応酬）という点では、この上ない舞台設定であることは言を俟《ま》つまい。『シルヴィとブルーノ』正続二巻では言葉への関心はほぼ姿を消し、少年ブルーノの、読み手をアレッと思わせる程度の言葉のいたずらが散見するぐらいである。

「ようも厚いつらの皮でそんなうそをつくわい」と庭師が言いました。

するとブルーノ答えて「つらのかわでうちょつくんじゃない——おくちでちゅくんだよ！」

ブルーノの舌ったらずな台詞回しとたまさかの洒落《パン》、そんなようなものが目につく程度なのである。普通キャロルの**ノンセンス**は、『アリス』ものが最高の出来、次が『スナーク狩り』、『シルヴィ』ものはその下という風にランクづけされるが、言語を広くまた達者にそのテーマにしている作品ほど上位にきているというのも、蓋《けだ》し面白い現象ではあるまいか。

地口《パン》やパロディを椀飯《おうばん》振舞に及んだのもキャロルの方であって、リアの地口はたまさか程度である（「鵞鳥には水かき《ウエッブ》があって、それで蠅をとらまえて夕食に食べた」[*2]——「七つの家族」）。パロディは皆無と言ってよい。狂気の人物が幾たりか入用になると、キャロルは早速にも「帽子屋みたいに狂った」と「三月の兎の如く狂った」という二つの慣用句を使って調達してくる。鏡の国の昆虫たちは、言葉で作られた虫である。トンボ、つまり dragonfly から焼けブドウトンボ snapdragon fly が作られるといったやり方である。[*3] キャロルとリアの方法の違いの一斑がこの辺にも窺《うかが》える。キャロルの群れなす珍獣奇鳥と、リアのたとえば「七つの家族」の中の干しぶどうプディング。前者は言葉の偶然を敷衍したもの、後者は想像力の直接の産物である。

　このちょっとした手がかりをたどると、重要な点に立ち入ることになる。『アリス』作品それ自体の中に我々は、**ノンセンス**がそれによってつくりあげらるべき幾つかの原理をじかに見ることになる。しかるにリアは、**ノンセンス**を単純そのものな形で出してきている。原理はいわば血肉化されていて、じかに見るわけにはいかないのだ。キャロルではどうやらそこが違っていて、言葉で**ノンセンス**を織りあげていきながら同時に、それらの言葉そのものについて考え書いているという趣きがある。手がかりはここいらにありそうだ。もっとも何しろ**ノンセンス**の領域のこととて、手がかりそのものもちょっとばかり風変りなものとは言うべきだが。

　リアと**童謡**の**ノンセンス**は、ほぼすべてが韻文《ヴァース》である。キャロルは韻文、散文の二刀流だが、分量的には散文の方が圧倒的に多い。多分**ノンセンス**は、散文より韻文体の方に合う。もしそうならキャロルの醇乎たる**ノンセンス**は、その韻文の方に求めるべきだろう。散文はその注釈というところである。こうするとキャロルの韻文は、よりいっそうリア作品と**童謡**に近づいていくだろう。この後者二つがかたみに近しいものだとは、今さら言うもおこがましかろう。さてこうは言いながら、より複雑なキャロル散文の中にこそ問題を明らかにしてくれそうな所があるのは事実である。小体《こてい》で緊密にまとまった純粋直截のノンセンス韻文のシステムの中に秘められたままで終りそうなことどもも、この散文部分によって明かるみにもたらされるやも知れない。面白いことに『アリス』作品中に韻文が出てくるたびに、必ずそこから甲論乙駁《おつばく》のやりとりが始まるのである。「空飛ぶ円盆」の唄をめぐる議論は短いが、「ありゃ海老の声」云々の唄、それにハートのジャック裁判の証拠の唄「彼ら言うにゃ君が彼女のとこへ行き」以下の唄、これらをめぐる議論は大分長びくし、「ジャバウォッキー」詩については議論はとどまる所を知らない。そして、何故そんな具合になるのか理由らしきものもない。我々が知らず識らず受けいれている『アリス』作品の特徴はいくつもあるが、これなどその一つである。何としても奇妙ではなかろうか。自分の物語に唄や詩をもちこんでくる作家で、登場人物一統にそのことをあれこれ議論させる人など滅多にいない。しかしもし右に言ったような目のつけ方が肯綮《こうけい》に当っていて、つまり『アリス』作品ではノンセンスの実践を韻文が担《にな》い、散文がその理論を明らかにしているのだとしたら、作中の議論三昧、侃侃諤諤《かんかんがくがく》ぶりには別の意味があることになるだろう。

　我々が手にしているガイドブックのいかなるかを、弁《わきま》えておく必要があるのだ。その指示する所とても簡単明瞭とは言えず、ガイドブックというよりは宝さがしのための記号といった趣きがある。それ自身をガイドするガイドブック、などと言えばノンセンスそのもののように聞えて、しかしその実この原理はどんなシステムにもひとしくあてはまることなのだ。あるシステムが明らかにできるのは己れ自身であって、たとえばノンセンスでも純粋詩（*poésie pure*）でもこの例外ではない。そのキャロル論の中でデ・ラ・メア氏は、今あげた二つ、ノンセンスと純粋詩とを並べてみせているけれども穿《うが》った観点である[1]。この二つは、ほぼ正確に同時代の産物であり、当時はこれもノンセンスのレッテルを貼られたステファヌ・マラルメ［一八四二―九八］の作品に結実したが如きフランス流の超論理性と、海峡をへだてた英国の地で五分にわたりあっていたのが、余人ならぬキャロルなのであった。言語にそれ自身の閉じて一貫したシステムを与えようとする、あの壮図の一環を、およばずながらキャロルも担っていたのであろう。しかし彼の実験は詩《ポエジー》をではなくて、**ノンセンス**を対象になされた。かのフランス人の詩が詩についての詩と解しうるのにも似て、この英国人は彼の**ノンセンス**を、**ノンセンス**についての**ノンセンス**と化した。それは前者に劣らず不透明かつ厳密な性質をもち、かつも論理と数学への同じ志向を分ちもっている。そしてこの畑では、好敵手たるこのフランス詩人よりもこの英国人は強い。論理と数学のプロなのである。

　自らをかように明かすガイドブックであるからには、おいそれとは繙読できない。自分はこれこれしかじかと明瞭に書いてみせてはくれないのだ。何が言われているかよりも、それがいかに言われているかという方向から、まるで内容が作品の構造そのものに埋め込まれてでもいるかのように、こちらから探りあてていく必要がある。形式が即ち内容でもあるような地点では、その「意味」――そう呼んでよければ――はなかなかに捉えがたい。構造そのものの中に埋もれているからである。理解さるべきはこの点である。数学や論理の問題におけるが如くであると言ってもよかろう。その時はじめて作品は、その秘密を明かす。『アリス』作品またしかりである。『アリス』作品は、普通には明晰比類ない作品と考えられているわけだから、これを不透明と称するのも奇態なことと思われよう。しかし大事な点は、純粋詩一般とその点では同じで、語彙そのものは簡単なのにもかかわらず、その構造となるとなかなかに難物であること、そしてこれが一体何についての作品であるか理解するには、以上の点をよく弁《わきま》えておかねばならないということである。それは、それ自らについての作品なのである。とは申せ、この出口ない議論にも一つだけ抜け道はある。つまり一つの構造は、いま一つの構造と似ている可能性があり、だから比較ということができるのである。つまるところ、甲と乙が同じものだということを、我々は甲乙の構造を見てはじめて言うことができるのである。他のいかなる構造とも全く似ない或る構造などというものは、我々にとってはおそらく存在しないにひとしいものなのだから。

ノンセンスにしても、散文か韻文かいずれかの形をとる。だから、言語構造としてよく知られた二つ、つまり散文か詩のいずれかがこれとの比較のものさしに使えそうだが、しかし実際には何の役にもたたないのである。散文《プローズ》がどうしてものさしになりえないか。一つには**ノンセンス**が韻文を好むことがあるし、もう一つには散文の目的が普通には意味を通す《メイク・センスする》ことにあるのに、**ノンセンス**の方は名前からしても、その逆のことに精出す始末だからである。では詩は、というと、やはり役にたたない。**ノンセンス**はなるほど韻文形式をとるけれども、韻文体（verse）と詩（poetry）の間には、一つ違いがあることを納得しておくべきだろう。この違いは、そう呼んでよければ詩の中の夢の要素、その醸す曖昧、その使うイメジャリーにひそんでいる。この要素を介して、ちょうど夢の中で起るようにマインド中のイメージ間に混淆《こんこう》がおこったり、かと思うと連続が突然ぶつ切れになったりするのだ。コールリッジも言ったように、おぼろげに理解されている時に詩は最高の出来ばえとなる。**ノンセンス**の韻文では、こんなことはおこりえない。曖昧さ、変幻自在、夢心地、こんなことは絶対におこらず、あくまでも具体的で明快、完全に理解可能な世界なのである。

「おいらを黒く焼きすぎた、砂糖を髪にまぶさにゃならん」
（『不思議の国』十章）

緑の色したいるかが　緋色した
　フラノの鼻おおいをとってった。

（「足指なくしたポブル」）

女王さまは居間にいて
糖蜜パンを食べていた。
（童謡「六ペンスの唄をうたおうよ」）

曖昧？　おぼろげに理解？　いや、明らかなること火を見るが如しではないか。**ノンセンス**な韻文は、正確に過ぎて詩のお仲間とは言えない。夢よりは論理《ロジック》の方に親しいのだ。評家はこの点をなかなか納得しない。「ノンセンスな詩、物語は……ひとつながりの物語を語らない。その主目的は、すべての論理を顚倒することである。なぜならそれらは、合理的かつ了解可能などんな言語をも軽蔑するからだ」と言う時のカマーツ氏もまたしかりである（『ノンセンス詩研究』一五ページ）。経験に照らしてみて、これはおかしい。そのたてまえからして詩人たちは熱狂や狂気や夢を扱うが、これは**ノンセンス**作家には許されないことである。この点では**ノンセンス**は非常に神経質である。なるほどキャロルは気違い帽子屋と三月兎をもちこんで、不思議の国にちょっと狂気の翳《かげ》がさし初《そ》めたけれども、この一挿話にしたところが、チェシャー猫の台詞であらかじめ悪魔祓い済みの筋立てであった。

「狂った人たちの中へ入りたくないのよ」とアリスは言いました。
「へえ、今さらどうにもならんね」と猫が言います。「ここじゃみんな気違いだ。おいらもキ印、あんたもキ印」
「私が気違いってどうして分かるの」と、アリス。
「そうにちがいないさ」と猫。「でなきゃこんなとこにいるはずないじゃないか」
（『不思議の国』六章）

『鏡の国のアリス』の幕切れでは、夢が上や下への状態になり狂気か悪夢すれすれになるに及んで、アリスがやにわに片をつける。「こんなこともうがまんできますか」と彼女は叫び、そしてめざめるのである。狂気の発作がキャロル作品中にもう一つある。『スナーク狩り』から——

その日いあわせたる一同ふるえ上がらせたこと
彼が夜会の正装で立ち上りざま、
不感無覚の渋面さげて舌のもはや言えぬことども
なんとか言おうとあがくさま。

彼は椅子に身沈め——指で髪をば掻きむしる——
気がふれたかぶれた声だした、
烏滸《おこ》のことども唄いだしては
骨の棒かたかた鳴らした。

この例は耳ざわりも不快、悪趣味な行文である。一方リアは夢と狂気を峻拒する。彼の人物の一人にはこうした気味があるが、断固たる処遇を受けている。

ライムスにさる老人ありて、
恐ろしき夢にうなされ止《や》まん。
そこで老人寝させまいと彼らケーキを一杯食わせ、
陶然忘我　ライムスの老人。

（『ノンセンスの絵本』）

かようにもし散文も詩も、**ノンセンス**が必要としているような構造を与えてくれないのだとしたら、言語がそれによって——よしんばノンセンシカルな構造であろうと——ある独立の一貫した構造へと組み上げられるようなシステムが、他に何かあるだろうか。答が、というか、答に向けてのヒントが『アリス』作品の中に沢山あるのだが、ここでもまた我々はアリスものに深くなじみすぎているために、その独特な特質の数々がごちゃごちゃになり、要点が見落とされている感じなのだ。『不思議の国のアリス』で、魚の従者が蛙の従者に「女王陛下のクローケーへの招待状」を手渡すのをアリスが盗み見しているシーンがある。そして何とかアリスも会場の薔薇園に着くが、するとそこはトランプのカードで一杯であり、アリス自身もややあってこのクローケーに加わるのである。一方、『鏡の国のアリス』は劈頭いきなりチェスの棋譜面である。主な登場人物はチェスの駒だし、アリスが丘の上から俯瞰する鏡の国の風景は一個の巨大なチェス盤である。

「まるで大きなチェス盤みたいに仕切りが入ってるのね！」と、とうとうアリスは言いました。
「駒がどっか動いてるはずだわ――あっ、いた、いた！」と嬉しそうに彼女はつけ加えました。言いながらも興奮して心臓がドキドキ言いだしました。「いまチェスの大ゲームをやってるんだわ――世界のチェスってわけ――もしこれがほんとうに世界だとしたらだけどね！」

（『鏡の国』二章）

次のような言葉にしても言わんとしているところは同じであろう。

「あたしあの人をハ行で好きよ」と、アリスはやりだしました。「だってあの人ハッピーだもの。あたしあの人をハ行できらい。だってあの人ひどいもの。あたしあの人にあげる――あげるわ――ハムサンドとほし草。あの人の名はヘア、住んでるのは――」
「住んでるのは岡（ヒル）の上さ」と、王様はそっけなく答えましたが、まさか自分がゲームに加わっているなんてゆめ思わなかったのでしょう。

（『鏡の国』七章）

「さすればもう一度初めっからだ」とハンプティ・ダンプティは言いました。「こんど話題を選ぶのはわしの番だな――」（「まるでゲームか何かみたいに言うのね！」とアリスは思いました）

（同、六章）

上　「大きなチェス盤みたい」（テニエル画）
下　そこはトランプのカードで一杯（テニエル画）

「まるでゲームか何かみたい」――みたいではなくて、まさしくそうなのだ。**ノンセンス**は言語の組み立て、それも散文や詩のルールではなく、遊び《プレイ》のルールに則った言語の組み立ての試みではないのだろうか。ここで言っているのは、体力にものをいわせて大はしゃぎする単純明快なゲーム類のことではなく、もっと手のこんだ高度に発展したかたちの遊びのことである。このタイプのゲームは一個の閉じた全体をなしていて、それ自身の厳密な法則は、そのゲーム自体の内部では絶対的なものである。今やゲームに他ならないこのシステムの内部にいったん入ったら、そのシステムの法則に縛られる一方、ゲームなるものが与えてくれる特殊な解放感にもあずかれる。ゲーム（game）とは、それ自身の関係構造をもつ或る独立したシステムと定義できるだろう。偶然も入りこんでこようが、それは主要な要素であるとは言えない。国際チェス規約によると「進行中に偶然の要素が入らぬゲーム」がチェスであるということになる。抽象的に言うなら、ゲームとはマインド中の一つのシステムであって、それをやるためには少くとも一個のマインドを要し、かつまた――ここが要諦なのだが――遊ばれる《プレイシング》道具として複数の「もの」、あるいは一個の「もの」を要するのである。千古人類の胸裡に絶えたことのない本能に働きかけ、ゲームそれ自体がつくり出す情緒以外にはいかなる情緒も認めないかわりに遊ぶ喜びをもたらし、外からの力を排し、目下のゲームに必須の運動を行うのに必要な明確に限定された領域を我々のマインドに提供する。これぞゲームなのだ。

ノンセンスが言語でできている以上、そこでの遊び道具は言葉である。遊びのためのものと言っても、テニスのボールやおはじき《テイドリーウィンク》の駒のごとき単純なものではない。厳密に言えば「もの」ではない。半ば抽象物、半ば具象物という言葉の性質が、遊ばれる遊びの種類や変形に影響を及ぼす。ちょうど遊び道具にされているということが逆に言語そのものに影響を与えていくように、である。とまれ、このゲーム（Game）なる観念は先刻から我々が尋ねあぐねている構造に近いものを与えてくれる。ゲームと言っても、軽佻に流れ浮薄に落ちるものではない。他ならぬそれ自らのために追求されるものだからというので、聖トマス・アクィナスは叡智とゲームとを比べてなに憚《はばか》ることもないのである。*Play* of thought 即ち思考の「遊び」（「働き」）とは、よく出てくる言い回しではないか。一つのメンタルな構造体がただ単にそれがゲームであるからというだけで、即ちその結構がまずいものであってよいというはずは全然ないのだ。どんな構造だろうと研究に値する。色々な関係を整理し、ある特定のロジックを追う練習問題になるのである。ノンセンスこそは相手にとって不足のない完成品である。このゲームの領域を見いだし、そのルールを発見しようではないか。これまでに手がかりとしてあげてきたものを、ここで復習しておくのも悪くない。即ちロジック（論理）、ダイアレクティック（対峙）の構造、そして聖トマス・アクィナス。話はなにがなし中世風の趣きになってきた。*4 見通しは明るい。

（1）『ルイス・キャロル』一六ページ。

訳注

＊1 dialectic　本書のキーワードの一つ。やりとり、応酬の意だが、言葉のやりとりだけではなく、たとえばゲームのように二つのものが対している対峙・敵対の構造一般へと自在に意味が広げられていくので、以降あえて「ダイアレクティック」のカタカナ表記を残す。

＊2 web には鳥の水かき／蜘蛛の巣の両義があることにかけた洒落。

＊3　スナップドラゴンとは、当時クリスマスに行われたゲームで、皿にブランディを燃してその中から火のついたレーズンをつまみだして口に入れるというもの。

＊4　ロジック（論理）ないしダイアレクティック（甲論乙駁という対峙の構造から成り立っている弁証論理）は、中世スコラ学の主要カリキュラムの一つ。文法、修辞学とあわせて三科（trivium）と言われた。

第四章　言語遊戯とダイアレクティック

ここで**ゲーム**とは何ぞや、定義を一例お目にかけておこう。これをたたき台にすればよいだろう。

ゲーム——有益であることをめざさず、具象抽象を問わず或る一個の、ないしは一組の「もの」を、時間ならびに空間の或る限定された領域内において一定のルールに則りながら動かし、偶然と敵手の双方またはどちらかの抵抗を排して所定の結果に達しようとする操作。

あまり組織だったとは言えない「……ごっこ遊び《メイク・ビリーヴ》」の類にはあてはまらない定義だが[*1]、チェス、トランプ、フットボール、テニス、蛇と梯子双六《スネイクス・アンド・ラダーズ》、石蹴り《ホップスコッチ》、数取り遊び《スピリキンズ》、クロスワード・パズル、英国式野球《ラウンダーズ》、おはじき《テイドリーウインクス》といった幅広いゲームをカヴァーすることができるし[*2]、右の定義中のほとんどすべての言葉について一つ一つ議論を深めなくてはならないにしても、たたき台としてはこれでまず十分と思われる。まずどんな遊びの状況においても、基本をなす二つの要素をとりあげてみる。

「もの」を動かすマインド、そしてそれに動かされる「もの」の二つである。

この二つが遊びの根本であって、ここから三つのことが出てくる。まず競技者は自ら進んでプレイするのでなくてはならない。むろん無理やり或るゲームに参加させられるということはありうるが、これではその人にとってはもはやゲームではなく、やらされ仕事にすぎない。第二に競技者は、操作すべき「何か」を持っているのでなくてはならない。全く存在しないものを動かすことはできないからだ。第三にその「何か」が何であるにせよ、それが我々にコントロールしきれるものである必要がある。とまあこんな風な手がかりからして、どうやら遊びには、生活の中の或る対象物に対してそれを意のままに支配しようという一個の周到な試みとしての側面があるらしいと知れる。遊び論の論者たちもこの見方をうべなっていて、彼らによると遊びが子供たちにとって重要なのは、日常経験の対象物、子供たち自身の肉体の動きとか、水や砂といったものの特性などなどに対して、それらをコントロールする術《すべ》を遊びが教えてくれるからだということになる。子供にとって最高の遊び道具が、実は精巧なできあい玩具ではなくて日常生活にありふれたがらくた類であることは、周知のところであろう。

何かを支配しようとするのが遊びだとすると、遊びの領域はぐっと限定されてくる。人間は小さいし、そのマインドが相手にできる世界も小さい。コントロールできる相手など、実にたかが知れた数なのである。レビヤタン〔大魚〕のことにふれて、颶風《ぐふう》の只中から神の声がヨブに向って何と言ったであろう。「なんぢ鳥と戯むるゝ如くこれとたはむれ、また汝の婦女等《をんなども》のために之を繫《つな》ぎおくを得んや」（ヨブ記。四一の五）。大いなるものと戯れることはできないのである。特性上我々のコントロールの埒《らち》外にあるものたちと遊ぶことはできない。たとえば子供たちとではいやだからと言って、ジャガー何匹かを相手にレスリングをやったらどうなるか。相手にして遊べるものは我々の内にあろうと外にあろうと、ともかく我々にコントロール可能なものに限られる。人間のマインドは小さい相手をコントロールできるだけだと書いたが、具体的にどういうことかと言うと、小さな単位《ユニット》から成りたっているもの、一つ一つ明瞭な個が一つながりになっているとみなせるものをコントロールできるだけだという意味である。遊び道具は、小さいものでなくてはならない。明確な単位に区切りうるものでなくてはならない。これが要訣である。一体、生のどのくらいの部分がこういうかたちをとっているだろう。我々の内にまれ外にまれ、小さくて、安定していて、コントロール可能なものとなると、一体どんなものがあるのだろう。

　マインドの外の方から片づけよう。それはつまり普通に経験されている世界だが、ここで右の如き諸条件を満たすものと言えば、これはもう日常生活にあって人間をとり巻いているものたち以外にはないわけだ。これはこんなものと日常我々が見知っているものたちは、どんな時にも一定していて、一つ一つが他のものとは区別されるのだという風に我々は思いこんでいる。我々が動かさない限り椅子は動きはしないし、一朝にして自転車に化けたりすることもない。それが黄色だとして急に赤に化すはずもなければ、木製のはずが鉄製になっているなんてありえない、とそう思っているわけだ。それで我々は、一の椅子を他の椅子と区別しもする。椅子が一列をなしているとすれば、それは一つ一つ明瞭な単位《ユニット》がなしている一列だということである。さて我々の体も同様に一つ一つの単位をなしていて、ありようは椅子の場合と同じだから、人が急に羊になったり忽然とかき消えてしまうことはありえない。こうして、固い輪郭をもちコントロールが可能な椅子の連続《シリーズ》、我々の体の連続、そして思うままに出したり止めたりすることでコントロールできる音の連続、それに数の連続の助けを俟《ま》って

（と言うのは椅子の合計が、いつも我々の体の合計より一つ少なくなければならないので）、例の椅子とりゲーム《ミユージカル・チエアーズ》が成立するわけである。他のゲームでもそうだが、ここでは各単位がめいめいに明晰な固い輪郭をもっていることが肝心なのである。ついでに付言しておくと、これらは啻《ただ》にゲームを成りたたせる条件というにとどまらず、正気とセンスの世界そのものを支える条件でもある。一度に沢山のことがごちゃまぜに起れば、これはもう譫妄状態《せんもう》（hallucination）であって、こちらから働きかけることがしだいしだいに不可能になっていくのである。

さてマインドの中に目を転じよう。同じことが言える。譫妄状態、悪夢、夢、もっと暴力的な情緒あれこれ、これらを我々がコントロールできる見込みはない。明確な単位に細分化できればコントロール可能になるが、これらは細分化できないし、それ故それで遊ぶこともできない。単純明確な要素に分解できそうなメンタルな調度だけが、遊びに向いているのである。マインドがいかなる活動に没頭するにせよ、それはまず相手を細かくしておかねばならない。マインドにとって、だから言語というものが重要だという理由の一半がここにある。言語は体験を小さな単位に分節しラベルを貼ってくれるから、マインドもこれなら操れるし、それをよすがに経験を知的に組み立てることもできるわけである。

マインドの中のゲームは、小さな単位《ユニット》で遊ばれねばならない。メンタルな遊び道具の主な出所はこうした単位の二つのシステム、つまり言語と数になるだろう。同じようにメンタルな遊びの中で働かされるものとはいえ、記憶力とか想像力とかいったマインドの他の機能よりは、私はもっぱら右の二つに議論を絞ろうと思う。記憶力、想像力、推理などなどもゲームに欠かせぬものとはいえ、それらを本書で区々あげつらうつもりはない。そのわけの一つは、思考するマインド（遊ぶマインドでもあるわけだ）は言ってみればどんなギアを入れていようと、区切られた単位をこそ相手に動くものだからであり、また一半には私自身が本書を書きながら一つのゲームをやっているわけで、細片に分けてコントロールすることのできない記憶なり推理なりといった観念を相手にでは、ゲームができないからということもあって、マインドが前にしている単位《ユニット》の世界、およびマインドの**単位的方法**（Unitary Method）とでも呼んでみたいものに、やむをえず論を集中しようというつもりである。数と言語、というか、数字と単語と言った方がいいが、遊び道具としてはこちらの方がはるかに扱いやすいのは言を俟《ま》たない。

1、2、3、4……と続く数字は、マインドが遊ぶにはもってこいの相手である。なぜなら区々の数が一つの単位をなしていて、もちろんもっと細かな単位にも分割できるが、しかし整数（integer）という名の通り、一つ一つの切れ目では必ずその整った姿（integrity）を見せるからだ。しかし純粋に頭の中だけで数字を動かすには、かなりのメンタルな力を要するのである。暗算を楽しむとなると、これはもう数学の天稟《てんぴん》に恵まれた少数者（数字の中におあつらえ向きの玩具を見いだした人たち）に限られよう。純粋な数学パズル以外のもので、こうしてメンタルの中だけで数を操るゲームとしては、たった一つしか私は知らない。子供たちがよくやっているあの「ある数を考えて下さい。それを二倍して下さい……」式の速算ゲームである。ところで広く遊ばれている重要な数字ゲームではことごとく、数字は「もの」と、つまり扱い可能なドミノやさいころ、トランプといった小さなものと結びつけられているのである。こういう場合には思考の対象物と感覚の対象物の間につながりができるので、扱うべき単位の手ざわりを楽しもうとするゲームの要求も叶《かな》えられるというわけである。ある心理学者が、競技者はトランプやチェスにおいて思考の対象物をいじくっているのだと言っているが、このことである(H・L・ホリングワース『思考の心理学』一一〇ページ)。トランプでは、ボール紙製の一つ一つの単位がそれぞれ一つの数をもっている。チェスも同様だが、駒はある数を表わすのではなく論理を構成する要素というか、ある一定の関係体の一組というに近くなり、一つの駒は同様にして盤上に現われている他の力との一定の関係の中で、ある特定の力を表現するのである。あえて言葉で説明するなら、自分のマインドは駒を力を表わす記号だとみなしていたという風に言える、と語ったのはチェスの世界チャンピオン、アレクサンドル・アリョーヒン(一八九二—一九四六)であった(1)。よく知られていることだが、チェスの名手たちは全くのそらでプレイすることができ、盤面を一瞥もせず同時に何ゲームも指したりする。むろんこれは特殊きわまる場合であり、ここではゲームはあまりに抽象化され洗練されてしまって、もはや遊びの世界からはへだたり、むしろ兵站学《へいたん》(logistic)の域に入る。しかし、普通のチェス指しにとってはまず盤上に「もの」としての駒が並んでいて、それらがそこに生じている関係体のシステムのつなぎ目を表わしているはずのものである。

次に言語の方に話題を転じる。言葉と「もの」をかみあわせた各種ゲームのことを見よう。「もの」だけでもゲームは可能だ。ジグソー・パズルがいい例である。それに言葉と「もの」のかみあわせゲームの最も初歩的なものでは大抵、言葉は注意力や記憶を助けるための補助手段にすぎず、力点は言葉よりも「もの」の上におかれている。このタイプのゲームを幾つか。「キムのゲーム」の競技者は、こまごました品々をでたらめに書きつらねたリストを一定時間見ておいて、今度は記憶を頼りに品ものの名を書かねばならない。「ちっちゃなお目々でよくみると」というゲーム。ものを当てさせるのだが、言語のある特徴——ある文字で始まる言葉なのだ——をヒントに的を絞らせる。言葉をなかだちに使うもう一つの記憶ゲームは「お婆ちゃん市場へ出かけて買ったのは……」というものである。

競技者一人が一つ新しい品ものの名をつけ足していくのだが、各自まずそれまでに挙げられたものの名をすべて、最初から順序正しく思い出さなければならないのである。これは純粋にメンタルなゲームだ（暗がりでもできる便利なゲームの一つである）。だからもし記憶力だけが問題なのであれば、単に数字のリストの覚えっこであってもよかったのである。しかしゲームというものは「もの」と生活に関心を寄せるのであって、だからこうした記憶力テストにしても、よしんば「もの」たちが奇態千万にかき集められたものにしろ、それらの「もの」を指し示す言葉たちのリストという形をとるのである。これは「牧師さんの猫」という記憶力ゲームについて言える。このゲームではめいめいが猫に形容詞をつけていくのだが、形容詞の頭文字はあらかじめ決められている。語彙力と記憶力が勝負で、つまるところこのゲームは、たとえばCの字で始まる形容詞を誰が沢山並べられるかに尽きるわけだが、そういうむきだしの羅列競争の形はとらない。逆にいつも実際の「もの」が一つくっついて回るのだ。一匹の猫である。とてつもない性質を色々と持った一匹の猫である。ゲームが進むにつれて clever cat になったり、cautious cat や crimson cat などなど自在に変幻する化け猫だが、いつも猫であることに変りはない。全く何の役にも立たぬ牧師さんのおまけまでついている。「あたしあの人をハ行で好きよ」にも同じことが言える。これもあるイメージと結びつけられた語彙力テストで、名詞と形容詞、それに具体的な状況を扱う。「そしたら急に……」というゲームも同様で、突拍子もないものや事件が言葉でどんどんつながっていく。一人が物語を始め、ちょっと作ったところで切り上げ「そしたら急に」という決り文句で次の人につなぐ。受けついだ人はせいぜい話を先に進めて、同じようにバトン・タッチしていくのである。その有様がルイーザ・オールコットの『若草物語』第十二章にうまく書かれているので、御存知の向きも多かろう。コンセクウェンシーズ・ゲームも同じ線の遊びである。*[3] なじみ深くて説明の要もないくらいだが、別々の人間がめいめい勝手に幾つかの名辞を選ぶことでゲームが始まる。沢山の人があれこれ選びだしたものが、ギクシャクと一つにまとまっていくところがミソであるが、出てきた名前がすべての参加者にとって（どんな次元であれ）なじみ深いレファランス（reference 意味・内容）を持っているのでなければ、このゲームは何の面白味もなくなってしまう。仮に「時の首相が天国で赤頭巾ちゃんに会った」というのができたとしたら、これは合格である。しかし二つの人名が電話番号帳からでたらめに引かれたものであり、天国がどこかの寒村の名に置き換えられたとしたら、このゲームは面白くも何ともあるまい。言葉と一方日常経験でなじみある「もの」の単位との間に、何の対応もつかないからである。

これらの例では、日常生活に現われる「もの」やそうした「もの」の属性に言及（refer）するレファランスの連続相手にマインドが遊んでいることが分かる。なぜそういうことが可能かというと、あるレファランスに対して、言語が一かたまりの文字と音とを当ててくれればこそである。*[4] ただあるがままではおそらく複雑きわまる何かの事象を、見たところ単純な単位へと変えてくれるのが単語《ワード》というものなのであり、レファランスの連続を相手に遊べるのも、かようにそれらに対して当てられた単語の一つ一つがそれらを明確に区切ってくれればこそなのである。ところでこの関係は相互的なものだ。つまり単語がそのレファランスを一単位として明瞭に区切る一方、ある一かたまりの文字や音をして一個の単語たらしめるのは、それに対応しているレファランスの方であるからだ。単語はそれ自体もっと小さな単位、つまりアルファベット二十六文字からできている。何ならこの小さい単位で遊ぶこともできる。一つ一つの文字は順不同にしたり再構成したりできる。アナグラムや、また文字を書いたカードを使って語をつくるゲームの類がこれである。このタイプのゲームすべては一つ興味ある点で共通している。文字の連続体を幾通りもの仕方で並べかえうること、これはむろんであるが、むしろそれら文字の或る組み合せ方だとそこに或るレファランスが対応する、つまり「単語《ワード》」が一つできてくるという点が肝心なのであり、この種の組み合せ方さがしがゲームの目的となるのである。文字をくっつけたりバラバラにしたりしながら我々がつくらんとするのは、一つのまともな単語なのであって、なるほど幾つかの文字のかたまりではあっても、それに対応する何のレファランスももたぬチンプンカンプン語ではないのである。このゲームの目的は最初あった順序をめちゃくちゃにすることでも、一つのめちゃくちゃを別のめちゃくちゃに変えることでもなく、いくら記憶をたぐってみても日常経験の中でそれに対応すべきレファランスが見当らぬために、一つの決定的な単位を構成するにいたらぬ文字単位のでたらめな集積を前に、これを経験の中の何かに対応し、それ故に言語の仕組みというものからして、一つの単語を構成するので、今や文句なく一つの単位をなしているとみなされる並び方へと手直し・再構成すること、これに尽きるのである。

このタイプの単語ゲームには、多くのヴァリエーションがある。私にもなじみのある例を四つほど次に並べておこう（この章に出てくるゲームは私自身の記憶にあるものばかりである。言語ゲームを扱った本に当ることもできるわけだが、今は簡単でありふれたゲームだけで十分だし、それなら人間一人の記憶だけで十分だと思うのである）。

1　コナンドラム conundrum とかエニグマ enigma と呼ばれるもの。幾つかの所与の単語の中から韻をヒントに一度に一つずつ選びだした文字が、一続きになって或る意味をもった一つの単語になるようにしなければならない。

2　二人でもそれ以上でもできる。代りばんこに一つの文字を唱える。その文字の一続きが一単語になるようにするのだが、自分が一文字を言った時に何かの単語になってしまった方が負けで、できるだけ長く引きのばし相手側に単語をつくらせて一点とるのである。しかし各人とも一文字を加えるたびに心に描いている単語があるはずで、そこで丁々発止のかけひきとなるのである。

3　二人でもそれ以上でもできる。各人がクロスワード・パズル式の5目×5目の枠をつくる。各人代りばんこに一つの文字を唱える。右の枠の中に自分が選んだ文字、次に相手の選んだ文字が順々に入っていって、この枠内にできるだけ沢山、できるだけ長い単語をつくった方が勝ちというもの。

4　同じ文字数の二つの単語を決める。その間に他の単語を挿むことでこの二語がつながれるというもの。ただし間に挿む語は前後の語とそれぞれ一文字しか違ってないようにするところがミソ。つまりある単語の一文字だけを変えて次の語とし、この語の一文字を変えてさらに次の語とし……ついに最初与えられていた二語のうちの片割れにつながるようにする。語の中の文字の位置は変えてはならず、三番目の文字ならあくまで三番目である。あたま head という単語をしっぽ tail という単語とつなげる。間に heal, teal, tell, tall を挿めばよろしい。(2)

h e a d
h e a l
t e a l
t e l l
t a l l
t a i l

これらのゲームの要点は、幾つかの文字単位を操作して或る一個の単語単位をつくり出すことにある。文字は単語をつくりあげるものである限りにおいて、遊び用の単位たりうるわけだ。我々のマインドはバラバラのアルファベット一つ一つに別に興味を持っているわけではなく、それらを一かたまりにした上で、それと日常経験の何かとの間に対応をつけさせることが眼目なのである。

さて今まで一瞥してきたのは、単語が一単位として或るレファランス（内容）と対応すること、文字同士の組み合せがたまたまうまくいって一つの単語を形づくることを利用した遊びである。次にこれと違った遊びのケースを考えてみよう。一かたまりの文字や音が二重に働く、というか二つまたはそれ以上のレファランスと対応するケースである。

草原のラマ Llama をば混同することなかれ、
（耳で聞いていかにまぎらわしきとは申せ）
トルキスタンの首長たるラマ Lama と。
（ヒレア・ベロック）

この種の二重性を使ってゲームをすることができる。ピクチュア・パズル、というか判じ絵で、たとえば船の帆 sail が出てきたとして、競技者が或る意味を通そうとするとどうしてもそれを sale（売ること）と解さねばならない、といった類の遊びである。二重性は、たとえば船の船首 bow とリボンの蝶結び bow のように、単語の見た目が同じというにすぎないこともある。あるいは同じ一つのかたまりが、二つ以上の全く相異なるレファランス（内容）に対応することもある。たとえば port という文字の一かたまりが好例である。[*5] ここで我々は、パン（pun 地口・駄洒落）という言語遊戯に出会うことになる。同時に二つのレファランスをもちうるのである。謎々（riddle）のほとんどは、この点を利用している。複雑なクロスワード・パズルやアクロスティック（acrostics 沓冠《とうかん》詩）にしても同工で、こちらには単語同士が縦横に交錯するという空間的な妙味がさらにつけ加えられることになる。クロスワードでも、もっと単純なものではホモニム（homonym）を使う。一つのレファランスに対応しうる単語が二つあるという点がミソで、たとえば「下」といってもbeneathとunderが、「ほとんど」といってもalmostとnearlyがあるがごとしである。

　これらの場合では遊ばれるものは少しく複雑になっているが、この複雑さのいかなるかは理解しておく必要がある。地口《パン》の場合でさえ、遊ぶマインドはなお安全である。相手は明確に限定された単位たちだからだ。なるほどこういう類の材料は言語にひそむ偶然性の所産にはちがいないが、だからとてこうした遊び道具が――よしんば地口のごとく一つ器《うつわ》に二つを盛ったものであろうと――あやふやなものだということにはならない。ウィリアム・エンプソン氏が指摘しておられるように、まさにここが地口《パン》と曖昧性《アムビギュイティ》（ambiguity）との違いである。十九世紀の地口狂《パンスター》にふれてエンプソン氏は「彼が地口《パン》を使うのは単語のもつ響きや含意からはずれていくためなのであり、彼の技巧を強調することによって読者の注意を逸らせ、意味の中に埋没しないですむようにさせるためであった」と言う（『曖昧の七つの型』、チャトー&ウインダス社。ロンドン。一九四七年。改訂版第二章。一〇九ページ）[3]。当っているとすれば、これは『アリス』ものでキャロルが連発する地口《パン》の説明としても味わうべきものをもっている。地口は単純ではないが、さりとて曖昧でもない。それがもつ幾つかの意味が互いに分離でき、それ故マインドによってコントロールされうること、これこそが地口《パン》の特性なのである。

日常生活の「もの」や言葉は、思考し遊ぶマインドによって安全、明瞭かつ扱い可能のものとみなされるが、このことは数字についてもあてはまる。実際、数は「もの」や「もの」に対応する単語などよりも偶然に左右されることが少ない分だけ安全なのである。思考し遊ぶマインドにとって何より重大なのが、この安全性である。我々は数を安全なものと感じ、単語や「もの」にしてもそれが数に似て分離可能な単位である限りにおいて、安全なものと感じるのである。言葉のゲームは単語をそのようにして、子供たちが「ちょうど砂や積木をいじるように言葉と戯れる」時のように（カール・グロース『人間の遊び』一四二ページ）、つまり「もの」であるかの如くに扱える限りにおいて成立する。散文も遊戯もこの種の安全性を要求するが、しかしこの安全性は単位の個別性と堅牢性にかかっている故、言語がからんでくるところではかなりあやういものなのだ。なぜなら単語を形づくる文字の一かたまりは十分に安全なように思えるが、いかんせんそのレファランス（内容）の方がむろん一定の枠の中ではあるが変動する。陣営内部に忽然として裏切者が出てくるのである。大きな幅で変動するものを相手に遊ぶことはできない。夢の要素が言語の中に忍びこみ始めるのが、ここである。夢、なかんずく悪夢の中では、ものたちは分離していずコントロールもできないために、我々はそれを相手に遊ぶことはできない。夢がみさせるものは本質的に流動する。何ひとつあやふやならざるものはなく、すべてが何かほかのものに変貌する。時間のきちんとした遠近法が一挙に短縮されて、過去と現在が同時に起る。一つのもの、一人の人間が同時に二つのもの、二人の人間であったりもする。夢なるものをコントロールすることは不可能だし、従ってそれを相手に遊ぶことはできないのだ。このことから驚くべき事態が出来《しゅったい》してくるのではなかろうか。つまり夢の方が夢をみている方、つまり我々を相手に遊んでいるのだ。このことは、日常経験の中で我々が分類もコントロールもできず、遊ぶこともできぬすべてについて言えることである。向うの方が我々を相手に遊ぶのだ。

このことが『アリス』作品ではどうなのだろう。**ノンセンス**はゲームだと言いながら、ゲームは夢の敵であると主張するのはおかしいと思われよう。なぜなら二つの『アリス』作品は夢の形式をとっているではないか、と。**ノンセンス**と夢につながりがあると強調する論者もいる。カマーツ氏は、**ノンセンス**の世界は妖精の国《エルフ・ランド》というよりは夢の国《ドリーム・ランド》だと言っている（前掲書。三二ページ）。H・G・ハッチンソン氏は「最良の夢文学たる『不思議の国のアリス』」という言い方をしている（『夢とその意味』、ロングマン・グリーン社。ロンドン。一九〇一年。四章。七五ページ）。「我々が熟睡《うまい》に恵まれている時にのみ入ることを許される生の状態」こそが、**ノンセンス**にぴったりの舞台だと言うのはデ・ラ・メア氏である（前掲書。六〇ページ）。「これらの韻文は夢の世界の約束ごと《コンヴェンション》として我々に作用し、またこのことが約束ごとをめぐるトーンを決める」と言っているのは『牧歌の諸相』のエンプソン氏であり、同氏はまた十九世紀にふれて「はっきりせぬものへのこうした崇拝の風潮の只中からリアやキャロルといったノンセンス作家たちが生れてきた」と他の所で書いている（『曖昧の七つの型』一八七ページ）。

ノンセンスとは何か。一般にはそれはちょうど夢がそうであるように、秩序から無秩序をつくりだすものだと思われている。

ヘイ・ディドル・ディドル、猫とヴァイオリン、
モーちゃんお月さまとびこえた。

みんなみんなしけちゃった
ダイアモンドが切り札だから、
猫はセント・ポールへ行っちまう、
赤ちゃんかまれる、
月はふるえる、
壁なしお家《うち》がたっちまう。

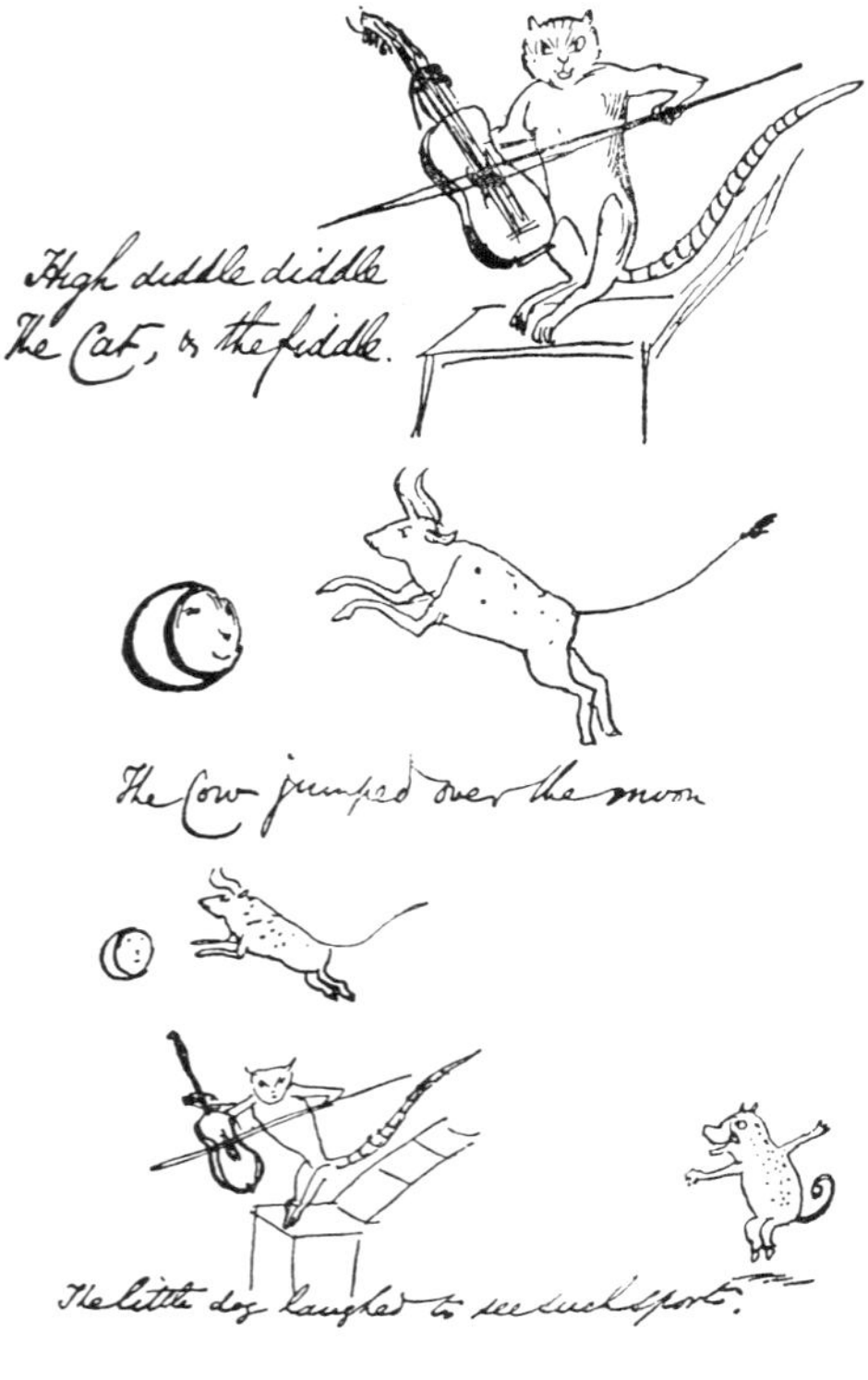

童謡「猫とヴァイオリン」(リア画)

国境にさる老人ありて、
いやしっちゃかめっちゃかの暮しぶりで、
猫と踊るわ、帽子で茶わかすわ、
国境の人の鼻つまみで。

（『続ノンセンスの絵本』）

いざや盃を糖蜜とインクで満たせ、
飲んでうまきゃあ何でも入れろ。

（『鏡の国』九章）

一見まさに「しっちゃかめっちゃか」である。我々のありきたりの固い宇宙の鍋の中に、一本スプーンを入れてさんざんかき回したという趣きがある。しかしこの無秩序の正体は何なのだろう。一かたまりの文字や音として見る限り、単語たちは少しも「しっちゃかめっちゃか」ではない。もちろん時には、ノンセンスは単語単位をごく私的に操作したり発明したりして、たとえばジャバウォッキー詩の如き語彙を捏造《ねつぞう》することがあるが（この点は十章で検討）、右の例でも明らかなように概して使われる単語は何変哲もないものばかりである。構文も文法もめちゃくちゃではない。この点ではむしろキャロルは細部にうるさいこと無類の人物で、たとえば普通認められていたいい加減な省略形ではなくca'n't, sha'n't, wo'n'tという本来の形を採用せよと自分の出版社に迫ったりしているほどである。キャロルは「うるさ型《プレシジャン》」だとデ・ラ・メア氏が言っている。「その少女友達の一人からの手紙に文法ミスがあったりすると、彼は返事の中でそれを正した」（『ルイス・キャロル』二四ページ）。加うるに、**ノンセンス**が韻文体《ヴァース》を実によく好むことを考え併せてみるがいい。韻文こそは、その構造からして「しっちゃかめっちゃか」のまさに対蹠物《たいせき》ではないか。**ノンセンス**が無秩序にしうるのは言語のレファランス（指示・内容）の側、即ち一単語なり単語グループなりが心裡に生ぜしめる効果の側だけなのである。ノンセンスによって無秩序化するのは、レファランスの連続の仕方である。と言っても我々が日常普通に知っているようなものごとの連続の仕方を秩序と言い、センスと称するとしてだが。

いま一度繰り返すが、言葉と「もの」とをしっかり区別することが肝心である。**ノンセンス**は決して、「もの」そのものの混乱を企てるのではない。もしそんなことを企てる、つまり言葉を武器に現実世界の事物の秩序をどうこうしようと企てるとすれば、それは**ノンセンス**の世界から大きくはみ出て魔術の世界に突入してしまうだろう。カマーツ氏は『ノンセンス詩研究』の三〇ページで、**ノンセンス**にとって魔術がいかに相いれぬものであるかを論じている。何かが何か別ものに変ってしまう例は、リアの中には一つしかない。「四人の子供」の中だが、「彼らはお茶をたてようとしました……が、お茶の葉がないので小石をいくつかお湯の中に入れただけでした。そしてクォングル・ウォングルがその上でアコーディオンを弾きますと、それでもちろんあっという間にお茶ができ上がり、極上の風味のできでした」。最後の文章中の「もちろん」は奇妙に響く。アイロニーのこもった訳知り風と言うか、あらかじめ守りの一手をうったという感じの一句である。**童謡**の中に一つ、問題の核心に近づき、やがてスッとそうでもなくなる作がある。市場へ行った老婆が、帰りの途《みち》すがらぐっすり眠っていると――

行商人がやってきた、スタウトがその名、
彼女のペチコートをぐるりと切った、
彼女のペチコートをひざまでも切り、
そこで小さな女はブルブル、ハクショーイ。

小さな女は目をさました、
ブルッときた、ガタッときた、
ガタッときて泣いて言うにゃ、
「神様お慈悲を、絶対ない、こんなの私じゃ！」

自分が確かに自分であることにさした翳《かげ》りへの、直截な恐怖が感じられる。『不思議の国のアリス』の巻頭近く、アリスの胸のうちに似たような反問が湧いたのを読者は覚えておられよう。「言いながら彼女の目は涙で一杯になりました――『あたしやっぱりメイベルなんだわ』」。不思議の国で一度、鏡の国で一度、事物が別ものに変り始める。まず鏡の国では、例の羊の店の場面だが、白の女王が一頭の羊に変り、編み針がオールに、そして店が川に化してしまう。これは興趣尽きぬ一章である。すべてのルールが破りさられる観があり、この雰囲気はそのまま終章の居心地悪い幕切れに高まっていく。そこで女王アリスの祝宴は突如として一幕の伏魔殿と化し、アリスは目ざめなければならないのである。この話題にはのちに帰ってくることにして、現在のところはただ件《くだん》の「羊毛と水」の章で、事物の変容を前にアリスが「半ば驚き半ば慄《おのの》いた」ことに注意しておくだけで十分だろう。そしてこの一抹の不安感は、同時にこの章を読む時に我々の胸裡にも宿るのではないかと私は思う。不思議の国で何か他のものに変ってしまうのは、女公爵の赤ん坊である。アリスが抱えている間に、それは一匹の豚に変ってしまう。この変貌劇を前に、アリスは気おくれを感じてしまう。「もし豚ちゃんにおなりなら、あたしもう知りませんからね」。『シルヴィとブルーノ』正続篇のあちこちにばらまかれた気違い庭師の唄では、一節ごとに何かが何かに変っていく。しかしここですら、この庭師は気がふれているのだからといくら言われてみても、同じように翳りというか気おくれというか割り切れない感

「何もかもどんどん変っちゃうのね」（テニエル画）

「そいつは笛の稽古を」（ファーニス画）

じというものが、これらの変幻劇に対して感じられる。キャロルの書いた庭師の唄九篇のうち六篇においてそうなのである。二つの例を挙げておくが、二つとも同じパターンに従っている。つまり初めの四行で変貌がおこり、あとの二行がそれについての感想というかたちである。

奴は思った　一匹の象を見たと
　そいつは笛の稽古をしてた。
奴がも一度見ると　そいつは何と
　手紙だ、古女房から。
「やっと分かったぜ」と奴は言った、
　「生きる辛さって奴が」

奴は思った　一つの証拠を見たと
　そいつは奴が法王だと証した。
奴がも一度見ると　そいつは何と
　棒石けんで、そいつがまだら。
「あまりのことに」と奴は言った、
　「のぞみは一切けしとんだ」

『スナーク狩り』には消滅劇と変貌劇が出てくるが、これらにはもはや**ノンセンス**とは言えぬ趣きがある。こうした事態に対して、アリスや庭師のとった対応は正しかったのである。魔術は**ノンセンス**を破壊する。なぜならそれは何かが何かに置き代る、別ものが同時に存在しうる、あるいは何かが消滅したり別の何かに変化しうる世界をもたらすからだ。しかしこの種の無秩序はひとり魔術のみならず、悪夢や妄想をひっくるめて夢につきものなのである。この種の流動、融合、マインド中での幾つもの場面の重ね焼きといった無秩序と、他方、**ノンセンス**が親懇すべき「言葉のレファランスの連続に加えられた手直し・再構成」と私が名づけておいたタイプの無秩序とを、はっきり区別することが肝要である。本書を通して私が「無秩序」と呼ぶのは第一のタイプの無秩序、夢と悪夢の無秩序の謂《いい》であって、もし我々の見方が正しいなら、第二のタイプは無秩序と言わんよりはむしろゲームを行うのに必須の条件の一つということになろう。

　夢とゲーム双方が『不思議の国のアリス』のある個所でとりわけ明瞭に出会いを果たす。アリスがクローケーをやろうとする件《くだり》である。このゲームは、なかなかに厄介だと分かってくる。遊び道具を、彼女はほとんどコントロールできない。ちっともじっと言うことをきいてくれないのだ。それらには夢のもつ運動性がある。夢に特有のあの早変りを、くるくると演じるのだ。打棒の代りにアリスは一羽のフラミンゴを、球の代りに針ネズミをもつ。そして柱門の代りには兵士たちというわけである。この件《くだり》から分かることは、唯一真に安全なもの、そして頼ることができ変ることがなくゲームに向いたものはすべて、死せるものではないかということである。もし**ノンセンス**そのものもまた一つのゲームだとすると、これはかなり薄気味悪い状況ではなかろうか。なぜにハートの女王がかくまで「首を切り落とせ！」と連呼するか、はたまたエンプソン氏の言うように、なぜに死への恐怖がこれらの作品の中心テーマの一つたりうるかを解く鍵がここいらにあろう（『牧歌の諸相』二九一ページ）。

『アリス』ものや**ノンセンス**を通じて我々は**夢**か**ゲーム**か、この二本の糸のどちらかを手づるにすることができる。件《くだん》のクローケーにおいては、夢の要素がゲームをめちゃくちゃにする。そこで、夢がゲームより強いのなら、いっそ、では夢とは何という論に展開していくのがよいとも思える。が、大切なのはあくまでどちらの糸を選んでもよいということ、そしてどちらをたぐっていっても結局は同じ地点に出るにちがいないということである。あるダイアレクティック（対峙）の構造――一つのゲームと呼ぼう――において、ある選択を我々は行うにすぎない。ここは一つ「**夢**としての**ノンセンス**」の立場にではなく、「**ゲーム**としての**ノンセンス**」の立場に同《どう》じてプレイしてみようというわけだ。逆の立場がありうるじゃないかという言い方に執するのは、つむじ曲りというものだ。そちらについたところで、その先が大変だということには変りない。ダイアレクティック（弁証論理）の練習はゲームと同じで、「真理《トゥルース》」などという概念には無縁のものだ。我々は**ノンセンス**について何の「真理」も見出さないだろうし、これはもし我々が逆の立場をとっても、あるいは同時に二つの立場をとっても同じだろう。多分見出すべき「真理」など何もないのだ。悪夢の中にもチェスの中にも。「真理」など場違いなのである。*6

しかしこの状況から、重要だがなかなかに難しい問いが一つ出てくる。夢とゲームの双方からひとしく出てくるのである。誰が
ゲームをしているのか。誰が夢をみているのか。『鏡の国のアリス』の読後には解けざる謎が残る。ここにこうして記録されているこの物語は、一体アリスの夢なのか、それとも赤の王様の夢なのかがまるで判然としないのである。この問いは夢についてのみならず、物語全体に枠組を与えているゲームについても発せられうるだろう。誰がこの遊び手であるのか。少女アリスが遊び手ではなく、むしろ遊ばれる側であることは明らかである。「彼女の連れは嬉しそうに笑

って言いました。「それは簡単じゃ。お前は望みなら白の女王の歩《ふ》になりゃい。リリーはゲームにはちと幼なすぎるでの」（『鏡の国』二章）。もしアリスがチェスの歩なら、彼女を指《さ》す他の何者かがいるのである。夢の問題はさて措《お》くことにしよう。もし**ノンセンス**が一個のゲームなのなら、誰がその遊び手であるのかを我々は見究めねばならない。

　ノンセンス作家に決っているじゃないか、それだけのことだと言って一件落着なら世話はない。が、答案としてこれでは杜撰《ずさん》きわまるのだ。**ノンセンス**なり詩なり、その他どんなシステムでもそれを分析する段には、我々はその構造の体系学《システマティックス》を自分なりに図式化できるけれども、しかし詩人やそうした構造を作りだした当の人物は、おそらくはそんな図式など知らぬままに作ったのである。かと言って別に体系学が、その構造およびそれをうみだしたマインドについて何かを知る手がかりになりえないということにはならない。難しい点は、一つのシステムをどんな具合に調べても、それはシステムなるものを作り出すマインドのいかなるかの研究に他ならず、しかもこのマインドが調べる側、調べられる側、主客とりまぜてのどのマインドでもあるということである。私はリアやキャロルが、自分たちはゲームをしているのだと弁《わきま》えていたと言うつもりはない。ただ**ノンセンス**は、まるで一個のゲームでもあるかの如く眺められうるものだという点を差し当り確認しておきたいのである。こうした条件で、我々自身ゲームを始めることになる。誰がこのゲームをやっているのか、やがて知りたく思う。それはリアか、キャロルか、**ノンセンス**の読者か、**ノンセンス**の構造を調べているマインドか、はたまたこれらの全部であるのか。マインドは己れを相手に遊びうる。時に己れの内部にダイアレクティック（対峙《インタープレイ》）の関係をつくり出し、そのかりそめの半分が残りの半分を相手にプレイするのである。当面はこの内部での遊びに論を絞る。そんな事態がおこっていることを一人の個人が意識するものか否かの論には深入りしない。確かに個人なるものは存在する。分割されぬ一個のマインドというわけだ。そしてこのマインド、別に誰のものでもかまわない。それを二つに分けて考えてもいいじゃないかというだけの話である。だからこそゲームをとろうと夢をとろうと、論理をとろうと非合理をとろうと、結局は同じ地点に行きつきうるのだし、かつ、だからこそ我々自身の内部にあるその地点に――ちょうどリアやキャロルがそうであったにちがいないように――全くそれとは知らずに到達した時に初めて、問題の答らしい答に出会うことになるのである。*7

(1) グレイアム・ウォーラス『思考の芸術』七二ページ。

(2) このゲームはダブレッツ Doublets と呼ばれ、ルイス・キャロルの創案になるものらしい。『ヴァニティ・フェア』誌一八七九年の三月号に彼が説明のため載せている例を借りてみた。

(3) G・K・チェスタトン『文学に見るヴィクトリア朝』第三章。一七二ページの次の言葉を参照。「ロバート・ブラウニングにあっては、二つの意味をもつ単語はどちらかと言うと、一つの意味をもつ単語よりも意味が乏しいように思われる」

訳注

*1 make-believe　たとえば「インディアンごっこ」。子供は自分がインディアンではないことを知りながら、しかしあたかもそうであるかのように振舞う。この佯《いつわ》ってそのふりをする〈かのように〉の遊びが、ここで除外されていることを御記憶願いたい。本書の最後になって忽然クローズ・アップされてくるからである。三三四ページ参照。

*2 snakes and ladders は、盤上の蛇の絵とはしごの絵が競技者の進行を妨げたり遅らせたりする盤上ゲーム。rounders は野球の原型とも言われる子供の遊戯。

＊3　互いに何を書いているか知らないで次々に物語の一部ずつを書き継ぎ、最後に――おそらくはノンセンスな――物語全体が通して読まれる。シュールレアリストの「優雅な死体」ゲームと同工だが、これとちがうのは「誰がどこで誰に会った」という形をとるきまりであること。

＊4　reference　『詩の構造』『ノンセンスの領域』を通じて最大のキーワードの一つ。単語は音、字面という側（シューエルはこれを語の“good-look”と呼ぶ）と、そこに充塡さるべき内容の側（これが“reference”）の二つが貼り合わされてできている（高橋康也『ノンセンス大全』、晶文社、五六―七ページ。「意味の三角形」参照）。ところで、この容器と中身の二つの結びつきは実は恣意的なもので、言葉の「意味」などと言っても個人差時代差があって一定しない。そこで「〈意味〉なる概念の曖昧さを避けたいので、もっと危険のないレファランスという語を使いたい」（『詩の構造』四ページ）。さらに本書には meaning, content という語も別途に出てくることもあって、以降訳語にはレファランスというカタカナ表記を残すことにする。レファランスとは「ある単語が音＝文字 sound-look として目や耳に入ったり喋られたり考えられたりした時に、マインド中に喚起される連想の一切」を指す（同一三ページ）。本書ではなぜか、“sound-look”という語は使われていないが、以降散見する「一かたまりになった文字と音」がこれに当るので留意を乞う。

＊5　港、ポートワイン、ものごし、船の左舷、排出口、控え銃などなどのレファランスをもつ。

＊6　これはあくまでノンセンスの類同物とシューエルがみなすゲームまた論理学（ロジック、ダイアレクティック）というものの性格規定なのであって、くれぐれも誤解なきよう。論理学とは「思惟はいかに行われるか、思惟のあり方、その筋道、標準となる形式をあきらかにする」「思惟を反省する学問」なのであって「具体的な思想を展開するものではない」ということ（平凡社『哲学事典』）を改めて確認しておきたい。本書三三三ページも参照。

＊7　この終りの三つの段落で言われていることに、シューエルは結論の章でもう一度帰ってくる（本書三三七―三三八ページ）。

第五章　「一たす一たす一たす一たす一は」

もし**ノンセンス**が、マインドにひそむ無秩序の原理によってつくり出されたものでもなく、言語の場における秩序と無秩序の和解、つまり詩でもないのだとすると、では何なのか。残る答は最初こちらを当惑させるに足るものだ。**ノンセンス**はマインドのもつ秩序への志向だ、というのだから。

我々が逢着した些か眩暈《めまい》のするこの状況の中で、助けになりそうなものが二つある。まずリアとキャロルのマインドを特徴づけるあの正確さ、数と論理への惑溺、細ごまと整理された細部《デテイル》への沈潜といった点を思い出すことが一つ。彼らは、別にいやいやそうなったわけではない。キャロル、というかC・L・ドジソンが数学と論理学を職業に選ばざるをえなかった、あるいはリアが日常生活の細ごましたことどもをきちんきちんと記録しておかざるをえなかった外的な理由というものは、見当らないのである。おそらくそうすることが楽しかったからしたのである。この方面でのキャロルの奇癖は、誰もが知っている。たとえば手紙のファイル。三十七年の年月にわたって来る手紙、出す手紙の一切合切を記帳した代物であって、彼の死の時点では厖大九八、〇〇〇有余件の項目に達したのである。

リアが、同じ性格を分有していたのは面白い。自らのことを自分は「分析的な精神傾向」の持ち主だと彼は書いている。[1] 二人の**ノンセンス**は、多分同一の喜びの源泉から湧きでたのである。その喜びとはオーダー、つまり秩序の喜びであった。

助けになりそうなものその二は、スコラ哲学による芸術観ないし芸術の定義である。すでに聖トマス・アクィナス［十三世紀。中世最大の神学者］の名は出てきたが、これからも何度か登場願うことにな

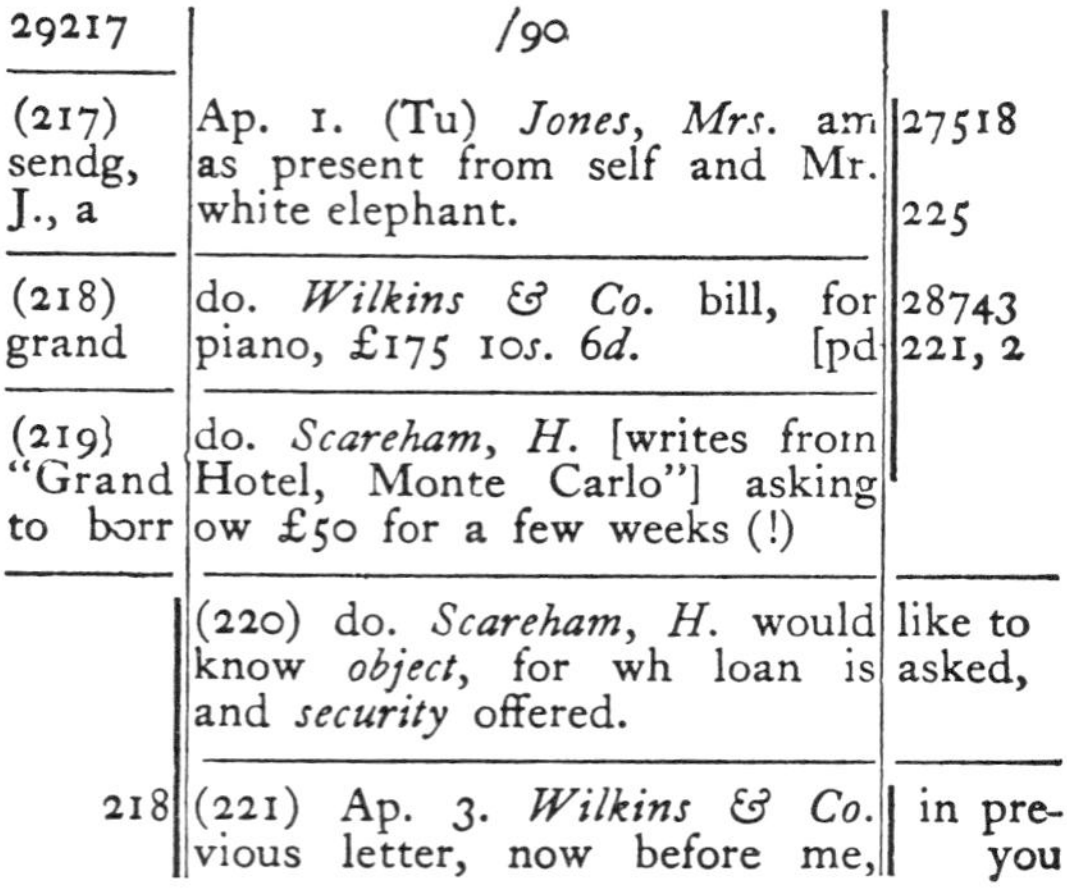

29217 /90

(217) sendg, J., a | Ap. 1. (Tu) *Jones, Mrs.* am as present from self and Mr. white elephant. | 27518 225

(218) grand | do. *Wilkins & Co.* bill, for piano, £175 10*s.* 6*d.* [pd | 28743 221, 2

(219) "Grand to borr | do. *Scareham, H.* [writes from Hotel, Monte Carlo"] asking ow £50 for a few weeks (!)

(220) do. *Scareham, H.* would know *object*, for wh loan is and *security* offered. | like to asked,

218 | (221) Ap. 3. *Wilkins & Co.* vious letter, now before me, | in pre- you

キャロルの手紙登録簿

る。スコラ学者（Schoolmen）は何よりも論理の人たちであったわけだから、このノンセンス研究の手がかりとなる唯一の人たちであると思われるのである。むろんこの方面では私は専門家ではないが、専門家になるまで本書を放り出しておくわけにもいかないので、つたないながら一歩一歩進んでいきたい。議論には一々細かく出典藍本《らんぽん》を挙げることにする。専門家でないからと言っても、相手がピッタリの相手ならそこから大いにヒントを頂けばよい道理ではないか。事実スコラ学（Scholasticism）と**ノンセンス**を組み合せることは別に突飛な思いつきではなく、私の他にもやっている人がいるのだ。『キャロルのアリス』の中で、ハリー・モーガン・エアーズはこう言っているのである（一八、五三ページ）。「キャロルはその気なら偉大なスコラ学者になれた人物なのだ。……ここにあるのは子供の話なのではなく、知を求めて果たせぬ人間経験の大全《スンマ》なのである」、と。だからしてひとつスコラ学、そして正真正銘の『大全《スンマ》』の言う所に耳を貸してみようではないか。

　二つの引用から始めたい。初めのは聖トマスからである。「藝術家ノ心ニ宿ル藝術ノ形式ガ藝術作品ニ形式ヲ与フ」（『大全《スンマ》』、即ち『神学大全《スンマ・テオロギカ》』I。七四の三）。二つ目は、ジャック・マリタンの『芸術とスコラ主義』の九ページ以下。スコラ学者たちの芸術観が次のように要約されている。

　芸術はまず何よりも知性のものであり、芸術はイデアを物質の上に刻印する営みに他ならない。かるが故にそれは「作ル者」のマインドに宿る。というかそのマインドに依存することになるのである。……手元の作品がよい出来になるためには、それと照応する或る性質が芸術家の魂の中にあって、これが両者の間にスコラ学者が「同体性（connaturality）」と呼ぶ一種の一致なり親密な調和をうみだしているのでなくてはならない。……芸術家の中に芸術の魂があるならば、作品をつくりだす前にして既に或る意味で人とその作は一つなのであり、作品を形づくるためには彼らは作品と一体になればよかったのである。

二つの引用をこもごも見るうちに、秩序こそが**ノンセンス**をつくりだす原理なのだというのが、そうむちゃくちゃでないことのように思えてくる。二人の**ノンセンス**作家のマインドが秩序の側にある以上、そしてもし芸術作品がその芸術家のマインドと「同体」のものなのだとすると、**ノンセンス**もまた秩序の側のものではないのだろうか。むろん、それは完璧な秩序というのではありえない。我々の常識というものに照らしてみて、**ノンセンス**世界が日常世界の秩序と同様な秩序に律されているとは、どうしても思えないということが一つある。それからまた**ノンセンス**は言葉でできているのに、この言葉というもの自体少くとも部分的には、マインドの無秩序の影響をこうむらずにはすまないものだからである。さてこうして**ノンセンス**が秩序のものだとするなら、無秩序の側とはどう関係しているのであろう。

ノンセンスが秩序の「側《サイド》」にあるという言い方から、再び我々は遊びの比喩を使えそうである。つまり無秩序がもう一つの「側」、つまり遊びの敵方というわけである。この拮抗なり闘争の関係こそが遊びというものの特徴であるとは、遊び論の論者が広く認めているところだ。ダイアレクティック（対峙）の構図が遊びに避けられぬ性質であるとすると、今問題にしているケース、つまりマインドを舞台にした秩序対無秩序のダイアレクティックが**ノンセンス**というゲームを特徴づけるものだと言えるだろう。ダイアレクティックの劇が進むためには、全く別の二つのマインドが存在する必要はないということを確認しておこう。議論なり遊びなりのために、一人の人間が二役を演じるのでも一向にかまわないのだ。キャロル自身アリスについてこう言っているではないか。「自分を相手にしていたクローケー遊びでズルをしたからといって、我れと我が耳を叩いたことがあったのを彼女は思い出しました。この風変りな子は自分が二人であるように考えるのがとても好きでした」(『不思議の国』一章)。秩序と無秩序というマインド中の二つの勢力が、**ノンセンス**というゲームのダイアレクティックの二つの極を形づくるのだとすれば、**ノンセンス**と詩の違いもやがて明瞭であろう。つまり、よしんば一時的のものであれ二つの勢力の平衡なり、相反物が融和した魔術的瞬間なりをめざすものが詩であるのにひきかえ、**ノンセンス**はあくまで闘いであり続けようとするのである。どちらか一方の側に組みし、相手側がイニシアチヴをとり優位に立つことがないように、これと渡りあい続けるのだ(数学的思考からチェスを分つものが、アルフレッド・ビネによればこの闘争の要素だということになる。『大数学者とチェス指しの心理学』二部。二章。二二九ページ)。

ノンセンスにおいてこの闘争は終ることがない。それというのも、**ノンセンス**がそこに限定されている言語の領域にマインドがとどまっている限りは、マインド中に無秩序をめざす力を抑圧することも、ましてこれを最終的にうち破ることもできないからである。それは秩序をめざす力に劣らず、マインドにとって重要なものなのである。この無秩序への力を**ノンセンス**は周到にプレイさせ(遊ばせ・機能させ)ておく。これこそがダイアレクティック本来のありようなのである。つまり終りがあってはいけないのである。二つの『アリス』作品は唐突な終り方をしている。どうしてもここで、こういう仕方で、という終り方とは思えないのである。『鏡の国のアリス』に出てくる三つの争いも、同様の終り方をしている。トゥイードルダムとトゥイードルディーの喧嘩はつまりは始まりさえしないのだが、ともかく「六時まで一戦やってそれから飯だ」というていたらくである。第二はライオンと一角獣の争いだが、読者がこれを見る時、殴りっこはすでに始まってから大分たっている。「どちらもおおよそ八十七回ほども倒れています」。この争いも終るようには見えない。

このとき一角獣が両手をポケットに入れたまま一同のそばを通りました。「今度はおれの勝ちだろう」と、王様のそばを通りながらちらりと王様を見てそう言いました。

「ちょぼっと、ちょぼっとだけな」と王様は心配そうに答えました。

ちゃんとけじめがつくのかというアリスの問いは、軽く一蹴されるのである。

「その、その、勝った方が、王冠をもらうのですか」と精一杯に彼女はたずねました。あんまり走ってすっかり息が切れてしまったのです。

「めっ、めっそうもない」と王様は言いました。「阿呆なことを！」

第三は赤の騎士と白の騎士との争いであるが、同じパターンに従っている。

アリスが気づかなかったいま一つの戦闘規則は、落ちる時はまっさかさまに落ちるべしというもののようでした。戦いは両者がこのやり方で並んで落ちたとき終りになりました。再び起き上がると二人は握手し、赤の騎士は馬にまたがるとギャロップで走り去っていきました。

「みごとな勝ちであったろうが」と、あえぎながら白の騎士が言いました。

「さあ、どうかしら」疑わし気にアリスが言いました。

してみるとマインドが無秩序への力と一戦交えるために秩序への力をあおりたて、もって無秩序への力をいつもプレイさせ、かつこれに抑制もきかせるというのが**ノンセンス**というゲームなのである。**ノンセンス**世界の外見上の無秩序はこの対決の必然なのである。

次になすべきは我々が組みしている側の何なるか、敵している側の何なるかを知ることである。復習になるが、マインドの中の秩序の側は数と論理をめざし、逆に無秩序の側は夢と悪夢を志向している。二つの勢力を調べるにあたり、まずはこの両極端から見ていくのが一番いいようだ。

まず秩序の側から。論理学《ロジック》である。これは抽象的な関係をみる科学である。そうした関係の交差点であったり出会いの場であったりする一つ一つの項《ターム》（名辞）について、それがどんなものであるかは全く問題にならない。それらの関係だけが重要なのである。各項は、単語だろうと記号だろうと数字だろうと文字だろうとかまわない。もし単語だと、単語の本性からして日常経験の「もの」と何かの対応がついてしまうのだが、論理構成そのものにとってそうした語のレファランス（内容）など何のかかわりもないのだ。関係の中に組み入れられるべき項がいかなるものなのか、これは全く無関係である。が、項がともかくなくてはならない。それも複数個である。というのは、言ってみればゼロとゼロの間では関係性もへったくれもないからである。「いかなる関係でもいやしくも人間悟性にとって可視のものたるためには、幾つかの項をもっているのでなくてはならない」（スーザン・K・ランガー『記号論理学入門』二章。四九ページ）。同様に項が一つしかない時、ここに関係も論理も成立しえない。もしすべてのものが一つなら、ありうる関係は永遠の自己同一性のみであって、そこから先へは進めない。そこで我々は「凡ソ真ナル関係ハ二個ノ項目ヲ要シ、カツ含意スル」(『神学大全』I。二八の二)ということ、そしてこの二個の項は互いに区別可能なものでなくてはならないということを確認する。各項は別に単純である必要はない。たとえば単純な単語などありえないわけだ。が、各項に一つだけ必須条件がある。集められた項の一つ一つが、他の項から区別できるものでなくてはならないのである。論理は、おのおの別個の単位の集合が相手でないと動かない。論理を動かしている時、我々はこれらの項の間にある、あるいはあると考えられている一定の関係に集中するのである。

ここまでなら問題はない。しかし、もう一方の悪夢の側に目を転じて、無秩序の影響下にマインドがどう動くものか定式化しようとすると、我々はたちまち壁につき当るのである。こちらの側を研究するのにピッタリの道具がないのだ。悪夢は(それほどではないが夢も)論理とは逆のものである。にもかかわらずおよそ我々は、意識的合理的に考えようとすればひたすら論理にすがって考えるしかない。論理を夢の解明に使おうなど、鋏《はさみ》をもってブリキ罐を開けようとするのに似ているが、思考を組み立てるための他の手だてを持たぬ身のあわれである。無秩序への力をいかに使うべきか知ってさえすれば、多分この領域に適した方法の一つぐらい見つかるはずだが、いかんせん今のところそんな方法は知られていない。多分大昔に忘れ去られてしまったのだろう。そこでやむなく、不十分なものと知りつつ論理学を使うほかない。いかに役に立たぬかは、すでに見たところからも知れる。つまり一つ一つが十分に個別的な項がなければ展開できないのが論理なのである。これこそ悪夢にとって、最も無縁の世界ではないか。夢のシステムの中では、思考を単位に区切ることができないのである。だからと言ってこれは、このシステム自体の弱点や欠陥であると断じてはならない。どんなシステムも単位を相手に動くのだから、その点で悪夢は論理より劣っているのだという風な感じ方は、論理を至上とし悪夢を悪と見るよう馴らされてきた発想の貧困というべきだろう。夢のシステムは、全く別の原理によるものなのである。ここは大事な所だ。別に各々の項を区別もしないが可能なすべての関係が成り立っているようなシステムを、マインドは少くとも意識の世界の用語で理解しようとしなければならない（無意識の世界のこととしてそうしたものを理解するのは、むろんたやすいことだ）。さて、一つの点で論理と悪夢は似ている。どちらのシステムにおいても、扱われる材料自体がどんなものであるかは問題にならないのである。論理は個別の項の間の最小限の関係に集中し、このシステムの正確さとコントロールを通して偶然を排除していく。悪夢の方はこれとは逆に、ありとあらゆる関係を同時に取りこみ、こうしてシステム内部にマインドの産物なら何でもことごとく、記憶の断片、印象、五官の感覚もろもろのごったまぜをつくりだし、これが夢や悪夢の原材料となるわけだが、ともかくこうして偶然を言わば窒息させるのである。このごったまぜ材料の各成分は、互いに区別などできるものではない。とはいえ夢のいつはてるとも知れぬ流動と変容の劇は、何の一貫性も持たぬかというとそうではない。それ独自の一貫性を持っていて、それ自体としてはトータルで包括的なものなのであって、この営みが極に達すると一切遍満の一大包括宇宙の現前となる。何ひとつ偶然には生起しない。なぜなら、ありとあらゆる仕方で一切が一切と関係しているからである。幼児のノーマルな思考＝宇宙のいかなるかを描くピアジェの一文と比べてみよ。「子供にとってはすべてのものが他の何ものとでもつながるので、何ものも他のものとつながらないのと全く変るところがない」（『幼児の判断と推理』六一ページ）。

各単位を区別できぬ境位では何が何よりも先だと言えないので、「先」とか「後」とかいう概念に依拠している順番・順序なるものが、そもそも成り立たない。夢の中ではその結果、覚醒時に言うところの空間、時間、因果といった連続的なるものが次々に脱臼していく。J・W・ダンは夢のこの特徴を新しい時間理論を用いて説明しているし、ホワイトヘッドは相対性理論と時空概念を援用している。[2] 我々としては、ただ右のことがマインドの中の秩序と無秩序を分つ重要な標識であると言っておけば当面十分である。秩序は単位を俟《ま》って発動するが、無秩序はそうではない。二つのシステムが発動するかどうかの条件はかくメンタルなものであり、言葉の真の意味において人工的なものなのである。経験を通して我々が知っているように現実世界というものは単位きざみ《ユニタリー》ときざみなし《ノンユニタリー》、つまり連続的と同時的という二つのかたちをとって我々に相まみえる。しかし右の二つのシステムの働きの間に違いありとすれば、それはそれらのこうした現実世界とのかかわり方にあるのではなく、それぞれが**一なるもの**（Oneness）の概念をどう使っているかにあるのである。悪夢は一の連続、小さな単位の連続とはかかわらないが、一なるものという概念に全く見向きもしないかと言うとそうではない。すべてのものを一なるものに織りこもうとするのである。つまり論理は小さな一たす一たす一から出発し、悪夢は一個の怪物じみた**一**に行きつくのである。

論理は各単位、つまり一の集積を自在に操り、それらから一個の構築体をつくりあげる。ということは論理的にできた全体ならどんなものでも、必ず分解して元のバラバラに戻せるわけである。完成した構築体は、たしかに一個の全体とみなしうる。つまり一なるものというわけだが、それはいつもバラバラに分解できるはずなのである。一方悪夢の方は一なるものをもって終り、その終り方が徹底しているからシステムの最終形態にあってすべてが一になってしまっていて、この一なるものは論理が始まる時の一とも終る時の一ともまるで違う。なぜなら悪夢の一なるものは不可逆であるからだ。そもそも区別可能な部分というものを一切もたなかったわけだから、分解して構成部分にバラすことはできない。[3] というところで問題は深みにはまりそうな気配だ。これはもう治外法権の領域である。分析と総合、部分と全体、特殊と普遍、統一と多様という古来の大哲学問題に巻きこまれそうなのである。もう少し易しいところにくっついていた方が賢明のようだ。つまり**一なるもの**の概念をどう使うかに関して秩序、無秩序の二つの勢力の間にあるのでは、と先に書いたあの違いである。（**一なるもの**とは何ぞやと定義を下すつもりはない。自明の概念として扱いたい）。マインドの中の秩序の側は動きだすにあたって、沢山の一を要求する。無秩序の側は、その終るにあたって完璧な一なる世界を要求するのである。

　論理と悪夢にあってマインドは、もっぱら自分自身に働きかけ、従って避けがたく孤立させられる。マインド活動のもっと中心に近いところ、つまり言語の領域だと、他者とのコミュニケーションや自然世界の存在を実感することができるはずなのに、である。言語というものは、必ず或るレファランスをもつその本性からしてマインドを世界と結びつけてくれるからであり、他のマインドとの交渉が可能になるのもこの時点のことなのである。ところが論理と悪夢にあっては、マインドが相手にしているシステムはこんな風に言語や世界と関係してはいない。それで現実世界の実感もコミュニケーションの方法も、失われてしまうのだ。まず悪夢だが、ここでは無秩序を志向する力が、すべてを一なるものに取りこもうとする。このすべてというものにはマインドそのものまでも含まれるので、マインドは自分が相手にすべきはずの当のものと一つになってしまい、機能できなくなるに至るのである。悪夢には、不能にされるとか獄に閉じこめられるといった感覚がつきまといがちなのも、右の事情の寓喩である。悪夢の作用のいきつくところが斯《か》くトータルに一なる世界であって、ここでは作用するものと作用そのものが一つになるから、もはや作用などというもの自体ありえなくなるし、何かをコントロールするために必要な距離というものも消滅してしまう。途中こそ違うがこれと同じことが、論理の方についても起る。論理ではまず一の集積がマインドの前にあって、これに働きかけていけばよいわけだが、ところが論理は純粋に関係にかかわるものだから、そうした一たちは一であること以上の何の内容も持たされてはいない。こうした一を扱っていくうちにマインドは、純粋かつ抽象的な形式の宇宙に自らを閉ざし、関係の怪物と化していく。厳密な論理にあっては、関係の線たちが交差する点以外にマインドには何も残っていないし、あげくマインドは自らの消滅を感じざるをえないのである。

さて、ゲームとは何かという地点からかなり離れてしまったようだ。論理にしろ悪夢にしろこれら二つのシステムのいやはてには、おのがじし無と全の深淵が口を開いてマインドを呑みこもうとしている。これはもはやゲームではない。ゲームであるにせよ、マインドには危険なゲームである。普通このいずれかのシステムに我々が手を出すのはほんの短い間だろうし、人によっては全く手を出しさえもしないだろう。ところで、これらに隣接している数と夢という二つのシステムはどうかと言うと、こちらは我々を言語へと送り返してくれる。さほど極端でもなければ、なじみも深いものである。例の**一なるもの**の概念との関連で、こちらをちょっと見ておくのも無駄ではあるまい。夢はマインドの無秩序の側の中間点とも言うべく、己れの材料をごっちゃにして奇怪な結びつきやアナロジーをうみださせることに変りはない――変りはないが、それを通じてマインド全体が己れの独立性と距離感を見失うことはないのであって、この点が悪夢や妄想から夢を分つのである。夢は個が個であることを脅やかしはしない。夢みる人はそれから醒めることも自在で、ジョン・バニヤンさながら「私はめざめ、それが夢であったことを悟った」と言うことができるのである（『天路歴程』第一部）。夢も一なるものをめざしてはいるが、そのプロセスからマインドはあくまで距離を保っていて、一朝めざめれば夢を言葉に移しかえることで夢をある程度コントロールすることも、そして他のマインドに伝えることもできる。こうしたことは、知性の秩序の中間点である数についても言える。数は現実にあてはめることができ、マインドのコントロールがきく。マインドはそれを操って現実にあてはめるが、マインドそれ自身が個であることを脅やかさぬようあくまで全く別個な道具として操るのである。自らが個であり、数のシステムとは距離を保っていることをマインドは願う。名前の代りに一個の数字をあてがわれ、否も応もなく自らの道具と一体化させられてしまい、つまりは自ら一個の符牒（cipher）と化してしまうような状況に対して、人間個性が強く反撥するのもそのためである。

言語という中間領域に戻ってくるのに大変な時間がかかってしまったが、ここにこそ言葉と、そして言葉のゲーム、つまり**ノンセンス**は属しているのである。しかし面倒な点は論じ終った。もし**ノンセンス**のゲームが、マインドの秩序の側に組みし無秩序の側に敵するものなら、それが何なのかは今や大略理解できそうだ。**ノンセンス**は、おそらくその言語を秩序の原理にたって組み立てねばならない、つまりそこではその材料が一の集積、単位の集積へと分割可能なのでなくてはならないということだ。この一の集積から一個の宇宙がつくられる。が、この宇宙は構成部分の総和以上のものではありえない。一切を呑みこんでしまうがごとき全体へと融け入ってしまってはならないのだ。これでは、もう一度元の一の集積へと分解できないのである。言語でもって、砕片より成り立つ一個の宇宙を創ることが眼目なのだ。この章の標題はそう思って選んでおいた。『鏡の国のアリス』の「女王アリス」の章で白の女王が尋ねている。「一たす一たす一たす一たす一たす一たす一たす一たす一たす一は いくらになるかの」。アリスには答えられないが、それもそのはずである。総和がいくらかなど、まるで重要ではないのだ。重要なのは、一たす一……という風に組み立てていくことそれ自体なのである。これが即ち**ノンセンス**の宇宙の組み立てではあるまいか。一を集積してその総和で一個の全体をなすが、この全体はもう一度別々の一に分解できるという宇宙である。これこそ**ノンセンス**のゲームのもつ一側面である。操られているものとは自分は別のものであるという感覚を、しかも言葉というものを通してマインドに保たせるようにすること、これがもう一つの側面ということになろう。

（1）チチェスター・フォーテスキューあて書簡。一八五八年一月三日付。
（2）J・W・ダンの『時間の実験』と『連続宇宙』、アルフレッド・ノース・ホワイトヘッド『科学と哲学随想』を参看。
（3）論理の可逆性、無方向的思考の不可逆性をめぐるピアジェの所論を参看のこと。前掲書一七一―二ページ。［訳注。無方向的思考については『詩の構造』の次の一文参照。「ここで言う夢とは、夜の夢と白日の夢、つまりユングのいわゆる「幻想的な」ないしは「無方向的な」思考のことを指す」（六七ページ）］

第六章　「具体的かつ几帳面」

ノンセンスというゲームの領域は言語である。だから理論的には、言語の全領域を相手にしてもよいゲームのはずである。ところが、閉ざされていること、限定とルールがゲームというものの生命なのであって、ゲームが自在に運用されるためには領域と方法において厳密な限定が加えられなければならないし、つまりは**ノンセンス**もその自由な機能を守ろうとする限り、自らをあれこれ限定せざるをえないということになる。そして言葉でできているのが**ノンセンス**であってみれば、唯一ありうる限定の仕方は、言葉の選択と組み立て方を通してというほかにあるはずがない。

この点は、是非はっきりさせておかねばならない。**ノンセンス**作家にとっての困難が、まさにここに存するからである。数学者や音楽家とは違って彼は言葉なるものを抛棄し、何かもっとコントロールしやすいコミュニケーションの手段におもむくことはできない。彼自身のマインドにも宿れば、どんな人のマインドにも宿っている無秩序への力を抑えつけることができないのである。言語をコントロールするのが難しいのは、言葉のレファランス（意味・内容）の側に実は〈ひろがり〉があるためである。むろん〈ひろがり〉と言っても、無限のひろがりというわけではない。それではそもそも、コミュニケーションなるもの自体が不可能のはずだからである。それにしても、ある言葉が使われることでそれが他人のマインドの中にひきおこす個人的な連想の輪や意味のひろがりを、どんな作家にしても完全に封じたりコントロールしたりすることはできない。彼にできることと言えば、せいぜい言葉の選択と組み立て方に意を用いて、読み手の注意を能う限り自分の目的に適う一定方向に向けさせ、もって集中力に欠けている時には往々にして迷いこみやすい個人的な脇道に逸れていかないようにはかることぐらいである。作家の目的が明確で秩序だっていればいるほど、彼は慎重に言葉を選び、組み立てなければならない。これは哲学者、詩人、科学者のひとしく知るところであろう。

今までの議論が正しいとすれば、**ノンセンス**の目的ははっきりしている。ありうべくばその中ではすべてのものが一つずつ連続を描いて起るような一個の宇宙を言語によってつくりだすこと、これである。単位が明確でなかったり全体なるものに呑みこまれたりして、この「一たす一」の世界が崩されてはならないのである。マインド中の無秩序の力が抑えられなくてはならない。単語やフレーズをめぐって夢の中でのように個人的な連想の輪を広げようとする力、またそうしたイメージ群をごっちゃにして何か新しい全体にしてしまおうとする力が、是非にも抑えられなくてはならないのだ。言葉が最初もっていたレファランス（意味）は、むやみと広がってはならないし、意味の多様体などというものに行きついてはならない。めざさるべきは——遊びの諸条件が満たされるために是非めざさるべきは——個別性がしっかりと保たれている世界であり、そこでは何らかの重要性をもつチェスの駒が他の駒からきちんと区別されているように、区々の単位が他から区別されうる単位であり、こうした明確な単位が輻輳《ふくそう》して全体をなしているのでなければならない。問題はここで、何が一、何が多の区別を容易には許さぬ——そこにこのゲームの困難と魅力があるのだが——媒体の中で何が単数、何が複数かを言わされる袋小路に突入する。文字と音のかたまりとして単語をみる限り、何の問題もなさそうである。何をもって一つの単語とし、またそれ以上とするかを大雑把だが我々は弁えている。ところが対応するレファランス（意味）の方はとなると、区別はもっと難しくなる。この点では、マインドというのは混沌そのものの世界なのである。多分豊かなる混沌と言うべきだろうが、混沌であることには違いない。

このために、単語のレファランス（意味）について考えることは非常に難しくなり、それを分類するにいたってはほとんど不可能になってしまう。とは言え、どうしても分類のまねごとをしておかなければ、どんなヴァリエーションが作家の前にあって彼に選びとられるものか分からない。単語を、その内容がどの程度安定した〈まとまり unity〉をなすか、どの程度〈ひろがり diversity〉をもつものであるかによって大まかに分類することができる。（1）まず唯一つ明瞭なレファランス（意味）をマインドにもたらすだけの語がある。〈ひろがり〉も混沌もない。こういう語はそう沢山はない。テクニカル・ターム（術語）と数を表わす語が、代表格である。（2）第二のグループは、五官がとらえた事実とごく普通の経験内容に対応する単語である。経験の多様さに応じてここには一定の〈ひろがり〉が入りこんでくるが、レファランス（意味）が全体として一〈まとまり〉であることを脅やかすほどのものではない。（3）第三のグループに属するのは、普通のマインドにとっては曖昧ではっきりしないレファランス（意味）をもつ語群で、具象的でなく普通は抽象的な語、そして人が二人いればレファランスも二つあるような語のグループである。ここでも単語が伝達に必要な限りでレファランス（意味）に〈まとまり〉を与えるのだが、〈まとまり〉よりも〈ひろがり〉の方が強く、結果として意味の不明瞭が生じる。（4）もう一つ別のグループを挙げておかねばならない。普通の言語には属さぬ語群で、いずれ登場願うことになる**ノンセンス**語である。見たところ何のレファランス（意味）ももたず、**ノンセンス**作家が自分の目的のために捏造《ねつぞう》に及んだのがこれである。全くもって別の、一種の空《くう》集合（null-class）とも言うべき類に属し、右のごとき内容の〈まとまり〉＝〈ひろがり〉のものさしでは分類できないもののように思われるかも知れない。が、私見によればそうでなくて、第一グループから第三グループを貫く線の延長線上にあるもので、ただこれは無際限の〈ひろがり〉を含み、〈まとまり〉ありとせば特定の文字と音の集まりによってやむなく身に帯びた〈まとまり〉があるのみなのである。もしそうだとすると、このグループを俟《ま》って〈まとまり〉から〈ひろがり〉への全領域がカヴァーされたことになる。[*1]

マインドの中の〈まとまり〉と〈ひろがり〉を処理せねばならぬ**ノンセンス**作家にとって、だから右のように見てくれればどの単語もそれぞれに応じて資するところがあるはずで、彼はそれらを勘案せねばならない。ある語がなぜ**ノンセンス**の中に選びとられたかというと、それはその語が右の如く作家の意図に資するところがあったからにほかならない。

選択にあたって慎重さが肝心なこと、またその選択がいかなる原理に従ってなされるか、そのへんのところがリアの韻文による自画像「リアさんって本当に愉快な方！」の中に明らかである。この一篇から本章の標題はとられている。問題の行は次のようである。

　彼の心は具体的かつ几帳面で、
　彼の鼻は巨大そのもの。

みてくれはひどく醜悪で、
髭はまるでかつらそのもの。

この四行を「みてくれ」のまま受けとれと言うのはへたな洒落だが、しかし終りの三行は本当のことを言っている。リア御本人が太鼓判を押してくれるはずだ。だとすれば、一行目だって本当のことなのではないだろうか。いずれ仔細に立ち入るが、**ノンセンス**全般を通じて、几帳面さ（fastidiousness）とでも名づくべき選択の厳密さ、それに具体的なもの、というか具体的事物を指す単語に対する周到な惑溺、そうしたものを示すパターンが繰りかえしたち現われてくる。

マインドが細かいことと具体的であることとは、一方では当座の目的にかなわぬ多くのものを締めだすことを意味し、また他方現実生活において「一たす一たす一」の基本をなすありきたりでなじみの深い事物に対する関心を意味する。聖トマス・アクィナスも「個別性ノ基本ハ物質ニ存ス」と言っている（『神学大全』I。一四の一一）。右の二つのプロセス、つまり領域を閉じ限定することと、目を非物質的なものから物質的なものに転じること、これは今まで見てきたゲームの原理とぴったり重なっている。ゲームには操られるべき「もの」が必要だし、また限定された場《エリア》が必要なのである。

こうした原理が、**ノンセンス**の中にどう活かされているか見るには、我々も議論の場《エリア》を限定したほうがよさそうだ。当面、二つの『アリス』作品中の韻文に話題を集中しようと思う。それらがキャロル自身の散文よりはむしろ、ほぼ完全に韻文の世界と言ってよいリアや**童謡**の方に近いものだとすでに言っておいた。それにこの二作品の十六篇の韻文のうち、七篇がパロディであるのが好都合である。というのは作者が何をとり何を捨てたかを、パロディ以上にはっきりさせてくれるものはないからである。次にその十六篇のリストを掲げておく。

『不思議の国のアリス』

1 「小さな鰐さん……」の唄（アイザック・ワッツ作「小さな蜂さん」のパロディ）。

2 ネズミに向けた荒犬フューリーの唄。

3 「年とったね、ウィリアム父っつぁん」の唄（ロバート・サウジー作「老人はいかに慰めを得しか」のパロディ）。

4 「かわいいややをどなりつけ」の唄。

5 「キラキラこうもり」の唄（ジェイン・テイラー作「キラキラお星」のパロディ）。

6 「もそっと速く歩けんかい」

7 「ありゃ海老の声」（アイザック・ワッツ「ありゃ怠け者の声」のパロディ）。

8 「きれいなスープ」

9 「彼ら言うにゃ君が彼女のとこへ行き」の唄。

『鏡の国のアリス』

1 ジャバウォッキー

2 せいうちと大工

3 「冬きたり野は白く」の唄。

4 「みんなお前に話してしんじょ」の唄（ワーズワースの「決意と独立」のパロディ）。

5　「ハッシャバイ、レイディ、アリスのひざで」（童謡「ロッカバイ、ベイビー、木のてっぺんで」のパロディ）。
6　「鏡の国にアリスが言った」（ウォルター・スコット作「ボニー・ダンディ」のパロディ）。
7　「まずは魚をとらえにゃならぬ」の唄。

先に見た単語の四つのグループには、大体（1）数の語、（2）ものの語、（3）抽象語、（4）チンプンカンプン語というような名をつけてよいかと思うが、キャロルの韻文を見るとまず「鏡の国にアリスが言った」の中に数の語とものの語のからみが見られる。

　コーヒーに猫を、お茶にネズミをいれろ――
　そして女王アリスに、三を三十倍の万歳を！

この例は白の騎士の唄にもある。

　これらのお代は金貨でも
　きらきら銀貨でもありはせぬ。
たかだか銅貨の半ペニー、
　それも一枚で九つ買える。

ものの語が「小さな鰐さん」「キラキラこうもり」、それにせいうちと大工の唄のベースになっている。ウィリアム父っつぁんの唄と「ありゃ海老の声」をのぞくと抽象語がみつかる。第四のグループ、ノンセンスの妄語、これはジャバウォッキーである。加うるに関係不在（unattached relation）とでも称すべき場合がある。

小っちゃな魚どものした答え
「そりゃできませぬ、だんなさま。なぜって――」

の唄や、ハートのジャック裁判の「証拠」の唄

僕は彼女に一つやり、彼らは彼に二つやったが、
君は僕らに三つ以上くれた。
彼らは彼のとこから君んとこへもどったが、
彼らは僕のもの、もとは。

がそれである。さらに謎かけの地口《パン》が、『鏡の国のアリス』の「まずは魚をとらえにゃならぬ」にあって答が与えられていないという問題がある（本書二〇八ページ参照）。ともあれ、まず最初の二つのグループ、数の語とものの語から始めて、残りのものも順次片づけていくことにしよう。

訳注

＊1 語の〈まとまり〉と〈ひろがり〉について詳しいことは、シューエルは前著『詩と構造』第四章ですでに検討済みである。

第七章　猫とコーヒーと三の三十倍

0、1、2、3……という整数の連続は、重複もなくただ無限に続いていく単純な数列である。第一項（0）を除いては、どの項も理論的には前項に1を加えることによって得られるから、たとえば92という数を前にすると、我々はこれが右の数列中の或る一点と対応していることを知る。日常生活の中で何かがどんなに沢山あろうと、理論的には数のこの目盛り中のどこかに対応する一点を必ずもっているはずである。ここに異った集合《クラス》間の対応という発想がうまれるし、これこそは数そのものの定義をなす基本的な考え方である。

数を相手にするいかなるメンタルな操作にも、次の三つのことが含まれている。まずどの整数も、他の整数とは別個で独自なものとみなされていること。たとえば9は10とは違う。第二に、ある数が一つ与えられると頭の中には、すべての数のおなじみの数列がイメージできること。たとえば92は91と93の間にあって、この数列は92から0へ逆にもたどれれば、92から上へいやというまで数え続けることもできるということを我々は知っている。第三に、ある数は限定をともなうこと。数列中のある特定の一点を表わすからである。数という概念に伴うこの三つの特徴――各単位の個別性、ある連続性、限定性――は、第四章で論じた遊びの基本条件とぴったり重なっているのである。

この三つのうち第一番目、整数そのもののそれぞれの個別性という問題は、我々には大して関係がない。数の世界がなりたつためには、それは必須の要件だろうが、数の問題としてそれに立ち入るつもりはない。数学者の守備範囲だし、ものを書くことや**ノンセンス**には、かかわりのないことである。

さて『鏡の国のアリス』の「ハンプティ・ダンプティ」の章にあらわれてくる数字は――

「一年には何日あるか」

「三百六十五日よ」とアリスは答えました。

「お前の誕生日は何日ある」

「一日よ」

「じゃあ三百六十五から一とると残りは」

「もちろん三百六十四よ」

ハンプティ・ダンプティは疑っているようでした。「紙の上でやってみてくれないか」と彼は言いました。

アリスは帳面を出しながら微笑せざるをえませんでした。彼女は計算を書きつけました。

$$\begin{array}{r} 365 \\ 1 \\ \hline 364 \\ \hline \end{array}$$

ハンプティ・ダンプティは、帳面をとるとじっと眺めました。「あっとるようじゃね——」と彼は言いました。

計算が本当に正しいかどうかただ言葉で聞くだけでなく、書きつけてもらって調べようというのがハンプティ・ダンプティであり、このやり方をアリスは馬鹿にしているけれども、堅実なやり方だし我々の見地からしても面白い。というのは、**ノンセンス**にとって数字と計算はまともに働くものでなければならないという思い入れが、ここにあるからである。キャロルの**ノンセンス**には他にも算術が出てくる。一つは『スナーク狩り』第五章で——

「議論すべき相手として二を考えてみれば——
　やるのに便利な数だから——
まず七を足し十を足し、それから
千引くの八を掛けるのだ。

この答の数をば、よろしいか
九百九十二で割る、
それから十七引くと答は
ぴったり一分の狂いもないはず」

もう一つは『鏡の国アリス』で、アリスが彼女のための祝宴の最初のコーラスについて考えているくだりである。

　それから上へ下への歓呼の声が続き、アリスは心の中で思いました。「三かける三十は九十だわ。一体だれが数えるのかしらね」

これは言ってみれば、**ノンセンス**算術である。**ノンセンス**が算術そのものには何のかかわりもないにかかわらず、右の計算は合っていることに注意されたい。[*1] 数のありようそのものが、遊びのネタにされることはない。**ノンセンス**では三たす二は六になるかというと、全くそうではないらしいのだ。ここでも数字は日常生活におけると同様、絶対的なものとして受けいれられている。計算は正解か、さもなくば誤りかのどちらかなのである。このことを、**ノンセンス**は夢文学なりと主張する見解に徴してみると面白かろう。夢の中では、数たちは奇妙奇天烈に振舞うものだ。夢みる人間は計算ができないと言っているのは、『夢解釈』のフロイトである。[1] 聖トマス・アクィナスも、夢では三段論法もあやまつと断じている（『神学大全』I。八四の八）。キャロルの**ノンセンス**にみる算術の正確さは、ここにあるのが夢の精神ではないことを示しているのだ、

　では**ノンセンス**が密接に数とかかわるのはどこかと言うと、数には数字（cipher）のほかに名前（name）があり、それ故に言語の世界にも属するものだという点こそそれである。実にこのために、数はマインドにとってとりわけ有用なものとなるのである。数はメンタルな概念のある便利な連続体をつくってくれるから、これをもって日常経験の諸データを順序づけることもできるし、何しろコミ

ユニケーションのための一般的な道具たる言葉に翻訳することもできる。数があることによって我々は、日常経験に一連続体としての性格――順序、限定、個別の単位への分解などなど――をかぶせることができる。このようにして遊びのための諸条件ができ上がり、マインドは日常経験の世界を相手に自在に遊べるのだが、これは数の助けなくしてはありえぬことなのだ。これは、科学的思考をなりたたせる要件でもある。科学的思考は、時とともにますます数が中心になり数学的になりまさっていく。いや日常的思考においても我々は、「もの」の宇宙と数の宇宙の間に照応関係があることを望んでいる。深遠高邁《こうまい》なことがらにおいてのみならず、我々と**ノンセンス**作家がもっと深くかかわるごく普通の日常茶飯事においても、それを望んでいるのである。数が言葉で表現できるものであるおかげで、数という抽象概念――それ自体は言葉がなくても数字と記号の世界に完全に自立できるのであるが――と、この世界にある「もの」たちの間につながりができるのである。

　数の語は、語として**ノンセンス**の材料になりうる。前の章で、それらにはテクニカル・タームとのみ共通する特性があることを見ておいた。レファランス（意味・内容）が単純かつ明確で〈ひろがり〉を全くもっていないこと。限定され正確なので、普通、言語や我々の生そのものが欠いている秩序や予見可能という特性を帯びている。これ故にそれらは、**ノンセンス**が遊ぶにはまたとない相手となりうるのである。が、**ノンセンス**も別にそれらの語自体が面白くて相手にするわけではない。すでに見たように、**ノンセンス**のめざすのは言語をマインドの秩序の側につけることなのであり、どんなマインドの中にもひそむあの「生」という名の複雑混沌たるものに単語や数、数の語の助けを借りて秩序を与えようとするのである。これはマインドの本性にもかなうことだ。マインドは秩序を悦ぶ。だからこの機能をはたさせるために散文という形でマインドは言語を用いているわけだが、**ノンセンス**はこのプロセスをさらに一歩先へ進めたものである。

普通、言語が使われる時には、この章であげつらってきたような数と秩序のさまざまな性質、各単位の個別性や連続体の維持、正確な定義といったところは極めて不完全に達成されているにすぎない。これは別に偶然ではない。マインドの知る限りにおいて生そのものがごく部分的にしか秩序のものではなく、また言語にしてもマインドの場で経験と共存し結びつき、その経験を伝達可能ならしめるというその目的を、自らもまた秩序と無秩序の混淆物であることによって果たすのである。我々は生のある部分を思うがままにするが、生の別の部分にはむしろ思うようにされる。我々が自由に選べるわけのものではない。同じことが言語にも言える。そのある部分は我々にコントロールできるが、ある部分はできないのだ。が、もしちょうど**ノンセンス**におけるがごとく言葉が遊び道具として用いられるのだとなると、言語のこの双面性は何ともまずいことになる。なるほど我々が見たり聞いたり使ったり、我々がコントロールしていると思っている言葉によって、少くとも部分的にしろ我々のマインドは遊ばれる側にある。しかし、ことゲームにおいてプレイヤーたるもの遊ばれてはならぬ存在である以上は、是が非でも我々の材料は我々のコントロールの下におかれなければならないのである。同じ材料——つまり単語、そして単語の中に結晶させられた生のイメージ——を使う。しかし出来てくるものは、現実生活におけるそれとはある点でかなり違う。**ノンセンス**は日常経験とは大いに違っているのだ——

彼ら言うには「お前さん、靴で卵をゆでたいなら……」

(『続ノンセンスの絵本』)

大きな芋虫が……悠々と長い水ギセルを喫っておったのです。

（『不思議の国』四章）

聖ポールの塔の上に木があって
リンゴがたわわになっていて……

（童謡）

しかし秩序がなくなったというよりも、むしろ秩序が増しているがためではないのだろうかという感じがし始める。マインドが、自らもっと秩序だった宇宙をこしらえようとしているのではないだろうか、と。そうなればどうしてもノーマルな生の方が少しばかりおかしくなったって、やむをえないのではなかろうか、と。

ノンセンス作家は言語と、そしてマインドがとらえた現実のパターンから一つの世界をつくろうと望む。現実というものは手直しを受けてもっと数にピッタリするものになるし、マインドに映じたイメージに数と秩序の特徴がそっくりかぶせられるので、このイメージたちもまたコントロール可能、かつ互いに区別でき、順序に従って一度に一つずつ生起し、限定され、正確なものとされる。こういう状態に達すると、同じありきたりのもの、木や鳥、動物や衣服、食物その他を眺めるにしても、それらは言語において普通そうである以上に厳密にコントロールされていることになり、ゆえに遊ぶことが可能になるのである。数や知覚された事実、これらはそれ自体でも頼ることのできる確かなものと思われるが、右のごときコントロールが加えられると、これはもう鬼に金棒というべきである。これは願ってもないことだ。ゲームの中にあってマインドが安全を感じていることが、ゲームの運用の上には必須であるからである。おおよそゲームのルールと諸制約が与えようとするのが、この安全の感覚であり、それでこそゲームが生そのものより確かなものとされるのである。聖トマス・アクィナスも、生と芸術の間に同様の区別をしている。「斯ク藝術ノコトドモハ、単一デアルニモ拘ラズヨリ牢固トシテ確カナルベシ。カルガ故ニソレラノ殆ドニ於テハ、ソノ確カサニ関シ論駁ノ余地アルベカラザルナリ」（『神学大全』Ⅱ—Ⅱ。四九の五）。いずれの場合にも、確かさは同じやり方で——一定のルールを通しての限定によって——与えられるのである。

ノンセンスというゲームの出発点としては数と、そしてマインドによる現実経験の二つのシステムがある。二つはともに言語で表現できる点で通底している。前者は徹底して抽象的なものだが、後者は現実の現象から受けた印象、「世界にはこんなにも沢山のものがある」という了解から成りたっている。この材料を、**ノンセンス**は次の二通りのやり方のいずれかで料理できる。数の連続と「もの」の連続を別々につくり、それぞれに連続性を保たせながら平行に動かせるばかりで直《じ》かに交差させないやり方か、それとも交差させて一本にしてしまうやり方かで、この違いはすぐ後述する。最初のやり方だと、数の単位の連続体と「もの」の単位のそれ、二つの連続体が並ぶことになる。あとのやり方だと、沢山あるものを一かたまりにして数の目盛りのある一点と結びつけることで、そのもののかたまりを正確かつ限定されたものにするところが要諦である。現実に生起する現象は、一つ一つの単位としてもかたまりとしてもとらえうるが、いずれにせよその連続性と限定を加える正確さをもって数は扱うことができる。というか、扱っているのだぞという印象をマインドに抱かせてくれるのである。
さて、前の章でした提案に早速ここでも従うことにしよう。右の第一のやり方の一例として、キャロルの韻文から一つとりだしてみたい。

いざや急いであわてろ　盃満たせ、
ボタンにもみがらテーブルにまいて、
コーヒーに猫を、お茶にネズミをいれろ――
そして女王アリスに、三を三十倍の万歳を！

これは、アリスの祝宴で鏡の国の動物たちが歌う第一のコーラスである。第二のコーラスも同様に
――

いざや盃を糖蜜とインクで満たせ、
飲んでうまけりゃ何でも入れて、
砂とサイダー、羊毛とワインをごちゃまぜよ――
そして女王アリスに、九を九十倍の万歳を！

第一のコーラスのボタン、もみがら、猫、コーヒー、ネズミ、お茶、第二のコーラスの糖蜜、インク、砂、サイダー、羊毛、ワイン、こういった「もの」と、ここに出てくる30×3、90×9という数字と

は何の論理的な関係もない。二つの別々の連続体が、マインドの中では切り離されているのである。第二の、つまり整数による連続体は、「もの」の連続体に対するレファランス（内容）としてつながってはいないのであるが、それは同時に——およそどんな数をもちだしてもそうなるはずだが——マインドを、自然数のなじみ深い整然たる連続体に沿って動かし始める。数がもちだされるやマインドは、それ自身の秩序の側へとつなぎとめられるのだ。変だと思われるかも知れない。右の二つの連続体のうちの片割れ、つまり猫、コーヒーなどなどといった「もの」の語の誰にも明らかな連続体の方は、数が出てくることでその背後にあることが感じられる今ひとつの連続体とは正反対に、まったくもって無秩序もいいところではないか。しかしこのことは別に偶然でもないし、そしてそこにあるのは別に無秩序な現象でもない。大事なことは、一度数の連続体ができると読み手の心は連続的なものを受けいれやすくなり、しかもこれが韻文自身の厳密に数的なリズムによって強められていくという点である。ものの連続体の中に見られるバラバラさ加減にこだわるのはおかしい。むしろ是非バラバラであってもらわねば困るのである。というのも、ある連続体は個別かつ明瞭な項、一たす一たす一……と順番に出てくる単位からできていなければならないわけで、従ってリスト中の「もの」たちのてんでん勝手ぶりはマインドの秩序志向の助けにこそなれ、決して妨げであるわけがない。それらが互いに何の関係もなければないほど、マインドはそれらをたやすく「一たす一たす一」の形にすることができる。もしも、先ほど並べてみせた「もの」たちが互いに全くの没関係でなく、少しでもつながりをもっていたりすると、マインドはたちまちこれらを一緒くたにし融けあわせて全体的なものをつくってしまうだろうし、そうなれば、これはもう**ノンセンス**ではなく詩の世界となる。そうなると、数の連続の方も詩の中でいつもはたしている役割に舞い戻ることになろう。つまり確かに一方ではマインドの秩序志向の力を手助けするものの、無秩序への志向が絶えずレファランス（内容）を喚起しながら跋扈《ばっこ》跳梁するのを、まるでなすがままにするわけだ。次の例でこのことを見る。

十二の唄をうたおうよ！
　燈心草ガ茂ッテル！
君の十二って何だろう！
　十二、十二人の使徒の数、
十一、天国行った十一人、
十、十の戒めの数、
九、九枚キンキラ金貨、
八、四月のお花雨、
七、お空の七つ星、
六、六人気取って歩く人、
五、扉のところの五つのしるし、
四、四人の福音書作者、
三、三人ライヴァル同士、
ふたつって、二人色白ぼうや、
　緑のべべを着ています。
ひとつって、ひとりぼっちのひとつ、

いついつまでもひとりぼち。

ここには紛う方なき数の連続がある。しかるにもう一つの連続、つまり「もの」の連続の中に現われる項のいくつかに意味がよく分からないものがあるために、マインドの夢と無秩序の側が動きだしてそれらを一緒くたにし、作品全体を**ノンセンス**の領域から、センスならぬ、いっそ詩の世界へと移してしまうのである。童謡「クリスマスの十二日」でも唄が十二日目に近づくにつれて同様のことが起る。

クリスマスの十二日目
好きなあの人わたしにくれた、
　十二人跳んでる王さま、
十一人おどってるお姫さま、
十人笛吹いてる笛吹き、
九人太鼓叩いてるドラマー、
八人乳しぼってる召使、
七羽およいでる白鳥、
六羽すわってるガチョウ、
　五つ金の指輪、
四羽コリー鳥、
三羽フランスにわとり、

二羽ヤマバト、そして
一本のナシの木にいる一羽のシャコを。

ここでは五つの指輪までは詩の世界で、そのあとに**ノンセンス**が始まる。第一「コリー鳥」とはそも何ものだろうか。そして最後は掛け値なしの**ノンセンス**で終る。鷓鴣《しゃこ》［うずらに似た鳥］と梨の木の組み合せがマインドの中でどうしても完全には融けあわないし、このチグバグな感じのためにマインドはどうしても二つ別々の連続体が、こちらに数字、あちらに「もの」という具合に並行して存在するという思いに捉われざるをえないのである。

できあがったリストが、マインドの何でもをごっちゃにしてしまう夢の側に糸口を与えるものでない限りは、「もの」の連続体の方にどんなものを並べようと自由である。夢への入口はいつも口をあけているから、必要な限りのチグバグ（incongruity）をつくり出し続けることが肝心である。このやり方のおかげで、マインドは自由を保証されるだろう。**ノンセンス**が、狂気でもなければ怖ろしいものでもない所以《ゆえん》と言おうか。秩序だった連続体の基本的なタイプとして数をとりあげることで、我々のマインドには安定して信頼に足る或る連続的な枠組ができあがる。つまり一列に並んだ箱があるような按配で、マインドはその一つ一つにありとあらゆるものを入れてビックリ箱に仕立てればよいわけである。

一、二、
お靴をゆわえ、

三、四、
ドアをあけ、
五、六、
棒をひろって、
七、八、
まっすぐのばし……

＊

一、二、三、四、
カラスを母さんつかまえた、
後ろのドアから放りだす、
一、二、三、四。

＊

一、二、三、四、五、
やっと魚をいけどった。
なんであんたは逃すのか。
こいつが指をかんだんよ。
右のお手ての小指だよ。

＊

この爺さん、ほら一つとせ、
ぼくの鉄砲でニックナックいたずら
　ニックナック・パディワック　犬に骨やれ、
　この爺さん　ころがってお帰り。

この爺さん、二つとせ、
ぼくのお靴でニックナックいたずら

この爺さん、三つとせ、
ぼくのおひざでニックナックいたずら

この爺さん、四つとせ、
ぼくのドアでニックナックいたずら……

＊

二匹ずつ　動物たち行った。
　もひとつ河をわたらにゃならぬ。

象とカンガルーだ
　もひとつ河をわたらにゃならぬ。
　河をもひとつ
　ヨルダンの河を
　河をもひとつ
　もひとつ河をばわたらにゃならぬ。

＊

三匹ずつ動物たちが行って……
サイとノミとが手に手をとって……

＊

まずはベッドへ、こがねの財布。
二番にベッドへ、こがねのキジ。
三番にベッドへ、こがねの鳥。

先の鏡の国のコーラスにおけると同様これらの例でも、数の意味するところと言うか、九や十や十一のレファランス（内容）は、もちだされている「もの」たちとは何の関係もない。猫、コーヒーと三の三十倍との間には、何の合理的な関係もない。これは重要ではない。それに第二のコーラスの終りで、九の九十倍が幾らかアリスが答えられないのもさして重要なことではない。ある意味では、答をもたぬ合計であるからだ。これらの数がめざすところはただマインドに安心感と、自分は状況をコントロールしているのだという感覚をもたらすことなのである。こうした感覚は、ある秩序だった連続体を目にするところから出てくる。先に挙げたような例において、**ノンセンス**の目的にかなうのは数の連続の内容なのではなく、連続していくそのありようそのものなのである。

ここまでくると別の問題が出てくる。というのは、なるほど数はこの種の連続体としては最もなじまれているもの、いわば連続概念（The SERIES）の原型と称してもいいようなものではあるが、かと言って連続するものはこれだけにには尽きないし、**ノンセンス**はおよそ我々になじみあるものでありさえすれば、使えそうな他の連続体をどんどん——数の連続に代え、あるいはそれに加えて——使うのである。ここでは**ノンセンス**は、数学より鷹揚である。数学は計算の基礎をなすどんな数列にしろそれが無限に続くことを要求するが、**ノンセンス**はもっと小さいところで手を打つ。実際それは数ある連続体の中で最小のもの、つまりたった二つの項しかない連続体を相手に何とか格好をつけることもできるのだ。この例を次にあげよう。まずは聖書中の人名から成る極小の連続体の例。


アーロンがモーゼに言った。

「わしらの鼻をちょんぎろう」

モーゼがアーロンに言った。

「つけとくのがはやっとる」

＊

シャデラク
ベッドをふるい
メシャク
ベッドをつくり
そしてアベデネゴ
みんなベッドにはいる。

ラテン語活用変化の初歩だって十分である。

Amo, amas,
I love a lass . . .
（わたし好き、あなた好き、
わたし女の子好き……）

前にあげた「まずはベッドへ」の唄のように三つの点が時間的に続く場合もあれば、三つの点が空間的に続いている場合もある。

切株のとこにいる人
手にいれる、こがねの石を。
壁のとこにいる人
手にいれる、こがねの球を。
して中間にいる人
手にいれる、ヴァイオリンを。

ロンドン市の教会のリストでもかまわない。

「オレンジにレモン」
聖クレメントの鐘がなる
「あんたわしに五ファージングの借り」
聖マーティンの鐘がなる
「やかんになべ」
聖アンの鐘がなる
「棒にりんご」

ホワイトチャペルの鐘がなる
「れんがにかわら」
聖ジャイルズの鐘がなる

この種の連続は、週七日の名でもつくられる。

ソロモン・グランディ、
月曜に誕生、
火曜に洗礼、
水曜に結婚、
木曜に病気、
金曜に重態、
土曜に死亡、
日曜に埋葬、
これでおしまい、ソロモン・グランディ

足や手の五本の指だって使える。

この豚子豚　市場へ行った、
この豚子豚　おるす番、
この豚子豚　ロースト・ビーフ食べた、
この豚子豚　なーんにもない、
この豚子豚　帰りのみちみち
　ウィーウィーウィーウィーないた。

そうなれば原因と結果の連続も使える道理で――

ジャックがたてたお家にあった
麦芽を食べた
ネズミを殺した
猫をいじめた
犬をつきあげた
角曲りの牛から
これが乳をしぼった乙女です。

アルファベット二十六文字を使うと、このやり方はおあつらえにうまくいく。わりに長い連続体だし、それになじみ深さの点でも数に比べて何ら遜色ない。

A、B、C、
ひっくりかえってD、
ネコは棚のなか
　だからぼくがみえない。

＊

大きなA、小さなa、
ピョンピョンB……

＊

Aはアップル・パイ、
Aが食べた、
Bがかじった、
Cが切った、
Dが売った……

これはもうリアの独擅場で、六つもアルファベットづくしを考案している。どういうやり方のものか示すために次にあげるのは、その六つのそれぞれが文字Mをめぐってどうなっているかの例である。

A a a A
A was a lovely Apple
which was very red & round,
It tumbled off an Appletree
And fell upon the ground.

E e E e
E was a beautiful Eagle,
Whose head was completely white;
He sate and looked at the sun all day,
And was fast asleep all night.

アルファベットづくし（リア自筆）

(1) M was a mill,
Which stood on a hill
And turned round and round
With a loud hummy sound.
m!

useful old mill!
(Mは風車　丘の上にがんばって　ぐるぐるぐるぐる　大きな声をたてながら　ム！
役にたつよ古い風車)

(2)M was once a little mouse,
Mousey
Bousey
Sousy
Mousy
In the housy,
Little Mouse.
(Mは昔は小さなネズミ　チュー公　ショウチュー　ショッチュー　チューチュー　家
のなかの　小さなネズミ)

(3)M was a man,
Who walked round and round,
And he wore a long coat
That came down to the ground.
m!

Funny old Man!
（Mはさる男　あっちゃこっちめぐり歩いた　地面につくよな　長いコートひきずり
ム！　変なおいぼれ！）

(4) The Melodious Meritorious Mouse,
who played a merry minuet on the Piano-forte.
（音《ね》が好きの根の良いネズミ、ピアノにむかってめでたいメヌエットひいた）

(5) M was a dish of a Mince;
It looked so good to eat!
Papa, he quickly ate it up,
And said, 'This is a treat!'
（Mは皿に盛った肉　見るだに珍味！　パパたちまちたいらげて　いわく「こりゃごち
そう！」）

(6) M said, 'A Mulberry or two might give him satisfaction.'
（Mが言うにゃ「マルベリー一つか二つで奴は喜ぶにきまってる」）

リアはまた、幾つかの文字の連続を「ディスコボロスの唄」のコーラスに用いている。

生きるわずらわしさから私たちは逃げた――
オー！　W！　X！　Y！　Z！
もう心配ごとなどありはせぬ、
気がかりもめごとありはせぬ――
ディスコボロスの夫婦には！
（『お笑い小曲集』）

キャロルはアルファベット文字をこういう風に直《じ》かに使ってはいないが、彼が人名を仕込んだアクロスティック（折込句）の韻文をこしらえるのを、殊に好んでいたことは記憶に値する。たとえば「一ひらの小舟、真澄《ますみ》の空に」の唄では各行の最初の文字をつなげてみると、アリスのモデルとなった少女の名――ALICE PLEASANCE LIDDELL――が綴りだされてくるという類の遊びである。

さて、これまでのところではっきりした連続体を論じてきたのだが、その背後には「影の連続体」（shadow series）とも言えるものがある。たしかにあるのだけれども、目には見えない。詩の領域でなら意味深く列挙（enumeration）と呼ばれるもの、それから押韻（rhyme）、リズム、反復（repetition）といったものにここで我々は出会うことになるのだ。1、2、3、4……という形であらわれる数そのものは、ここでは姿を消してしまうように見えるのだが、連続という概念、一たす一たす一と続くもののありようは消えることはない。

まず列挙、つまりもののリスト・アップはノンセンスの重要部分をなす。人名のリストだって構わない。

ビル・ブルーワー、ジャン・ステューワー、ピーター・ガーニー、ピーター・デイヴィー、
　ダーンル・ウィドン、アリー・オーク、トム・コブリー叔父などなどと一緒に。

なるほど変な組み合せのものを並べてはいるが、その一つ一つが何となく辻褄があう感じのため真の**ノンセンス**とは言えなくなり、**ノンセンス**と詩の中間あたりに位置する場合もある。次の二つの例などそうである。

歌え、葉末の露、葉末の露、
　水とワイン、
七本の金線、
　そして輝くラッパ。

＊

ユリ、ニガクサ、ワインに浸したパン、
　野のバラに
たき火、
イチゴの垣に

オダマキ。

T・H・ホワイト［一九〇六—六四。アーサー王伝説に取材した幻想作家］の『石の剣』の中には、マーリンの部屋にあるものをほとんど一頁半も列挙して倦むことを知らぬ、すばらしいカタログがある。

……天体観測儀、長靴十二足、巾着網一ダース、うさぎ罠三ダース、栓ぬき十二、ガラス板の蟻の巣、赤から紫まであらゆる色をそろえたインク壺、かがり針、イートン校の俊英たることを証す金メダル、縦笛三丁、野ネズミ生けどり網、頭蓋骨二、カットグラス沢山……

リアの手紙にももってこいの例がある。

メンフィスとオンとイシスと鰐と眼炎とヌビア族と熱風と魔法使いとスズメ蛾とに夢中なのです（チチェスター・フォーテスキューあて。一八五六年十月九日付）。

沢山のことを書こうとは思ったのです。坊さんのこと、イタリア人紳士のこと、すばらしい農民たち、オレンジの木、カモメ、ゼラニウム、イオニアの舞踏会、キクイモ、ペーターソン大佐、老ダンドロの棕櫚《しゅろ》、眼鏡、東風、ザムベリのいやな犬ども、漁師たち、スカーフの猫のことなど。でもすっかり眠くなってしまいました（一八五八年一月十八日付）。

エビのこと、リウマチのこと、アームストロング砲のこと、極楽鳥のこと、木イチゴジャムのことを書け――とそうお書きでしたね（一八六二年十月三日付）。

これとは違った文脈ではあるがギルバートが言っているように、リストに何ものをのせるかは全く問題ではない。この呼吸をリアもキャロルも知り抜いている。白の騎士が馬の背にのせていることになっているもののリストが、一つの例である。蜂の巣箱、ネズミとり、ロウソク入れの袋、人参の束、炉辺道具などなど。リアからの例は――

そして彼らはふくろうと手押し車と、
米一ポンドとつるこけもものタルト、
巣箱一つの銀蜂を買った。
そして一同は豚一頭に数羽の緑のカラス、
長い手をしたかわいい猿
そしてリング・ボー・リーを四十瓶と、
スティルトン・チーズをどっさりと……
（「ジャンブリー」）

さて、こうしたリスト・アップがラブレーこの方**ノンセンス**お得意のやり方だとすると、押韻、リズム、反復もまたそうなのである。カマーツは、**ノンセンス**作家についてこう書いている（『ノンセンス詩研究』三九ページ以下)。「彼はリフレーンと反復の椀飯振舞に及ぶのである。……論者は話の本題とは何の関係もない奇態千万なリフレーンが、童謡の中に間断なく出てくるので大いにとまどうのだ」。さらに「リフレーンの謎は、我々にはついに解きえぬものなのである」とつけ加えている。しかし私は、リフレーンというものにひそむ連続の概念にこそ、実は詩と**ノンセンス**とを問わずリフレーンが多用されるわけがあるのだと言いたい。押韻がそうであるが音の繰り返しであろうと、また頭韻がそうだが或る一字なり数字なりの字の繰り返しであろうと、はたまたリフレーンにおけるが如き単語グループの繰り返しであろうと、ともかく繰り返し(recurrence)もまた一つの連続体をなすこと――ここが要訣なのである。見た目だけで言うなら、繰り返し部分は互いに同じものだと言えそうだが、実はそうではない。厳密に言うとリフレーンその一とリフレーンその二が同じなどということはありえない。全く同じように見えても、マインドはそのたびごとに「また出てきた。これで三度目だぞ」とか、「あっまただ。だけど今度はページの大分下の方だな」とか言っているのである。つまり表には出てこないだけでここにはちゃんと連続の概念があって、前に述べた「一たす一たす一」と全く同タイプの連続体なのである。繰り返しにひそむこの連続性は、別に私が初めて言い出したことではない。数学の方では、これは擬似連続体(pseudo-series)として夙《つと》に論じられてきている。ある項の繰り返しを含む連続体の謂《いい》だが、これはその中に繰り返しを含まない真の連続体と関係づけることができる(2)。

　リフレーン、頭韻、そして押韻などはすべて、この擬似連続体のカテゴリーに入る。その背後に真の、そして繰り返しを含まぬ連続体を隠しているのである。リアもキャロルも繰り返しを多用していて、ここでわざわざ詳述する必要もあるまい。キャロルの場合は、簡単なところでは醜い女公爵の厨房のこしょうの唄にでてくる「ウォー！　ワオー！　ワオー！」から「踊る、踊らぬ、踊る、踊らぬ、踊りに入らぬか？」や「きれいなきれいなスープ！」などなど枚挙に遑《いとま》がない。リアでは「ジャンブリー」物語に挿まれた「遠くにわずか、遠くにわずか……」や「ペリカン・コーラス」の「プロフスキン、プラフスキン、ペリカン　ジー！」といったコーラス、「ディスコボロスの唄」や「キャリコ・パイ」にでてくるコーラスなどがそうである。繰り返しは押韻詩《ライム》やバラッドの中で、それこそ繰り返し繰り返し使われている。

プディングもって、ホウレン草つきハムもって、
ヤッホー、とアンソニー・ラウリーが言う。

＊

ロ、ン、ド、ン、橋落ちた、
踊って渡ろう　マイ・レディー・リー、
ロ、ン、ド、ン、橋落ちた、
気のいい娘と。

＊

元、気、な、求、婚、者、が、や、っ、て、く、る、
マイ・ア・ディルディン、マイ・ア・ダルディン、

元気な求婚者がやってくる、
　パッチリきれいな百合の花。

これらの例では、連続をつくるために作者自身が自前の繰り返しを工夫しているわけだが、言語そのものの偶然がこうした繰り返しの連続体を生むこともあって、**ノンセンス**作家たる者それを見逃す手はない。頭韻（alliteration）と押韻（rhyme）がこうして生れる。今まで見た他の連続体と同じく、ごく僅かの材料で十分である。

Little *birds* are *bathing*
　Crocodiles in *cream* . . .
Little birds are choking
　Baronets with *bun* . . .
（小鳥たちが鰐を洗ってる
　クリーム風呂で……
小鳥たちが窒息させる
　准男爵をパン切れで……）
（『シルヴィとブルーノ』続篇。二十三章）

Sing *Beans*, sing *Bones*, sing *Butterflies*!

「小鳥たちが鰐を……」（ファーニス画）

…………

Sing *Prunes*, sing *Prawns*, sing *Primrose-Hill*!

…………

Sing *Flies*, sing *Frogs*, sing *Fiddle-Strings*!

…………

Sing Cats, sing Corks, sing Cowslip-Tea!

（うたえそら豆、うたえお骨、うたえ蝶々！

……………

うたえスモモ、うたえクルマエビ、うたえ桜ヶ丘！

……………

うたえ蠅ども、うたえ蛙たち、うたえヴァイオリンの弦！

……………

うたえ猫たち、うたえコルク栓、うたえキバナノクリン草のお茶！）

（『シルヴィとブルーノ』続篇。一章）


「何を食べて生きてるの」と、好奇心いっぱいでアリスが言いました。「木の汁とオガクズ sap and sawdust だよ」と、あぶは答えました。

（『鏡の国』三章）


「彼女らはお絵かきの稽古をしとった」と、ネムリネズミは言い続けました。あくびをし、目をこすっていました。とても眠くなってきたのでしたから。「何だって描いたのさ――Mで始まるものならみんな――」

「どうしてMなの」とアリス。

「Mじゃなぜいけないのさ」と三月兎。

アリスは黙ってしまいました。

この時までにネムリネズミは目をつむっていて、うつらうつらし始めていたのですが、帽子屋につねられると叫び声をたてて目をさまして先を続けました。「Mで始まるものならみんなさ。*m*ouse-trap（ネズミ罠）、*m*oon（月）、*m*emory（もの覚え）、それに*m*uchness（沢山）なんかも……」

（『不思議の国』七章）

リアも同じことをやっていて——

近所をうろついていた *T*ropical *T*urnspits（熱帯ターンスピッツ犬）に出会いました。

（「四人の子供」）

彼らは旅の十五日目に *b*right *b*lue *B*oss-woss（パッと青いボスウォス）にでくわしました。

（「七つの家族」）

The *I*nventive *I*ndian,
who caught a *R*emarkable *R*abbit in a
Stupendous *S*ilver *S*poon.
（発明狂のインディアン、
すばらしいウサギをば

でかいお匙でとらまえた)

The Visibly Vicious Vulture,
who wrote some verses to a Veal-cutlet in a
Volume bound in Vellum.
(見るだに悪党のハゲタカ、
牛革の本になんと
牛カツ讃歌をしたためた)

(いずれも『続ノンセンスの絵本』)

These *m*uttering, *m*iserable, *m*utton-hating, *m*an-avoiding, *m*isogynic, *m*orose and *m*erriment-*m*arring, *m*onotoning, *m*any-*m*ule-*m*aking, *m*ocking, *m*ournful, *m*ince-fish and *m*armalade-*m*asticating *M*onx.
(これら愚痴ばっかりの哀れな羊肉ぎらいの人ぎらいの女ぎらいの陰気でお祭りぎらいの退屈で上履きばっかり作る口汚なく憂鬱で魚の切身とマーマレードをもぐもぐやっている坊主たち)

(アトス山の修道僧について。チチェスター・フォーテスキューあて書簡。一八五八年一月三日付)

これと同様に、言語の偶然からして同じ音を共有することになった幾つかの単語も、**ノンセンス**作家にとってはもってこいの連続体となるだろう。次の例の一連の語は韻で相通じるものである——即ち big, pig, wig, fig, gig, jig である。童謡が早速これを使っている。

As I was going to Bonner
　I met a *pig*
　without a *wig*,
Upon my word and honour.
（ボナーへの道すがらに　でっくわしたのは豚　つけてないのはかつら　誓ってこいつは嘘じゃない）

Barber, barber, shave a *pig*,
How many hairs to make a *wig*?
（床屋さん、床屋さん、剃ってよ豚、どれくらい毛が要るかつら）

To market, to market to buy a fat *pig*,
Home again, home again, jiggety-*jig*!
（市場へ、市場へ、肥った豚買いに、お家へ、お家へ、ジグティ・ジッグ！）

この言葉たちが相手だとリアも達者なもので――

There was a Young Lady of Bute,
Who played on a silver-gilt flute;
She played several *jigs*, to her uncle's white *pigs*,
That amusing Young Lady of Bute.
（ビュートにさる若い御婦人ありて、
銀ピカ横笛を吹いて吹いて。
叔父の白豚どもにジッグを吹いたのなんの、
あなおもしろきビュートの御婦人って）
（『ノンセンスの絵本』）

They called aloud, 'Our Sieve ain't *big*,
But we don't care button! we don't care a *fig*!
In a Sieve we'll go to sea!'
（一同声高に「我らが篩《ふるい》は大きくない。
がちっとも気にはせん！　ちっとも気にしない[*2]！
篩を駆っていざ船出せん！」）
（「ジャンブリー」）

There was an old man of Messina,

Whose daughter was named Opsibeena;
She wore a small *wig*, and robe out on a *pig*,
To the perfect delight of Messina.
（メッシーナにさる老人ありて、
オプシビーナが娘の名前。
娘はちょこなんかつらのせて豚の背に、
さても歓天喜地　メッシーナの街で）

There was an old person of Bray,
Who sang through the whole of the day
To his ducks and his *pigs*, whom he fed upon *figs*,
That valuable person of Bray.
（ブレイにさる老人ありて、
日なが一日歌っておって
いちじくで養ったアヒルと豚に、
このちょっとえがたいブレイの老人って）

There was a old person of Ealing,
Who was wholly devoid of good feeling;

He drove a small *gig*, with three owls and a *pig*,
Which distressed all the people of Ealing.
（イーリングにさる老人ありて、
まともな気持のかけらもなくて、
小さな馬車にふくろう三羽と豚一頭、
イーリングの人はたと迷惑して）

（いずれも『ノンセンス・ソングズ』）

これはキャロルにも出ていた。

「お前さん、豚（pig）って言ったのかい、いちじく（fig）って言ったのかい」と猫が言いました。
「豚って言ったのよ」とアリスは答えました。

（『不思議の国』六章）

前にあげた例も含めこうした例から読者は、こうした連続体は他の連続体の共存を許さないものではないということを、お察し願えたであろう。マインド中に順序や秩序が乱されることなく、そしてマインドが数の世界にしっかりつなぎとめられていて、含まれた諸要素が混淆して詩と化してしまうような夢の世界に迷いこむことさえないのなら、**ノンセンス**作家は、能う限り沢山の連続体を一度に投入して一向にかまわないのである。さて、この章では数というものをとりあげ、とくにその特性のうち第一と第二のもの、つまり各単位が個別的であるという点、ある連続体をつくりあげるという点の二つをあげつらってきたわけである。ここで第三の特性である限定の問題に移ろうと思う。今までのところ多少なりとも相まじりあわずパラレルに進んできた数とものが、ここにおいて出会うはずである。

（1）ジョージ・アレン&アンウィン社。ロンドン。一九一三年刊。三二五―九ページ。

（2）ホワイトヘッド、ラッセル共著『プリンキピア・マテマティカ』、ケンブリッジ大学出版部。一九一〇年。巻二。第五部。五一三―四ページ参看のこと。

訳注

＊1『スナーク狩り』の例では答は三。何であれ最初選んだ数がそのまま答になる仕掛け。

＊2 fig は「いちじく」。ただし not care a fig で「全く気にしない」の意の慣用句。

第八章 「むすめ七人にモップが七本」

ノンセンスは連続体《シリーズ》（とりわけ基本的なものとしての自然数の連続）を、時には一つ、また時には同時に二つとか三つとか使いながら、それらを平行して動かし、ただし連続的な秩序を保つのに必須な条件——つまり各単位の独立性と、ちゃんと「前」「後」関係のつくような組み立て方——だけは確保している。今までのところをおさらいすると、こんな風になろう。一般的にみてこの図式で十分なのだが、注意点がある。あるタイプの連続体には、**ノンセンス**のゲームにとって一定の危険がひそんでいるからである。連続体のあるものは、すでにみたようにその性質からして小体《こてい》で限定されたものである。たとえば、漠然たる数の人間をベッドにつめこむことはできなかろうし、またロンドン市の教会の数にも限りがあるといった按配である。しかるに連続体のみんながみんな、こんな具合に有限とは限らず、基本的な連続体たる数からして早い話が無限なのである。ところがおよそゲームなるものはみんな——**ノンセンス**だってゲームだ——周到に限定されてなくてはならない。無限なるものとつながりをもつわけにはいかないのだ。数を相手のゲームなのだが、数概念の本質をどうこうできるわけもない以上、数からこの無限（infinity）という性質をなくさせるわけにもいかない。

　これだけにとどまらない。前にあげた例の数々を見ての通り、数の連続は「もの」の連続で代用することができる。集まって我々の経験をつくりあげるあの現象、この現象でというわけだ。**ノンセンス**というゲームでは、これらの現象が互いにチグバグだという点をいやが上にも強調して、それら各現象をあくまで個別的なもの、独自なものにとどめておくために周到な計算が必要となる。そしてここにまたぞろ同じ危険が胚胎するのである。「単一ナルモノノ数ハ無限ナリ」と聖トマス・アクィナスが言っている（『神学大全』Ｉ―Ⅱ。一四の六）。もっとも「実際ハサニアラデ啻《ただ》ニ潜在的ノコトトシテノミ」そうであると聖トマスは補足しているけれども、この潜在的な無限性こそ数連続のそれに劣らず**ノンセンス**覆滅の危険因子なのである。まして**ノンセンス**の主要な遊び道具が他ならぬ数と「もの」であるときては、危険はいよいよ大きいのである。**ノンセンス**は理性の所産であるが、同時に「無限ヲ仰グハ理性ノワザ」（『神学大全』Ｉ―Ⅱ。三〇の四）であるのも否めない。**ノンセンス**はディレンマに陥ったのだ。世界を操ろうとする限り、**ノンセンス**はその世界を限定されコントロールされた小世界にとどめておかねばならない。世界を操ること、これが遊びの本質なのである。右の問題は**ノンセンス**以外のところにもある。たとえば、『科学と哲学随想』のとりわけ興味深いくだり（一〇三―六ページ）でホワイトヘッドは、算術においてすら我々は潜在意識裡に無限の宇宙を垣間見てしまうのだと述べ、無限なるものの不毛とそれを畏怖することの迷妄なることを言い、「すべて価値なるものは、活動の必須要件たる有限性のたまものではないか」とつけ加え、局を結ぶにあらゆるかたちの思考は記号論理学《シンボリック・ロジック》に収斂《しゅうれん》されねばなるまいと結論している。あらゆるかたちの思考は、かくて円を一周りして聖トマス・アクィナスにめぐっていくのである。

経験の中で生起することがらのある一かたまり《グループ》に一つの数字をあてると、これはそのことがらと、数の目盛りの上のそれとみあった集合《クラス》との間に一つの対応関係ができたことを意味する。このことは、理論的には経験のうみだすことがらのどんな一かたまり《グループ》についても可能なはずで、もし或る数を当てられたならそのかたまりは、如上の集合対集合の正確な照応関係によって、マインドから見て十分限定されたものとなる。**ノンセンス**においては、この二つの集合《クラス》のいずれにせよ、その中にあるものが実在するものか否かは、次の例におけるようにともかく一が他と照応できているということさえ確かであれば、全く問題にはならない。

荒野の人がわたしにきく、
「海じゃどれほど苺《いちご》がとれる?」
こりゃ名答とわたし答えるに
「森ん中で赤ニシンがとれるくらい」

あるグループに一個の数をかぶせる。するとそれは明確なものとなり、一個の個別的存在に変るのである。しかし、**ノンセンス**やその他、限定されることを冀望《きぼう》する活動なべてをおびやかすような面倒が、のっけから一つだけあるのだ。というのは多数から成るものでありながら、どうしても数字を受けつけないものが世界にはいくらもあるからである。こういう場合に作家のとる道は、次の二つに一つである。まず、あるグループをはかりとる目盛りとして数字は役に立たないとあっさり認めてしまうこと。結果は例えば次のような按配となろう。

この後《のち》われ見しに、視《み》よ、もろもろの国、族《やから》、民、国語《くにことば》の中より、誰も数《かぞ》へつくすこと能《あた》はぬ大《おほい》なる群衆、御座《みくら》と羔羊《こひつじ》との前に立ちてあり。

（ヨハネ黙示録。七の九）

ないし、出典はまるで違うが――

蒼ざめし民くさよ、眠りてあれかし、
すべての雷雲をば蔑《なみ》しても。
欧州の地の数えることかなわぬ人々の上に
かの歩哨が眼を投じておること！

（W・S・ギルバート『アイオランシ』）

さて、いまひとつの道は、数字を測定の目盛りとして諦める代りに、「もの」の世界からその多数のゆえ数え切れないものを何か見つけてこれを目盛りにし、次の諸例の如く、いわば一の無限を他の無限ではかるというやり方である。

汝らの神ヱホバ汝らを衆多《おほく》ならしめ給《たま》ひたれば汝ら今日《こんにち》は天空《そら》の星のごとくに衆《おほ》し。

（申命記。一の一〇）

そは数へがたき災禍《まがつび》われを囲み、わが不義われに追及《おひし》きてあふぎみること能はぬまでになりぬ。
その多きことわが頭《かしら》の髪《け》にもまさり、わが心きえうするばかりなればなり。
（詩篇。四〇の一二）

デモクリトスの原子も
ニュートンの光の粒子も
紅海の汀《みぎわ》の砂の粒なり
その地にイスラエルの幕屋は燦《さん》と輝くも
（ブレイク「嘲りに嘲り」）

この二つのやり方は、強調のために時に併用されもする。

……我大《おほい》に汝を祝《めぐ》みまた大に汝の子孫を増して穹《そら》の星の如く浜の沙《いさご》の如くならしむべし。
（創世記。二二の一七）

これで「数へがたき」ものの無限性を表わす三つの比喩が出揃った。即ち頭髪、星辰、そして汀の砂である。面白いのはこれらを数えるのはひとえに神のみわざとされていることで、自身「無限」なるものが無辺無量界をコントロールし、そしておそらくはそれで遊ぶのである。

雨ノ滴、海ノ砂ト雖《いへど》モ其ノ数ハ神ニアキラカナルトコロ也。

（『神学大全』Ⅰ。二三の七）

汝らの頭《かしら》の髪《け》までも皆かぞへらる。

（マタイ伝。一〇の三〇）

ヱホバはもろもろの星の数をかぞへて、すべてこれに名をあたへたまふ。

（詩篇。一四七の四）

この最後の例はまさにおあつらえ向きの一句である。これによると神は眼前の無量数に対して数と言葉の二つの表記法を用意していることが分かるというわけである。そして蒼穹の星辰《ほし》、汀の真砂《まさご》となればただちに――潰聖のつもりなどさらにないが――あの「せいうちと大工」の唄が想い出されるであろう。

この詩は三聯にわたる夜の風景描写で始まる。太陽が空高く照っている。月も一緒に出ている。唄はこの椿事を認めて

こりゃ珍らし、なんとなりゃ
草木も眠るうしみつ時だ。

と歌う。読む側も、しかしこの事態を認めざるをえない。作家は彼の宇宙を自在無礙《むげ》につくりあげることができるのだ。我々はじっと辛抱して、ではどういう状態だろうかと考えてみる。月と太陽が一度に出ている。では星は見えないわけか。多数を表わすものの一つ、無限を表わす基本的な比喩がこうして締めだされているのだ。これはただの偶然だろうか。偶然ではないと、ここで目くじらたてる気は毫《ごう》もない。ともかく第四聯へ進んでみたい。

せいうちと大工（テニエル画）

せいうちと大工は
　よりそうように歩いて回った、
二人は猛烈泣きに泣く、
　かくも猛烈砂また砂に。
「こいつがきれいになくなりゃあ、
　そいつはいいいな」と二人言う。

無限数を表わす古来からの比喩が、もう一つ出てきた。砂粒である。むろんこんなものは消えてもらうに若《し》くはない。その消えてもらい方がなかなか面白いのである。

「むすめ七人、モップが七本
　半年かけて掃いたなら、
こいつはどうだ」とせいうち言った、
「きれいさっぱりなくなるか」
「そりゃあやしい」大工言い、
　落とす涙《なみだ》のほろ苦さ。

この聯の最初の二行には、七人の人間、七つの道具、そして六か月という日子《につし》、つまり三つの数が現われている。にもかかわらずそれらの無力さを行文は認める。「数へがたき」ものを数で調伏することが、ついにマインドにはかなわぬことなのだとの謂《いい》である。だから最後は苦い涙の一しずくだというわけだ。そして話題は何か数えられるもの、ちゃんとコントロールできるものへとはぐらかされていく。

「牡蠣《かき》さん、一緒に来ておくれ!」
　これがせいうちの頼みごと、
「はずんで歩きゃ話もはずむ、
　しょっぱい浜辺の道づれに。
四ったり以上はお断り、
　貸す手がちょいと足りません」

別の話のところですでに引用した童謡の中で、ノンセンスが髪の毛の「数へがたさ」を相手に、これと似たような悪魔祓いの所業に及んでいたことを思い出すと、我々としても大分気強くなれる。

　床屋さん、床屋さん、剃《そ》ってよ豚、
　どれくらい毛が要るかつら。

これには「せいうちと大工」同様の答が用意されている。一押しも二押しも足らぬという感じだが、ともかくも数がもちだされてくるのである。

二十と四つ、それで沢山だろ！

そして誰かの注意をそらそうという計算ずくめいた一行が続く。

かぎたばこ一つまみ　床屋にくれろ！

これらの例からみても、キャロルの登場人物たちは、目下行われつつあるゲームにさかんに注釈をつける癖があると前に言っておいたことが、本当だとお分かり願えよう。逆に**童謡**中の人物たちはゲームべったりなのに、である。さて以上と同じことが、我々の経験の中で一役も二役も演じるもっと別の無限なるもの、つまり空間と時間についても起る。無限なるものとして、それらは**ノンセンス**が遊ぶための道具としても環境としても不適当なのである。時空連続体の漠々たる広がりが、もし細かく分節されあまつさえ数字がつけられるなら、マインドはもっぱらその区切られたものに注意を集中し、もって無限なるものを忘れることができるわけだから、このやり方で相手に限定を加えるというのがいつに変らぬ**ノンセンス**の骨法とはなるのである。

さる婆さん、かごにのって上っていった、

月の丈の七十倍のお空まで。

*

バビロンまでは何マイル。
六十足すの十マイル。

リアからとなると例は枚挙に遑《いとま》ない。

マジョルカにさる若い娘ありて、
そのおばさまの足の速いのなんのって。
七十マイル歩いて柵を十五もとびこえた、
いや驚くまいことか　マジョルカの娘。
（『ノンセンスの絵本』）

彼の帽子は幅が百と二フィートあって
しかもリボンとボビンで縁取って。
（「クォングル・ウォングルの帽子」）

綺麗なことこの上なく、たった一本の木があるだけで、その高さは五百三フィートもありました。

そしてもしたまたまグラムブル・ブラムブルの地を訪れることがおありなら、トッシュ市にあるくだんの博物館をのぞいてくださると、その壮麗な建物の中館左翼の右手の廊下にある四二七号室の九八番テーブルに彼らの標本がごらんになれます。でも、もしのぞいてくださらないとごらんになれません。

（「四人の子供」）

（「七つの家族」）

似たような例がキャロルにもあるが、加えて彼は正確であること、ものを測定することの必要性をやたらと強調している。

「お前が一息入れているまに」と女王は言いました。「妾《わらわ》はちょっとばかり測ってみよう」そしてポケットからインチ刻みのついたひもを取り出すと地面を測り始め、あちこちに小さな杭を立てました。

「二ヤードのところで」と、その距離のところに杭を立てながら女王が言いました。「お前のすべきことどもを教えてやろうぞ」

（『鏡の国』二章）

「これまで一体何マイル落ちたのかしら」と彼女は声に出して言いました。「もう地球の真中に近いにちがいないわ。ってことは、四千マイルも落っこったってことね……そう、そんなとこだわ——でも、じゃ経度と緯度はどうなるのかしら」

（『不思議の国』一章）

すると赤の女王が口を開きました。「有益なる質問じゃ。答えられるかの」と彼女は言いました。「パンはどうやって作られるか」

「それなら分かるわ」とアリスはせきこんで言いました。「小麦粉《フラワー》をもってきて——」

「どこの花《フラワー》を抜いてくるだと」と白の女王が聞きます。「庭かの、生垣かの」

「あのね。抜いてくるのじゃないの」アリスは説明します。「粉《グラウンド》にするの——」

「土地《グラウンド》を何エーカーじゃと」と白の女王。「そうあれこれはしょるでない」

（『鏡の国』九章）

ノンセンスは空間的関係において正確さを要求するばかりでなく、時間についてもそうである。

ロビンとリチャード
めんこい坊で
入るよベッド
十時鳴るまで。

＊

子供たちはベッドのなかかな
今　八時だもん

＊

そこで一行は六週ほどすごし、ついにはお魚をあらかた食べてしまったのです。

（「四人の子供」）

こうして八週しないうちに一行はつつがなく帰りついたのでありました。

（同）

ディスコボロスの夫婦
　壁のてっぺんに棲んで
これで二十年と一か月と一日。

（『お笑い小曲集』）

そしてキャロルはここでもまた、数字をいろいろ出すだけでなく、それを正確に知ることがいかに大事かをしきりに言うのである。

この沈黙を破ったのはまず帽子屋でした。「今日は何日だっけ」と、アリスの方を向いて彼は言いました。ポケットから時計を出して不安気にそれをみつめては、時々ふってみたり耳にあてたりしています。アリスはちょっと考えてから、「四日よ」と答えました。「二日も狂っとる！」と帽子屋はため息をつきました。

（『不思議の国』七章）

「終えておくべきじゃったの」と王様が言いました。「して、始めたのはいつじゃ」

帽子屋は、ネムリネズミと腕を組んで法廷に入ってきていた三月兎をみつめました。「三月十四日——だったように思います」と彼は言いました。

「十五日だよ」と三月兎。

「十六日さ」とネムリネズミ。

「それを記しおけ」と、陪審に向って王様が言いました。

（『不思議の国』十一章）

こうしたことどもでの正確さはまた、執拗に時間的な順序、つまり何が最初で何が二番目、何が三番目かを言うことにも現われる。

「ならぬ、ならぬぞえ！」と女王。「まず刑の宣告じゃ——評決はその次じゃ」

「阿呆らしい」とアリスはどなりました。「まず刑の宣告だなんて」

（『不思議の国』十一章）

「鏡の国ケーキの扱い方を知らんとみえる」と一角獣が言いました。「まずは皆に配ってしまい、しかるのちに切り分けるのだ」

（『鏡の国』七章）

この最後の例などみると、事物のノーマルな前後関係が好きなようにいじくられている感じがする。同様のことが『鏡の国のアリス』の「生ける花の園」の章にもみられる。つまり目的地に着こうとすれば、それとは逆の方角へ歩きださなくてはならないとアリスが知るくだりである。しかし、この二つの例は何しろ鏡の国で起きていることである。ノーマルなものを逆転すると、それがすなわち鏡の国の正常にほかならない。逆転させられた連続も、やはり一個の連続であることに変りないのである。『シルヴィとブルーノ』正篇の「アウトランド式時計」の章では、現実生活の時間と前後関係が支離滅裂にさせられる三つほどの例がでてくるが、読んでいて気持が悪くなる。

『アリス』作品の中には、時計が止まっていることをめぐるエピソードがいくつかあるが、時間の変動したり広がっていったりする面は見ず、むしろ時間の固定に興味をもつ立場の必然の所産と言えようか。まるで時間と数が絡みあわされる一点で、登場人物たちが凍結してしまうといった観がある。ただこうしたエピソードにあっても、アリスだけは何の影響も受けないのが面白い。およそゲームをやるのに必須の運動性を、彼女だけは失うことがないのである。なるほど気違いティー・パーティは

「いつも午後みたいな」状態に凍りつき、「いつも六時」の無時間に永久に宙づりにされているのだが、アリス一人は好きなように入っていき、そして出ていく。とまれ、この茶会は時間で硬ばってしまったところを空間的な動きで補ってはいる――「さあ一つずつ席をずらそうぜ!」『鏡の国のアリス』の終り近く、白の女王は「前の火曜日の組のうちの一つ」という言い方をし、また「ここでは我々は昼や夜を一度に二つでも三つでもとるし、冬にはいっぺんに五夜まとめてとる時がある」と言う。これは畢竟《ひっきょう》するに連続体を再構成しているというにすぎず、たしかに別種の秩序を作りだしてはいるものの、もとの連続体に我々がなじんでいてその単位を相手に遊ぶことができて初めて、こちらの方も相応の効果をあげられる体《てい》のものなのだ。もとの秩序がないことには、それを再構成するも何もあった話ではなかろう。この点は、**ノンセンス**と夢を近いものにしようとする見解を論駁するのに有力な手がかりとなる。私見によれば、夢における時間と空間の最大特徴はその流動性にあり、一つのものが同時に二つの場所にあったり、一つのものが同時に二つのものたりえたりしても一向かまわず、ものの前後関係よりは同時共存性がそのいのちなのである。ところが『アリス』作品では、時間をこちらの意のままにより確実にコントロールしようという方に重点が置かれていくのである。

「七歳と六か月ねえ!」ハンプティ・ダンプティはもの思わしげに繰り返しました。「何てぶざまな年齢《とし》だい。もしもわしの意見をお望みとあらば言ってやるね。七歳でやめとけとな――が、もう手おくれじゃよ」

……彼女は「ひとりで大きくなるの、仕方ないじゃないの」と言いました。

「一人なら多分な」とハンプティ・ダンプティ。「じゃが二人なら何とかなるさ。も一人に助けてもらやあ七歳でやめとくこともできたろうに」

「時と折りあいよくやってさえいりゃ、お前が時計に何をさせようとしても奴は何だってやってくれるだろう」と帽子屋が言っているのも同断である。

さて**ノンセンス**にとっては無限だとか時空連続体だけが唯一の強敵というわけではない。第一そんなものは、日常生活からするとごくごく特殊な問題でしかあるまい。ひとかたまりになって起る現象のほとんどは、マインドからみて無限なるものとしてよりは、むしろ多数なるもの（multiplicity）のかたちをとってたち現われるのである。そしてこの多数なるものもまた無限性と同様、**ノンセンス**においてはそのグループに含まれる個に注意を集中することによって限定し、コントロールする必要がある。マインドから無限の砂を掃き出すのに、無数の娘が無数のモップをもっていても仕方がない。何人と数の決った人手が欲しいし、道具の数もいくついくつと決っていて欲しい。曖昧なもの、不定のものは一切残っていてはならないのである。むろんこうしたからといって知性が無限性を実際にうちまかせるわけではないが、あるはっきりした数をもちこむことによって、いわばかわすことはできる。『鏡の国のアリス』のもう少し先の方で、見たところ始末に負えない多数なるものが、それに正確な数字をかぶせることによって、マインド中に一個の秩序と化していく様子が見られる。「ライオンと一角獣」の章で、アリスが森を通る兵隊たちに出くわすくだりである。兵隊たちはまず数で押えられている。「最初は二人ずつ、三人ずつ、やがて二十人、三十人ずつ、ついには大変な数となって森全部を埋めてしまいそうでした」。彼らはいつ何どき数え切れぬ大群集にふくれあがって、もはや数によるコントロールなどうけつけなくなるかも知れない。このことがアリスに、少し危いという気持をおこさせる。「アリスは踏みつぶされまいと木のうしろに隠れ、彼らが過ぎるのを眺めました」。少し危いだけではない。彼らはギクシャクと安定を欠いていて、ために一大混乱状態に突入していくのだ。

いまだかつてこんなに足元のおぼつかない兵隊たちにお目にかかったことないわ、と彼女は思いました。彼らはたえまなく何だかんだに蹴つまずいていて、そして誰かが倒れると何人もがその上に折り重なって倒れるので地面はたちまち人間の山になってしまいました。

それから馬がやってきました。こちらは四つ足ですから歩兵よりはいくらかましなのですが、それでも時々つまずきました。そして馬がつまずくと乗っている者はすぐに落ちるというのがどうやらきまりのようでした。混乱は刻々ひどくなり、アリスはひらけた所へ抜けだすとホッとしました。白の王様が地面に坐って一心に帳面に何か書きつけていました。

ここで混沌が秩序に変えられねばならない。この兵隊どもは、七本のモップをもった七人の娘たちを悩ませた砂粒とはちがうのだ。彼らは、数の目盛り上のどこかの点と対応させることができる。無限なるもののカテゴリーに入れることはない。そうなったらもう遊びの世界から、彼らは締め出されてしまうだろう。こうして多数なるものをコントロールするため、ここに数が登場してくるわけである。

「朕《ちん》が彼らを送ったのじゃ！」アリスを見ると王様は嬉しそうに叫びました。「ひょっとして森を抜けるとき兵隊たちに出会わなんだかい」

「出会いましてよ」とアリス。「何千もいたと思いますけど」

「四千二百と七名じゃ」(テニエル画)

「四千二百と七名じゃ。正確にはの」と、.帳面を見ながら王様が言いました。

こうして数とものが撚《よ》りあわされ、漠然とした多数なるものに正確な数がかぶせられ、そしてプレイヤーは数と「もの」それぞれの連続体の潜在的にもつ無限性をかわして、数と「もの」が結びつくことでできた正確さの方に注意を向けることになるのである。言ってみれば、この二つの連続体はグラフ上の二本の線みたいなもので、読み手は注意をもっぱら二本の線の交点にのみ向けるようにいざなわれている格好である。

これは両面に働く。つまり一方では、でもなければ漠然としていて困る多数なるものを定義し限定するよすがとして数の助けを求める**ノンセンス**だが、他方ではその数に具体的日常的な「もの」をくっつけることもするからである。両者が手をたずさえることで、お互いが確かなものとなりあう気配だ。一方では、(ただマインドの中にしか存在しない)数を、このマインドが事物のあれこれのかたまりを統禦しかつ自在に操るための手助けに呼び、また他方では事物を数にしっかりと撚りあわせて、数が全くの抽象物にならないようにするのである。「鬼(he)」を決めるのに子供たちが拳《こぶし》を数える。八番目を呼ばないことにして数えるわけだが、その時に「一つ、二つ、三つ、四つ……」という数え方はしないでこう言うのである。

ポテトが一つ、ポテトが二つ、ポテトが三つ、四つと、
ポテトが五つ、ポテトが六つ、ポテトが七つ、あともっと。

一から十二まで数えるのが特に面白いことなのかどうか、数を折りこんだ唄は沢山あって何とも言えないけれども、次のような唄などはそこの面白さにかかっている。そして数に「もの」がくっついて回ることに御注意願いたい。

一人の男が草刈りに、
草刈り場に草刈りに、
　一人の男とその犬が、
草刈り場に草刈りに。

二人の男が草刈りに、
草刈り場に草刈りに、
　二人の男と、一人の男とその犬が、
草刈り場に草刈りに。

　三人の男が草刈りに……

うんぬんと続いて十二までいく。逆でも同じである。つまり多い数から少ない数へ数え下る場合である。

十人のニグロの子供、
　ごはん食べにでかけてった、
一人が食べすぎ、
　九人になった。

九人のニグロの子供、
　門の上に坐ってた、
一人が落ちて、
　八人になった。

八人のニグロの子供……

＊

十の緑の壺が壁のうえ、
十の緑の壺が壁のうえ、
　ひょっこり一つが落っこって
九の緑の壺が壁のうえ。

九の緑の壺が……

*

二羽の鳥が石のうえに、
一羽が飛んで一羽が残り、
も一羽飛んでなーんもない、
かわいそうな石　ひとりぼち。

すべてこれらの「もの」、ニグロの少年、緑の壺、石、小鳥、男と犬といったものがくっつくと、数にも重さと性格がそなわってきて、こうして数と「もの」はお互いに安定を得ることになる。これは**ノンセンス**に限ったことではなくて、詩でも数とものの結びつきはよく使われる。

枝になりし林檎四つして、
半ば黄金《こがね》半ば紅、芯にて
血の熟れしさま想はしむ。
（スウィンバーン「八月」）

龍骨の下、九尋《くひろ》の深み、
霧と雪の地より
霊の現る。舟を

行かしめしはこの者なりき。
（コールリッジ「老水夫行」）

朝は同じ齢《よわい》の翼にうちまたがり
百羽のこうのとりが太陽の右手に憩う。
（ディラン・トマス「死と門と」）

とはいえ、詩は数を使うにあたってもう少し慎重でなければならない。あまりに正確に過ぎると詩ではなくなり、その無味にして乾燥な感じはむしろ**ノンセンス**に近いものとなってしまう。悪名高いのは次のワーズワースの一節であろう。

一方から他へと私がそれを測ると
長さ三フィートで幅二フィート。

その点**ノンセンス**は自在無礙である。いくら細かくてもよいし、あげく数と「もの」が組んずほぐれつの上や下へがくりひろげられようと一向にかまわない。

六ペンスの唄をうたおうよ、
ポッケにはライ麦、

二十と四羽の黒つぐみを
　パイに焼き。

＊

三匹のめくらのネズミ、
三匹のめくらのネズミ、
あの走るところをごらん……

＊

セント・アイヴズへの途すがら、
七人のかみさん連れた男に出くわした。
どのかみさんも七つの袋、
どの袋にも七匹の猫、
どの猫にも七匹の仔猫、
仔猫、猫、袋にかみさんだ、
全体セント・アイヴズへはいくつ行った?

＊

ヨークの老公爵、

御家来衆は一万人……

＊

二十と四人の仕立屋さん
デンデンムシをつかまえに……

これはリアの独擅場で――

へんな癖のさる老人ありて
生きていた、ウサギを食べて。
十と八羽食べてまっ青、
さしもの癖もそれきりで。
（『ノンセンスの絵本』）

アヒルが言うにゃ「岩の上に腰かけた。
そのことじっくり考えつめて、
四足ばかりウーステッドの靴下買った。
水かきお足にぴったりで」
（「あひるとカンガルー」）

一行は船に二千の牛カツと百万個のチョコレート・ドロップを積みました……

（「四人の子供」）

そのあと一行が岸辺にやってくると青いしっぽをした大きな赤い鸚鵡《おうむ》が六十五羽もおりました……

（同）

スリングズビイ、ガイ、ライオネルが彼らに三つの小箱をあげました。箱にはそれぞれ黒ピン、乾燥イチジク、エプソム塩が入っておりました……

（同）

ダーグルにさる老人ありて
うがい薬を六樽も買って……

（『続ノンセンスの絵本』）

マインティのさる御老人の
買ったのなんの五百と九十の
大きなリンゴとナシ、それを我知らず

投げつけた相手はマインティの人々。
（同）

キャロルの韻文では例はぐっと少なくなる。娘とモップと牡蠣《かき》の唄には「せいうちと大工」の話ですでにお目にかかっている。ウィリアム父っつぁんの「一箱一シリング——どうじゃ二箱買わんかい」の唄、あとローランド印髪油が二ペンス半だと歌う白の騎士の唄といったところである。ところがいつもの通りキャロルは例こそ沢山は出さないけれども、眼前で行われているノンセンスの戦術のいかなるかに注釈を加え続けるのである。『鏡の国のアリス』でアリスが自ら識らず客車に乗っているくだりで、声たちが一緒になって千ポンドの話をし続けるものだから、とうとうアリスは「今日きっと千ポンドの夢をみそうだわ。きっと見るわ」と言う。数と「もの」がそこで一つになるものとしては、貨幣が一番ポピュラーなものではあるまいか（右にあげたキャロルからの数例が、みんな金《かね》とかかわっているのも面白い）。けだし金とは、数で「もの」をはかる目盛りを目に見えるかたちにしたものでなくて何だろう。この客車の場面で明らかになるのがその点である。キャロルはいま一度、貨幣のかたちをとった数の連続と他のさまざまな「もの」との間に結び目をつくろうとしているのである。四つのものが引きあいに出されている。

（1）「彼の時間ときたら、一分につき一千ポンドの値打ちなんだぞ！」
（2）「その土地は、一インチあたり一千ポンドの値打ちなんだぞ！」
（3）「さよう、煙だけでも一吹き一千ポンドはするんだ！」

（4）「ことばは一語でも一千ポンドはするんだ！」

むろんこの四つの間に他の会話が入っているわけだが、こうして抜き書きしてみると事態は明瞭である。つまりこの四つのものとはそれぞれ時間、空間、事物、そして言語の謂《いい》なのだ。これらはおのがじし何やらん茫漠と広がっていく傾向をもっているので、だからしていろいろな単位、一分とか一インチ、一吹きとか一語とかいった小単位に切り刻まれるのである。そしてこれらをもっとしっかりつなぎとめるために、小単位をさらに或る数字と絡みあわせておくわけである。さて時間と空間についてはすでに検討ずみだが、第三の事物のこと、およびそれらをコントロールしようとする試みのことについてはまだ見ておくべきことが多々ある。むろん言語もまたこの議論の中に含まれるだろう。

第九章　「こうもりとお盆」

　これまで我々は、**ノンセンス**のゲームで数がどんな風に使われるものかを色々とみてきた。が、数はマインドの秩序志向のさまざまな表現の一つにしかすぎないのである。その彼方というか背後に広がるのが、論理《ロジック》の世界である。項目や項目のグループを必要な関係で結びつける領域がこれで、ゲームの多く、なかんずくチェスは、数の領域よりもこちらの領域のものである。キャロルの甥のコリングウッドが著わしたキャロル伝によると、キャロルはチェス盤の上にアルファベット文字を動かして、単語をつくるゲームを考案していたらしい。チェスと言語は、キャロルの中でどういう具合にか一つにされていたものとみえる。単語をしてチェスのゲームの原理、つまり論理の世界の原理でもって操ることができると言いたげな感じである。

　必要最小限の数の関係で、ある明瞭に区切られかつ独自の機能を担っている幾つかの単位をひとしきり結びあわせることによって、或る可能な限定された一世界をつくりあげること——チェスではまっすぐにこれがめがけられる。ところが『鏡の国のアリス』全巻を支配する**ノンセンス**のチェス・ゲームの方では、もし駒が普通の駒でなくて言葉であると、右の如き結果をうるのがいかに難しいかという点が繰り返し話題にされているのである。遊ばれるためには、ものは死物でなければならないと前に書いておいた。言葉はどうだろう。たしかに死物は死物だが、しかしハンプティ・ダンプティによるとこうだ。「……奴らにゃ気性ってものがある。奴らの中の幾つかはだがね——特に動詞がそうさ。……こんなようにいっぱい仕事をさせる時には特別な手当てを支払うことにしておるのだ」。難しさの一半がこの点にある。つまり言葉で遊ぶためには、ゲームのルールが要求するのと別の仕方で言葉が動くのを何とか止めさせなくてはならないのだ。こうしてみると、問題はいわば関係の問題であるらしい。チェスにしろ論理にしろ諸関係をぎりぎりの数におさえることが要訣なのであって、マインドの秩序の側を関係のエコノミー（最小限化）、また無秩序の側を関係のマルチ化（複層化）と定義することが可能である。**ノンセンス**の遊び道具たる言葉は、秩序の側にも無秩序の側にも自由に使えるものだ。言葉とマインドの関係、言葉を介してのマインド同士の関係はしばしば複雑、非合理を極める。言葉のこういうところを**ノンセンス**は抑圧することができない。語を結合させる諸関係を、何とかぎりぎりの数におさえようと腐心するのがせいぜいである。「一たす一たす一」の宇宙をつくりだすことのもう一つの側面が、これである。

ノンセンスは、一個の単純な宇宙を複雑な素材からつくりださねばならない。しかもこの素材は、関係の織り物を織りあげ連想の網の目をつくりあげることを司《つかさど》っている力に、思いのまま使われうるものなのだ。あるものを別のものと、あるいはそうした営みを行っているマインドそのものとさえ一緒くたにしてしまうこと、事物間の奇妙で多様な類似点に目をつけること、夢の世界特有の安定なき複合体をこしらえあげること、こうした作業を主に司っている力に意のままに使われるという面が、少くとも部分的にはある代物なのである。こうした事態を避けるために**ノンセンス**にできることは、一つしかない。関係のマルチ化にいきつくマインドの夢の側を押えこむことができるようなかたちに、言葉を選び組み立てることである。**ノンセンス**の宇宙は、その部分部分の総和以上のものであってはならない。そこには混淆も総合もあってはならないし、でき上がった全体が夢の力を得て何か論理にとらえ切れない新しい意味あいを帯びてしまうことは許されない。大小いろいろの位相でこれが言える。**ノンセンス**の宇宙全体においても、そこに使われる単位の一つ一つにおいても、力点はひたすらに全体よりは部分におかれ、全体は部分に再びバラバラにできるという点に、分解可能という点におかれているのでなければならない。部分は分離され他の部分とは区別され、全体は部分に分解可能、そして全体の出来としては、自分がつくりつつあるものと自分自身を決してごっちゃにすることのない醒めた意識が、距離をもってつくり上げたもの以外の何ものであってもならないのである。

ノンセンスが使おうとしている言葉は日常的な経験、つまり靴や船、封蠟、キャベツ、王様といったものを指す。第六章の復習になるが、そこでは別に絶対的最終的な〈まとまり〉もない代りに〈ひろがり〉の方もよくコントロールされて、ともかくも一つの全体を成しているものの典型がこうした言葉の一つ一つであった。この種の言葉が普通**ノンセンス**の素材であるわけだが、これには、夢もまたこうした日常経験のイメージに働きかけうるという問題がつきまとっている。この難点を**ノンセンス**は、夢にとっては何にもならない言葉を使うことによって克服しようとするだろう。たとえば抽象語。夢が何か手がかりをもとうにも、あまりに漠としているのである。こうしたやり方は可能だろうし、キャロルの韻文の中にその如実の一例がある。ハートのジャック裁判で読みあげられる一篇である。

もし僕あるいは彼女がたまたまに
この一件に巻きこまれるとしたら、
僕らが昔そうだったように
彼らを自由の身にするのが君の任と言うのだ彼は。

僕の思うには　君こそが
（彼女がこの発作おこす前だが）
彼と僕らとそれの間
引き裂く邪魔ものだった。

唐突に出てくるものだから代名詞が何を指しているか皆目分からないし、マインドの想像力の側からみれば、ここにあるのは一個の無でしかない。またこの例を見ると、**ノンセンス**にしてもこんな状態を長引かせることはできないだろうということが分かる。それを相手に遊べそうなもの皆無ときては、マインドも退屈せぬわけにいかないからだ。これと**ノンセンス**のもっと普通の形との中間点が、ハンプティ・ダンプティの唄の中にある。具体的なものがいろいろ出てくる。小さな魚、やかん、ポンプ、ベッド、栓ぬき。しかし無が依然としてあるのだ。全く同じような例がA・A・ミルンの『くまのプーさん』にもある。ところで、こうしたやり方がこのゲームの骨子でありうるはずがない。なぜならもし**ノンセンス**が、夢や無秩序がとりつくしまもないような言葉だけを用いるとすれば、このゲームは相手を失ってしまって成り立たなくなるからだ。敵手の手の届かぬ所に自分だけ引っ込んでしまえば、もうこれはゲームとは言えない。自分自身のゲームでみごと敵手をうちまかすこと、それがゲームなのであり、**ノンセンス**がやろうとするのもこのことなのである。マインドの秩序にも無秩序にも共通する要素——具体的なものを指す言葉——を取りあげ、無秩序の側にもしかるべくプレイさせ（遊ばせ・機能させ）ながら、自らはこうした要素を駆って秩序だった一宇宙をこしらえるのである。この作業が難しくならないように、**ノンセンス**は或る予防措置をいくつか講ずる。

またしてもその例は、キャロルの韻文の中にある。彼のパロディ作品の一つであって、それゆえ本歌とどこが違っているかを見れば、**ノンセンス**のめざすところ一目瞭然となる。本歌の方は知らぬ人なき

キラキラ光れ、ちいさなお星、
おまえは何なのか一体！
あんな高いお空の上の、
まるでお空のダイアモンド！

（ジェイン・テイラー『子供の歌』より）

である。キャロルは気違い帽子屋の口を借りて、こんな風に変えている。

キラキラ光れ、ちいさなこうもり！

おまえは何してる一体！
あんな高くお空とぶ、
まるでお空の盆のよう。

いろいろなことが起きている。星の代りに蝙蝠《こうもり》、ダイアモンドの代りにお盆。蝙蝠がキラキラ光り、盆が中空高くにある。蝙蝠がお盆に似ている。ここでも問題はまず選択、そしてその組み立て方にある。第六章で見た通りである。蝙蝠や盆が、全体何なるがゆえ星やダイアモンドより**ノンセンス**に向いているというのか。またどうして、こんなかたちで結びつけられるのだろうか。

まず取り代えの最初のケースから見ると、星も蝙蝠も日常経験の中に見られるものである。その限りでは二つの語のレファランス（意味・内容）は同じ位相に属していて、ともに秩序、無秩序の両方に使える。ところがレファランスそのものの間に違いがあって、これが重要になる。星というものははるか遠くにあり、コントロールできないものである。見たところ部分に分かれてもいないし、普通の観察者にとっては大きさと光度を除いては特別な性質をもたない。「美シキモノトハ見ラレテ快ヲ与フルモノノ謂ナリ」というスコラの定義に従えば、それは美しいものだ。加えて、一個の星、それは「数へがたき」多数なるものの中の一個である。他方蝙蝠は何か身近にあって、かなり親しまれてもいて、小さいものだ。外見も習性もよく知られている。グロテスクで我々はこれに全く魅力を感じない。それに普通は一匹だけで現われる。もう一つの取り代え、つまりダイアモンドをお盆で取り代えるのも同じ原理で、美、稀少さ、貴重さを追放し、ありふれたものをよしとするわけであるが、さらに一点加わる。つまりお盆というのは人工のものだという点である。つまりここでは、自然の造化よりも人工のわざの方がよしとされているわけだ。小さいこと、ありふれていること、人工的であること、単位が明確であること、全体よりも部分に集中すること――**ノンセンス**というゲームを行うにこれらの性質は必須である。のみか、これらは我々の日常生活をなりたたせるものでもあって、我々になじみある周囲のもの、衣服、食物、家具、家などなどを特徴づけているのもこうした性質なのである。**ノンセンス**はマインドの中でこうした事物と遊ぶ。

まず衣服からいってみよう。リアは人物たちが何を身につけているかに多大の注意を払い、こと細かに書く。

赤い着物きたさる若い御婦人あり
頭をば注意深くおおうのに、
何と皮のボンネットに　羽三本、
長い赤リボンまでさらに。

（『続ノンセンスの絵本』）

ピョンピョンのカンガルー
うすいピンクのモスリン着てた、
水玉模様が入ってた。

（同）

……特別ぶざまな少年でバラ色のニッカーボッカーはいて、頭にはしろめの皿をのせていました。……

（「四人の子供」）

教会の座席にさる老人ありて、

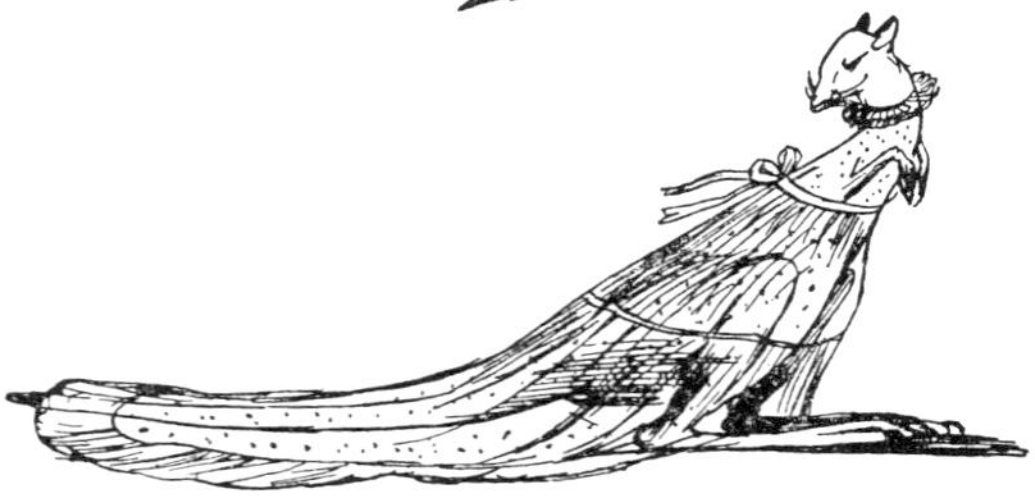

上　「赤い着物きたさる若い御婦人」（リア画）
下　「水玉模様のカンガルー」（リア画）

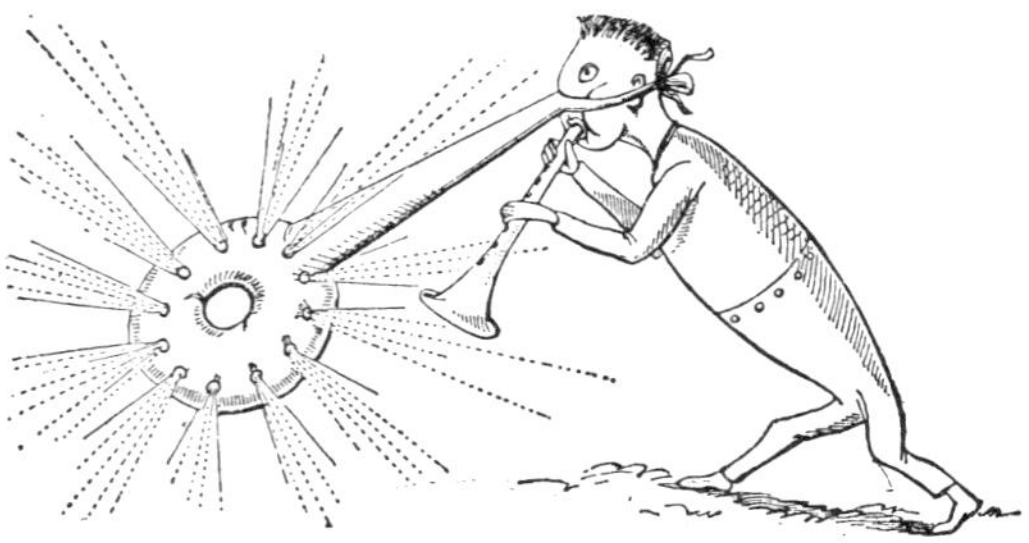

輝ける鼻もつドング（リア画）（191 頁）

水玉模様のチョッキ着て。
それを切れ切れにちぎっては姪どもに。
さても欣快　座席の老人って。

（『ノンセンスの絵本』）

最後の例は、これぞ**ノンセンス**のやり方そのものの寓意である。一人の人間が小さな限定された場所にいて、書かれているが如きある着物を身につけていて、問題の衣服はやがて切れ切れにされて（全体が部分に分解される）明瞭に名づけられ数も決った一群の人々に分配されるわけである。こうしたことでは是非とも正確でなくてはならないというところが、『鏡の国のアリス』に出てくる。

「なんてすてきなベルトをしてるの！」と、だしぬけにアリスは言いました……「少なくともよ」と、よく考え直してから彼女は言い直しました。「すてきなネクタイって、そう言えばよかったのね――いや、ベルトのつもりで、私――あら、怒っちゃったの！」困って彼女は言い足しました。ハンプティ・ダンプティがひどく怒っているようだったからです。……
「いやその――じつにもって――けしからん――やつじゃ」やっと彼は言いました。「何せベルトとネクタイの区別もつきよらん！」

詩もまた衣服のことを書くことがある。

グラスゴーの町通ったとき、
　僕らはきれいな着物をきてた。
あのこは黒いビロード、
　そして僕は深紅のだ。

（「悲しや哀し土手の上」。A・ラムゼイ編『茶卓拾遺集』巻一）

王のむすめは殿のうちにていとゞ栄えかがやき、そのころもは金《こがね》をもて織りなせり。かれは鍼繍《ぬひもの》せる衣をきて王のもとにいざなはる。……

（詩篇。四五の一三―四）

しかし詩の正確さに、**ノンセンス**はチグハグさをプラスするのである。さっきあげた数例からだけでも衣服とそれを身につけている者との間に、また衣服のある部分と別の部分との間に、何の調和も統一もないことがお分かりであろう。次などまさにその典型である。

西部にさる老人あり
うすいスモモ色のチョッキを着、
彼ら「合いますか」彼こたえて「ゼーンゼン！」
この窮屈きわまる西部の老体。

（『ノンセンスの絵本』）

白の騎士もそうである。彼は「ブリキの甲冑に身をかためていましたが、まるで合わないみたいでした」。たしかに正確で細部が明確な点では詩と同じだが、細部同士の間にはマインドから見て何の内的関係もあってはならないのである。

食物についても同様である。かりに全体が与えられても部分が一つ一つ数えあげられ、しかもこれらの部分同士は決してなじみあうことがない。「実際それは、さくらんぼうタルト、カスタード、パイナップル、七面鳥の焼肉、タフィー、焼きたてのバターつきトーストをつきまぜたような味がしました」の如しである（『不思議の国』一章）。この点での正確さを言っている例となると枚挙に遑《いとま》なく――

「それは何を食べて生きてるの」食べることと飲むことになると好奇心いっぱいのアリスが尋ねました。

「糖蜜を食べてんのさ」とネムリネズミが言いました。……

（『不思議の国』七章）

「何を食べて生きてるの」と、聞きたくてたまらなくてアリスが言いました。

「木の汁とおがくずだよ」と、あぶは答えました。……

「これは何を食べるの」

「うすいお茶にクリームの入ったやつさ」

「じゃがこんなプディングを発明したとはまことにもって器用なもんじゃ」

（『鏡の国』三章）

「何でお作りになるおつもりだったんですの」と、アリス。

「まずは吸い取り紙じゃ」うめき声をあげながら騎士が言いました。

「おいしそうじゃないわね――」

「それひとつではのう」力をこめて騎士が口をはさみました。「じゃが他のもの――火薬とか封蠟とか――と混ぜればどんなに違ってくるかお前には分からぬのじゃ」

（同、八章）

……「こんなことをお尋ねしてよければですが、主に何を召しあがっておられるのですか」

「主にと言うと牡蠣《かき》のパイだね」とキンバエは言いました。「それがないときには、キイチゴ酢とロシア革をこってり煮つめてゼリーにした奴だ」

（『四人の子供』）

ふくろうはネズミを熱心に見張ってそれをつかまえると、サゴ・プディングにしてしまいました。

天竺ネズミは庭を歩き回ってはレタスとチェシャー・チーズを食べました。

猫たちはまだひなたにいてスポンジ・ビスケットを食べていました。

リアには醤油で割った熱燗ブランディを飲む老人がでてくるし、ジャンブリーはイーストでつくったゆで団子を食べ、ふくろうと猫のカップルは、マルメロのスライスを正餐にとることになっている。蜘蛛のローストとチャツネをお茶と一緒に食べる老人もいれば、なまにえ牛肉を食べる老人もいるし、アップル・タルトに目のない御仁もいる。白の騎士の秘伝プディングの料理法やリアの「ノンセンス料理教室」は、この世界のものであって、全体はその各部分の総和以外の何ものでもないことのまたとない例証となっている。ところで、各部分は一つの全体をつくりあげることができない。リアは多少はこのことを認めている。「ゴスキー・パイ」調理法の仕上げのところを見よう。「これが終りましたら、全体がゴスキー・パイに変りつつあるかどうか見ます。この時変っていなければ永久に変ることはないでしょう。その場合には材料の豚ちゃんは放してやって下さい。そこですべて仕上がりということになります」。

調度、家、その他人間生活をとりまくあらゆる人工の小道具大道具も同じような扱いを受ける。ジャンブリーたちの船は何でできていただろう——篩《ふるい》とせとものの壺、マストはタバコのパイプである。ドングの輝ける鼻の材料とつくり方はこと細かく書かれているし、宮廷の調度はこんな具合——

行ってみりゃあ　大変な見もの！
敷物もいい、壺もいい、ロウソクの灯も！
何といっても王様と女王様、

一人は赤、一人は緑の見事な様！

（「ガガンボと蠅」）

三月兎の家は毛で葺《ふ》いた屋根をしていて、何となく砂糖菓子でできたヘンゼルとグレーテルのお家を思わせる。時には肉体さえ同様に扱われる。つまり部分の寄せ集めとしてである。部分のリストが並べられる。

男の子は何でできてる、
男の子なんでできてる。
　ナメクジとデンデンムシと犬のしっぽで――
男の子ってそうできてる！

この**童謡**では、別に自然のものが人工のものにとって代られているわけではないが、この自然物が、列挙されたチグバグな部分の寄せ集め以上のものではないことがほのめかされている。部分の方が、有機的な全体より強調されているのである。自然の造化は遊び相手にはあまり向いてないからであり、クローケーのボールとしてもフラミンゴを打つよりは木球を打つ方が楽に決っている。だから**ノンセンス**に自然の動植物が出てくる時には、幾つかある予防措置のどれかが講じられるのである。今まで見てきたようなやり方も、その一つである。これはヒレア・ベロック〔一八七〇―一九五六〕の**ノンセンス**の本にも見られる。彼の『悪童の野獣の本』と『またまた悪ガキの野獣の本』は、この方面の**ノ**

ンセンスの代表格だろう。野獣たちは間違いなく生《な》まの生ける存在なのだから、作者はこれを**ノンセンス**向きに料理するために、いやが上にも周到な工夫をしなければならない。その人工化の一例をここに――

野牛ってすごく見栄はるの
書いてる僕も辛いのなんの――
奴のどたまのドアマット、
こいつは、とおっしゃるのは偉い先生、
天才のおつむから結構にはえでたものではありません、
針と糸して縫いつけたそれだけのもの。

キャロルの鏡の国の昆虫たちは、木やヒイラギの葉や砂糖でできているし、リアの植物はディナー・ベルやナツメグ砕き製である。リアの「四人の子供」にでてくる蟹《かに》は、取りはずしのきく爪をしている（「ねじってとれるようになっとるんだ、と蟹が言いました」）。鏡の国ではまた、ペンキを塗って白薔薇を紅薔薇に変えることもできる。仮に部分的だとはせよ、それらの人工的なることが言われ続けているわけだ。予防措置その二は、**ノンセンス**に出てくる動物たちは、いつもその種《しゅ》から一匹だけをとってくるということである。「小さな蜂さん」の蜂を鰐《わに》に変えた例のパロディの秘密がここにある。蜂と言われると我々はどうしても集団をイメージするが、鰐というと一匹だけで生きている――事実は問わず――という感じをもっている。不思議の国でアリスが出くわす動物たちが、みな一

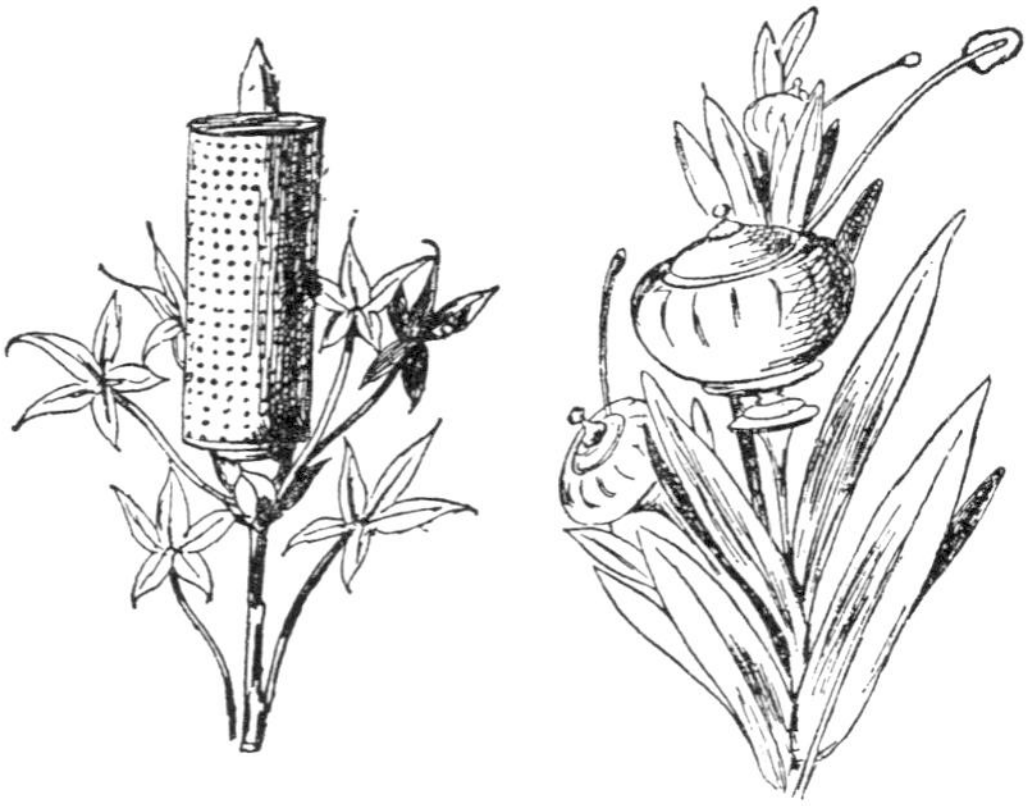

上　キャロルのノンセンス昆虫（揺り木馬バエ）（テニエル画）
下　リアのノンセンス植物（リア画）「スープ入れヒシャク草」（右）と「簡易ナツメグ砕き草」（左）

シガーくゆらすアヒル（リア自筆）

匹ずつだという点は注目に値する。一羽の白兎、一匹のネズミ、「一羽のアヒルと一羽のドードー鳥、一羽のヒインコと一羽の子鷲」（二章）、一匹のトカゲ、一匹の猫、一匹の、一匹の……である。時にはつがいが出てくる。トカゲのビル君を介抱する二匹の天竺ネズミのごとき。しかしその一方で、とんでもないつがいもつくられるのである。

その庭のそばを通って、片目でチラリとみたところ、
ふくろうとヒョウが一つのパイをわけあうところ。
（『不思議の国』十章）

どうやらこういう理由があるからノンセンスの領域では、一個の卵の方が二個より値が高いということになるのである。「一個は五ペンス——ファージング——二個だと二ペンスになるよ」（『鏡の国』五章）。自然物に人工を加えるもっとあけすけな方法は、動物たちに人間的性格を与えることである。

ニシキヘビはお勧めしかねる。
奴の目にお医者がいるし、
年ごとにはしかなんぞにかかります。
（ヒレア・ベロック）

ハンプティ・ダンプティは卵のくせに盛装しているし、白兎君はチョッキをし懐中時計、手袋に扇まで御持参である。芋虫は水ギセルをくゆらし、リアのアヒル氏はシガーなんか吹かしている。『不思議の国のアリス』の海老は「おいらを黒く焼きすぎた、砂糖を髪にまぶさにゃならん」と愚痴る。リアのペリカンは花輪を被っている。さらにすべての動物、鳥、昆虫からはては草木にいたるまで口がきける。本能的な動物の生に意志をもった人間の性格が加えられ、こうして彼らは**ノンセンス**にとって、ぐっとコントロールしやすいものとなるのである。

以上はすべて細かな点に過ぎない。これらの背後には、はるかに重要な事実がひそんでいるのだ。**ノンセンス**が美を厳格に忌避するという点がそれである。美は**ノンセンス**にとって二重に危険なものである。そのわけを知るには、またしても聖トマス・アクィナスが手がかりとなる。彼は美を善と結びつけ、人が見て好ましいと思うという点が善なるものの要諦であり、また愛は愛するものと愛される対象を何らかの仕方で結びつけるものだと言っている（『神学大全』Ⅰ—Ⅱ。二七の一／Ⅰ。五の一／Ⅰ—Ⅱ。二八の一）。もしそうなら、美は見るもののマインドをして、美しい対象との結合へといざなうということになりはすまいか。主客の融和がめがけられるのである。対象への距離なり無関心なりが崩れ始め、マインドの夢の側が動きだすのだ。『アリス』作品の中の二つのくだりが、こうした動きのことを語っていて面白い。物語の中に作者自ら美をもちこんできたために作品の雰囲気に亀裂が入り、**ノンセンス**宇宙の肌理《きめ》に乱れが生じそうになっている個所である。二つとも『鏡の国のアリス』に出てくる。一つは「羊毛と水」の章でアリスが夢の燈心草を摘むくだり、他はアリスと白の騎士の別離の景である。こうした読み手の心を惹《ひ》きつけるような書き方は極めてあざといものであり、二つの文章が二つながら夢に言及している点は看過してはならない。

これらは夢の燈心草でしたから、彼女の足元に山と積まれると雪のように消えてしまったのでした。

これら一切を彼女はまるで一幅の絵のようにみつめながら、片手をこてにかざし、木にもたれかかってこの奇態な主従をながめ、なかば夢うつつにもの悲しい唄のしらべに耳を澄ましました。

どちらにおいても夢が勝つ寸前である。刹那、作者は我にかえり、美の力によってひきおこされた壊滅の危機から己が世界を危うくも救抜するのである。

美が**ノンセンス**に対してもつ危険のその二は、「美ハ良キ均衡ノ裡ニ宿ル」という点にある（『神学大全』I。五の四）。これは或る全体に含まれる各部分がことごとく他の部分と調和し、また全体とも調和していなければならぬという意味だと解してよかろう。この種の「良キ均衡」をマインドは自然の造化もろもろのうちに認める。自然のわざが**ノンセンス**には危険だというのには、こういう理由もあったわけである。それらはマインドにとっては、何かの構成物（organizations）というよりも有機体（organisms）として映る。**ノンセンス**はそれに抗《あらが》わなければならないし、だからして何かを手直し・再構成することにかけ、全体よりは一要素を強調し、もってあまりにも自足しかつ強烈に美と好ましさをもってマインドを悩ませるがごとき全体よりは、部分自体、また部分同士の関係の方に目を向けなければならないのである。ハンプティ・ダンプティがうまいことを言っている。

「わしが文句を言いたいのはそこだね」とハンプティ・ダンプティが言いました。「お前さんの顔はみんなの顔と少しもちがわん――目がふたつあって、と――」（親指で空中に絵を描きながら）「まん中に鼻、その下に口。いつだって同んなじだ。鼻のどっちかに目がふたつあったり――口がてっぺんについてりゃさ――いささかの助けにゃなろうにな」

ハンプティ・ダンプティは、人々の見分けがなかなかつかないとこぼしているし、もし彼の言うように人の顔が変ったとしたら見て気持のいいもんじゃないわと言うアリスに悪態をつく。**ノンセンス**は、正確に区別がつくということのためなら、見て快いかどうかなど一顧だにするものではない。この件《くだり》は、はっきりそう言っているわけである。

統一があるという印象を壊すには、まずその各部分を再構成してしまうという方法がある。一つの部分を歪曲したり誇張したりするのもよかろう。第三の手としては、或る全体をその周りの世界はそのままにしておいて拡大したり縮小したりする手もある。少し大き目の単位を一つとりだして、その統一性を乱してしまえばよい。肉体の各部分が手始めにはもってこいで——

さる若い御婦人　その鼻ときた日には
足の指までとどくほどの見事な長さ

南部にさる老人ありて
その口のでかいのなんのって

さる若い御婦人　その目ときたら
色といい大きさといい　そのたぐいなさ
（いずれも『ノンセンスの絵本』）

おそろしく顎の尖った人物がリアにもキャロルにも出てくる。

さる若い御婦人　そのあごときた日には
これがもう針の先だ。
そいつをとがらせ、ハープ買って、
あごでポロンポロンやったとさ。
（『ノンセンスの絵本』）

彼女はあごをアリスの肩にのせるのにぴったりの背丈で、痛くてたまらぬほどのとがりあごでした。

細部の誇張（リア画）

頭髪も大いに誇張される。

（『不思議の国』九章）

「まず真っすぐな棒をとってな」と騎士は言いました。「それに髪をはわせるんじゃ。果物のつるみたいにな」

（『鏡の国』八章）

ファールにさる若い御婦人ありて
その髪ときたらすごい巻きぐせ。
木に巻きつくは　海は越えるは、
発展家ね　このファールの御婦人って。

（『続ノンセンスの絵本』）

おそろしく脚の長い人物がリアには幾たりもでてくるし、不思議の国で色々変容を経験するアリスだが、或る時には、蛇のように長い首の持ち主になる。こうした不均衡は人間のつくったものたちにまで及ぶ。リアに出てくるディーサイドのさる老人の帽子は、あられの時に人々をその下に入れてやることができるほど大きいし、ブライジーの老人は鋤《すき》で肉を切り分ける。白の騎士のかぶとは巨大で騎士がその中に落ちる。逆にリアのアンクル・アーリーの靴は「あんまりキツキツ」とある。この不均衡は両面に働く。巨大化もすれば矮小化もする。ダットンの人は「その頭ときたらボタングらい」というがごとしである（『絵本』）。アリスもまた周囲と比べて大きくなりすぎたり、小さくなりすぎたりする自分にとまどう。これは他のものにもおこっている。

さる老人ありて
言うことには「黙って！　この茂みの中に小鳥が」。
彼ら「小さな奴か」大将いうには「とんでもない！

足や首が伸びる
（上　リア画。下　T・H・ロビンソン画）

茂みの四倍もある奴だ！」
（『ノンセンスの絵本』）

「茂みの四倍もある奴だ」（リア画）

「ワルツ踊る相手はキンバエ」（リア画）

「鏡の国の昆虫たち」の章の初めのところの風景描写。そこでは蜂や花が象の大きさに引き延ばされている。アリスはそのままである。大きな蜂ならリアにもいる。

ドーヴァーにござる老人
いざ青いクローヴァーの畑を走らん。
でっかい蜂が鼻とひざをチクリ、
そこで老人　ドーヴァーに御帰還。
（『ノンセンスの絵本』）

別の老人は「でっかいネズミ」に衣服を食い破られる。細菌を巨大化させているのはベロックである。

その関節だらけの舌がねそべるのは
何百という奇怪な歯の下だ、
うすい縁したそのまゆ毛といい――
こんなもの今まで見たことない。

が、かなり大きいはずの鰐を縮めるのもベロックである。

……彼は卵の中、
緑色で腹をすかせて恐ろしく不様、
子供の鰐がいるのを見た。

「小さな鰐さん」はキャロルの中にも出ていた。
　さて、こうした不均衡や周到に計算された統一性欠如は、たんに言葉で表わされるのみではなく、挿絵でも強調される。本文は何の誇張もうかがわせないのに、挿絵の方にそれがちゃんと現われていることも多い。次のリアのリメリックなどその好例であって――

　スカイにさる老人ありて
　ワルツ踊る相手はキンバエ。
　月光にあわせブンブンと切ない調べやよし、
　スカイのもろびと恍惚として。

挿絵を見ると、蠅は人間と同じ大きさに描かれ、両者は全くうり二つの姿格好だと分かるのである。ひとつここいらで、**ノンセンス**における挿絵の意味を考えておこうと思うがどうであろう。**ノンセンス**がいかに自らの領域においてマインドの夢と無秩序の力をうち負かすか、その経緯を挿絵というものは興味深く明らかにしてくれるのである。夢というものが、本質的に「見る」いとなみであることは経験上誰もが知っているから、そこで夢を負かすのに**ノンセンス**が使う戦術は、敵の武器たる視覚像《イメージ》そのものを簒奪し己が目的のために使うことである。**ノンセンス**が、いかに注意深く日常的具体的な事物のイメージを使ってその世界をつくるものかはすでにみたわけだが、ここにいたってもう一歩前進となる。つまり文字通りの絵《イメージ》、白地に黒で描いた絵を我々の目の前にさしだしてくるのである。**ノンセンス**作家という族《うから》が、いかに自作に挿絵を入れたがるものかをカマーツ氏がこう言っている。「ノンセンス作家たちがまたノンセンス絵描きでもあった事実、これは単なる偶然という以上の何かだと思わざるをえない」[*1]（前掲書。六〇ページ）。リアは挿絵をすべて自分で描いた。プロの絵描きだから何の不思議もない。キャロルが『不思議の国のアリス』の原型の手書き本に、自らイラストを入れたことはあまり知られていないかも知れない。後年の彼はプロの挿絵画家にイラストをまか

上　W・S・ギルバートの自筆挿絵
下　G・K・チェスタトンのノンセンス詩草稿

せたが、その仕事に専制君主然とこうるさく口をはさんだ。W・S・ギルバート、ヒレア・ベロック、G・K・チェスタトン、T・H・ホワイトらは、みんな自作の**ノンセンス**に自ら挿絵を入れている。こうしてみると挿絵というものは、**ノンセンス**本文の添えものというのではなしに、何か独自に特別な目的をもっていて、言葉と同じくらいに作者にとって意味のあるものであるらしい。言葉によって喚起されたメンタルなイメージに加えて、さらに実物のイメージなどマインドに供給するようなことをすれば、マインドの夢の側にとってそれだけ有利になるのではなかろうか。この便利な材料を得て、夢はその変容の力をふるい放題になるのではなかろうか。しかし事態は逆なのである。なるほど、挿絵はマインドをイメージで一杯にはするが、これらのイメージは挿絵画家によって予め決定づけられているのだし、しかもこの画家が本文の方も自分で書いているのだとなると、彼は読み手のマインドを二重にコントロールすることになる。**ノンセンス**はマインドの半分の側を抑えることをめざす。夢ないし想像力を封じこめながら、自分の絵だけをせっせと送り込むのだ。けだし物語に絵がついている場合、その絵が大して好きになれず自分自身の想像力の方を買おうと頑張ってみても、その絵とちがったように人物や事件を頭にうかべることはまず不可能である。誰しも経験のあることであろう。絵をドンと出してしまうこと、これも**ノンセンス**のゲームの定石なのである。マインドの中でイメージを発明したり結合したりする力に養分を与えるような顔をしながら、実は涸渇させ、あまつさえその精密さと細部の精神をもって**ノンセンス**宇宙の要素要素を切り分け明確にするのに、これらの挿絵は大いなる威力を発揮するのである。

この章では、検討すべき問題がもう一つある。今の議論と通じるところなしとはしないが、**ノンセンス**が夢の領域に対して果敢に加えるいま一つの攻勢について書いておく。夢に対して一見都合のよさそうな材料を与えながら、しかも実際には夢を封じこめる手口は、右の場合と選ぶところがない。

そしてこれが「キラキラ光れ」をめぐる最後の議論となる。つまり蝙蝠をお盆と比べるということの問題である。類似物や類同物を使うのは、夢が普通にやるやり方である。詩はこの事情を知悉している。自らのレファランス（内容）を充塡《じゅうてん》するにあたって夢の原理を徴用に及ぶのが詩の本性とあって、詩は直喩《シミリ》、隠喩《メタファー》、心象《イメジャリー》とあらゆる種類の比喩表現をくりだすのである。[*2] そうした表現では事物Aと事物Bが似させられたり、同じものとされたりする。事物と事物との間には隠れた統一《ユニティ》がある。これは非合理な諸関係の絡《から》みあいの中から生れてき、そしてマインドの夢の側を通して感得できるような統一であるが、このようなやり方でこれに目を奪われるのは、自らの宇宙を厳密に分解可能なものに保ち、関係の数をできる限り抑えなければならない**ノンセンス**にとっては致命的なこととなる。とは言っても、前にも書いたように、**ノンセンス**はその敵に材料を提供することまで拒みはしない。堂々と類似した物同士をもちこんでくるのである。ただしマインドがそれらをどう――理づめだろうと非合理的にだろうと――こねくりまわしても、統一のトの字もうみだせないような代物をもちこんでくるというだけの話である。

「キラキラ光れ」の本歌では、星はダイアモンドに比べられている。詩ではこの類比はいささか手垢のついたものだが、にも拘らず説得力は衰えていない。マインドは星とダイアモンドなら何の苦もなく融け合わせることができるし、そうしながら夢に特有の快を味わうのである。さてキャロルは、このペアに代えて蝙蝠とお盆を並べた。これではマインドの夢の側は、どうしていいやら全くお手上げである。**ノンセンス**ではかくあるべきなのだ。気違い帽子屋の茶会で帽子屋がアリスに出した謎々(riddle)も、このいい例ではないだろうか。カラスはどこが書きもの机に「似て」いるか。アリスはしばし考えこんでしまう。

「もう答がわかったかい」アリスの方に向き直りながら帽子屋は言いました。
「いいえ。降参だわ」とアリス。「答を教えて」
「こちらもまるで分からんさ」と帽子屋。
「こっちもだ」と三月兎。

これじゃ時間のムダだとアリスは憤懣やるかたない。しかし謎々には答があるべからざること、これこそ**ノンセンス**の鉄則ではなかろうか。これだとマインドの夢と無秩序の側もいつまでもプレイして（遊んで・機能して）いられるし、しかも部分の間に何らかの統一をつくりあげてしまう恐れのある答そのものは、ついに非在であるわけだから。似たような例は**ノンセンス**には沢山ある。

「ここは風が強いな。この強さはまるでスープそっくりじゃ*3」

（『鏡の国』八章）

箇条書きにしてみよう。まずはその味、
まばらでうつろでパリパリしとる、
胴のところでかなりきついコートに
鬼火の香りを添えたに似とる。

（『スナーク狩り』二章）

古代のメディア人やペルシア人にも似て
いつも自分の気骨を折って
彼はこの山々に住んでいた。
（リア「アンクル・アーリーの多端なる生涯」）

鼻のノンセンス（リア画）
上　ウェストダンペット老人のトランペット鼻
下　キャッセル老人のベル鼻

リアは、類似比較をほとんど絵の方にまかしてしまう。全く鶴そっくりになってしまったダンブレーンのさる老人が細かく描かれているし、ウェストダンペットの老人はトランペットに似た巨大な鼻をつけている。いや似てる似てないではなくて、老人の鼻がここでは事実トランペットなのだ。そしてこのとりあわせのチグバグの妙が絵によって定着されてみると、類似性がもちこまれたからといって**ノンセンス**はびくともしないのである。同じことがキャッセルのさる老人にもおこる。彼の鼻は先端が総《ふさ》になってしまっている。

　彼ら「いいじゃない！――一寸ベルに似てない！」
　キャッセルの老人　当惑の体《てい》。

各要素の奇妙な寄せ集めと或る造作一つを歪曲することで、各単位がバラバラ状態を保てるからこそ、マインドはそれらを相手に遊ぶことができるし、逆に夢の力は直喩《シミリ》（「一寸ベルに似てない」）の作用によって潜在的には呼びだされていながら、その実まるで動きだすことができないのである。

　さて、これまでみてきた**ノンセンス**・ゲームの細かな点もろもろを合せると、**ノンセンス**が本当にめざすものが何なのかが分かってくる。つまり論理的で秩序だった一個の宇宙を創造すること。一つ一つの単位が厳酷な関係のエコノミーによってつなぎとめられていて、夢や無秩序に特有の関係と連想のマルチ化を一向に与《あずか》り知らない、そういう宇宙である。単なる「連想の行きつく極北は奈辺にありや」、そうコールリッジは反問し、そして答える――「錯乱《デリリウム》なり」(1)と。**ノンセンス**は錯乱から遠い。

マインドの中で連想作用が働くのを妨げるのに腐心するからである。星とダイアモンドの危険な領域から、我々は蝙蝠とお盆の領域に導かれた。そして**ノンセンス**において諸要素が個別的かつ分離可能であり、また諸要素が独特の結合をするが故にこそ、我々はまず詩から、次に夢から、そして錯乱と狂気から逃れるのである。たがはずれたこの狂える宇宙にあって、ハムレットならぬ我々の正気を証すもの、それは「風向きさえよければ」鷹と手のこぎりの区別[*4]——ではなかった——蝙蝠とお盆の区別がちゃんとつけられる能力なのではあるまいか。

(1)「詩の精髄」サミュエル・テイラー・コールリッジの未発表のノートブックより。アーネスト・ハートリー・コールリッジ編。ハイネマン社。ロンドン。一八九五年。五六ページ参看。

訳注

＊1　リアは若年は動植物画、後年は風景画で生計をたてた。

＊2　「詩人はサウンド＝ルックをつくりあげるために数の諸関係を使うし、レファランスの側をつくりあげるために夢の諸関係を徴用する」(『詩の構造』八四ページ)。

＊3　謎々としては卓抜だが、strongをスープについて使うと「濃い」という意味になることが分かればどうということはない。

＊4　『ハムレット』二幕二場三七九行に言及。

第十章　「とろなずむこく」のバランス

今までのところで、**ノンセンス**世界の大道具小道具の明細目録を点検してきた。どこからこの世界に足を踏み入れようと、必ずや例えば一例をとると「ヨンギー・ボンギー・ボー」の唄にみられるがごとくの舞台装置に出くわすことになるのである――カボチャ、古い椅子二脚、ロウソク半分、海老とオランダガラシ、ドーキング鶏、取手のない壺、とばされた帽子などなど。しかしこの小世界にはまだ他のものがあって、これをここで考えておかねばならない。まずボー自身、そこに彼が住んでいるボングの森、いろいろな地名――ボッシェン群島とかガートル湾とか。ノンセンスがいかに慎重に単語と話題にすべきものを選びだすものか、すでに検討を加えた。ジャバウォック語、つまり**ノンセンス**の新造語（neologisms）はまず単語とは言えないものであろう。単語は然るべきレファランス（内容）をもつべきなのに、これらにはそんなものはない。マインドから見て、日常経験の何ものかに直接関係しているとはとても思えないのである。こうした造語が**ノンセンス**にはたす役割をみなければならないが、ともかく今までに判ったパターンに徴してみて、これらのもつ機能もまた他と同様に正確かつよくコントロールされたものではないかと見当はつく。出来ばえからしてこれは神工の手練、霊感の一閃ないし知性や言葉の沸騰状態の賜物だったのかも知れないが、だからといって**ノンセンス**におけるその役割が、かりそめでとるに足らぬものだということには全然ならないだろう。

　この種の造語のきわめつきの宝庫は、言うまでもなく「ジャバウォッキー」である。これはキャロルの一番有名な作品と言える。これまで一貫してキャロルの韻文を手がかりにしてきたが、ここでも「ジャバウォッキー」が我々のガイドをつとめてくれる。さてこの一篇を使うとなると話はぐっと楽になるように思われるかもしれない。なにしろ一部分とは言えすでにハンプティ・ダンプティによって語釈ずみだし、加うるにキャロル自身この語釈にお墨つきを与えたものだから、のちの研究者はみんなそれを金科玉条としてきたからだ。しかしながら**ノンセンス**語へのもっとも実りあるアプローチの鍵は、どこか別のところにあって我々の手がふれるのを待っているような気がするがどんなものだろう。「ジャバウォッキー」だけが土俵ではないのだ。リアにだって興味尽きない**ノンセンス**語が多々あるし、またこの問題の間口の広さに興味ある人なら誰しも、エリック・パートリッジ氏の『行かざるところなく』の中の「エドワード・リアとルイス・キャロルのノンセンス語」という一章が、この問題を扱っているのを看過するわけもあるまい。大抵の**ノンセンス**作家が、折りにふれて単語の新造に及ぶものである。ベロックにも“Wanderoo”[*1]という珍獣がいる。

アルキマワルーが荒々しく意味もない唄で、
　大言壮語するのはなぜ、
インド象がひたすら本気で

『タイムズ』しか読まないのはなぜ。

「北極に棲息する野生のホレッポイタチ“woozles”」を造ったのはA・A・ミルン〔一八八二―一九五六〕である。*2 こうしたものの他にも、**ノンセンス**が繰りだす単語戦略はいろいろとある。これから検討を加えるわけだが、たとえば単語を本来の使い方とは無縁なものに異化(transplant)してしまうやり方とか複合語(compounds)の頻用とかである。

検討していくに際しては幅をもたせる心がけが肝要である。専制君主然たるハンプティ・ダンプティは、キャロルその人のあと押しをいいことに、やや単純に過ぎる解釈をほしいままにしているからである。ハンプティは難解な語を解釈しようとして、“brillig”(とろなずむこく)というのは、夕方四時を指し、夕食をとろとろ煮こみ始める暮れなずむ時刻のことだと釈《と》き、ついで“slithy”(ぬめぬら)に移り、これはlithe(ぬめぬめ)とslimy(ぬらぬら)の合成語だと言う。「いいかね――こいつは鞄《ポートマントウ》みたいなもんさ――二つの意味が一つの単語の中に詰めこまれておる」。これに加えてキャロルが『スナーク狩り』の序文で言うには「二つの意味が鞄みたいに一つの語につめこまれているとするハンプティ・ダンプティ氏の理論こそ、私には一切を明かす正しい解釈のように思われる」。しかしE・パートリッジ氏も指摘されているように、右の理論はたとえば“Jubjub”や、リア考案の“Moppsikon-Floppsikon”のごとき傑作造語の謎を明かしてはくれないのだ。聞いているアリスも疑わし気で、そうこなくちゃあと我々も思うわけだ。ハンプティの「とろなずむこく」の説明に対して、アリスは「そうね。悪くはないわね」と答えるのだが、彼女が半信半疑で他の解釈だっていくらも可能だという思い入れが、この返答には感じられる。二人のやりとりのもっと初めの方に、より興味深い台詞があって、鞄語理論よりはそこから入っていった方がとっつきやすいかもしれない。「名誉《グローリー》」という名詞の意味をめぐって、アリスとハンプティ・ダンプティの間にくいちがいがおこる。それにハンプティが全くもって極私的な意味あいをもたせるからだ。アリスが文句を言うと、自分の家で自分が主人であってどこが悪いとハンプティは応酬し、ついで形容詞は思うようにできるが動詞はそうはいかないと言う。「奴らにゃ気性ってものがある。奴らの中の幾つかはだがね――特に動詞がそうさ。誇り高いのなんのって――形容詞を相手ならどうなとできても動詞はだめだ」。**ノンセンス**語では、名詞と形容詞が主役であることは疑いを入れない。「ジャバウォッキー」の語彙を分類してパートリッジ氏は、形容詞の造語が十、名詞の造語が八に対して動詞の造語は、"gimble""outgrabe""galumphing""chortled"の四つだけだとしておられる。リアの造語リストともなると、この比率はもっと極端になり、名詞が二ページ以上、形容詞が一ページ分はあるのに動詞はわずかに六つ、副詞は一つを数えるのみである。

そもそも**ノンセンス**語は、普通の文法的分類に耐えるものだということは記憶しておいてよいだろう。リアとキャロルにあっては、そんなこと当り前だと我々は思っているが、しかし必ずしもそうとは限らない。たとえば、次のリアのチンプンカンプン語では文法的分類も何もあったものではない。

こは懐疑派　スピットヘッドの御老体。
「フィル・ジョムブル、フィル・ジャンブル、フィル・ラムブル・カム・タンブル！」
窓を開いて言うことに――
スピットヘッドにさる老人あり、

「ハイ・ディドル・インカム・フィードル！」などというバラッドの反復句なども、同様である。さて**ノンセンス**語のうち名詞の役を負わされるものは、それだけでは名詞とは分からない“dong”とか“rath”のような場合でも、定冠詞、不定冠詞や形容詞その他の限定詞がつけられていて、文章の中ですぐ名詞と判別できるような配慮がある。the dong with a luminous nose（輝ける鼻もつドング）、the mome raths（まぐれけるラース）のごとしである。第一、大文字で始められることも多い。形容詞は形容詞特有の接尾辞で、ほとんどいつも判断がつく。“tulg*ey*”“uff*ish*”“manx*ome*”がそうだし、リアの“scroobi*ous*”や“borasc*ible*”もそうである。動詞も同断で、もし語形だけで分からなくても、シンタックスからその造語の機能は割り出せるようになっている。

作家たちが、**ノンセンス**語を含んだ文章にまるでちゃんと内容をもったまともな文章のような体裁を与えたがっているらしいこと、また彼らの目的のためには、動詞より名詞や形容詞の方がよいと思っているらしいことがどうやらはっきりしてきた。ある**ノンセンス**語が自分は名詞、動詞……といった類《クラス》のどれかに属しているというような顔をしたがるのは、それがチンプンカンプン語ならぬまともな単語の仲間であろうとすれば当然のところであろう。“brillig”“cloxam”“willeby-Wat”などという造語は、ヘイ・ノニ・ノーとかハイ・ディドル・ディドル同様何のレファランス（内容）もないのにあたかもあるように思えるのは、それらが名詞然、形容詞然としていて、また確かにレファランスをもっている他の単語を想起させるからである。次に動詞よりも名詞や形容詞を好む傾向だが、あの最も論理的な詩人マラルメがこの傾向を極端にもっていたことを考えあわせると面白い[1]。論理では、一つの動詞は一つの関係を表わす。**ノンセンス**で動詞の造語が少ない理由が、二つここにある。第一に論理では、新しい関係をつくりだすなどできないということがある。第二は、一つの動詞は一つの関係表現であるが、論理における諸関係は何より単純かつ正確でなければならないという点である。いま**ノンセンス**動詞が新造されたとしても、マインドはそれを**ノンセンス**語一般と区別して扱いはしない。記憶をかき回して、その新造語に似た語をいろいろもちだしてくる。関係と連想の網がどんどんマルチ化されていくわけだが、これこそ論理の世界とはまるで逆のものなのである。論理はデータとデータの間の関係を扱うものである以上、一切の基礎となる関係表現をできる限り単純にしておくことが望ましいのは言を俟《ま》つまい。動詞は重要なるがゆえ是非とも単純であらねばならない。含まれる名辞《ターム》――この場合は名詞、形容詞だが――とそれらのいかなるかは、すでに見たように(五章参照)このシステムの機能にとってはもっと重要性が少ないし、それゆえにまた動詞よりはるかに遊びやすいわけでもある。この事情がはっきりする例を、キャロルの『記号論理学』から一つあげておこう。

(1) 魚を好む子猫でしつけられないものはいない。
(2) しっぽのない子猫でゴリラと遊ばないものはいない。
(3) ひげのある子猫はいつも魚を好む。
(4) しつけられる子猫で目が緑色のものはいない。
(5) ひげがあれば別だがしっぽのある子猫はいない。

さてこのへんで**ノンセンス**語の実際にあたってみよう。手始めにはぎりぎり短いものがよかろう。

. . . and shun
The frumious Bandersnatch.
（たけりまく蛮駝支那魑《ち》は避けるべし）

動詞は単純でありふれたものだから、もっぱら名詞と形容詞が問題である。ハンプティ・ダンプティによる評釈は第一聯どまりだが、右の例に似た“the slithy toves”というフレーズに付したハンプティの解義を見ておこう。「そうだな“slithy”というのは〈ぬめぬめかつぬらぬらしとる〉ことじゃ……“toves”ちゅうのは何かこうアナグマみたい――でもあるし、トカゲみたい――でもあるしコルク栓ぬきみたいでもあるな」。名詞はテクニカル・タームのごとき扱い、つまり一枚のラベル以上のものではなく、前の数章でみたような幾つかの**ノンセンス**的特徴を帯びている。形容詞はハンプティ式鞄語理論の見本であって、先の“frumious”もこの仲間である。『スナーク狩り』序文でキャロルは、これが furious（たけり狂う）と fuming（いきまく）の合成であると言っている。まず形容詞からみよう。“slithy”と“frumious”だが、鞄語理論にのっけてハンプティ・ダンプティが、かくもあっさりとかたをつけていることが不思議でならない。一見してこれではもの足りない感じだ。なるほど地口《パン》ならこれで十分説明できる。地口こそは鞄語そのものの世界なのである――一つの単語の中に二つ（以上）の意味が折りたたまれている。しかるに、たとえば“frumious”は単語ではない。その中に二つの意味をパックなどしはしないのだ。何の意味ももたず、ただ幾つかの文字が一かたまりになっているにすぎない。ハンプティ・ダンプティが言おうとして、いかんせん旨く言えなかったのは、これが

「ぬめぬらたるトーヴ」（テニエル画）

furious と fuming なる二つの単語に似ていて、二つを同時に思い出させるということなのであろう。それは単語ではない。しかし他の単語、それも二つ以上の単語に似ている。以下にあげる幾つかの例で、このことを示したい。**ノンセンス**語によって想起される語は、読み手によってまちまちである。『行かざるところなく』のパートリッジ氏の説と、私自身の考えを並べてみたい。

FRUMIOUS:

キャロル——furious（たけり狂う）、fuming（いきまく）

パートリッジ——frumpish（だらしない）、gloomy（陰気な）

シューエル——fume（気）、フランス語の brume（もや）。英語の brumous（霧深い）。frumenty（小麦のかゆ）それに rheumy（鼻カタルの）

BANDERSNATCH:

パートリッジ——bandog（番犬）。（?）Bandar これはヒンドスタニー語でひっつかむこと。

シューエル——Banshee（泣き妖怪）、bandbox（帽子箱）

BORASCIBLE:

パートリッジ——irascible（怒りっぽい）、boring（退屈な）

シューエル——Boreas（北風の神）、boracic（ホウ素入りの）。東欧の接頭辞 “Bor” につながりありや否や。たとえば「Bor-Komorowski 将軍」というように使うもの。

STAR-BESPRINGLED:

パートリッジ——bespangled（ちりばめた）とbesprinkled（ふりかけた）

シューエル——"tingled"（ぞくぞくした）につながりありや否や。テニソンの一行「叫び一つぞくぞくする星の前にふるえけり」より。'Pringle'という名前。着物を縫うことに（何かのお話かなんかあって）つながるかも。また'pin-prick'（針穴）

MOPPSIKON-FLOPPSIKON BEAR:

パートリッジ——毛をモップmopのように沢山もちバタバタfloppy歩くの意か。

シューエル——ロシアと関係あり。'-ikon'という語尾から（Soffsky-Poffskyの木にパートリッジが下した解義参照——すなわち「シベリア分布のもの」）。

これらは、語釈などのつもりで出したのでは毛頭ない。ただこれらの語が、それ自身では何の意味ももたないのに、確かなレファランス（内容）をもった沢山の単語を読み手に想起させる様子をみていただきたかっただけである。こんな具合には働かないタイプの**ノンセンス**語——たとえば"Jubjub"のごとき——は、それがテクニカル・タームであることがただちに明らかにされておく必要がある。たとえば

ジャブジャブ鳥に気をつけよ……

（『鏡の国』）

万一ジャブジャブ、この猛々しい鳥に会ったなら
みんなで力をあわす必要がある。
（『スナーク狩り』）

のようにである。さてこの二つのタイプのうちでは、最初のものの方がありふれている。即ち自分に似た他の単語をマインドに想起させるタイプの**ノンセンス**語である。もし一つの単語がちゃんとした単語のようでなければ、マインドはそれを相手に遊べないわけだから、このタイプは重要だ。マインドが遊べない例はキャロルに幾つかあって、『もつれた尾話』に出てくる“Mhruxian”や“grumstipths”、それににせ海亀の件《くだり》に出てくるグリフォンの「たまさかの叫び声」“Hjckrrh”がそうである。こうした語は、マインドにとっては何の興味もかきたてない。もっとも「ドング」や「トーヴ」たちには不思議と親しみがもてて、マインドもこれらだと楽しむようだ。パートリッジ氏は愉快な例をもう幾つか挙げていて、リアの“Gramblamble”は Grand Lama（大なるラマ師）か grand brambles（大きな茨）であろうとか、キャロルの『シルヴィとブルーノ』に出てくる Ipwergis プディングは、Walpulgis（魔宴の夜）と haggis（腸詰）の合成であろうとか言っておられる。そう言えばあれにも似てるなといった漠たる感じがある限り、一連の語群が喚起されざるをえないのである。

どうやら**ノンセンス**は、危険な領域に突入しつつある気配である。というのは、その二つの鉄則は（a）類似点が認められてはならない、（b）連想の網がつくられてはならない、であったはずだから

だ。ここでしばしの間『スナーク狩り』序文にたち帰ってみよう。たしかにハンプティ・ダンプティの理論があらゆる**ノンセンス**語にあてはまるとキャロルが言ったことについては我々は反対で、鞄をせめて傘ぐらいに広げることで応じたわけなのであるが、そのちょっと先のところに面白い言い回しがある。どんなとき我々の口は"fuming-furious"と言い、また"furious-fuming"と発音してしまうかを言ったあと、キャロルの曰く「しかしあなたがかの稀なる稟質《ひんしつ》、すなわち完全にバランスのとれた精神に恵まれているなら、あなたは"furious"と言うにちがいないのだ」。これは（別にこれだけでもないが）、**ノンセンス**がその言語において、或るバランスを保つものであることを示しているので

「どうしてバランスがとれているのかしら」
（E・B・サーストン画）

はあるまいか。[2] とまれ『アリス』作品きっての言語通たるハンプティ・ダンプティ自身も、このバランス状態にある。言語について語らせようとすれば、キャロルは別にどの登場人物を選んでもよかったはずだが、「足をトルコ人みたいに組んで高い壁のてっぺんに坐って」いる人物にその役を担わせたというのは、何としても面白い。「あんまり薄い壁なものですから、どうしてバランスがとれているのかしらとアリスは不思議に思ったのでした」。**ノンセンス**語に即して言うと、このバランスとはどういうものであろう。またどうしてそれはあやういのであろうか。

ノンセンス語が、**ノンセンス・**ゲームの二つの鉄則を破ってしまうところが危険なのではないかと思われる向きもあろう。が、実際にはこのルール違反は見かけだけのものにすぎない。**ノンセンス**が秩序の側でプレイするものながら、無秩序の側をうち負かす目的のために無秩序の武器をもってするのだということはすでにみておいた。マインドの無秩序側に対しても、見たところ夢の目的にぴったりの材料（イメージその他）をきちんと選択した上で一定量提供し、もって無秩序の力にもプレイさせるが、無秩序側にコントロールを許すことはないのである。**ノンセンス**語によってもマインドは類似を発見するよう誘われるのだが、その類似はあくまで語と語の類似なのであり、機能するのは純粋に言葉の上の記憶と連想に限られる。**ノンセンス**にとって危険ありとせば、イメージ間の類似がやがて詩や夢の統一性にたちいたってしまう点で、たとえばリアの“star-bespringled”（星ふりばめた）などでは、これがおこりかけている。**ノンセンス**語は一般にこのことを断固忌避せねばならない。もう一つ例をあげる。リアの“Pobble”はパートリッジ氏には poodle（プードル犬）と wabble（ぐらつく）を、私には bobble（へま）と pebble（小石）を想い出させる。氏も私も**ノンセンス**語と二つのまともな単語を前にしているわけだが、内容上のつながりということになるとお手上げである。決して融けあわないのだ。このことからしても我々が、**ノンセンス**の「一たす一たす一」の安全な領域から実際には依然一歩も出てなかったことが分かるであろう。小石、プードル犬、へま、ぐらつく、と並べてみると、これは**ノンセンス**の連続体としては秀抜なもので、夢の融けあわせる力をもってしてもどうにもできはしない。**ノンセンス**の造語によって十分な量の単語が想起され、またそれらのレファランス（内容）が互いに十分チグバグであれば、この問題に関してもまた依然として**ノンセンス**は無傷でいられるのである。

同様に、私がテクニカル・タームと名づけておいた語においては、なるほどそれに関連のある語群はいっこうに浮んでこないわけだが、そうなると自分自身を二重にして複合語化することが多いのが面白い。まるで別のものを何も喚起できない分を自らの内部に、それ自身の連結体を頭韻、脚韻、繰り返しの妙もおかしくつくりあげることで、穴埋めしようとしている感じだ。「ジャバウォッキー」には“Jubjub”“Callooh! Callay!”そして“snicker-snack”またリアには“Soffsky-Poffsky”“Clangle-Wangle”“Bose-Woss”といった具合である。それらは怪獣ジャバウォックを葬った“vorpal sword”（こおばえる剣）もさながら「1《ワン》、2《ツー》、1《ワン》、2《ツー》」のリズムで我々の耳朶《じだ》に突きささってくる。ということは、我々はここでも数と連続体の安全圏にいるということなのだ。次に、単語を本来の意味からズラしてしまう**ノンセンス**の異化の戦略についても、同様のことが言える。この例はキャロルには一つしかない。『スナーク狩り』の中の

一同が「おい！」と名づけた男が悲しい話を
ノアの大水以前の声音で語るにつれて。[*3]

リアには沢山ある。You luminous person of Barnes（バーンズの発光性の若者）、That incipient old man at a casement（開き窓の初歩的な老人）、That intrinsic old man of Peru（ペルーの内在的な老人）などなど、**ノンセンス**作品にも書簡の中にも蝟集《いしゅう》している。これらの語にはたしかに意味はあるのだが、全体の中では前後からしてその意味が宙づりになってしまうのだ。生みだされるのはまたしても「一たす一たす一」の効果である。

　しかし、この効果は極めて重要である。それはあくまで一たす一なのであって、ゼロではないというところがポイントなのである。今まで我々が見てきたのは、問題の一側面、つりあっているバランスの片側だけにすぎなかった。つまり**ノンセンス**語が**ノンセンス**得意の戦略によって、マインドの一なるもの（oneness）への志向、詩や夢へ向いた力を敵にまわして善戦する様子ばかりをみてきたわけだが、**ノンセンス**語は同時にマインドの中にゼロ（無）（nothingness）をうみださないように立ち回らねばならないのである。これら二つの無限性のどちらにせよ**ノンセンス**には危険なものであり、この二つのあわい、0と1のはざまに**ノンセンス**言語はそのバランスをとらねばならないのである。

　ノンセンスは、全を畏怖するのと同じくらい無を恐れる。エンプソン氏は『牧歌の諸相』の中で、死への恐怖こそ『アリス』作品の基本モチーフの一つだと言っておられる（二九一ページ）。これを無への恐怖と言い換えた方が、目下のところ我々にとっては問題が簡単になろう。

　……「だってそうでしょう」とアリスはひとりごちました。「ろうそくの火みたいにわたしかき消えてしまうかもしれないじゃない。そしたらわたしどうなっちゃうのかしら」

「自分が実在なんかしてないって知ってるくせに！」
（『不思議の国』一章）

「わたし実在してるわ！」アリスは言って泣きだしました。
（『鏡の国』四章）

『スナーク狩り』は、この点でルール違反をおかしている。第七の章で誰かが「静かにしかし突然消えていった」、つまり無に帰してしまったからである。**ノンセンス**は物質的精神的いずれを問わず、無を相手にはしないことをよく御記憶願いたい。**ノンセンス**は言葉を相手にする。言葉たちがノーマルでありノーマルに機能するところでは、言葉たちにとって無というものはありえない。なぜなら言葉は、経験世界の中に対応する何かをもっているからだ。「言葉ハ被造物トノ関係ヲ含意スル」とはうべなるかなである（『神学大全』I。三四の四）。無が闖入してくるとすれば、言葉と「もの」とがどうかして分離してしまうか、「もの」がそれにかぶさる言葉をもたなくなるか、逆に言葉が「もの」との対応をもたなくなるか、いずれかの時である。ここにおいて名前というものがクローズ・アップされてくるはずである。

名前というものが『アリス』作品では大きな関心事となっている。「おまえ何て名前なの」というのが、ハートの女王がアリスに言う最初の言葉である。ハンプティ・ダンプティもアリスに名前を尋ねるが、もっと面白いことも言う。彼女の名前が何の意味ももたないからだめな名だ、と言うのである。名前がどうして何かを意味せねばならぬのかとアリスは反問するが、ハンプティは、まるで名称と「もの」の間にもっと緊密な関係をうちたてんかの気配で、固有名詞の意味するところをめぐって自説を曲げない。普通我々は固有名詞を指標《ポインター》として使うが、それ以上ではない。詩はそこのところをよく利用して、そういうやり方が可能な場合には、固有名詞を綺麗な音の連続体として使う。音の連続体とは言っても、そこには全くもって何のレファランス（内容）もないというわけではなく、少くともそれらから連想されるものはある。内容は乏しいかもしれないが、固有名詞には連想を呼びおこす力はあるのである。内容は大したものでもないからマインドは音の戯れのなすがままなのだが、しかし一方ではあれこれ連想をよびさまされるものだから、この詩人はチンプンカンプンを言っているのだという非難も別に出てこないわけである。

爾来、受洗のもの邪宗の者問はで、
アスプラモント、モンタルバン、
ダマスコ、マロッコ、トラブゾンにて試合行ひしもろびと、
あるいはフォンタラビアにてシャルルマーニュとその花紳一統
たふれしときアフリカの岸より
ビセルタが送りし者……

（ミルトン『失楽園』I。五八三行）

しかし詩はこういうことをやりながら、固有名詞群のあいだに事物の名をちりばめることが少なくない。マインドが音楽の催眠術にかからぬように、具体的なものをちらつかせてマインドの目先を変え

てやろうというのだろうか。とまれ詩にはあまり似つかわしくないやり方である。

クラウストラの舫《ふね》、アエリス、アザレエ、
ライモオナ、ティボルス、ベランゲレエの、
穹《そら》の暗い輝きの下に。
夜闇のなか、この孔雀の喉せるもの、
サフランの色せる貝殻をもたらせ……
ミラアルス、チンベリンス、アウディアルダ、
　この炎を忘るな。
エレイン、ティレイス、アルクメエナ、
麦の穂の銀のさやぎのさなか……
（エズラ・パウンド「錬金の道士」）

アルワデの人々および汝の軍勢汝の四周《まはり》の石垣の上にあり勇士ら汝の櫓《やぐら》にあり……スリア……赤玉、紫貨《むらさき》、繍貨《ぬひとりもの》、細布《ほそぬの》、珊瑚、瑪瑙《めなう》をもて汝と交易す。ユダとイスラエルの地……ミンニテの麦と菓子と蜜と油と乳香をもて汝と交易す。諸《もろもろ》の貨物《しなもの》の多きがためにダマスコ、ヘルボンの酒と曝毛《さらしげ》をもて汝と交易せり。ウザルのベダンとヤワン熟鉄《きたひたるてつ》をもて汝と交易す。肉桂と菖蒲《あやめ》汝の市《いち》にあり……
（エゼキエル書。二七章）

前述したように美を忌避するのがノンセンスの鉄則であるが、そこに使われた固有名詞は、右の例における同様に連想は——言葉の上だけに限られるにせよ——働く。ボッシェン群島は聖書にみえる楽土ゴッシェンを想起させるし、チャンクリー・ボアは何がなし峡谷ブランクサム・チャインの変形のようだし、ティニスクープはティンベリーの変形のようだ云々。ノンセンスにおける名前は、決して無なんかではないのだ。詩の中の名前と同じく連想によって働く。ただあくまで言葉の上の連想だというだけである。こうしてまた独自のやり方ではあるが、ノンセンスはこれらの名前と「もの」の間につながりを保ち、あまつさえ細部までつけ足すことを忘れない。

夕刻にゼメリー・フィッドの近くに上陸
そこは長ひょろ牡蠣《かき》の天国だった。
（「輝ける鼻もつドング」）

……ソフスキー・ポフスキーの木々——それは……青い葉っぱでおおわれていました。
（「七つの家族」）

ジャブジャブについても——
料理《りょう》ってみればその味はマトンも

牡蠣も卵さえまるでかたなしだ、
（ある者は言う、象牙の壺だと永くもつと、
ある者はマホガニーの樽を推した）
（『スナーク狩り』）

これらすべての例において無は、**ノンセンス**語によって引き出された言葉から言葉への連想、言葉と「もの」との緊密な連想、はたまた挿絵によって完膚なきまでに打ち負かされるのである。怪獣ジャバウォックさえ、ちゃんと絵にされている。指なしポブルやドングやジャンブリー、リアの創作品のほとんどことごとくがそうである。**ノンセンス**語は、首尾よく無から守られているのである。ところが、逆のことがおこったらどうなるか。「もの」がどうかして言葉と切り離されて名なし《ネイムレス》になってしまったら、一体何がおこるのだろうか。

『鏡の国のアリス』で、そうしたケースがあからさまに扱われている。事物が名前をもたない森へアリスが入っていく件《くだり》である。第三章「鏡の国の昆虫たち」の後半部分だが、この章はタイトルから考えられるよりもはるかに重要な一章と言える。あげて言葉と名前の問題にかかわっているからである。章が始まると、我々はこの不可思議境を鳥瞰しようとしているアリスに出会う。地理で誰もがすることだが、彼女は山や川や街に名前をつけようとしている。その次に汽車の車室のエピソードがくる。これは「ことばは一語でも一千ポンドはするんだ！」という言い方にふれて、前にみておいた。自分の名前やアルファベットを知らなくても、行く方向は知ってなければならんという台詞が二つばかりあって、それからあぶが出てきて地口《パン》の椀飯振舞に及ぶ。ここにいたって言葉とレファランス（内

「邪馬魚鬼に気をつけよ」(テニエル画)

容）がくっつけられ（この章の最初ではそうではなかった。アリスは言っていた。「主要な山脈は、っと――私が立ってるこれ一つだわ。でも名前はないようね」）、このことのありがたみ――一語一千ポンドの！――が分かったのだとでもいうように言葉相手のプレイが堰《せき》を切るといった趣きがある。地口《パン》は、前にみたように**ノンセンス**にとって安全そのもののゲームである。なぜならそれは正真正銘の鞄語で、つまり含まれた二つの意味は互いに個別的で、いわば言語が形づくられる時の偶然によってチグハグに結びつけられているに過ぎないからである。さて地口が一段落すると、アリスはあぶと、名前をもつことの目的と効用について議論する。それから言語遊戯がもうひとしきり出てくる。馬バエ horse-fly が「揺り木馬バエ」rockinghorse- fly に変ったり、蝶々 butterfly が「バターつきパン蝶」bread-and-butter-fly に変じるエピソードである。ちょうどリアの人物たちの鼻のように、ここでは一つ一つの単語が不均衡なまでに大きくなっていく。イメージというものは、**ノンセンス**の中では夢や詩の中でのように大きくなったり他のイメージに変ったり混りあったりすることを許されないが、単語の方は変身の結果やはり単語にとどまっていて、しかもその変身によってチグハグ感がさらに高まるのならこれを許されるのである。そしてここでもまた、細部がきちんと押えられていることに注意したい。「羽根はバターつきパンの薄切り、体はパンの皮、頭は角砂糖なのさ」。鏡の国の昆虫たちは昆虫では全くなく単語の複合物なのであって、その性質あれこれがいかにも**ノンセンス**流にリスト・アップされている。

名前をめぐる議論はさらに続く。「君は自分の名前をなくしたくはないんだろう。……でももし名前なしで家に帰れたらどんなに便利か考えてもごらんよ！」こんな風な考えは、アリスを少しくいらいらさせる。そしてこのやりとりに続いて彼女が入っていく名なしの森は、不気味なほど暗い。その中に歩を踏み入れるや否や彼女は自分の名を忘れてしまい、また周りのものを名前で呼ぶこともできなくなってしまう。恐ろしい状況には違いない。もっともこの名なし実験の被験者は少女アリス一人だから、読者諸賢は御安心あれと言わんばかりに、書き進めながらキャロル自身はどんどん「もの」を名づけてくれている。さて、アリスが仔鹿と出会うのがこの時点である。「やさしい大きな目をして……何というやわらかな声！」をした愛すべき動物である。鹿は彼女に名をきき、アリスも鹿の名をきくが、どちらも自分の名を言えない。二つの影は情を込めて——と言ってもアリス当人にしてみればそうであったかどうか思い出す術《すべ》もないわけだが——つれだって歩き、とうとう森の出口に出てくる。そこで互いに名前と正体を思い出し、あっという間に離れてしまうのである。

このくだりは、全『アリス』作品中もっとも興味深い文章のひとつと言える。名前を失うことが或る意味で自由を得ることではないのか、なぜなら名なきものは何ものからもコントロールを受けることがなくなるからだという思い入れがある。「呼びつけようにも名前がないんだものね。で、君は全然行く必要がないわけさ」。さらには、言語の喪失が生けるものたちとの優しい交感を増してくれるのだという思い入れもある。仔鹿と子供を引き裂くもの、それは言葉なのだ。ヨンギー・ボンギー・ボーを、ボングの木の森の中で愛する者から引き裂いたのもこれであった。

「あなたはまったくのチンチクリン、
だけどほんとはこの言葉
　口にしたくはないのです！
どうかお行きになってなど」

ノンセンスは言葉のゲームである。つくりだされたものは0と1、無と全、二つの陥穽の間《はざま》をうろついている限りは安全である。しかし、「もの」をもたぬ言葉が安全であるのに、言葉をもたない「もの」の方は危うい。名前をもたないということは、一種の無（nothing）であることを意味する。

「名前はなんて言うんだい」と仔鹿が言いました。

彼女はほんとに悲しそうに答えました。「今のところ名なしのごん子よ（nothing just now）」

しかもこれは一方では、統一《ユニティ》への入口に立っていることにもなる。全（everythingness）への第一歩というわけである。「とろなずむこく」に言語怪獣ジャバウォックを相手にしている限りは、我々は安全である。なぜならそれは一個の闘いであり、一つのダイアレクティック（対峙）であり、一つのバランス状態であるからだ。しかるに、ヨンギー・ボンギー・ボーやボングの木——つまり我々が今まで見てきた限りでの**ノンセンス**・ゲームにふさわしい類の言葉——や、もっと初めの所には、カボチャだとか取手のない壺だとかが登場しているにもかかわらず、「ヨンギー・ボンギー・ボー」には「何か」が——言葉では覆い切れもしないし分類もコントロールもできない「何か」が——忍びこんでいるのである。この二つの場面のいずれにも、或るノスタルジックな情感がにじんでいる。

アリスはその後を見ながら立ちつくしていましたが、あんなにかわいい道づれをこんなに急になくしてしまったのが口惜しくて泣き出す寸前でした。

かのコロマンデルの岸辺、
取手もたぬ彼の壺を手に
彼女は今も泣き、日々にうめく。
かの石塚の上の方
そのドーキングの鶏《とり》に彼女はうめく……

だが、**ノンセンス**はいかなる情緒も認めない。ついには言葉が全く用をなさなくなる全と無への入口となる情緒なるもの一切を。それは一個のゲームなのだ。情緒などお門違いである。言葉にも、また言葉の操り手たる人間たちにも——つまり己れの遊び道具たちにも**ノンセンス**は情緒を許さない。人間という駒、言葉という駒、「もの」という駒、**ノンセンス**語、これら一切ひとしなみに「一たす一」でなければならないのである。ゲームより以上に仮借ないものはないのだ。

（1）ジャック・シェレル『マラルメの作品にみる文学的表現』、ドローズ社。パリ。一九四七年。八七—一一三ページ参照。

（2）『不思議の国と自分の国のルイス・キャロル』にベル・モーゼズが引用しているところによると、**ノンセンス**言語についてキャロルはこう言っている。「完全にバランスのとれた知性にならば、それは理解できるはずだ」（第一章。六ページ）

訳注

＊1 Wander さまよう＋Kangaroo カンガルー＋？

＊2 woo プロポーズする＋ooze にじみでる＋weasel イタチ＋?

＊3 antediluvian「ノアの洪水以前の」という意味。語の大仰さとこの文脈での唐突さが滑稽なわけである。

第十一章

「抜かりない荒犬のフューリー」

言葉を幾つかのグループにわけて、ノンセンスがそれぞれをどう扱うかを見てきたが、検討すべきグループがもうひとつ残っている。ごく大雑把に抽象語と名づけておいたグループがそれで、TRUTH（真理）、GLORY（名誉）、LOVE（愛）といったように、文字と音のありふれた組み合せがかなり漠然とした個人的な意味あいをいろいろ詰めこんでいながら、いざその語の定義となると、人と人の間にあまり一致するものがないタイプの語である。語のレファランス（内容）が正確な定義、つまり限定のためには何の役にも立っていないというわけである。こうした言葉を使いながらしかし普通には我々は、それがこんな風に限定にも正確な伝達能力にも欠けているのだということに気づいていない。日常茶飯に実に気安く使われていて、その語にまとわりついたくさぐさの連想のアウラは時にそれと見抜かれることはあるが、普通にはこれがその語のレファランスなのだと誤解されている。正確な知的内容の代りに、何がなしフィーリングがあるばかりである。結果、そうした語をやりとりするマインドは、いきおいアクティヴでなくパッシヴ（受身）になり、語をコントロールする代りに語によって動かされることになる。マインドの無秩序の力がここにいたって威力を発揮し、マインドは夢においてまたそうであるように、それ自身の道具のコントロールするところにと堕していくのである。

研究者は、この種の語を名づけて「情緒的（“emotive”）な」語と呼ぶ。[*1] いい呼称とは思えないが、しかしこの呼び方だとこうした語が運動を、知性に対する効果よりも情緒の運動をつくり出す点だけははっきり押えられる利点がある。情動（*emotion*）という言葉には運動の感覚が伴う。[*2] この事情は、“passion”（激しい情緒）という語がその語源由来の妙を得て「何カヲ被《こうむ》ルコト」、ある受身の状態を含意するのと同工であろう。[*3] このパッションを十一ほど聖トマス・アクィナスが挙げているけれども、この語が決して狭義にとるべきでないことを示すのにまたとない。つまり、愛、憎しみ、喜び、悲しみ、欲望、嫌悪、放胆、恐怖、希望、絶望、それに怒りの十一である。どの場合にも、自分では情緒に動かされているか、パッションにつき動かされているかどちらと思おうと、いずれ我々はコントロールするよりもされる側にあり、我々自身のゲームをするよりはされる側にあることになるのだ。

すでに見たように、**ノンセンス**においては知性はその素材をコントロールしなければならない。従って理論的には、**ノンセンス**宇宙のマインドは主客いずれのマインドであるかを問わず、そこに使われた「情緒的な」言葉のなすがままになってはならない。スポーツなら当然のことであろう。ゲーム中は人はクールでなくてはならないし、パニックにおちいってもいけない。相手プレイヤーを愛したり憎んだりしてもいけないし、遊び道具に好き嫌いの念を抱いてもいけない（子供のころ私は、ハートのジャックの札を偏愛していてどうしても自分の手元から手放すに忍びず、さんざんな結果を招いたおぼえがある）。ゲームにふさわしいというか本質的な感情としては、力への愛と勝ちたいという願望あるのみである。「人ヲシテ自ラノ優レシニ酔ハシムルナラバ、打チ克ツ事ハ快ナルベシ。カルガ故ニ支配ヘノ熱望ト勝利ノ可能性ヲ含ムトコロノコレラノげーむハ最大ノ快ヲ与フ」(『神学大全』I—II。三二の六)。同じくアリスも言っている。「私は誰かの虜《とりこ》なんかになりたくない。私は女王になりたいの」(『鏡の国』八章)。

　プレイヤーがその独立性を保つことができるなら、これらの語といえども他の語と一視同仁に扱うことができる。多分いくつかの予防措置は必要ではあろうが。それらが非合理性へ傾いていて危険な可能性を孕んでいるからというだけで直ちに排除、というのは**ノンセンス**のとるところではない。なるほど**ノンセンス**は何といっても合理的なマインドとつながるものだし、情緒もパッションも合理的マインドとは切り離された働きではある。にもかかわらず、双方を兼備してはじめて個人は一つの統一体たりうるのである。しかも面白いことには、マインドの中の数と論理と秩序の側は情緒とまず無関係なのに、夢は大変深くこれにかかわっていて、もし我々が情緒とパッションをマインドのどちら側かと結びつけようとするなら、それは必ず夢や無秩序の側にならざるをえない。それを相手に**ノンセンス**がプレイしている側である。夢は、夢みる人間の中にいろいろと強烈な情緒をひきおこすのが普通である。この連合軍を向うにまわして**ノンセンス**は、こういう場合にやってきたことをまたやるだけだ——つまり一見夢と無秩序に向いた材料を用いてマインドのそちら側にもしかるべくプレイさせ、しかしそれ以上は頭を押えるというやり方である。このやり方が、イメージの場合どういう具合になるかはすでにみた。そこでは**ノンセンス**は、連想のつながりができていかないよう、また一のイメージが他のイメージやマインドそのものと一緒くたにならないように腐心した。さて今度は「情緒的な」言葉についてはどうかと言うと、**ノンセンス**は感情の連鎖ができたり、描かれまた喚起されたりした感情に人間自我というものが同一化しないように気を配るのである。人間くさい性質である情緒やパッションをどうするか。「怒りで顔がゆがんだ」バンゴールのさる老人を、馬耳東風然と「つまさきだって歩く」メルローズの老人の傍に並べ、ひとしなみに非情緒的、即物的に扱うこと、これである。

ノンセンスは、この仕事を特有のやり方で始める。感情もろもろは、本性からして言葉とはあまりなじまないし、「もの」よりは人間の方とかかわりが深い。これは**ノンセンス**の性質とは、まるで水と油である。**ノンセンス**は情緒のあれこれを己れ自身のルールで扱い、言葉そのものをそれが持っているかも知れない内容よりも重視し、リアルな世界よりは言語的な世界を強調するし、具体的な事物から極力浮きあがってしまわないよう腐心するのである。抽象語、情緒、パッションとのかかわりで事物をもちだしてくるのは詩だって同じなわけだが、しかし目的が違っている。詩が美しいものを使うとすれば、それは惹《ひ》かれるという感情、彼我一体となりたいという感情を強めるためだし、逆にいやなもの恐ろしいものを用いるのはもっと強い反撥を引きだすためなのである。いずれにせよマインドは相手に遊ばれ、イメージのなすがままになり、パッションつまりパッシヴィティ（受身）の状態へと拉致《らち》されることになる。これで詩はその働きの半ばをやりとげた形になり、相手に遊ばれてもよいという同意をマインドから引きだしたことになるのである。

安息よ、野生の山鳩、そなたの羞《はじ》らいの
　翼を閉じるはいつ、
私をめぐるそなたの漂泊を終え私の

枝の下にくるはいつ。

（G・M・ホプキンズ）

悦びの手はいつも別れ告ぐ
彼の口の辺《へ》にあり。快楽には棘《とげ》ありて
蜂の口がすする間にも毒とは変ず。

（ジョン・キーツ）

いざや愛の何なるか　いましに告げむ。
そは泉はたまた井戸ならむ、
そこに快楽《けらく》と痛恨《くい》のこもごも住まう。

（トマス・ヘイウッド）

恐怖が我が心を盃となすと
生ける血を干すがごと。

（S・T・コールリッジ）

そしてそれぞれの頭から苦しみの手にと
他人の恐怖がにじりよった。

（オスカー・ワイルド）

ノンセンスは、こんなやり方をしてはならない。抽象語を事物で囲繞《いじょう》するのは同じだが、マインドがそれに対して完全にクールでいられるような蝙蝠とかお盆とかをもってするのである。**ノンセンス**はまた、能うべくばその人物たちを「もの」に、少くとも遊び道具に変えてしまう。マインドが魅力も反撥も感じない他の遊び道具もろもろとひとしなみにしてしまうのである。

　まず感情とかリアリティとかよりも、言葉に強調がおかれるという点からみてみよう。ハートの女王がのべつ幕なしに叫んでいる「奴めの首を切り落とせ！」は、つまりは全く言葉の上のことでしかないことをグリフォンが発《あば》く――「あれはみんな女王の絵空事さ。誰も首なんか切られやしない」。「心臓が張りさけんばかりに吐息をつく」にせ海亀の悲哀も同じように扱われる。「みんなあいつの空想だ。悲しいことなんか本当はありゃせんのに」。悲しみのわけの代りに、我々は身上話を一つ聞かされる。それも、『アリス』作品中一番と言っていいほど集中的に地口《パン》（つまり意味がどうのというよりは純粋に言語的な人工物）が出てくる話である。また恐怖感は、自分の名前が思いだせないことにすりかえられている。『鏡の国のアリス』の第九章を見ると、白の女王においてそうだったことが知れる（「そりゃ恐ろしい雷雨じゃったぞえ……たまげてしもうて自分の名も思いだせぬほどじゃった！」「わたし、災難の最中に自分の名なんか思いだそうとはしないわ」とアリスは心中ひそかに思いました云々）。同書第二章を見ると、鬼百合の花が言葉の喧噪を前にパッション（怒り）にかられる。「一人がしゃべると、みなが一斉にしゃべりだすんだ。こいつらのピイチクパアチクを聞いてるだけでこっちがしぼんじまいそうだ」。ところが鬼百合はお世辞によって、つまり他ならぬ言葉によって慰めらるのである。同様にハンプティ・ダンプティとのやりとりが終った刹那、口直しのためにアリスは「長い言葉を二度まで大声で繰り返す」。GLORYなる抽象語はハンプティ・ダンプティにかかると「お前をギャフンといわせられる議論！」、つまり言葉の応酬という意味に固定され、それ以上なんの意味ももちえない。さて、言葉そのものを実際に書いたり綴ったりすることで、顔を出しかかった情緒をはぐらかしてしまう異化の手づまもあちこちにあって、これらは例の「あたしあの人をハ行で好きよ」ゲームの延長という趣きがある。


「お前の証拠を出せ」と、怒って王様は繰り返しました。「さもなくば、お前がもじもじしてようといまいと首を切らせるが承知か」……

「何がちゃらちゃらしておったと」と王様が申しました。

「そいつはお茶で始まったのでした」と帽子屋。

「むろんちゃらちゃらはちゃで始まるに決っとろうが！」と王様が言いました。[*4]

（『不思議の国』十一章）

次の例は、この戦略のお手本のような出来ばえである。


「白の女王様が野原を駆けていくわ！　向うの森からとびだしてきた！――ここの女王様たちってずいぶん足がお速いのね！」

「きっと後に追手がおるのじゃろ」と、振り向きもしないで王様が言いました。「あの森は敵だらけじゃによって」
「行って助けておあげになりませんの」悠然としている王様にひどくびっくりしてアリスは言いました。
「むだじゃ！　むだじゃ！　奥の奴ときたらおそろしく足が速いのじゃ。蛮鮀支那魑《ち》をひっつかまえるようなものじゃて！　したが望みとあらば奥のこと記しておいてやるがどうじゃ——あれはういやつじゃ、となあ」[*5]メモ帳を開きながらそっと王様はひとりごちました。「やつは漢字でどう書くんじゃったかいの」

（『鏡の国』七章）

同書第一章にも似たケースがあった。

「その時の怖しさと言うたら」と王様は続けました。「決して、決して忘れまいぞ！」
「決して忘れますよ、きっと」と女王様。「もしメモにしとかなければね」
アリスは好奇心いっぱいで、王様が衣匣《かくし》から大きな帳面を出して書き始めるのを見下ろしました。

一つ前の例でも、“Bandersnatch”（蛮鮀支那魑）という**ノンセンス**語が出てきて我々を守ってくれていたわけだが、この例では我々はさらに安全である。アリスは王様の代りに鉛筆を動かし、代りに書いてやる。そして我々はすぐさま、事物の観察という次元へとはぐらかされる。

「どんなことをですか」と、帳面を見ながら女王様が言いました（そこにはアリスが「白の騎士は火かき棒をすべり落ちている。彼はなはだバランス悪し」と書いていました）。「これはあなたのお気持をメモしたものとちがいますわ！」

こうした情緒や夢からの絶縁、言葉の強調、**ノンセンス**語の導入、事物に向けられた注意といったくさぐさのやり方は、別々にあらわれることもダブって使われることもある。次の例ではまずもの――つまりビーヴァーだが、これは蝙蝠と同類で、我々はクールに眺められる――それに**ノンセンス**語（"outgrabe"）と数字の連続体が手に手をとりあって、情緒をがんじがらめにしてしまっている。

ビーヴァーは注意深くもすべての言葉に
　耳そばだてて数えていたが、
三度目の繰り返しがおこるや忽ち
　意気阻喪、絶望でたましいぽーろげしてしもうた。
　　（『スナーク狩り』五章）

また時には、ある言葉が出てくるやたちまちそれを否定してしまうような言い回しが連なって、巧みに相殺してしまう。

「そうだわねえ」と女公爵は言いました。「そのことの教訓はね——〈おお、愛よ、愛、汝が世界を廻《めぐ》らすなり!〉というの」
「だれかが言ってました」とアリスは小声で言いました。「みんなが他人のことにおせっかいしさえしなければ、そうなるんですってよ!」
「まあそうね! 大体似たようなことを言ってるのよ」と女公爵……

(『不思議の国』九章)

……一行は大きな喜びと無感動とをもって航海を続けました。
……船から降りた一行は愛情と嫌悪の念で彼を眺めておりました。

(「四人の子供」)

……彼らはお茶会に園遊会に舞踏会を催し、それからめいめいの家に帰る道すがら楽しさと尊敬と共感と満足と吐き気を催したのです。

(「七つの家族」)

しかし、**ノンセンス**がこのタイプの語を処理する一番ありふれたやり方は、事物を指す語、**ノンセンス**が相手にしたがる具体的事物を指す語で、それを包囲してしまう方法である。これがめざすところは少くとも部分的には、情緒の曖昧さや、また文中に現われて或る気分を醸成してしまうような言い方から、我々の注意をもっと具体的で扱いやすい「もの」の方にそらすことにある。

「人を癇癪もちにさせるのは多分いつも胡椒《こしょう》なんだ」新しい法則を発見したので御満悦のアリスは続けました。「人を気むずかし屋にするのはお酢で——人をつらがらせるのは煎じ薬——それから小さい子をやさしい子にするのが大麦糖やなんかなんだわ」

(『不思議の国』九章)

何らかの点で感情とかかわったものなら特にだが、何か一つ抽象語がでてくるたびに、それが具体的な事物につなぎとめられるのが普通である。しかもおよそロマンチックならざる味も素っ気もない事物に、である。

彼らはそいつを指ぬきでさがした、注意してさがした
フォークと希望をもってそいつを狩りたてた。

(『スナーク狩り』)

「ちいっと親切にしてやりなされ——髪をカール・ペーパーで巻いてやりなされ——すりゃこの人には効き目がありますよ」

(『鏡の国』九章)

さる老人ありて悔いのあまりに

ケイパー・ソースを呑んだらしい

連絡駅にさる老人ありて
その胸は痛恨にこそ痛め、
彼ら「汽車行っちゃった！」彼叫んで
「何てさびしい！」
連絡駅のレールの上につき坐っただけ。

さる老人ありて絶望のあまり
何とうさぎを一羽買ったきり……
（いずれも『続ノンセンスの絵本』）

リアのリメリックが、情緒やパッションを扱うときにはかなりの抑制が働いている。

ペットにさる老人ありて
悔いに身焼かれる仁でして、
車にすわって冷たいアップル・タルト食べたら
ペットの老人　それが楽になる手。

ニューリーにさる老人ありて
そのなさりようは怒りの嵐で、
じゅうたんは破る、壺は砕く、
ニューリーの二十マイル四方は災難で。

グレーの服着たさる老婦人は、
気落ちしてその胸は沈んだ。
そこで買った鸚鵡《おうむ》二羽　それを人参で飼うと
グレーの老婆楽しくなった。

（いずれも『続ノンセンスの絵本』）

この抑え目のタッチもだが、何よりリアは**ノンセンス**常套のパターンを踏襲していて、どの場合にも我々は情緒から事物へとはぐらかされるのである。

ここから次の問題が出てくる。というのは、人々が「もの」に変えられるのが**ノンセンス**の特徴の一つだからだ。むろんこれは蛙が王子様に変る類の魔術的な変身のことを言っているのではなく、人間が遊び道具に変えられてしまうという意味である。人間たちは**ノンセンス**・ゲームから締めだされてはいない。**ノンセンス**には彼らの人間性を窒息させ、人間（men）というよりはチェスの駒（chess-*men*）にし、本ものの宮廷（court）よりはトランプの絵札（*court* cards）にし、帽子屋のような狂人かポブルやドングやヨンギー・ボンギー・ボーのごとき架空の半人間にしてしまう傾きはあるにせよ、である。何しろ**ノンセンス**の遊び道具は言葉であり、これらの言葉の多くが人間生活や人間の立居振舞いを指すものときては、とうてい追放などしきれるものではない。そもそも**ノンセンス**のゲーム全体が、一つの生とそれ自身の行動様式をもった一個の人間のマインドの中で行われているものだ。言を重ねる要もなかろう。どんな場合でもおよそゲームは、遊び道具に"men"という言い方を借りてくる。チェスやチェッカーやハルマは[*6]、"men"（駒）で遊ぶし、どんなトランプ・カードの一組にも十二枚の絵札——人間を描いた札——が数字札と一揃いに入っているはずだ。が、これらの「人間」は、「もの」なのである。バットやボールや数取りと何ら径庭ない遊び道具なのである。「彼ら」（「それら」？）はプレイヤーの支配下にあり、このゲームのルールの範囲内でプレイヤーの思うままに扱われるが、一方**ノンセンス**の中に出てくる人間たちもこの同じルールを遵守せねばならない。およそゲームなるものは、明瞭に定義された限界の内部で、遊び道具および対峙中の彼我のプレイヤーに対してそのゲーム特有のある暴力性を要求するのである（ここから「反則《ファウル》」という考え方も出てくる）。まるで干戈《かんか》を交える前に、白の騎士が赤の騎士に言うがごとしである。「おことは戦闘規則をもちろん守るであろうな」。すると他がこれに答えて「みどもは破りしためしなし」。しかしこれはともかく戦闘規則なのであって、かなり手荒なことが含まれている。

　この手荒さはなかんずく、つまるところ情緒に一番近いものである人間の肉体に向けられる。肉体はゲームに特有な非情さで遇されるのである。ゲームにあっては彼我ともに何の感情ももたず、プレイヤーは何も感じず、遊び道具の方も何も感じないものとされる。このことが、**ノンセンス**の見たところの残酷性を説明してくれるのだ。子供たちにとって、またプレイしている時のマインドにとって人間は「もの」になっている。その者（もの？）と感情や共感を通じることは許されないのだ。従って彼があの手この手で苛酷な運命にさらされても、別にたいしたことではないのである。リアはこの種の出来事を無数に書いていて――

ネパールにさる老人ありて
馬から落ちて落馬して
胴体みごとまっぷたつ　何だか
　強力なにかわを塗り
彼ら修繕　ネパール老人を張りきって。
　　　（『ノンセンスの絵本』）

「お前らブッタ切ってバラして詰めもの料理に混ぜたろか！」
　　　（「老いたるちょんがあ二人」）

童謡もこれと同様、相手に対して文字通り人を人とも思わぬ暴力を発揮する。

　奴めの左足をむんず、
　そして階段につき落とし……

　豚は食われトムはぶたれた

トムは泣き泣きまちんなか。
床屋が石工のひげ当る、
おいらが見る前で、
鼻をばそいで

ノンセンスな肉体切断
上　リア画
左　『シルヴィとブルーノ』より（ファーニス画）

「棒でバリンバリン」（リア画）

たらいにポーイッ。

そのかみテッサリアに男あり、
頭いいのなんのって。
生垣に突っこんで
目ん玉二つとびだしたが、
目玉がないと気がつくと
さても必死の力しぼり
別の生垣につっこんだら
目ん玉もとの通りにおさまったと。

フィー・ファイ・フォー・フム！
エゲレス野郎の血がにおう！
生きていようがホトケだろうが、
骨をば砕いて腹の足しだ！

小さなツグミがやってきて
彼女の鼻をつつきとる。

この最後の例と似た話がリアにもあるが、我々をもう一度言葉そのもの（「こいつの名前」）へと送り返すことで一段**ノンセンス**の深みに近づいているという一篇である。

ダンローズにさる老人あり
鼻が鸚鵡《おうむ》にみごとぱっくり。
彼が沈むと彼ら「こいつの名前は
ポーリーちゃん」
そいでダンローズの老人大なごみ。

（『続ノンセンスの絵本』）

人間をこんな風に「もの」扱いするところが「シッシッ、静かに。あれはパパ。デンデン電車がひいちゃった」といった類の「残酷なわらべ唄」の背後にはある。リアの人物たちは、この残酷ゲームを倦むことなく繰りひろげる。溺れ死に――エムズの老人、カディスの老人。つぶれてペチャンコ――ノルウェーの若い御婦人。マフィンの食べすぎによる頓死――カルカッタの老人。ハンマーでめった打ち――ブダの老人。鼻を焼かれる――「四人の子供」のワルガキ坊主。また「棒でバリンバリン砕」かれることもある。ストラウドの老婆の死神を思わせる所業を、「バリンバリン」なんてところがおぞましくも巧く描いている。これらは、ヘブル人への手紙の中で聖パウロが初期キリスト教徒たちにふりかかったまがまがしい運命を列挙している件《くだり》にびっくりするほど似てはいまいか（ヘブル書。一一の三六。「その他の者は嘲笑《あざけり》と鞭と、また縲絏《なはめ》と牢獄《ひとや》との試錬《こころみ》を受け、或者は石にて撃たれ、試みられ、鉄鋸《のこぎり》にて挽《ひ》かれ、剣《つるぎ》にて殺され……」)。ところが犠牲者たちは読み手同様、泰然自若従容《しょうよう》然としてその運命を甘受しているのである。ポブルは「あんまりいただけない仕方で」足の指をなくしてしまったとほんのちょっぴり悔やむが、御馳走を出されるとそれでおさまってしまう。体にひどい仕打ちを受けながらリアの老人はちょっと困るだけなのだ。

チェスターにさる老人あり
そこに悪いこと好きのガキジャリ。
大きな石をブンブン、それで彼の骨はボキンボキン、
そいでチェスターの老人気分悪い。
(『ノンセンスの絵本』)

同様の災難に遭遇した白の騎士を思いださせる。

今度は彼女もこわくなりました。彼を起こしながら案じ声で「お骨が折れてないといいんですけど」と言いました。
「言うほどのこともない」と騎士は言いました……
(『鏡の国』八章)

リアの人物たちも同様に、動かざること山のごとしの風情。

ナイルにさる老人あり
つめをやすりでといだあげくに
親指切り落とした　が静かに言うことにゃ
「こうなったのは――
つめをやすりでといだからに！」

人々のクールさ（リア画）
上　ナイルのつめきり老人。下　タタールの首切り老人

「岩山にさる老人……」（リア画）

タタールにさる老人あり
刀がたたーる頸《けい》動脈に。
金切声でかみさん呼んだら言うことにゃ
「ああ、だんなさま
タタールのみんなが悼《いた》むあなたの死！」

これは代表的な**ノンセンス**、いわば「高等馬術《オート・エコール》」である。当事者一同のクールさは完璧である。最後の例では、犠牲者ばかりかその妻までもがさめている。これは重要なところだ。もし**ノンセンス**のゲームにおいては、人間もまた「もの」なのだとすると、人間たちは互いに出会っても互いを「もの」として遇さねばならぬ道理で、こうなるとどんな愛情も好意もたち入る術《すべ》がなくなるからである。彼らの間の関係はドライそのもので、およそ情がかよいあうといったものではない。人々は互いに個別的であらねばならず、**ノンセンス**世界の他のことども同様彼らもまた「一たす一たす一」の例外ではないのだ。近親者とはいっても、なるほど近くはあるが親しくてはならないのである。右の最後の例、それから前にあげた王様が王妃を助けに行くのを拒んだというキャロルからの例を並べてみると、**ノンセンス**では夫婦関係がどうなるものかおおよその察しがつくというものだ。もう数例をここにあげておこう。

岩山にさる老人あり

かみさんを閉じこめたのは箱に。
かみさん「出してけれ」すると彼
「あきまへん。
お前は一生すごすの　箱の中に」

ペルーにさる老人あり
かみさんがシチュー煮るのに見入り。
と何かのまちがい、ストーブでかみさんに焼かれた
ペルーの老人　なんと不運に。

（『ノンセンスの絵本』）

もしこの「何かのまちがい」というのを真にうける方があれば、これについている挿絵をごらんになっていただくに限る。[*7] **童謡**にも似たようなケースがある。

ユダヤの王様ネブカドネザル
おきさき売って買った靴……

親子の関係も、同じように解体させられている。親が子供たちをどう遇するか数例みてみよう。

「かわいいややをどなりつけ、
　くしゃみしたならぶったたけ……」
と歌詞の二番を歌いながら女公爵は、その赤ん坊を上に下に激しくゆすぶり続けましたので、いやかわいそうにその子の泣き叫ぶこと、アリスが歌の文句をききとれないほどでした。……
「そうれ！　好きならちょっとあやしていいよ！」言うや女公爵は赤ん坊をアリスめがけて投げ

「何かのまちがい」（リア画。上が自筆手稿）

つけました。

（『不思議の国』六章）

「ふけちまえ、さなくばうぬを蹴落とすぞ！」（ウィリアム父っつぁんが息子に）

（同、五章）

ピサにさる老いたる御婦人あり、
娘たちが何もいいことしてくれぬと
娘にグレーのべべ着せて　ひねもす
　バンバン叩いて回る、
それがピサのまちの壁の回り。

（『続ノンセンスの絵本』）

スミルナにさる若い御婦人あり、
おばば様がおどすには　お前を焼いてしまうわい、
そこで彼女は猫とらまえ「おばあさま
　こいつめ焼いて！
一貫性ないスミルナのお年寄り」

（同）

一方では虎は仔猫みたいになつっこく
どんな子供とも遊んでくれるおもしろ可笑しく。
そして常識そなえた子沢山のママさん方は
虎がたくさん骨折り賃をもらったのを知るはずだ
（ヒレア・ベロック）

ディスコボロス氏はもっと過激で、ダイナマイトに火をつけ眷族《けんぞく》全部を吹きとばしてしまう。
ディスコボロスの一族ごっそり
微塵ととびちる真澄の空に。
（『お笑い小曲集』）

子供たちも黙ってはいないで——
「母さん、うるさいわよ！」と子供の蟹《かに》がちょっとかみつくように言いました。「あんたみたいじゃ、おとなしい牡蠣《かき》だってかきーんとくるわよ！」
（『不思議の国』三章）

東方にさる老人あり
たらふく食わせた子供たちに
子供らぺろりたいらげて、悪さがすぎたら
東方の老人あの世ゆき。

（『ノンセンスの絵本』）

僕は父さんの下男じゃない……
私は母さんの下女じゃない……

一人の人間が孤立するのは、別に“relations”（近親者）からに限ったことではない。**ノンセンス**がこのテーマに執拗にたち帰るのは事実だが、これこそは**ノンセンス**が、その構造上どうしても、“relations”（関係）――「近親」と「関係」ではちょっと違うが、通じてないこともない――を極力少なくしようとすることの寓喩である。ともあれ縁者同士に限らず**ノンセンス**が手をふれると、すべての人物が同じように孤立していくのだ。アリスと出会った動物たちは、感情をまじえず彼女を「もの」扱いするのが常である。もの言う花たちは彼女を五官そなえた人間としてではなく、仲間の一本として遇する。「お前どうもしぼみ始めたみたいだよ――花弁にちょっくら汚れがくるのも仕方ないやさね」。プディングも同様で「お前さんから一枚スライスを切りとるとしたら、お前さんどんな気がするい！」アリスが出会うほとんどすべての相手が、わけもなく繰り返し手荒な言行に及び協力を拒むのは、実はすべて個と個の孤立というモチーフの変奏にすぎない。二つの『アリス』作品を通じて、アリスに親切な人物は皆無である。唯一の例外と言えば白の騎士で、この人物だけは少くとも不親切には見えない。しかし他の連中ときたら

「おまえっ！」と馬鹿にしたように芋虫は言いました。「おまえはだれなんじゃ」

（『不思議の国』五章）

「でもわたしどうすればいいの」とアリス。
「好きにしな」と従者は言って、口笛をならしだしました。

（同、六章）

「外側には雨が降るかもしれないわね」
「かもな——降りたきゃね」とトゥィードルディー。「別に降るなとはいわんさ」
「勝手な人たちね！」とアリスは思いました。……

（『鏡の国』四章）

ちょうどその時すこしドアがあいて、長いくちばしの生きものが少しの間頭をつきだして言いました。「さ来週まで来客無用！」そしてバターンとドアをしめてしまいました。

（同、九章）

共感なり連帯感のこうした欠如は本質的なものなのである。リアのリメリックの中では「彼ら(they)」がこれを表わしていて――

さるひげの老人あり
馬にまたがるとこいつが棒立ち、
彼ら「気にするない！　うしろに落っこちるだけさ！
この順風満帆のひげ爺！」
(『ノンセンスの絵本』)

さる老人ありて　彼らに叩かれた
そしてそのたび大声上げた。
そこで彼ら靴ぬがせ果物食わせて
そしてやっぱり叩き続けた。
(『続ノンセンスの絵本』)

この「そしてやっぱり」はなかなか効《き》いている。

ゲームそのものが要求しかつコントロールするより以上のこの関係性の欠如は、ただ単に一人一人の個人が他から分離されていることだけでなく、ゲームの枠組の中でプレイヤーのマインドもまた孤立したものであることを意味している。そして、二つの『アリス』作品で夢という仕掛けが使われた真の理由はここにあると私はにらんでいる。ここにもちこまれている夢は、あの非合理そのもので連想を無礙《むげ》に広がらせる生《な》まの夢ではあるまい。その目的は、マインドを現実の生、リアルな人間たちとの接触から完全に隔離してしまうことにあるのである。現実などというものに、ゲームは何の関係ももたない。狂人でもなければ——これについては後述したい——夢を見ている人間以上に隔離されている人間などいない。この孤立感こそ、**ノンセンス**の特徴なのである。それは我々が今まで検討してきたような方法ややり方からして必然的な結果であり、またプレイヤーのめざすところ——勝つこ

「彼ら」の仕打ち（リア画）
上　ひげの落馬老人
下　さる叩かれ老人

と、女王《クイーン》に成り上がること――からしても避けがたい事態なのである。「というのは一度に二人以上女王がいたためしはなかった」からである（『鏡の国』）。どちらか一人、どちらか一方の側だけが勝つのであり、コーカス・レースの終りで「みんなが勝ったんだ。みんなが賞をもらうんだ」という仕儀になるのも、このレースが実際にはまるでレースの名に値しないものだからである。

この孤立感のみがおそらく、**ノンセンス**に許される唯一の情緒である。それがプレイヤーの孤独なありようをいやが上にもきわだたせ、そうしてゲームそのものの主要な原理の一つに資して力あるからである。それは自慢というかたちをとることもある。

お城の王さま我一人、
降りろ、けがらわしいくずたち。

普通の言い方もある。あたりまえのことをそらっとぼけて言ったりする。

わたしひとりでやってきた、
ちっぽけジャンピング・ジョーン。
だれもわたしといっしょじゃなけりゃ
いつもわたしだけひっそりかん。

「こんなところでどうしてひとりぼっちで坐ってるの」とアリスは言いました。議論になるのはいやだったのです。

「阿呆め！　ふたりぼっちじゃないからに決っとろうが！」と、ハンプティ・ダンプティが叫びました。

（『鏡の国』六章）

しかし、**童謡**にさえ孤独感はそっと忍びこんでくる。

もう一羽飛んで
なーんもない、
かわいそうな石
ひとりぼっち。

『アリス』作品中三度ばかり、アリスが「わたし本当にひとりぼっちなんだ」と言ってワッと泣きだすくだりがある。リアになると無数にあって、「キャリコ・パイ」の「彼らは二度と僕のとこには帰ってこなかった」というコーラスから

彼女は大グロムブーリアの平原に行っちゃった、
二度とふたたびまみえることはないはずだ！

という「ペリカン・コーラス」、さらに遺棄されたドング、恋に破れたヨンギー・ボンギー・ボーまで枚挙に遑《いとま》もない。クォングル・ウォングルの嘆くこと

このクラムペッティーの樹の上に暮せばくらすだけ
日に日に疑いえなくなってくるみたいで、
ここへ誰もやってこないのではないかと。
楽しみとは縁がない明けても暮れても。

ところで、もしこれが単に孤立感だというのなら何の問題もないのである。なぜなら、もしそれが情緒とも無縁でクールなものであるなら、むしろ**ノンセンス**のゲームにはぴったりのものだからである。リアのリメリックの人物たちの多くは、幾分もしくは完全に孤立状態にあるが、これもすべてこのゲームの一部なのだ。椅子に腰かけ足を宙にはねあげることで、百八煩悩からおさらばしたスペインのさる老人、壁のてっぺんの孤絶状態に逃れたディスコボロスの夫婦などごらんになればよい。ところが、である。少くともリアの「ノンセンス・ソングズ」には、何か他のものが入りこんできているのだ。それは苦痛である。アリスの苦痛の表現ないし涙は、我々の心をゆさぶることはない。そうなくてはならないのだ。そこでプレイの番がまた変るだけのことで、白の女王がアリスの――そして我々の――注意をしかるべきところに、つまり感情ではなくて知性の発動の方へとつれ戻すのである。「考えるのじゃ」と女王は言っている。「自分がどんなにお姉ちゃんか。考えるのじゃ。今日どんなに沢山歩いてきたか。考えるのじゃ。いま何時か。考えるのじゃ。何だっていいから。泣くのだけはお

よし！」こんな風に情緒が処理できるものだろうかと、アリスは訝《いぶか》しく思って「女王様はものを考えれば泣かないですませられるのですか」と聞く。「そうじゃ」という断固たる答である。これがリアになると孤立性は、あまりうまく働かなくなってくる。「ドング」や「ヨンギー・ボンギー・ボー」には正真正銘のペーソスがある。少し妙なかたちだが、これは「ジャンブリー」物語にもあって、そのため私は子供の頃どうしてもこの歌を好きになれなかった記憶がある。ゲームの中に見なれない大人の情緒が入ってきているのがいやだった。リメリックの方は純粋な**ノンセンス**で、こういった情緒のかけらも見当らないが、こうした「ソングズ」の方では、人はリアが文字通り「ゲームをやっていない」という感じにとらえられる。[*8] それらはともかく**ノンセンス**以外のものであって、従って**ノンセンス・ゲーム**は、一個のゲームであることをやめ、他の「何か」になってしまう。

　効果において径庭あるにせよ、これと同じことが『スナーク狩り』にも起っているのが面白い。この作品が、人気の点で『アリス』ものの後塵を拝してきたことは不当だと言う論者がいる。しかし注意しておくべきは、この作品が読者に与えるのが『アリス』作品のような知的な悦びではなくて、はっきり何かとは言えないが何か情緒めいたもの、一抹の不快感ないし不安感であるという点である。そしてこの感じを十倍にも増幅するのが『シルヴィとブルーノ』ということになる。

　厳密に言えばリアの「ソングズ」とキャロルの『スナーク狩り』は、**ノンセンス**としては失敗作ということになる。ゲームをだめにするからだが、そのだめにし方が面白い。どちらも情緒をもちこんでしまうのである。リアは情緒が「ソングズ」に入りこむのを許し、この作が何か他のもの、何やら詩に近いものになるのを許した。ところがキャロルの方は、まるで詩に近づいてなんかいない。『スナーク狩り』で我々が出会うのは詩ではなく、何か狂気じみた感じをさせるもの、自分の思うままにあらゆるものを手中に玩弄しようとする途方もない試み、一切受身なし、すべてをコントロールしようという力わざのうみだしたものである。

「判事もオレ、陪審もオレ」そう
抜かりない荒犬フューリーの曰《いわ》く。
「一切合切このオレがみんごと裁いて
お前をば必ず死罪にしてやるわ」

この奇怪な韻文は『不思議の国のアリス』の初めの方にでてくるが、例の尻尾のようにくねる印刷上の面白さ以外に別にどうということはないように見える。が、法廷で自分一人あらゆる役職を兼ねるというこのテーマは、やがて『スナーク狩り』第六章で再度とりあげられるのである。そこでは怪獣スナークがいっぺんに被告弁護人、判決を集約し下す係の判事、評決を答申する係の陪審をひとりでやる。実際荒犬フューリーもスナークも、囚人以外のすべての役を一手に握っているのである。「私は誰かの虜《とりこ》なんかになりたくない」とアリスも言っていた。しかし、こうした場合には人は自らの手中にイニシアチヴを握り続けようとして、自分自身のゲームを未来永劫に亘《わた》ってし続けなければならなくなるのだ。

他のゲームと同様に、**ノンセンス**もどこかで終る必要がある。どんなゲームでも時間には制限があり、プレイヤーは事後はすっきりと現実生活に戻っていくのでなければならない。リアのリメリックの中で本当に人をびっくりさせるのはただの一篇だが、奇妙なことに終りのなさ（endlessness）をテーマにしている二篇がこの二篇なのである。

ここにさる若い御婦人がいる。
その鼻ズンズン伸びに伸びる。
鼻がやがて見えなくなると彼女こわくて言った。
「ああ、鼻の先さん、ごきげんよう」

現在形を使っている（「ここに……いる」）唯一のリメリックでもある。もう一つは

さる老人ありて言うにゃ「ああそうなの！
いくらベルならしても誰も出ないの。
夜ごと昼ごとならしにならし　とうとう髪もまっ白け、
それでも誰も出てこないの！」

けだし『アリス』作品は二作とも、現実に還ったところで終りとなるし、「四人の子供」は丸い世界をぐるっとまわって航海が終る。「ピプル・ポプル湖の七つの家族」は、七つの標本瓶が出てきて話にかたがつく——第一、各章がちゃんと最後をもっている。つまり「そしてこれが七羽のガチョウの最期でした」というしめくくりを、である。ところが『スナーク狩り』ははるかに曖昧で、音もなく突然に何かが消えていってしまう。ことは「ノンセンス・ソングズ」でも同じで、鼻を光らせながら

ドングは永遠にさまよい続けるし、ガガンボと蠅のいかれた羽根つきにも、鶏を相手にしたレイディ・ジングリー・ジョーンズの嘆きにも終りがない。『シルヴィとブルーノ』完結篇にいたっては、何の「完結」もない。何かが軌道をはずれてしまったのだ。それを考えてみるのが次の章である。

訳注

＊1 C・K・オグデン、I・A・リチャーズ『意味の意味』（邦訳、新泉社）参照。

＊2 mot, mob, mov などの語根をもつ語には、この感覚が含まれる。move, motion, mobile など。ラテン語源 ēmovēre 参照。

＊3 ラテン語源 passiō は苦ヲ受クコトの意。大文字で書くとキリスト受難の意になるがごとし。

＊4 最後の三行の会話部分は、原文では、"The twinkling of what?" "It began with the *tea*." "of course twinkling begins with a *T*." tea-T の語呂合せ（パン）も "twinkling"（キラキラお星）にまつわる情緒をさらに異化している点も看過してはならない。

＊5 最後の台詞の原文は、"Do you spell 'creature' with a double 'e'?" つまり creature は creeture と綴るのかどうかということ。

＊6 ハルマは、16×16目の盤上でする飛び将棋。

＊7 本になった時の絵よりも、リアの手稿の絵の方がさらに不気味の度が強い。併せ載せておく。

＊8 not playing the game「ゲームをやってない」というほかに「フェアでない」という意味にもなる。

第十二章　「ハートをやられてる」

ここでは先に「失敗したノンセンス」と呼んでおいた作品群の仔細にたち入ってみたい。リアの場合なら「ドング」や「ジャンブリー」といった「ノンセンス・ソングズ」の作品、キャロルの場合なら『スナーク狩り』と正続の『シルヴィとブルーノ』作品がこれにあたる。まずこれらは、技法の面からして失敗作とみなさるべきだろう。というのは、ここではプレイヤーと素材の間の距離がなくなりつつあり、しかもこの場合「プレイヤー」の中には**ノンセンス**作家ばかりか**ノンセンス**の読み手も含まれてしまっているからだ。**ノンセンス**のゲームが無傷に続けられるためには、プレイヤーの知性——リアの知性、キャロルの知性、そして我々の知性——がそれ自身のゲームの中に呑みこまれたりそれと一体化してしまってはならないのである。コントロールのためには距離（ディタッチメント）が必要だ。**ノンセンス**作家が距離を保ち彼自身の素材をよくコントロールしえている限りは、我々のプレイは首尾よく進むが、彼がその距離をなくしてしまったらそのとたんに我々は巻きこまれてしまい、雰囲気は一変して、このゲームに特有の安全、自由、そして醇乎たるメンタルな快楽にとって代って、情緒、現実感、外で起りつつあることへの真面目な応援といったものが生れてくる。我々は働きかける代りに働きかけられてしまうのだ。

　こうしてみると右にあげた**ノンセンス**作品は、その中にあまりにも作者その人の顔が如実に透けて見えるので失敗作なのだということになる。これまでのところと違って、分析のメスも急に切れ味が落ちてきそうな気配である。なにしろ人間たちや情緒もろもろがどっとこのゲームに、少くともこの競技場になだれこんでくるその上に、それらはきちんと幾つかの部分、幾つかの章に分解して論じるわけにはいかないからである。我々には、こうではなかろうかという言い方しかできそうにもない。進むに従って我々自身のマインドが、その主題からそうはっきりと分離してはいないことが分かってくるのである。リアやキャロルが彼ら自身のゲームに巻きこまれている地点では、我々もまた同じ運命なのである。蛙と魚の従者たちの毛のように我々の巻き毛も絡《から》みあってしまうが、我々はこの紛糾にも我々自身にも耐えなければならない。

　まず『スナーク狩り』から始めよう。これは『鏡の国のアリス』から四年後、『シルヴィとブルーノ』よりは十三年前に上梓された。『シルヴィとブルーノ』作品二つは、もし正篇序文でキャロル自身がそれが「ノンセンスとして合格」することを望んでいるのでなかったら、ちょっと**ノンセンス**には分類しかねるところである。この序文で、自分ははっきり新しい路線をうちだそうとしているのだとキャロルは広言して憚《はばか》らないが、『スナーク狩り』についてはそういう野心をもってはいなかった。この本に添えて一少女に出した韻文体の文面があって、そこではウィリアム父っつぁんとスナークが、まるで旧知の仲かなんかのようにうちとけあっている。第一、「ジャバウォッキー」の**ノンセンス**語が沢山『スナーク狩り』の中に再登場しているのは隠れもない。『アリス』作品と同じ線がねらわれているのだと解してよかろう。この作品の序文で、これは立派な**ノンセンス**だとキャロル自身書いている。「もしも——大いにありうるところだが——この短いけれどもためになる詩の作者に対して、ノンセンスなものを書いたという批難が浴びせられるとすれば……」云々。実際には『スナーク狩り』が生みだす効果は『アリス』のそれとはまるで違う。そのことに何か精神分析学的な理由をさがす必要はない。**ノンセンス**を、一個のゲームとみる我々のやり方を貫徹すればいいのである。今までで**ノンセンス**のルールが大略どんなものかは判った——が、『スナーク狩り』はそれを片はしから破っていくのである。

ノンセンスの中に、曖昧なもの、模糊たるもの、不正確なものはあってはならない。夢や錯乱や狂気があってはならない。マインドの無秩序の側に勢いを得させるようなものはあってはならないのである。しかるにこうした要素が『スナーク狩り』には、ことごとく存在している。

私はスナークと戦うんです——夜毎暗くなると——
錯乱した夢のなかで。
これら薄明の景色のなかで奴に野菜を食わすんです……
(第三章)

小暗い法廷に立っている自分を夢にみた……
(第六章)

気がふれたかぶれた声だした、烏滸《おこ》のことども唄いだしては……

（第七章）

正真正銘の直喩《シミリ》は、夢の側の混淆の力をひきだしてしまうので禁じられる。にもかかわらず第三の章には、これが一つ見つかるのである。

私の心はまるでぶるぶるふるえる凝乳が
縁からあふれんばかりの鉢もさながら！

名前を挙げられている「もの」たちは、人を惹《ひ》きつけても反撥させてもいけないし、それらの間にどんなつながりを感じさせてもいけない。しかし、まさにこのことが起きている件《くだり》が幾つもあるのである。たとえば「微笑と石鹸でそいつを金縛りにした」というフレーズだが、二つのものはただちにマインドの中で結びあわさって、“soft soap”の不快な比喩的意味あい［「おべっか」の意］をもたらす。同様に少しばかり不快な混淆が、一箇所か二箇所で食物について起っている。ただ食物というだけなら普通には好ましいものだが、ここではそれが好ましからざるものと混ぜあわさっていて、距離をおくどころか我々はいささか胸のつかえをおぼえるのである。

……そいつに野菜を食わせてやるがいい、
火をつけるのに便利なやつじゃ。

（第三章）

……「おれをフライにしろ！」とか「おれのかつらを揚げろ！」とか……

彼の親しい友は彼を「ロウソクの燃えさし」と呼び

敵は「焼けチーズ」と呼んだ。

（第一章）

そいつをおが屑にまぶして煮、にかわにつけて塩し、

いなごとさなだ虫を入れて濃くするのだ。

（第五章）

およそゲームの進行は、自由な運動性にかかっている。あることが起ってもそれを否定することが出てきてしまうと、マインドは運動を止められてしまう。この作品ではこれが起[*I]っている。これがたとえばアリスと芋虫のやりとりのように、言葉のレヴェルのことなら問題はない。それから『鏡の国のアリス』では、アリスが目的地に行くために逆方向へ歩きだすのだが、一見たしかに矛盾したやり方とみえて一切がほかならぬ鏡の中で起っていることからすれば、実はこの方が完璧に道理にかなっていたわけである。しかし運動の可能性そのものを否定するのはよした方がいい。『スナーク狩り』で起るのがまさにこのことであって——

「……かじを右舷にとれ、だが舳先《へさき》は左舷に！」
……すると時々頭の斜檣《しゃしょう》と尻のかじがひとつになって……
……少くとも風が東からのときには
船が西へ進むはずがないと彼は思っていた！

（第二章）

この真中のフレーズをキャロル自身序文の中にとりだして注釈しているが、どうやら彼ですら何かうまくないことに気づいていたからであろう。実際**ノンセンス**が論理的たらんとすれば、これは**ノンセンス**が許容しかねる体《てい》の矛盾ではあるまいか。

ノンセンスは、無のかたちをとってあらわれた無限性とかかわってはならない。しかし『スナーク狩り』には、二つの形でこの無が出てきているのである。一つは「完璧絶対的に白紙の」地図であり、他は物語の結末にくるベーカーの消滅である。この虚無の地図を、あるいはリアの正確な**ノンセンス**地理学（「どこそこにさる老人ありて」）と対比することもできよう。一方、人物の一人が静かに突然消えていく時、**ノンセンス**のいま一つのルールが破られている。言語は安全で不可侵たるべしというルールが、破られるのだ。この人物は或る一つの単語を発している途中で消えてしまい、あとはただ

ものうくたゆたう吐息が
「……ジャム」と言ったようだったが、他の者たち言うには
ただ吹きぬけた風にすぎなかった。

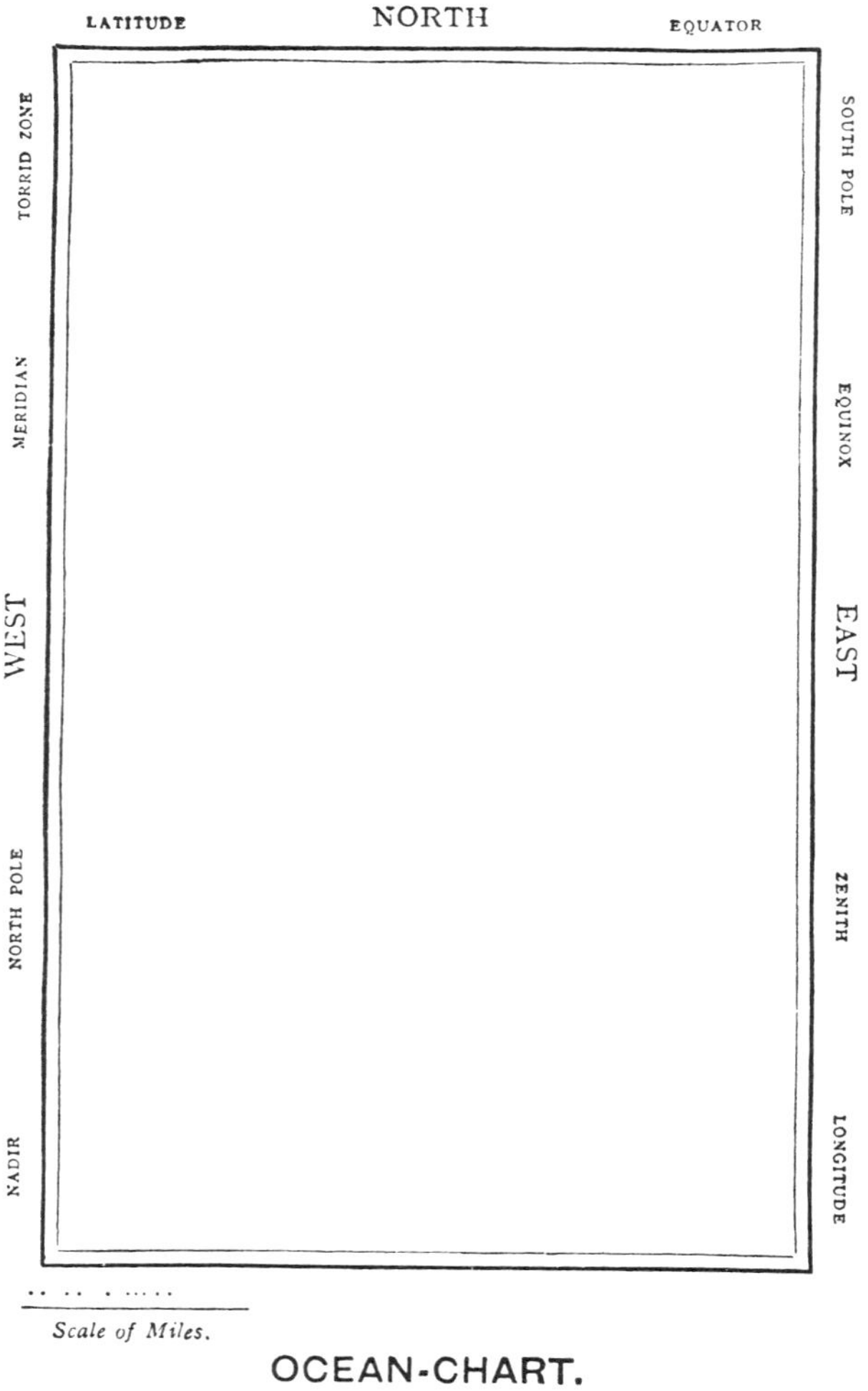

「完璧絶対的に白紙の」地図（『スナーク狩り』。ヘンリー・ホリデイ画）

一人の人間が消えたばかりか、一つの単語も消えたのである。ノンセンスにとってこれは深刻きわまる喪失である。

この消滅は、前のところでは個人的な恐怖感として表現されている。「そう思うと耐えられないんです！」全巻を通じて恐怖というものが遍満している。

ビーヴァーは尻尾の先まで青ざめて
ブッチャーまでもが奇怪《きっかい》の念にとらえられた。
（第五章）

……バンカーをひっつかんだ、彼は絶望の叫びをあげた。
逃げてもムダと知っていたから。

……恐怖におののいた声をたよりに……
（第七章）

加えてバンカーは戦慄のあまりに口がきけなくなり、言語ももう一撃くらう。風景描写にも恐怖感をさそうものがある。

しかし一目みて一行はその風景が気にいらなかった。
裂け目と岩山ばかりだったからだ。

（第二章）

陰気で荒涼たる谷あいだった。

しかし谷はどんどん狭くなっていき、
夜はどんどん暗く冷たくなっていった。……

鋭く甲高い叫び声がぞっとするような空を裂いた。

地を這う奇態な生きものが巣から出てきて
不思議そうに彼らを見た。

（第五章）

情緒も一揃いたっぷりもちこまれている。涙を流すのがビーヴァー（二回も）、ベーカー、ブッチャー（これも二回）、そして豚の入っている獄の獄卒。ベルマンは「どっとこみあげる思いに……男らしさをくじかれ」る。のみかこのベルマンは怒り、義憤、困惑、激怒、心痛などを面にあらわすし、ビーヴァー、ブッチャー、それに判事が嫌悪感を抱き、ジャブジャブ鳥までが「年がら年中パッションに身をゆだねている」という按配だ。

　とりわけうまくないのは、どうやらベルマンとビーヴァー、そして後にはブッチャーとビーヴァーの間に、愛があるらしいことである。**ノンセンス**にとって愛こそは、ありうる最大の危険因子ではあるまいか。この理由は至極明白である。第一に愛は結び合わせるものだから（しかるに**ノンセンス**は結合を許さない）。これを前にして動かされぬ心などない。至高の愛は個人の中に与えることと受けとること、能動と受動（パッション）の稀有なバランスをつくりだすのである。それはなかんずく詩と通ずるところがあり、激しく表われれば狂気にも似通う。全人格的な没入を要求してくるし、論理的知性を蔑《なみ》し、或る程度抑圧もするのである。ゲーム世界に入ろうとする闖入者からいろいろなやり方で身を守っている**ノンセンス**にとって、これらすべて毒以外のなんであろう。たとえば、キャロルが『不思議の国のアリス』の主要人物の一人としてハートの女王を選んだのは奇妙と言えば奇妙だし、興味尽きない。この人物とともに愛が入りこんでくるだろうと、彼女の名前から我々は見当をつける。しかし巧妙な手際でキャロルは、彼女を一人のガミガミ女に変え、結びつける力をもった愛のパッションを、相手をバラバラにする（「奴めの首を切り落とせ！」）怒りのパッション――実際「抜かりない荒犬フューリー」そのものだ[*2]――へとはぐらかしてしまう。エンプソン氏が指摘されているように「鬼百合《ゆり》」（最初キャロルは「時計草 *passion flower*」にしていたが、誰かにこれではキリスト受難を連想させるので瀆聖うんぬんと言われかねないと忠告されて、急遽改名に及んだ）[*3]も唯ひとつのパッション――激しき怒り《フューリー》――に身をゆだねることにされている。

『アリス』作品では、**ノンセンス**のゲームは愛とかかわることなく続く。それでしかるべきだし、プレイヤーもこうしてゲームに呑みこまれたり、互いに呑みこまれたりすることから守られているわけである。ところが『スナーク狩り』に愛が忍びこんできて、『シルヴィとブルーノ』になる頃までには、これも愛あれも愛そして愛の有様となる。『シルヴィとブルーノ』正続篇の半分を成す大人たちの物語は、ラヴ・ストーリーになっているし、妖精の姉弟シルヴィとブルーノのお互いに対する愛が一貫した基調音を奏でる。同じような絆は、この子たちと、父親の間にもあって、父親はシルヴィに「誰もがシルヴィを愛す」と印したロケットと「シルヴィは誰をも愛す」と印したそれのどちらかを選べと言う。悪党のアガッグ一人が和解を許されないのは、彼が「愛なき者、愛なき者！」だからである。また子供たちが歌う韻文があって、そのコーラスは――

「だって思う、それは愛、
だって感じる、それは愛、
だってたしかだ、それは愛のほかのなに！」

「誰シモ是レヨリ大ナル愛ヲ抱カズ……」という銘句も出てくるし、『シルヴィとブルーノ』完結篇の幕切れは、天使の囁き声で（しかも太文字になっていて）「**それは愛**」というのである。

『シルヴィとブルーノ』作品で面白いのは、この極端に陳腐でセンチメンタルなところである。面白いと言っても、それら作品自体がではなく（叔父に誠心誠意をささげたキャロル伝の作者で、実の甥のコリングウッドですら、これら作品にキャロルの面影がまぎれこんでいると断じるのには疑問があるとしている）、これらをかくも見事に**ノンセンス**の失敗作たらしめたものがである。作中における作家と主題の一体化こそ、それなのだ。キャロルは、この物語中の「私」がキャロル自身であるように「意識的にはしてない」と言っていたものらしい（コリングウッド『ルイス・キャロルの生涯と書簡』三一九ページ）。しかしこの「意識的……」というフレーズが出てくる問題の手紙を書いた人物、キャロルの友人だった人だが、この人は作中いたるところにキャロルをみつけられると言い、この判断ではおそらく自分はまちがっていないと書いている。私はこの点に疑問の余地はないとみている。問題の人物「私」の態度には、はっきりした特徴があるのだ。彼は大人の恋愛感情を厳密に避けて通る一方で、妖精の少女に深い愛情をつのらせている。感傷に染りやすく、説教めいたことを口にし、敬虔である。自分ではユーモアのセンスがあると思っているらしいが、彼のユーモアは重たくて胃にもたれる。この人物で一番興味あるところは、正篇の最初にでてくる。医者をしている友人が彼に手紙をよこすくだりだが、そこにこういう文句がでてくる。「心臓《ハート》をやられてると彼が言ったのは正しいと私は思います。君の症状すべてがそれを示していますよ」。この点は、問題の人物「私」が我々に初めてお目見えする時、汽車旅のつれづれに読んでいる医学書の題が『心臓病』であることによってさらに強調されている。これ以上ピッタリの病名をキャロルにつけることができるだろうか。「心《ハート》の病」とは。

『スナーク狩り』から語りおこしてこんな地点に達するのは、或る意味では奇妙なことだ。『スナーク狩り』では、**ノンセンス**からの逸脱はもっとメンタルなものだったように思われる。ハートと言えば見たところ、むしろリアの領域ではなかろうか。というので今はリアの失敗せる**ノンセンス**、あの「ノンセンス・ソングズ」にたち帰った方がよさそうだ。そして頭と心、狂気と詩がおのがじし何を要求するものかの整理は、次章に譲りたく思う。「ソングズ」で最も面白いもの、よく知られているものを挙げると「ふくろうと猫」「あひるとカンガルー」「ガガンボと蠅」「ジャンブリー」「キャリコ・パイ」（以上『ノンセンス・ソングズ』収録）、「輝ける鼻もつドング」「ペリカン・コーラス」「ヨンギー・ボンギー・ボーの求愛」「足指なくしたポブル」、そして二部から成る「ディスコボロスの唄」、そして「クォングル・ウォングルの帽子」（以上『お笑い小曲集』）である。

ノンセンスかくあるべしのモデルからの技術的な意味での逸脱ということなら、右のうちの一つないし二つの作品は取るに足らぬ細かい逸脱によって「失敗作」だということになろう。だから、もっと大きな逸脱をしている作品に比べて今の我々の目的からすれば、あまり面白くもない。その一つは「あひるとカンガルー」である。チグハグなペアが愛で結びついていて——

カンガルーに対する
私の真の愛に一切が従う！

しかし結びつきは強調されないし、結末は数字がらみでハッピー・エンドである。

そして彼らは世界をぐるりと三回とび回った。
こんなに幸せな誰がいるか——誰がいるか、
このあひるとカンガルーのように幸せな。

「クォングル・ウォングルの帽子」にも同じことが言える。孤独感もないではない。自分には仲間がいないとクォングル・ウォングルはこぼすのだ。しかしこれは**ノンセンス**の正統的な出だし——「彼の帽子は幅が百と二フィートあって」――と、これまた**ノンセンス**の正統的な終り方、こうのとり、がちょう、ふくろう、蝸牛、丸はな蜂、小さなオリンピア熊、アテリーかぼちゃ、ビスキー蝙蝠うんぬんというチグハグな「もの」のリストの間にはさまれたつかの間の不協和音にすぎないし、これまたハッピー・エンドである。

しかし「ソングズ」の大部分においては、**ノンセンス**の特徴もろもろが後退し、情緒がらみゆえ真の**ノンセンス**に変えさせることができないようなテーマのために、なしくずしにされている。そのきざしは「ディスコボロスの唄」第一部にまずうかがわれる。

もう心配ごとなどありはせぬ、
気がかりもめごとありはせぬ――
ディスコボロスの夫婦には！

こうまではっきりと不幸がないと断じてしまうと、奇妙にも心《ハート》は不安をおぼえるのである。よしんばそれが壁の上の狭い世界にすぎぬにせよ、地上の世界ではそんな未来などありえぬものと心は知悉しているからである。「ガガンボと蠅」では二匹の虫が苦しみから脱け出ようと船出するのだが、この作の結末にも右と同じような感じがある。

そして大グロムブーリア平原に着いた。
その地で未来永劫彼らは

羽子を羽根板でついて遊んでいるのだ。

二匹はゲームの中に逃れようとしているのだが、しかし私見によると「ノンセンス・ソングズ」の中で最も賞玩すべきこの一篇のもっと初めの方には別のトーンがまぎれこんでいて、ちょうどディスコボロスの場合のように、突然現実感というもので心をとらえてしまうのである。それはあまりに一貫してリアの**ノンセンス**に現われるために、リアにとって何か個人的な意味あいをもっていたはずのテーマという感じを与える。これこそ、このノンセンス・ソングとリアが自画像を描きこんだ一篇とをつなぐものである。後者でリアは「その往昔《かみ》彼は歌い手の一人だった。が、今では唖の一人」と言っている。この「ガガンボと蠅」でまずガガンボは——

「ここ久しく僕はブンとも言えない、
　歌のうの字もうたえない。
　その恐ろしい理由がこれ、
　僕の足があまりにも長い！」

また蠅の方も困っていて——

「もし僕に君みたいな長い足があったら、
　すぐにでも宮廷へ行くのにな！

でもダメ！　行けやしない。僕の足は
　こんなにもみじかいや」

リアを特徴づけるものの一つが、この肉体的欠陥の感覚である。醇乎たる**ノンセンス**では、これは大いに利用価値がある。肉体的特徴を歪めたり畸形にしたりするのは**ノンセンス**・ゲームのおはこだったはずである。「自画像」の中では簡潔にこう言われている。

　彼の鼻は巨大そのもの。
みてくれはひどく醜悪で、
　髭はまるでかつらそのもの……

その体軀《たいく》たるや完璧な球体……

しかし「ガガンボと蠅」では苦しみはリアルである。

「僕の長い六本の足、あっちも足こっちも足では
　絶望におしつぶされる僕の胸は」

この同じテーマ、同じおしつぶされるような苦しみの感覚が「ヨンギー・ボンギー・ボーの求愛 The

Courtship of the Yonghy-Bonghy-Bò」にもある（外見が悪いためにバタバタ蝿が行くことがかなわぬ"Court"（宮廷）、そこには王と王妃がいるあの"Court"も、ヨンギー・ボンギー・ボーの"Court"（求愛）と、その報いのなさにおいてつながっているのだ）。

「あなたの体はそんなに小さくて、
　あなたの頭はそんなに大きくて……
あなたはまったくのチンチクリン……」

「足があまりにも長い」（リア画）

球体せる体軀（リア自画像）

ヨンギー・ボンギー・ボー（リア画）

「足指なくしたポブル」にも出てくる。

前には指がついてたまともに
我れと我が足みたときに
彼の顔から血の気が引いた
指という指一つもないのだ！

「ドング」にだってありそうだ。何しろこの主人公は

……はなはだしい鼻をつくった――
これぞ鼻というはなばなしい奴！

を持っているのである。緑の髪にブルーの手をもつジャンブリーたちの物語にもあるはずだ。「ドング」にも「ボー」にも、或いはこれらほどではないにしろ「キャリコ・パイ」にも、何やら真に迫った個人的な喪失感といったものがある。この喪失感は、一度も持ったことがないものを喪失するのだからといって、少しは軽くなるといった類のものではない。「彼らは二度と僕のとこには帰ってこなかった！」ここには、人生そのものといった終りのなさがある。これほど**ノンセンス**に遠いものもあるまい。永劫の悲愁である。

かのコロマンデルの岸より
　その御婦人は二度と動かなんだ。
　　かの石塚の上で嘆くのだ
ヨンギー・ボンギー・ボーのため。
かのコロマンデルの岸辺、
取手もたぬ彼の壺を手に
　彼女は今も泣き、日々にうめく。
かの石塚の上の方
そのドーキングの鶏《とり》に彼女はうめく、
ヨンギー・ボンギー・ボーのため。

……あのジャンブリーの乙女にもいちど
まみえようと捜す、かいなく捜すいつも。
ひとりぼっち焼け気味に――夜もすがら彼は行く――
輝ける鼻もつドング！

これはあまりに、作者その人がその作品に入ってしまっているためもはや**ノンセンス**でなくなったという点で、キャロル後期の作品に似ている。ここでも「心臓《ハート》をやられてる」のである。作家の心ばかりか、読む者の心もまた「やられてる」のである。これらの「ソングズ」には悲哀のトーンがある。
時々もっともふさわしからぬ所にさえ、にじみでてくるトーンである。

猿やシギの啼く声ごしに
きこえるだろう彼の笛の啜り泣き。
（「ドング」）

足指なくしたポブルは
親切な船にひろわれた、
彼らは彼をつれ帰り
ジョビスカおばさんにとどけていった。
彼のたっての願いとあっておばさんごちそうをこしらえ、
それは卵とキンポウゲと魚のからみ揚げ。
おばさん言うには——「みんな知ってることだよ、
足指なくしてポブルはしあわせになったたってもっと」
（「足指なくしたポブル」）

水が入ってきた、うそじゃない、
水が入ってきた。

そこで濡れないように一同
ピンクの紙で足を包むと
　きれいにまくってピンでとめた。
そして一同　せともの壺で一夜を送り
めいめいに言ったこと「僕ら何て賢い！」
（「ジャンブリー」）

リアについて何も知らないとしても、彼が孤独で幸せ薄い人物だったに違いないと感ぜられる。ところで実際には色々とよく知られている――その孤独、一か所に定住できぬ性向《たち》、自信のなさ、結婚はしなかったが温かい心の持主だったこと（「彼には沢山友達がいる、坊さんにも俗人にも」――「自画像」）。こうした個性に『ノンセンス・ソングズ』の中ではたっぷり出会えるわけだが、それがこちらに働きかけるのを我々がうべなっているというところが、奇妙でもあり興味深くもある。これは重要なところだ。キャロル後期の作品で起っているのが、これと正反対の事態であるからだ。愛と言えば、キャロルは口がすっぱくなるくらい愛について書ける人物だが、しかるに我々は彼には何にも許さない。我々の個人的な情緒のかけらすら、譲歩しようとは思わないのである。リアは愛のことをたまさか、それも**ノンセンス**風に言うだけだ。

「あのうねり巻く海原をごらんなさい
（魚が沢山いて安い）

あの海原のように僕の愛は深い」

とヨンギー・ボンギー・ボーは言った。

それなのに我々は彼を信用し、彼が我々の情緒に働きかけるのをよしとするのである。しかるに愛という言葉をペンからしこたましたたらせているキャロルに対しては、我々は心の一平方インチすら差し出そうとは思わない。この違いはどこからくるのだろうか。

これを知るためには、多分一歩もとに戻って、リアの『ノンセンス・ソングズ』の巻頭にあり最も有名な「ふくろうと猫」を見るにしくはない。これはラヴ・ストーリーであって――「ああすてきな猫ちゃん！　猫ちゃん！　僕の恋人」――ハッピー・エンド、しかも重要なハッピー・エンドで終る。結婚で終るのである。これと並べて、キャロルが同じペアでつくった奇怪な組み合せ、『不思議の国のアリス』のあのふくろうとヒョウを思い出すのも面白かろう。こちらは「ありゃ海老の声」（これがパロディであったことは憶えておくべきだが、ここではその点には立ち入らない）の第二聯にあたる韻文に出てくるペアである。この韻文はリアによる先行作品の方ほどには人口に膾炙《かいしや》していないので、一応ここに引いておくと――

その庭のそばを通って、片目でチラリとみたところ、
ふくろうとヒョウが一つのパイをわけあうところ。
パイ皮に肉汁と肉をとったはヒョウ
このごちそうの分け前に皿をとったのはふくろう。

ふくろうと猫（リア手稿）

パイがかたづいたあとふくろうはおみやげに
スプーンをとっていいよとの話のきまり。
そしてヒョウはうなりながらナイフとフォークをとって
ごちそうのしめくくりに——

しめくくりには一つの可能性、おぞましい可能性しかないわけだが、ここでキャロルは中断し、最後の語はついに語られることがない。

　これら平行した想像力の産物をとりだして、それぞれの作者その人の寓意だという風に言うつもりはないし、二つの作の解釈を開陳しようというのでもない。それにしても二人が二人ながらふくろうをこんな風に一は猫、他はヒョウ、つまり猫族とペアにしたのが面白いし、さらにリアがペアの結婚を描いているのに、キャロルの方は一方による他の殺戮《さつりく》を怖れるあまりに、それを文字にすらしなかったという点が何としても興味深い。子供たちがそうしたゾッとする結末を見て心に傷がつくのを慮《おもんぱか》ってなどという説明は、たわごとにすぎまい。子供というものは、条件さえよければもっとゾッとする話でも平気で咀嚼《そしゃく》してしまうものであることは、すでにみた通りである。キャロルが何かを避けているような場合には、彼が守ろうとしているのは読者ではなくていつでも彼自身なのだ、と考える方がまともというものだろう。

　ふくろうと猫・ヒョウのペアを、精神分析の語彙に翻訳したいという誘惑もないではない。たとえば彼らは、アニムスとアニマの見本のようなものではないかという風に[*4]。しかし我々は我々自身のゲームから離れない方がよい。ゲームの語彙で言うなら、如上のペアは多分**ノンセンス・ゲーム**の二つの側、マインドの中の秩序を表わし遊ぶことのできる側、および無秩序を表わし遊ぶことのできない側をそれぞれ示しているのである。前に比喩として我々は、ジャガーとレスリングすることはできないと言っておいたが、ヒョウとだってできはすまい。獰猛《どうもう》で圧倒的でコントロール不能なものである。そうあって不思議はない。生のそちらの側はそんなものであり、我々が理解することもコントロールすることもできず、むしろ時には我々の方がその歯牙にかかってしまうこうした力の比喩として、猛々しい食肉獣以上のものはないわけである。悪魔がライオンに譬えられるが（ペテロ前書。五の八）、神だってそうなのだ。「獅子のごとくに汝われを追いうち」（ヨブ記。十の十六）。猫に追われるのはいいものではない。とすれば、自分のかみさんを一生箱に閉じこめた岩山の老人さながら、いっそ此方からうって出てそれを封じこめてしまうに如《し》くはないことになろう。「ネコは棚のなか、だからぼくがみえない」という**童謡**の文句を地で行くわけである。

おそらくキャロルの中に一頭のヒョウがいて、彼はこれがふくろうを食ってしまうことを恐れたのである。ふくろうとは古来知恵と知識、そして多分数学を表徴する鳥ではあるまいか。だから『石の剣』でマーリンのふくろうは、アルキメデスと呼ばれているのではなかったか。リアには一匹の猫がいるばかりだし、彼のふくろうはこれと結婚を果たすのである。こうした仮説から引き出されそうなフロイト流の結論にかかずらう必要はない。我々にとって重要なのは、このことが**ノンセンス**のゲームに与える影響、それぞれの場合に結合もしくは乖離《かいり》がどんなものであるのか、このことから何が引きだしうるかである。

訳注

＊1 アリスが言うことごとに芋虫がそれを否定するので、彼女が腹を立てるくだりのこと。

＊2 furyは、もともと「激しい怒り」の意。大文字で綴ると狂暴な「復讐の女神」の意にもなる。

＊3 パッションにキリスト受難の意あることは前に記した。

＊4 ユング心理学で、アニマは男性無意識下の女性原理、アニムスは女性無意識下の男性原理を指す。

第十三章　「犬神父子精励会社」

どんなマインドであれ、その二つの側、つまり秩序と無秩序の二つの側の結合か完全な乖離《かいり》をもくろみ、それを言葉に表現しようなどとすると、もはや醇乎たる**ノンセンス**はうまれなくなってしまう。理由は簡単である。**ノンセンス**は二つの力の間の拮抗関係を必要とするゲームだからで、二つの力の和解があっても、またどちらか一方が完全に抑圧されるようなことがあってもいけないのである。

二力の間の結合は、王家間の婚姻が戦争の不和をおさめて戦い《ゲーム》を終結せしめた、あれら中世の条約もろもろに似てなくもない。マインド中にこれら二力の和解は、二つの結果をもたらす。その一つは正気（sanity）である。というのは、真に正気の人間は完全に論理的で合理的な人間というのではなく、十分合理的にもまた十分非合理的にもなれる人、つまり両方の状態を知っていてその中間に立ってバランスをとっている人間だから。真の**ノンセンス**は、すでにみたように十分正気のものである。というのもなるほど秩序に組みして無秩序に敵していながら、後者を敵として必要とし、またこの敵を抑圧するよりはいつも十全に機能させておくからである。とまれ当面は「失敗したノンセンス」を検討し続けたい。ここでリアとキャロルの違いが、おおいがたく歴然としてくるはずである。

　正気こそリアの顕著な特徴の一つである。このことは（成功作であるか否かを問わず）彼の**ノンセンス**に、また彼の個人的生活で我々が知っている部分、あるいは彼の断簡零墨の類に徴しても明らかなところだ。自ら「瘋癲《ふうてん》のリアさん」と称していたこの人物が、頭の中まで狂っていたと言っている人は私の知る限りいないようだ。「彼の性的生活には何か深い挫折があったと推測するのは容易である」[1]ということが時たま暗々裡に言われるけれども、これらとて彼の狂気については何か言っているわけではない。その狂気について何かほのめかしたくても彼の書きもの、なかんずく多分彼の書簡を前にするとあだごとと知れる。何しろそこでこの人物は、自分自身を嘲笑して平気なのである。彼は嗤《わら》っている、自分の感情を、自分の芸術を――「僕の転卵会（Eggzibission）」――境遇を――「おかげでみじめになりましたよ（境遇に合わせてまがみになった次第）」――仰々しい美辞麗句を――「アルフレッド・テニソンはまるで讃美歌を書いたわけです」――金持ちたちを――「パテント、ピカピカ、テカテカ、ゲテゲテ、ティク　ティク　ティク」――そして聖書を（これに対して彼はキャロルと全く異った態度をとった。後述）――「汝は偉大な代理人がそこに気晴らしを求められるようにしたもうた」。そしてこれらすべての背後には、友人としてすばらしい人物がいる――「あなたの悩みを私の耳と胸とに注ぎこんで下さい」――「無沙汰だなんてあやまらないで。あなたの御多忙は存じています」。そして彼はまたこんなことも書いている。「もし大兄に奥様がおありか、または恋愛中の方がおありなら（どちらにせよ自分を二つにすることにはちがいないわけで、この世における唯一リアルでまともな生活ですね）……」[2]。この同じ話題について、キャロルが何と言っているか想起するためにその書簡から――

つまり兄は十二年の間結婚生活をされているのに、愚生はいまだに老いたる独身者というわけです！　このことではこれからもずっとそのつもりです。大学生活というのは決して全き悲惨ではありません。もっとも結婚生活にも愚生の知らぬ楽しみが色々あろうとは思いますけれど。
（アトキンソン氏あて。日付なし。コリングウッド前出書。二三一ページ）

正気が、マインド中の秩序と無秩序の結合がうみだすものその一だとすると、さてその二とは何であろう。こちらはしかし、この結合が言葉のかたちをとることと、もう一人のパートナーとして猫以上の何かが存在することが条件となる。というのも結合の結果その二は、詩《ポエトリー》なのであり、これは人間の二つの側を、つかの間だが完璧な平衡状態につなぎとめるものなのである。リアは、第一の条件を満たしているが第二の条件がダメで、全き詩にはついに到達しない。と言ってもこの議論は彼の「ノンセンス・ソングズ」、彼の作品のうちでも醇乎たる**ノンセンス**という以上の何かである作品だけにあてはまるのであって、リメリックや物語のような古典的作品は遊びであってそれ以上のものではなく、詩なんてきれいに締めだしている。さて「ソングズ」でリアは全き詩には到達していないと言ったが、それにしても何と詩に近いところにまで迫っていることか！　それは一つには彼が、他の詩人たちの詩句を谺《こだま》させることによる。と言っても別に剽窃したというのではなく、彼が一つの影であって、その影をとおして我々が繰り返しその実体の方を思い出すのだとでも言おうか。「ドング」の中にはスペンサーの『祝婚歌《エピサレイミオン》』のフレーズ、「森じゅういらえ返し、その木響《こだま》なりひびかん」を思わせるくだりがある。

岩山はなめらかで灰色をし、
森じゅうに谷間になりひびいた、
彼らが日ごと夜ごと声合わせうたう歌が。

もっともリアの作は、結婚前の祝い歌《プロサレイミオン》ですらないところがリアらしくもある。次に「ふくろうと猫」の結句、「そして手に手をとって砂浜のはしで彼らは月の光あびて踊った」は、シェイクスピアの『嵐』の

この黄色の砂浜へ降り立ち
そして手に手をとり……
ここかしこお祭り気分で踊ろう。

のいとことという感じだし、ミルトンの『仮面劇コーマス』中の月下の舞踏の景を髣髴《ほうふつ》させる。

ざわめきと鰭《ひれ》あるものどももろともに海が
月の方《かた》さしてゆらゆらとモリス踊りを踊り、
鳶《とび》色の砂浜はた砂州のあたり
生意気な妖精どもの跳びはねて……

「ガガンボと蝿」の細部や設定は、マイケル・ドレイトンかも知れない。結末の「そこに彼らは一艘の小舟を見つけたが　その帆はピンクと灰色だった」は、まさしくヴェルレーヌ（「忘れた小曲」五）で――

　　蔷薇色と灰色の月のなかに……

「ジャンブリー」ではW・B・イェイツの「いるかが裂き、どらの音が苦しめし海」に出くわす。

　そして夜もすがら船は進み続けた……
　銅のどらのこだまする音にあわせた……

「ヨンギー・ボンギー・ボー」の「ボッシェンの日《ひ》没する島々」の背後には、ケルト神話の蓬萊島アヴァロンや古典神話の極楽島があるし、ボーが亀の背にのってする航海には、いるかに乗った詩人という古くからのイメージが揺曳している。手紙の中でリアは、英仏海峡をいるかに乗って渡ったらどうかという案を出したりしている。ところで同じいるかについてキャロルの書くところは、これとは全く違っていて――

「いるかがピッタリついていて　何と

ぼくのしっぽを踏んでるじゃないか」

「私が鱈《たら》だったら」さっきの唄のことをまだ考えながらアリスは言いました。「いるかに言ったにちがいないわ――近くへ来ないで！　いっしょにいたくないわ！　ってね」

（『不思議の国』十章）

ボーが乗って海を渡る亀の甲羅の背後には、詩のための最初の道具が透けてみえる。即ち――「ユバル、甲羅の琴瑟《きんしつ》を弾じし時」*1。リアの「ソングズ」の背後にはぴったりと神話が貼りついている様子だが、中には自分の独力で詩に近づいているくだりも沢山ある。

そして夜もすがら船は進み続けた。
　そして日が落ちて
月の歌を吹きまたくちずさんだ、
銅のどらのこだまする音にあわせた、
　鳶《とび》色の山々の蔭で。

（「ジャンブリー」）

大グロムブーリアの平原を
怖ろしい闇としじまが領すると、

長いながーい冬の夜もすがら――
怒った波頭が砕けては岩だらけの汀《みぎわ》に
吼《ほ》えとよもすとき――
嵐の雲がチャンクリー・ボア

ボー、亀に乗る（リア画）

「こわくなんかあるもんかい」（リア画）（313頁）

塔なす高みにたちこめるときに。

彼らは夜もすがら輪になって踊った。
陽気なドングの奏でる悲しい曲にあわせた、
　雲があろうとなかろうと　月の光に。

（「輝ける鼻もつドング」）

昼はすなどり、夕べには長い裸の島の
黄色い砂浜にたたずむと、
そして太陽がゆっくりと沈み、
大きな岩壁が暗く鳶色に変り、
紫色の川が水足も早くぼんやりとうねると
象牙色のトキが星のようにみなもを飛ぶと
羽をうちふるわせて私たちは踊る、

…………

そして岩蔭にあたって帰ってくる
鳥たちのこだままたこだまを耳にしただろう。

（「ペリカン・コーラス」）

かみさんがあんまり早くグズベリーを実らせたといって
彼は彼女を叩くだろうか金のてっぺんをしたパイプで。
（「スワットのアコンド」）

ここでリアとはお別れである。「ソングズ」でしているように彼が我々を**ノンセンス**の世界からつれだすと、そこはもう幸い多い詩との境界領域なのである。たち入ることを許された**ノンセンス・プ**ロパーの領域に寄せる、あるいはこの「ソングズ」の世界に寄せる読者の信頼は、かたときもぐらつくことはない。ところで多分キャロルも、自分を詩人として遇してもらいたがっただろうと私は思う。リアと違ってキャロルは、詩作品そのものを沢山書いている。次などがその典型である。

彼は賑やかな通りに腰かける。
そこは彼《か》の女《ひと》の面影を最後にみかけた所。
思い出がせめぎあい、ほろにがく、
今も満ちているような懐しの場所
彼の女の跫音《あのと》もやはり近くに聞え、
その声も相変らず耳にこだまして。
（「落日三たび」）

おごそかな囁き声がもう一度、

「人の世の絶望の最も暗き道、
戦いと怖れが悩みの地を揺がす途《みち》こそ
女のつとめなれ。ひるむことなく
恐怖とおののきの地を行くことぞ」
（「薔薇の道」）

色蒼ざめし子よ――
茜の西空に疲れた目を投げて――
彼女をやすらぎからゆくりなくも
遠ざけるこの残酷な枷《かせ》を
解き放ってくれる偉大な「永遠」を待ちわびて――
この世の喜びにあざむかるなよ
（「盗まれた酒」）

キャロルが我々をどこに導くにせよ、それが詩でないことだけは確かである。そこで今やどうしてもこの人物について、色々ある手がかりを寄せ集めてまとめてみる必要があるように思われる。
これらの手がかりは一見したところでは、互いに相矛盾しあうという感じが強い。少くとも極端な手がかりを並べてみるとそうであって、たとえばヴァージニア・ウルフなどはこんな風に言うのである。

『不思議の国のアリス』にみられるくさぐさの変化にしても、かように奇妙なものはない。一体夢からさめて何と考えればよいのか——これはC・L・ドジソン牧師だろうか。それともルイス・キャロルだろうか。それとも両方が一つになったものだろうか。このいっしょくたになった「何者か」が、ここに英国の少女のためにシェイクスピアの改竄《かいざん》版をつくろうと企ててみたり、お芝居を見に行こうとする時には差し迫っている死のことに思いをいたせと言ってみたり、そしていつもいつも「人生の真の目的は良き人格の涵養にある……」などと思いこんでいるのである。よしんば一二九三ページの紙幅を費してみたところで「完成」などありっこないのだ。*2
(「ルイス・キャロル」。『時』、七一ページ)

「二重人格」「乖離」というのが、キャロル＝ドジソンを評するのにしばしば使われる言葉である。しかし、一人の人間をこんなにも明快に截然二分してこと足れりというのは、おかしくはなかろうか。「精神分裂症《スキゾフレニア》」という答もありうるが、これとても素人にとっては、一人の人間が二人であってもいいというよく分からぬ議論に、別の名前をくっつけただけとしか思えないのである。いずれにしても本書にとっては、これでは答にならない。一つにはそれが心理学の用語であって我々の守備範囲外であるし、また一つには、これでは我々の問題が解けないからである。第十章で『スナーク狩り』はちょっと気違いじみていて、だからわけの分からぬ気持にさせられると私は言っておいた（そして奇妙なことにこれを手がけた挿絵画家——ハリー・ファーニス、また我々の時代のマーヴィン・ピーク——も、この点では我々を安心させてくれないのだ）。しかし、この作品に乖離があるから困るのではない。ないからこそ困るのである。キャロルその人についても同じで、ドジソンとキャロルが全くもって同一の存在であることを示すものは少なくないのだ。我々は前に、ふくろうと猫の結婚が正気をうむのを見た。ところがここでは、ふくろうとヒョウがいて、結婚するどころか一が他による殺戮に怯えるという仕儀だ。ひとつ『スナーク狩り』に戻って、この不和のいかなるかを考えてみよう。

前章では、いかに色々な点で『スナーク狩り』が**ノンセンス**のゲームのルールに違反しているかを見ておいた。面白いのは、どの違反も同じかたちをとっていたことである。つまり見たところはまだ立派なゲームと見える世界に、およそゲームにふさわしからぬもの、従って締めだされてしかるべきものが入りこんでくるのを許すというかたちである。これを締めだすために、そもそもゲームは制限とルールに腐心していたはずではないのか。夢、錯乱、狂気、無という形をとった無限性、情緒、これらが一つ残らず『スナーク狩り』に入りこんでいる。これらはたしかにゲームには向いていない。が、だからと言って我々の生そのものの要素としてのこれらの存在まで否定することはできない。面倒なのはここである。というのは、これらを手引きにして現実の生が、そんなものとは無縁なるべきゲームの中に乱入してくるからだ。遊戯場のフェンスを越えるのにこれではまだ不足とぼかりに、現実生活の二つの面——我々がまだ論及していない面——がさらに入りこんでくる。第一は、同時代文明世界の複雑な仕組みである。ブローカーと鉄道株の話で株式市場がもちこまれてくる。バンカーの登場で銀行業務もろもろが入ってくる。ばらの銀貨を紙幣に両替えしたり、「額面七ポンド半の持参人払いの」小切手の振りだしが話題になる。ビーヴァーが火災保険、雹《ひょう》損害保険の証書をもらう云々とあって保険もでてくるし、慈善事業の集まりだの寄付だの募金だのもある。それに第六章の法律手続きのごたごた一切。これは『不思議の国のアリス』の法廷の支離滅裂とはかなり違った様相であるし、加えて社会規範への言及も二つ――紹介と晩餐会への招待――あるといった具合である。

これはE・M・フォースター氏が、いみじくも「電報と怒りの生活」と呼んだものにほかならない。そして文明の物質的なごたごたや社会的情緒とともに、『スナーク狩り』には社会倫理が顔を出す。人間性や徳の名が、一つまた一つと引きあいに出されてくる。これらに何が起るか見るのは興味深い。というのは、この扱い方こそ『スナーク狩り』の特徴をなし、かつキャロル全体像を理解するのに重要なものであるから。バンカーや判事や慈善集会と同様、これらはひたすら嘲笑されるためにもちこまれているのである。


「姿かたちに取り柄なく――悪いな頭も――」

(これはベルマンの口ぐせだ)――

「が勇気だけはすばらしい！　そしてこれこそスナーク狩りに欠かせぬのだ！」

(第一章)

ベルマンその人を一同ほめにほめた――
そのものごし、その泰然、その自若を！
おまけにその厳粛を！　彼の顔をまじまじ見れば
誰にも明らかその賢なること！

…………

すばらしいには違いない。が　やがて分かった。
こんなにも信じた船長のこと
海を渡るにたった一つのことしか知らぬのだ、
何とそれはベルをならすこと。
（第二章）

「英国は期待する——と言ってもあとは言わない、
すばらしい格言とは申せ陳腐きわまるのだ」
（第四章）

これは考えてみると妙なものだ。道徳家然と構えてわざわざ勇気、知恵などなどは神聖にして不可侵なものだとむきになることもない。神聖なものでも何でもありはしないのだ。だが、そうしたもの自体も、それに対する嘲笑も、いずれにしろゲーム向きの材料とはみなしがたい。もし使われるにしても、他の性質万般と一視同仁の扱いを受けるべきであって、たとえば大きな帽子を被っているとか足指がないとかいうのと同じレヴェルで、ただ言うにとどめて何の強調もおかず嘲笑のタネにしてもいけないのである。勇気のことがリアにも出ていて——

ハルにさる若い御婦人あり、
追いかけられたどうもうな牛に。

が、鋤《すき》をつかむと言ったそうな――

「こわくなんかあるもんかい！」

それで意気阻喪したどうもうな牛。

（『ノンセンスの絵本』）

勇気が言われているだけで、別に嘲られてはいない。他のものより良いとも悪いとも言われず、**ノンセンス**宇宙のごくさりげない一部分になっているわけである。

しばし棚上げにしておいた問題にたち帰るべき時がきたようだ――キャロルのパロディのことである。この文脈でこの問題が大事だというのも、これによって『スナーク狩り』にひそむ右の如き不安定、現実生活のもちこみとそれに向けられた嘲笑といったものの根が、実はキャロル作品のそもそもからあったのだということが知れるからである。『アリス』作品のパロディのことを言っているのだ。『不思議の国のアリス』と『鏡の国のアリス』でパロディ化するためにキャロルが選びだした元の本歌は、道徳的で高踏の調子のものである。もっともこれらの作品においてキャロルがつくりだしたものは、それだけでも面白くて、たとえば「ウィリアム父っつぁん」の唄がサウジーからの、白の騎士の「老いに老いたる人」の唄はワーズワースの「決意と独立」からの、そして「ありゃ海老の声」がアイザック・ワッツからの、それぞれ本歌取りであることなど読者が知っておく必要は必ずしもない。こういう場合に我々がキャロルから受けとるのは、最良の**ノンセンス**作品と言うべきものである。

うなぎをばお鼻の上にうまくのっけるのなんの――

どうしてそんなにうまいのさ。

我れと我が髭を緑に染めたらば
　抱いてたそういうもくろみを。
いつも大きな扇を使えば
　そいつも見ゆるまいと。

しかし、本歌の方をそれぞれ一瞥しておく値打ちもないではない。

年とったね、ウィリアム父っつぁん、若者が言った。
　人生はどんどん過ぎていくもの。
あなたは陽気、死ぬことを楽しく喋るじゃないか
　そのわけをぜひにも教えてほしいもの。

おいらは陽気だ、お若いの、ウィリアム父っつぁん答えて言った。
　耳を澄ましてわけをきくがいい、
若き日においらは神様忘れなんだ！
　そしたら年とってから神様おいらを忘れない。

これはロバート・サウジーの「老人はいかに慰めを得しか」である。ワーズワースの方は長い詩で、キャロルのパロディももう少しルースになる。「どうやって生きている、何して生きている」というように共通するフレーズがあるにはあるが。次にワーズワースからサンプルとして一節を——

彼の言うにはこれらの水辺に蛭《ひる》集めに
来るのは老いのため貧なるためだ、
危うい仕事、作業は飽き飽き！
忍ぶべき辛苦も大変だ
池から池へ、沼から沼へとさまよい歩いた。
神の冥助を得て夜露をしのぐがやっと
こうしてまっとう正直に生きてきた、と。

キャロルがこの二篇を——神に言及したこの二篇を——戯画のために選びとったというのも妙と言えば妙である。このことについては、エンプソン氏が次のように言っている。

人は最良の詩をパロディ化するのだとドジソンは言いたかったのだ。つまりパロディにだって、讃嘆の念はあるのだというわけである。しかしパロディには、ある苦さがつきものである。その言わんとするところ、もし「この詩は阿呆らしい」ではないとしても、「今の自分の情緒的不毛の気分ではこの詩は自分には訴えかけないし、訴えかけさせてはならない」ということではあるだろう。

（『牧歌の諸相』二六三ページ）

これに付け足すべきこともある。パロディは本歌に対する嘲笑である。が、同時に本歌を認めていることでもあるのだ。『アリス』作品において現実ないし本歌が全く舞台上から見えなくなっていようと、それはキャロルの脳裡にはたしかにあるはずのものなのである。リアはパロディを全く書かない。彼は「現実生活《リアル・ライフ》」という名のこの危険なしろものを認めもしないし、恐れもしない。キャロルの嘲笑には何やら自己防禦といった趣きがあり、しかもこれは作中明らかなパロディに限ったことではない。たとえば「きれいなスープ」の唄に秘められた美への嗤《わら》いを見よ。あるいは登場する王侯貴族のダメさにひめられた尊厳への嗤いを。ハートであろうとチェスの紅白の駒であろうと、王様はのろまで優柔不断、王妃はガミガミ女、怒りっぽい女家庭教師タイプないし愚かな老いぼれ羊と相場が決っている。リアが王侯を扱った例は一つしかないが、**ノンセンス**風ではあっても、まともで尊敬ある扱いとなっている。

……王様と女王様、

（一人は赤、一人は緑の見事な様）

大声に呼ばわってこう言うはずだ。

「城に上るなどふさわしゅうないぞ、この蠅めが！」

（「ガガンボと蠅」）

『アリス』作品では、キャロルが何から自分を守ろうとしているかなど別に考える気にはならない。それが『スナーク狩り』になると、現実と防禦がこもごもごっちゃになって存在し、何とも坐りが悪くなるのだが、『シルヴィとブルーノ』のあたりまでくると防禦は完全に姿を消して、生は現実のもの、それも真面目一方のものとなってしまうのである。

多くの評家の言うところでは、少くも『アリス』ものに関してキャロルは、それ以前に子供向きとされていたお説教たらたらの物語から子供たちを解放した旗手だということになる。もしその通りだとして彼らは今度は、この旗手がどういう次第で、先ほどヴァージニア・ウルフに叩かれているところを一部引いておいたようなあの『シルヴィとブルーノ』序文を書く人物に変ってしまったのかを説明してくれなくてはなるまい。これから先のいかなるかを占わせるような文章が、そこには出てくるのである。

これが書かれたのはお金のためでも名声のためでもなく、私が愛してやまぬ子供たちに、幼年時代の命に他ならない無垢な幸福の時間にこそふさわしい考えの数々を提供したいという願いからなのです。かつまた子供たちや他の人たちに、生のもっと真面目な律調と調べが合わぬでもない思いのあれこれをも供せんとねがうからでもあるのです。

この序文全体の、いかめしい表情が非常に興味深い。そこでキャロルは、子供のための聖書や不穏当な所を削除したシェイクスピア作品集を上梓する目論見のことを語り、一転して死のこと、劇場に見る不道徳のこと、狩猟の残酷、とくにそれを嗜《たしな》む女性の頽廃のことに移る——もっとも女性と名指しにはせず「その名が愛の象徴ともなるべきこれら優雅で繊細な人たち」と言っているが。そしてこの序文は神の愛をめぐる考えで終る。これと、今見たような間接的だが神を嗤《わら》いものにして憚らぬパロディが、どこでどうつながっているというのだろう。神の感情を害さぬようにピリピリしていて、自分のいる所では絶対に宗教ネタのユーモアを許さなかったのが、余人ならぬC・L・ドジソン牧師だったのである。

別に心理学的な説明を捜すことはない。ゲームというものにおいて、選択と排除の原理がいかに枢要であったかを思いだすことで説明はつけられるのである。『アリス』作品では、多くの韻文の背後にある敬神と道徳に染った本歌を思いだしてはあれこれ考えこまなくても、ゲームはどんどん進む。排除は完璧である。ところが後に『シルヴィとブルーノ』なる途方もないごたごたを生みだすに至る展開の萌芽が、すでにここにあるのだ。キャロルが**ノンセンス**の中にパロディなるかたちをもちこみ、つまり本歌があってそれに手を加えるというかたちを選んだところに、その病根ができたのである。そうしなければいけない理由が彼にはなかった。**ノンセンス**はパロディなしでも目的は達せられるし、多分もっとうまくいくのではなかろうか。キャロルの第一段階、つまり『アリス』ものの段階はこういうところだ——「この尊厳、この高邁《こうまい》をとり上げてゲームにピッタリの材料に変えてやれ。髪には砂糖をまぶしたり、橋をワインで沸したりして。後者を凝視して前者を抑圧し塗りこめてしまおう」。『スナーク狩り』ではこれが「尊厳と高邁をまるでゲームに向くかのように扱って、これとゲーム向きのものを一緒に、フォークと希望、勇気とハイエナを並べて使ってみよう」という具合になる。*3 ここにしてすでに、あまりに多くのものが取りこまれている。ゲームに勇気やなんかはいらない。株式相場も夢もいらない。それはお門違いだし、ゲームを現実――嘲笑されていようといまいと――の方へ捩《ね》じ曲げてしまう。嘲笑とはその相手の確在を強調するばかりではないか。そして第三段階が『シルヴィとブルーノ』のそれであって、ここでは「ほらこれが現実生活、真面目な考え、美、愛、神、鉄道旅行、風土病、アルコール中毒、オックスフォード運動だ。みんな**ノンセンス**向きの材料だが、ゲームはもっと真面目で敬虔である必要がある」となる。結果はただひとつ。ゲームの死である。そして読み手に残されているのは、説教がましく足が地についていない偽りの感情の荒涼酸鼻おどろしき混淆物なのだ。

しかし、ここで問題なのは読み手ではなく、あくまでキャロル自身である。我々はなぜ『スナーク狩り』に不安を感じ、なぜ『シルヴィとブルーノ』にうんざりするのかの説明がそろそろ得られそうだ。前にゲームとは何かと最初に言ったところで、強制されてというのでは遊びの本性に反すると言っておいた（六一ページ）。しかし人によっては自分自身を強いて遊ばせると言うか、ゲームをどんどん拡大させていって、それに生の全体をそっくり取りこませようとするということがありうる。これまで我々は『スナーク狩り』『シルヴィとブルーノ』とともに、**ノンセンス**があちこちで破られていく様子を見てきたわけだが、ここで問題を逆に考えることもできるのである。つまり右のような事態は、むしろプレイヤーの方でゲームの境界標識をどんどん外側へ押し広げていこうと試みたその結果ではないか。むろんそれがゲームをよくするからというのではなく（実際ゲームを破壊してしまうだろう）、このプレイヤーがゲームなるものが与えてくれる安心の感覚なくては生きていけず、ゲームの条件以外の条件で現実に立ち向かうことをもならず、つまり自分がコントロールできる魔法の輪の中にすべてを取りこむ必要があるからこうなるのだ。輪といってもこれはむろん悪循環の輪（a vicious circle）である。つまりこういうやり方で安全を増そうという試み自体、およそゲームなるものがそれによって安全を確保している排除の精神をだめにしてしまうにすぎないからである。何だかこんな風な様子が目に浮ばないだろうか。マインドが自称ゲームなるものの内部に永久の陣地を構えている。その外へと撃ってでるわけでもなく、やがて遊びに必須の運動性なり自由な動きというものを自ら完全に失っていくのである。

　マインドが運動性を持ち自由に動けるということは、しかし、ただ遊びにとって必須というにとどまらず、正気であるためにも必須なのである。マインドは、そのもろもろのシステムの一から他へ自在無礙《むげ》に運動できなくてはならない。時には論理と秩序の側で行為の主体になるかと思うと、また無秩序や情緒や夢の側で受身にまわってふるまう時もある。夢の世界に永久に坐りつくしてしまえば、その人は狂気の人なのだということ、これは明らかで、狂気の徴候も明々白々である。しかし論理と秩序の領域を出ることを拒んだ人間が、同様にバランスを失い、遊ぶことともに遊ばれる覚悟を無条件で要求してくる現実というものから同様にかけ離れているかと言うと、こちらは多分——我々が非合理よりも合理を重んじるせいもあって——それほど明々白々とはいえない。とまれ、ふくろうとヒョウは何とか折り合わなくてはならないのだ。キャロルはヒョウを恐れていた。最初の**ノンセンス**作品を書く頃までにすでにそうだったし、ヒョウとの関係が漸次悪化していく様が後期の作品に見てとれる。『シルヴィとブルーノ』正続篇に感じられる居心地の悪さは、いい大人が情緒や倫理や宗教といったもので遊び、というか遊ぶふりをしながら、しかも自分のやっていることを敢えて直視しようとしない様子がみえみえになることにもよるのである。

私もとても幸福でしたが、むろん泣いたりはしませんでした。「おとな」は泣かない、そうでしょう。……その時ちょうど雨が降っていたにちがいないと思えばいいんです。だって頰に一しずく二しずく雫が流れましたからね。

（『シルヴィとブルーノ』十五章）

夜の帷《とばり》とともに死せる恋人の記憶は色槌せ、希望は萎えてその葉を枯らし、狂おしいなげきと陰鬱な痛恨が魂の最良の力さえしぼませてしまいます。そしてやがて、まるで生ける潮のごとく雄々しい決意と牢固たる意志、そして信仰の天を仰ぐまなざしが起り、広がり、渦を巻いて昇っていくのです。

（同、二十五章）

「ミュリエル——私の想いびと——」彼は中断しました。その唇はわなないていました。が一分して彼はもっと断固として喋りだしました。「ミュリエル——いとしい人——あの人たちには——この僕が必要なんです——あの港の人たちには」

「行かなくちゃいけませんの」彼女は懇願しました。……彼の顔に見入るその大きな目からは涙がこぼれんばかりでした。「どうしても行かなくちゃいけませんの。死ぬことに——なるんですのよ！」

彼は彼女をじっとみすえました。「死ぬことになります」と嗄れた囁き声で彼は言いました。「でもね——かわいい人——僕を呼んでるんです」

（『シルヴィとブルーノ』続篇。十七章）

ここでまずいのは文体だけではない。調子にどこか真実味が欠けていて、この文章の背後にいる作者は、彼が書こうと選んだはずの当の現実から締めだされていたのではなかろうかと読み手が勘ぐらざるをえない感じである。まさにこのことをうかがわせる面白い例が、キャロルが友人にできた女の赤ん坊について書いた二篇の詩に見られる（キャロルは赤ん坊というものを嫌っていた）。この嬰児のための贈りものは、一冊の形式ばった本になり『レイチェルの花飾り』と題されたのだが、ここにキャロルは七聯の典型的な韻文を寄せている。でだしは――

どんな手が汝の生れしばかりの頭に花輪するのか、
ああ小さな優しい天使の花びらよ、
天国から舞いおりたひとひら
この地の冷たい懐に落ちてきた汝の。

ところでもう一つの詩では、全然違った始まり方をしていて――

おお　ずんぐりむっくりの仔犬ちゃん！
みんなどうして君を起こしちゃったたん。
こんなひどい夜泣きは

銀のベルなんかに似てないや。

前者も正直な気持を歌ってはいるのだが、後者にみる人と作品の一致というのがないのである。キャロルの情緒的な文章、敬虔な文章、エンプソン氏が「生体解剖についてのヒステリカルな文章」と呼んだものには、この感じがつきまとう。ところでコリングウッドがこんなことを言っている。

ある点ではルイス・キャロルはストア派の哲人に似ていた。つまりどんな外的な事情にも、精神の平静をかき乱されることがなかったのである。彼は実際、マルクス・アウレリウスが強く勧めているような生き方、平静な自足の生活を送ったのであった。……ところがこの規則にも、一つだけ例外があったのである。議論になると興奮することがしばしばだった。言葉の闘い、よく訓練された知性の間の鋭くて微妙な角逐《かくちく》——ここから彼の魂は悦びを汲み、ここに彼は戦いと勝利の快をみいだしたのである。しかし敵が自分と干戈《かんか》を交すに値せぬ人物とみると、この敵相手に平静を乱すことは決してなかった。相手が度しがたく非論理的な人物だと知っている時には、この者とは議論しようとしなかった。

（前掲書。二七一—二ページ）

なかなかに汲《く》むべきところの多い文章だ。この伝記作者がそんなところに気づいていなかっただけに、いっそうそうなのである。キャロルが心かき乱されるがままになった唯一のものが、ダイアレクティック（応酬）——つまりこれぞゲームそのもののわけだが——であったことが面白い。おそらくそこでは彼は自ら安全と感じ、水を得た魚もさながらとなって、彼の内なるヒョウもつかのま解き放たれて一走りすることを許されたはずである。

しかし彼のこの議論好きにも、一つの重大な例外があった。一八八六年一月十五日付、イーディス・リクス嬢あての文面にこうある。「宗教の話題で議論するのはこわいことだと思います。危険が多すぎますし、いい結果にはまあなりませんから。二人では決して宗教のことで議論しないようにしたいですね」（コリングウッド。二五一ページ）。これもキャロルが、いかに周到に宗教とゲームを切り離したかを示す証拠になるだろう。それだけとりだすのなら宗教問題で議論をしないといってもさして不合理でもないし、わざわざあげつらうほどのこともない。しかし、たとえば次などどう考えるべきなのだろう。

……喜びの笑いは我々の深い生と完全に調和するものですが、娯楽の笑いはこの生から遠ざけるべきです。真面目なことどもを嘲りの気持でみるようになったり、そうしたことどもの中に機智をひけらかすきっかけをさがしたりするようになると、あまりにも危険が大きいのです。こうした精神こそ、私から見ると、聖書の美を穢《けが》してきた当のものなのです。

（ドラ・アブディー嬢あて書簡。日付なし。コリングウッド。三三一ページ）

あなたにお願いと申しますのは、あなたが金曜にされたような、つまり子供たちが神聖なることどもについてどんなことを口にしていたかといったお話は、二度と私にしないで下さいということです。……そういう話を聞かされると私は大変に心苦しくなり、私の小さな晩餐会の折角の愉しみも台なしになります。今後はなにとぞお控え下さいますように……人間の信仰をダメにしてしまうのに、それを滑稽なことといっしょくたにしてしまう以上のやり方はないわけですから。

（あて名不詳。一八九七年。コリングウッド。二三七―八ページ）

抗議の手紙が人もあろうにルイス・キャロルから私の父に送られてきたが、説教の中に笑いをもちこんだのがけしからんと言うのだった。

（ラングフォード・リード『ルイス・キャロル伝』所収の書簡。同章十章。一〇五ページ）

ラングフォード・リードは、こと宗教問題に関する限りルイス・キャロルとC・L・ドジソン師の間に何の齟齬《そご》もなかったのだと言っている。だが、これに限らない。およそどんな問題をとっても、両者の間には乖離《かいり》のかの字もなかったように思われるのだ。問題は単にこういうことである。一体なにゆえにキャロルが、こうもやっきになってルイス・キャロルとC・L・ドジソン、**ノンセンス**と宗教を切り離そうとしたのか。右に引いた文章から一つのことが明らかになる。こうした態度はたしかに滑稽だが、この人物の内に巣食う苦痛と恐怖には真実感がある。生のそうした二つの側が近づいていくことに対する恐怖がある。根深い不安感があるのである。でなければなぜかくまで、笑いとダイアレクティック（応酬）の精神をそれらの生みの親たる神から、まるで神が神自身のつくったものから守られねばならないとでもいわんばかりに切り離すのにこの人物がやっきになるのか。答は多分こうである。こうして守られている者、それは神ではなく他ならぬキャロルなのである、と。彼が自分自身を守る方法がたった一つある。なかなかに厄介な方法である。

生の全体を一個のゲームとして扱おうとすると、陰に陽にさまざまの結果をもたらす。たとえばキャロルの場合では結婚を拒否し、少女たちと情緒的きわまる交友関係を数限りなく結んだことなどがそれである。これら少女たちが成長し始める、つまり彼に対して何かを要求できるような年になるや否や、彼は彼女たちを棄てたのである。どんな小さなゲームであってさえ、プレイヤーはコントロールする力を保たねばならない。どんどん沢山のものがこのゲームに入りこんでくると彼は困難に直面するが、しかしなおコントロールできているという顔はしていなくてはならない。いつも働きかけるのでなくてはならず、働きかけられてはならない。もしそうなってしまうとイニシアチヴは他の人、他のものに移ってしまうことになる。ゲームの相手というか敵方のなすがままになってしまうのである。しかるにいつも働きかける側にあること、あらゆるパッションと受動性を締めだしてしまうこと、これは人間ごときよくするところではない。それは聖トマスによれば、神のみのよくなすところなのである。「神ハ、純粋ナル現実有《アクトゥス・プルス》ニシテ可能有《ポテンティア》タルモノニ非ザルナリ」(『神学大全』I。三の二)。キャロルが自分を神だと思っていたのだと言うつもりはない。もしもう一つの方向で、言うなれば夢と無秩序の側で狂気にでも陥っていたら、あるいはそんなことになっていたかも知れない。私としては、このキャロルのゲームでは二人がプレイすることができないのだと言っておきたいだけである。だからこのキャロル流の世界では、もしキャロルがプレイしている時には神もプレイするというわけにはいかないのである。キャロルはマインドの柔軟性を諦棄して、彼自身のゲームの内部に幽閉されてあることを選んだ。参ったと言わされることを怖れたからである。彼自身の教会が示した神というものは、聖なる教義に対して知性が完全に身を屈することを求めるようなものではなかった。もしそんな具合だったら、彼がふるえあがったことは間違いない。そうでなければこそ曖昧至極な取り組みで、彼はのらりくらりやっていられたのである。「これは僕にはますますはっきりしてきたことだけど（僕が超「広」教会派みたいだといってびっくりされないように望みます）、神様の目には我々がどんな教義を信じるか拒むかということより、我々がどんな人間であるかということの方が大事なのです」（イーディス・リクス嬢あて。一八八六年一月十五日付。コリングウッド。二五一ページ）。[*4]

そうだとしても彼のマインドの裡には依然相容れぬ二つの考えがあって、ここからしてその二つを切り離しておこうとする彼の努力と恐怖と苦痛が胚胎するのだ。この苦しみは、こういう場合苦しんでいる当人がその苦しみの強さや程度を説明しえない分だけ、いっそう苛烈である。もしキャロルが彼の生すべてを遊びにし、それを不断にコントロールしよう——遊びはそうなくてはならない。こんなことは他のものにはできない——と望むなら、彼はまず彼自身の神でなければならない。神を自分のゲームから切り離しておこうとするキャロルの情熱は、神のためのものではなく、ひたすらに神をキャロルの神殿から遠ざけておこうとするのである。ジェイムズ・ジョイスが『フィネガンズ・ウェイク』で、右のごときキャロルのまがまがしい自己一体化を驚倒すべく巧みなフレーズで表現していて興味尽きない。それがこの章の標題ともなっているわけだが、"Dodgfather, Dodgson & Coo"（犬神父子精励会社）というのである。実に聖三位一体、キャロル自身、ペテン行為、そして有限責任会社といった意味が重層していて遺憾がないではないか。[*5]

これがリアだと我々は安全を感じる。彼自身が安全だからである。猫だろうと何だろうと結婚が成立した。そこから生じる正気は、心から深く体験された笑いと詩と宗教の三つに支えられている。この三つがここにまた三つ組で登場してきた。その相互関係がよく分からないだけにいささか隔靴《かつか》掻痒《そうよう》の思いがするが、ただひとつだけこの三つはどこか似通っていて、それぞれがマインド中にそれぞれの統一とバランスの形式をうみだすのだとは言えるだろう。何だか奇妙な結論という感じだが、しかし我々の見る限りではキャロルは、右の三つのどの一つの真実味にも近づいていないのである。この人物は英国国教会の聖職者の列につらなり、同時代人たちに非常なる敬虔の人と言われていた。しかるにその信仰のあやふやさは、彼が一言なにか言えばたちどころに明らかとなる体《てい》のものである。この人物は詩まがい、詩もどきを沢山書いた。それゆえにかえって我々は、この人が詩の何たるかをとても分かりそうにない人物だと看破してしまうのである。そして決定的なことに、この『アリス』の作者にはユーモアのセンスがないように思える。なるほど或るゲームでは彼は優秀なプレイヤーだったが、これはおのずと別のことだ。これら三つの領域のひとつひとつで彼は、自分自身がコントロールできる自分自身のゲームをした。が、それは宗教でもなく、笑いでもなく（笑いにあってはユーモアは他人ばかりか当人にも向けられるべきもののはずだ）、そして詩でもないのである。

またそれは正気でもない。と、こう並べてみるとこれらは――一つ一つとっても、すべていっしょくたにみても――むしろリアの得た答であったはずのものなのだ。キャロルの得た答、彼はそれをアリスに言わせている。「私は誰かの虜《とりこ》なんかになりたくない」。ところが怖るべき皮肉とは申すべしで、むしろそれゆえ未来永劫にわたり自分自身の神様ごっこのゲームの内側に、彼は自らを俘虜《とりこ》として閉じこめるのである。そしてこの自閉の輪が強まれば強まるだけ、読み手はそれを感じて「出してくれ」の一言も漏らしたくなる。『アリス』にさえ人によってはそれを感じるのである。子供は時折『アリス』を怖がる。チェスタトンは不思議の国を「狂った数学者たちの住む国」と言っているし、エンプソン氏は『アリス』には「狂気との類縁関係がある」と断じている（『牧歌の諸相』二九三ページ）。コリングウッドでさえ、キャロルの生前にして彼の発狂を言う流言蜚語《ひご》があったことを報じている（四〇七ページ）。かつてキャロルの少女友達だった女性が、彼のことをこう回想したそうだ。「あの方は、利発でアブノーマルな大人の頭とノーマルな子供の心をもっていました」(3)。リアの周りには漂うべくもなく、また漂いもしなかった狂気の雰囲気がキャロルの周りにはたちこめている。畢竟、宇宙は一個のチェス盤ではなく、プレイヤーは神ではないのだ。人間には永遠に遊ぶこと、すべてのものと遊ぶことはついに許されぬわざなのである。それは、世界創造の劫初《いやさき》にあって大神を前にして遊んだ「上智《ウィズダム》」のみのよくなすところ——“ludens coram eo omni tempore: ludens in orbe terrarum”（恒ニ其ノ御前ニテ遊ビ、周《あまね》ク全地ニ遊ブナリ）[*6]——であり、我々は喜んでその遊び道具となるのである。そしてこれこそ、かの「犬神父子精励会社」のついにあずかり知らぬ境位なのであった。

（1）ジョージ・オーウェル『象を撃つ』所収の「ノンセンス・ポエトリー」論。一八一ページ。
（2）チチェスター・フォーテスキューあて。一八五九年五月一日付。
（3）ラングフォード・リードの前掲書。九章。九五ページ。

訳注

＊1　ユバルは楽器製作者の祖。創世記。四の二一。
＊2　『シルヴィとブルーノ』へ言及している部分。「英国の少女のために……思いこんでいる」の部分は、キャロル自身『シルヴィとブルーノ』正篇の序文で言っていることを受けている。
＊3　『スナーク狩り』一章。「「勇気だけはすばらしい」……彼は図々しく頭をふってはハイエナどもをにらみ返し、ふざけあうこともあった」
＊4　広教会派 Broad Church。英国国教会内部に十九世紀後半擡頭した中間的な教派で、規則法式の広く自由な解釈をよしとし、教義でも明確な定義に反対した。

＊5　“Coo”は鳩の啼き声。キリスト受洗の折り天から舞いおりた鳩は聖霊を表象した。従ってここには父“dodg*father*”と子“dodg*son*”と聖霊が揃って三位一体ができあがる。キャロルの本名はC. L. Dodgsonといったから、“Dodgfather”はキャロルに絶対的影響を及ぼした彼の父親と天なる父（＝神）を指す。また、“*Dodg*father”の部分にはGod（神）を逆に読むとDog（犬）になるというジョイス流のウィットがいかされている。また、“dodge”には身をかわす、ごまかすの意もあるし、“...& Co.”というのは「……会社」という書式でもある。Cooには恋人の甘いささやき声という意味やだまされやすい少女（＝アリス）のイメージも読みとれるなど、実にキャロルの生涯を一フレーズに見事に凝縮した力わざとして有名。

＊6　旧約聖書、箴言。八の三〇—三一。

第十四章　「踊る？　踊らぬ？」

　ここまでくるとどうやら我々も、我々自身の閉じられた輪の中におさまってしまったような按配である。**ノンセンス**が我々に供してくれた材料を相手に、我々も、我々自身のゲームをし終った。我々は**ノンセンス**のルールを調べ、十三章にわたって我々自身のルールをつくり続け、そしてどこでこのゲームが限界に達するかを理解し、また他の場合と同様ここでもまた、「造ラレシモノ造リシモノニ似ルハ明ラカナリ。ナゼカナラバ全テ造ルモノハ己レニ似タルモノヲ造レバナリ」（『神学大全』Ｉ。一一〇の二）ということを理解してきたわけである。一貫性を愛するマインドもこれで満足するだろう。あとはホイッスルをならし、ゲーム終了を告げる以外ないように思われそうだが、そういう具合にはいかないのである。むろんそうなれば願ってもない。なぜならこの章は結論の章ということだし、きちんとした終り方こそ結論の名に似つかわしいと思うのはごく自然だ。ところが終り方にはまだ色々とあるのである。この我々自身のゲームの安全な輪を最終的に閉じることはすまい。むしろ今ここの輪から外に脱け出して、我々がその中で運動してきた輪によって今までのところ遠ざけられていたこの外なるものに――それが何であれ――出会うべき時なのである。自閉円環の突破、これこそ魔術（magic）の根本義の一つではなかろうか。あるいはこう言ってもよい。我々はトランプのお家《うち》をつくってきたのだが、それを倒すことでこのゲームを終えるのである、と。学問的な終章とはならないだろうが、これはこれで一つの立派な終り方にちがいない。なぜならこれは「終り」ということを許さないからである。

さて今までのところ我々は、リア、キャロル、あるいは**ノンセンス**そのものと同様に、論理に徹し排除に徹してきた。まるでこの世界全体が合理的であり、我々も合理的であるかのごとくに、である。この種のゲームをやるには正しいやり方だった。そして我々がやり始めた時、遊びは安全なものに思えた。**ノンセンス**もそうだった。我々がそれを右のごとき見方で見ようとしたからであった。よしんばそれが言葉のゲームであったにせよ、である。この言葉というものこそ、人間の全発明品中もっとも奇態千万、もっとも輝かしくもっともあざといものでもあり、ありきたりで平凡きわまるかと思えば高邁で神秘な性質を帯び、ついには聖三位一体に名前を冠するにもいたるものなのだ。一つにはこういうわけで言葉とその使われ方に対する研究はどんなものであれやがて人を、世界が純粋に合理的なものではなくなり、何かもっと他のもの、もっとより以上のものになるこの界域に導きだしていくのである。そしてもし言葉を調べること自体が一つのゲームであり、もし眺められているのが言葉を使ったゲームであるなら、それだけもっとしっかりと我々は拉致されていくことになる。というのは、言葉と遊びは一緒になって祈禱と魔術の領域に入りこんでいくのであり、これはもう別の国なのだ。

輪を外側へ向けてうち破れということだが、これはすでに我々の守備範囲の中でもさまざまに出てきている問題である。G・K・チェスタトンという人は実際書ききれないほど色々な考えをもっていた人だが、その「ノンセンス擁護論」の中でいいヒントをくれている。「事物の論理的な側面を研究しただけで『信仰はナンセンスだ』と言うにいたった善良なる人物は、自分がいかにことの正鵠を得ているかを御存知ないのだ。後にそれは『ノンセンスは信仰だ』というかたちになって彼のところに戻ってくるかもしれない」（一九七ページ）。リア伝を書いたデイヴィッドソンも、別個に同じことを言っている。**ノンセンス**世界に「入っていくためには、アリスが赤の女王に会いに行こうとしてとったのにも似た信仰の行為が必要なのだ——逆の方向に向って出発するわけである。行うに値する行為、報いも大きい行為である」（前掲書。十三章。二〇二ページ）。しかしこれは何かをほのめかしているだけだ。というのはこの後の方の引用は、我々読み手が相手を信じること、これが我々には必要だということを少くとも暗に言いたいらしいからである。読み手は進んでこうした迂回《うかい》路に身をゆだねることが必要だと。ところが真の**ノンセンス**にこんなことは起らない。これは詩の方にもっとよくあてはまることだ。そこでは受身でいることが能動的であることと同じくらい要求されるわけで、この理由のゆえに今日多くの人が詩を敬遠するのである。人々は自分を棄てて身を詩にゆだねようとはしないから、詩は活動の場を奪われてしまった。ところで、**ノンセンス**と信仰がどこかでつながっているとする右の如き考え方の背後には何があるのだろう。信仰（belief）そのものは**ノンセンス**には必要ない。ダイアレクティック[1]にも遊戯にも必要ない。遊戯の中で信じること、信じないことは一つになっていて切り離せないのだと道破したのは『ホモ・ルーデンス』のホイジンハ（ガ）であった（一章。四〇ページ）。**ノンセンス**においては、信じるとか信じないとかはお門違いなのである。我々はジャンブリーやツグミのパイが存在するなど、さらさら思う必要がない。ゲームの中のことなのであり、それで十分なのである。

ところが遊びには、もう一つの側面がある。我々は我々の輪を小さくまとめるために、それを第四章の段階で排除してしまっていたのだが、いつまでもそのまうっちゃっておくわけにはいかない。今ここで登場願うのだが、異質のものとしてではなく、我々自身のゲームのかたちをさらに展開し補完するものとしてである。それをよすがに我々は輪の中の論理、秩序また細片の操作といったものの世界から、外なるものの領域へと一歩踏みだす。そこで理性は終り、信仰が始まるのである。さてその「それ」とは「……ごっこ（make-believe）」のゲーム、「見立て（representation）」の遊戯のことであって、そこではたとえば肘掛け椅子を前倒しにしてできた空間がこれ即ち洞窟であり、その中にいる者は即ちライオンに見立てられることになる。[*I]『鏡の国のアリス』冒頭に少し出てくるのがこれである。

そしてここでアリスがお得意の「何とかのふりをしましょうよ（Let's pretend）」で切り出すおきまりごとの半分でもお話しできればと思うんですが。

（第一章）

アリスを鏡の向う側に連れだすのがこれなのである。「この鏡がまるで紗《しゃ》みたいにとても柔かくて向う側へ行けるつもりになりましょうよ」。ということは、もしこの「つもり《プリテンド》」、この「かのように《メイク・ビリーヴ》」に徹すれば現実を変えることができる、あるいは少くともそれまで手の届かなかった現実の未踏の領域ともっと近づきになれるのではあるまいか、ということである。

我々が自分のためにつくりあげてきた遊びの輪は、ここで永久に破れるのである。古くから世界と戯れる神という考え方があった。プラトンの次のような美しい行文をみるがいい。「真面目なことには真面目に向わねばならない。そして真面目の名に値するのは神であるが、しかるに人間は神の戯れの具となるようにつくられていて、これこそ彼の中の最勝の美質である」（『法律』）。こうした考え方をもっともっと進めて、遊びにおいて世界とそれを支配する力との間に何か関係があるのだという考え方にいたることもできる。大神シヴァは、その妃とともに賽《さい》投げに興じる。と、即ちこれが世界と

「まるで紗みたいに」（テニエル画）

未踏の領域へ（テニエル画）

そのありようのイメージになるのである（『マハーバーラタ』）、そして多くのゲームの背後にこの種の魔術が、「占卜《せんぼく》（divination）」――何という深みのある言葉だろう[*2]――のいとなみがひそんでいる。我々がこれまで論理と秩序の代表例として扱ってきた賽子《さいころ》やドミノを使ってする数の遊び、チェスのごとき盤上ゲームの背後にも、これがあるのである。ドミノを使うゲームについては「駒が秘めているコズミック（宇宙的）な連想や、今日でも中国で行われていることだがこれらが兆占筮卜《ぜいぼく》に使われている点からみて、元来こちらの方の目的で使われていたと看做すことができる」と言われている。賽投げについては、それが東西南北とさらに細かい方位もろもろに見立てられていて、「トランプのカードに相当する……呪術の道具」なのである。タロウ・カードについては言うまでもない。T・S・エリオットの『荒地』に出てくる「邪悪なカード」というのがこれで、ある論者はこれと『アリス』、とくに「あんたたち何よ、ただのトランプじゃないの」とのつながりを説いている。チェスにもまた同様の根があり、世界がチェス盤に見立てられているのである。[2]

　我々の論理的ゲームは数と秩序に織りあげられていて、我々は自分は安全なのだと思っていた。しかしシヴァ神は世界相手に賽の目を振り出し、神話によると神々は宇宙と戯れるのである。とすれば我々がどんな遊びをしようと、それは神々の遊びの影なのである。ゲームそのものの生真面目な論理的操作であると同時に、それは「見立て」と「かのように」の遊びなのである。従ってどんなゲームも一方では技術と操作能力のみせどころ、神がいかに宇宙に対するかを知る一手段であると同時に、他方では聖なるものたちを使ってのあざとい「かのように《メイク・ビリーヴ》」の遊びだということになる。

　ここに至ってゲームの安全性はことごとく消えさり、我々は宗教、魔術、錬金術、占星術、詩、それに神がかけたものにしろ怪物がかけたものにしろ、人間の生命そのものを質《しち》とする奇怪千万な謎々の世界にいるのである（ホイジンハ『ホモ・ルーデンス』六章）。どれほど論理的であろうとおよそどんなゲームでも、それをやっているというだけで、人を「かのように」と「占卜」の只中に置くのである。論理はこういう状況をとても処しきれない。それは、自分自身が活動しうる閉ざされた小さな輪の外のことについては何にも言わないし、独力ではこうした状況を把握することさえ思うにまかせない。論理的な目標を追っていると自ずと論理の埒《らち》外に引き上げられ、非合理と魔術が牢領する異世界に入りこむのだということの状況を。同様に完全に論理一本という方がこの章をお読みになったとして、やはり次のことはお分かりにならないであろう。つまり何ごっこをしているつもりにせよ、遊べば即ちこれ神の模倣なのであり、この**ノンセンス**論の終りにいたってもなお我々は誰がプレイをしているのか、夢を見る側にあるのは誰なのかという問いに満足な解答を与えられないのである。まるで**ノンセンス**がまさしく一面の鏡である感じで、我々はこの研究の最後にいたって**ノンセンス**についてもっと知るのではなく、我々が他ならぬ我々自身だけをずっと研究してきていたのだと、卒然として気づくのである。しかしこれは興味深いところだ。ここで夢が入りこんでくるからである。そうであることは第四章ですでに見た。キャロル、リア、彼らのゲームについての問いに手がかりをくれるのが、この夢なのである。自己なるものを他のものと融即させ、「私は木だ」「私は機関車だ」とか「私はサー・ブライアン、獅子のように放胆だ」、またいみじくも「私は**ノンセンス**だ」と言ってやまぬのが、マインドのこの夢の側なのである。こうしてここに至って、夢が論理とゲームに劣らず入り込んでくる。もしマインドが十全に働こうとすれば当然のところである。マインドは論理を相手に遊ぶ一方、夢によって遊ばれるのである。（もし**ノンセンス**の中を、我々がしたようにゲームの側につくのではなく、もう一つのもの、つまり夢をこそアリアドネの導きの糸として進んできていたとしたら、最後になって論理の側に出会っていたかどうかを知るのは面白いことに相違ない）。マインドの一半はプレイヤー、残る一半は己れにプレイされる道具であり、しかもこの役割は、代りばんこというのではなくしてめまぐるしく交代するので、いずれがいずれと文目《あやめ》もつかない。もしこの通りだとすると、ゲームにおいてマインドが「自分は遊んでいるのだ」と完全に意識して知ることが必要かどうか決めるのが、なぜ難しいかが説明できよう。ゲームにとって同意することが必要なことは第四章で見た通りだが、意識していることが必要かというとこれは怪しいのである。第一、このゲームの遊んでいる二つの側のどちら側を通してそもそもマインドは意識するというのか。ゲームに自分で自分のことを意識しろと言うも同じではなかろうか。

これをどう理解すべきだろう。我々がこれまでやってきたどんな思考の中にも、答がないことは明白である。将来どこかに見つかるかも知れない。いまひとつの側、非合理と無秩序、「かのように」と魔術の側を処する仕方こそ我々の必要としているものだということを、人はゲームや**ノンセンス**とのつながりからのみでなく、他の思考法や経験の領域においてもますますはっきり理解するようになっている。十三章にわたって我々は論理的に展開してきたが、終りになって我々自身の論理から逃脱する必要があると分かってきた。この論理というものは我々を魔術の領域に連れ出しながら、さてそこでどうすればいいかは何も教えてくれないのである。我々が必要としているのは、論理の輪からこの輪の外側へと動く手だて、操作することから「かのように」の域に脱ける手だてなのだ。これは理性からは得られない。というのも我々が研究し我々がプレイしてきた当のゲームは、徹底的に合理的なものであって、論理をさらに追っていってもただこのゲームの合理の側にさらに入りこむだけで、如上のディレンマは深くなりまさるのみであろう。答は理性的なものでありうるはずがないのである。

ちょっと前のことだが、私はうとうとと眠りに落ち、理性のたががはずれたか、奇妙なものがごちゃごちゃになった折りがあった。私は、つたの葉でものが考えられないかしらなどと思ったのである。めざめているマインドがこんな想念を狂妄として一蹴するのは分かりきっているが、ここで何が必要なのかのヒントにはなる。我々が非合理の境でやっていけるとしたら、それは事物をいっしょくたにすることによってのみであるということだ。ちょうどマインドが、その夢の側で動いている時そうであるのと同様である。そしてまたできるなら肉体の助けをも借りねばなるまい。すでに見たように、夢の側の事物と近親性をもつものは肉体であるからで、聖トマスが「想像力ハ感官ノちからヲ得テ行為ニイタル」と言うがごとしである（『神学大全』I。一二の三）。論理的なタイプの遊びは事物の操作に腐心する。**ノンセンス**がそうだった。しかるにこのもうひとつのタイプの遊びでは、人は自らを事物の中に投企するのである。物体（bodies）（よしそれがカードであろうと駒であろうと、あるいはこう言ってよければ頭の中の言語のような「抽象物」であろうと）を動かすことにではなくて、おそらくは肉体（body）それ自身が動くことに、ここでかかわりができてくるはずである。

作家には大して重要ではないが、どういうものか我々の想像力をとらえて離さぬフレーズがあるものだ。リアがチチェスター・フォーテスキューにあてた手紙の中にある一節なども、その例に漏れない（一八五七年一月十一日付）。「私はバビロンよりも老いています」。バビロンとはバベルのこと。この地で建設者たちは天を摩する一物を築きあげ、そのために神が彼らの所業を見にやってきて、ついには彼らの言葉を色々に分つことをもって彼らを散らした。そして塔は決して完成されなかったのだそうだ。この伝説の背後には色々な着想が奇怪に混じりあっていて、たとえば（詩における、あるいは呪文における）言葉の統一の背後には力があって、しかもこれは神々の座を脅かし、つまりは危険きわまる増上慢の所業である云々といった具合である。バビロンのことを言うのは、なにもリア一人ではない。

バビロンまでは何マイル。
六十足すの十マイル。
ロウソクの灯《ひ》で行けますか。
帰ってだってこられます。

この童謡には二行の対句がおまけにくっついていて――

速くて軽い足でだと
ロウソクのあかりで行かれるよ。

キャロルも『シルヴィとブルーノ』の「奇天烈街四十番地」の章で、この童謡に言及している。エリック・リンドンがそれを引用すると、次のような反応が出てくる。

「バビロンなんかに行きたくないもん！」揺れながらブルーノは言いました。
「それにロウソクの灯じゃだめよ。お日さまの明かりじゃなきゃ！」と、ブランコをさらに一押ししながらシルヴィが加えました……

キャロルはバビロンなんかに行きたくないのだ。すると彼の足は速くも軽くもないのか。しかり、である。すでに見た通り、彼の問題はここにあったのである。彼はロウソクの灯をたよりにバビロンまで踊っていく気にはなれないで、お日さまの明かりでなきゃあと言い張っている。事実彼は全く踊ろうとしないだろうし、彼の踊り手どもは一様にぶざまですぐ息切れしてしまう。『鏡の国のアリス』では、トゥィードルダムとトゥィードルディーは彼らのダンスをだしぬけに止めてしまうし、「海老のカドリール」では、ひとしく下手糞な踊り手ぞろいである。「そこで彼らはおごそかにアリスの回りを踊り始めましたが、時々近くにきたとき彼女の足を踏んづけました」。これではもう一度いこうと言われても、アリスが断ってあたりまえであろう。「踊る？　踊らぬ？……」というコーラス部をもつこの歌自体は、その後このダンスがどうなったかについて何も言っていないが、しかし第二聯を見ると、どうやら相手ははっきり踊らぬと言っているのである。

けれど蝸牛いうことにゃ「そりゃちいっと遠くにすぎる！」そして
　じんろり横にらむ――
鱈《たら》さん親切かたじけないが踊りに加わる気にゃならぬ。

このことについてキャロル自身も、少女友達の一人にこんなことを書いて送っている。

あのね、踊りっていうと叔父さんは全然やらないんです。もっとも叔父さん流の妙なやり方でいいっていうんなら別だけど……叔父さんが踊った最後の家なんか床が抜けてしまいました。きっと弱い床だったんです——はりなんか太さが六インチぐらいしかなくて、はりなんていうもんじゃなかったしね。踊るんなら、叔父さん流の妙な踊り方で踊るんなら、石のアーチがなきゃあ。サイと河馬が動物園で手に手をとって踊っているのを見たことがありますか。涙ぐましい光景ですよ。

（ジャネット・ゲイナーあて。一八八六年十二月二十六日付〔傍点はキャロル〕）

この人物の足は速くも軽くもないのだ。彼のつくりだした者たちも、彼に似ているのである。ところがリアにつくりだされた者たちは、ありとあらゆる折りに相手かまわず陽気に踊るのである。「ふくろうと猫」は踊りで終るし、ジャンブリーたちはドングの笛にあわせて踊る。クォングル・ウォングルの帽子の上で、あらゆる生きものが踊っている。「キャリコ・パイ」ではネズミどもも加わって——

フリピティ・フラップさ、
彼らそいつをきれいに干した、
コップの中で彼ら踊った。

頭が上だろうと下だろうとかまうことはない。

クォングル・ウォングルの帽子（リア画）

「笛にあわせて豚ども踊る」（リア画）

「おどりだしたのは木の先っぽ」（リア画）

そこでアヒルとちび
ネズミとかぶと虫、
ごはん食べると逆さにおどった、
やがておねむでおやすみなさいだ。
（「テーブルと椅子」）

リメリックの人物たちも踊りに踊る。イスキアのさる老人は、ホーンパイプとジッグ踊りが特にうまい。スカイの浮かれ男は、キンバエを相手に踊る。銀の笛にあわせて豚ども踊るかと思えば、ホワイトヘイヴンのさる老人は鴉《からす》相手に、国境の老人は猫を相手に踊りまくるのである。リアの最も愉快なリメリックと挿絵のテーマになっているのも踊りで——

スラウにさる老人ありて
おどりだしたのは木の先っぽで。
彼ら「くしゃみしたらば木がいたむ。
尊大不遜のスラウ爺め」

ファイリーのさる老人を
縁者たちがほめるのなんの。
鈴にあわせてみごとに踊った。

御満悦　ファイリーの人々。

同じ精神、同じ運動が童謡にも満ち満ちている。「ヨークの老公爵」とか「リンガ・ロージズ」などのように踊るための童謡もあるし、まして踊りのことを言っているものとなるとザラである。「山やま越えてはるか遠くに」は他のことを歌ってはいないし、次のようなささやかな例となると枚挙に遑《いとま》ない。

踊りに踊る（リア画）

リンガ・リンガ・ロージズ（ケイト・グリーナウェイ画）

ダディーにあわせて踊ろうよ、
　ぼくのかわいい女の子、
ダディーにあわせて、ぼくのかわいい羊ちゃん！

納屋から笛吹き猫がでた
バッグパイプを抱えこみ。
吹くのはただの「フィドルディー・ディー！」
ねずみの嫁さん　ハンブル・ビー。
　猫吹け！　ねずみ踊れよ！
　きょうはたのしい結婚式よ！

コッカ・ドゥードゥル・ドゥー、
大奥さまがあんたとダンス、
大旦那さまヴァイオリンの棒きれめっけた、
コッカ・ドゥードゥル・ドゥー
お水の上をスキップ、海の上をダンス、
お空の鳥も僕をつかまえられぬ。

英国から彼がさせたダンス、
英国からフランス……

そして大切りは、極めつけに綺麗な「ロンドン橋落ちた」。そのリフレーン部は「踊って渡ろう、マイ・レディー・リー」である。その背後には、歩いていけないところでも、踊ってならいけるという発想がある。

しかし、それこそいま大事なところである。気がついてみると我々は、**ノンセンス**から踊りへと突き抜けていてびっくりさせられる。が、たしかにそうなのである。踊りは半ばはゲームであるが、半ばしかゲームでないと言った方がよい。ゲームというのは事物を操作することであるが、我々が今さがし求めているのは一種の肉体による思考なのであり、これはいわば事物を踊らせることでそれらを理解する、或る種直観的な「かのように」の方法であるはずだ。ゲームに似て、そして芸術とは違って、そのアクセントは「作る」ことよりも「する」ことの方におかれる。これは非合理なものだが、コントロールできないものではなく、そして強味は、論理が我々を徒手空拳のまま連れこんだ世界に入っていくのに、気の遠くなるほどの昔からこれが一番という保証がついていることである。その世界とは儀式、魔術、宗教の世界であって、この如法の漆黒とロウソクの灯の世界にキャロルは立ち入ることを拒んだわけであった。シヴァの神は、賽を投げて世界を進めたと言われている。前に見たとおりである。ところで言わば世界を踊ることでかくあらしめたもの、それもこのシヴァの神であった。彼は踊ることによって世界を創り、保ち、贖《あがな》ったのである。この宇宙的な舞踏《コズミック・ダンス》は遊びとともに古い。

その古さは「バビロンよりも老いて」いるほどだ。いたるところで踊りは儀式、詩、そして宗教にとりこまれていて、話は別に異教に限ったことではない。荘厳歌ミサ（High Mass）はしばしば「踊り」と呼ばれてきた。古詩には彼の花嫁を踊りに誘うキリストが描かれているし、C・S・ルイスは聖三位一体を一つの踊りにたとえている[3]。その中ですべての魂が踊らねばならぬ踊りである。

詩には詩で、それ自身の充足と二重のバランスと完成がある。遊びにもまた二つの側があるように思える。そして我々がこの本で一方の側よりももう一方の側でばかりプレイしてきたというのも、ただ**ノンセンス**そのものがそうしているように思えたからなのであった。しかし最後になって我々は、手つかずの側の方へ送り返される。論理に反してではなく、むしろ論理のゆえにである。奇妙な事態だが得心もいく。けだし成人よりもはるかに論理的な子供たちの方が[4]、同時に「ごっこ・かのように《メイク・ビリーヴ》」にも長《た》けているというのは偶然ではないのだ。ホイジンハは彼のいわゆる「神聖遊戯」を本領とするのは、子供と詩人と原始人だと言っている（前掲書。一章。四三ページ）。多分、幸運に恵まれて遊戯場の危険をうまく免れることさえできれば、遊びをその二つの側において十全に知ることができるのは彼らのみであろう。二つの側とは、秀抜な技倆と秩序と分析の側、そして他方「かのように」、および何かを何かに「見立て」ることによる理解の側の二つである。遊ぶ者は、誰でもこの二つの側を経験せねばならない。あたかもブリッジのプレイヤーではあっても魔術師でなければ仕方がないとか、あるいはチェスの名手にして同時にそれでもって神の神秘をよりよく理解できないのなら仕方がないといった具合に、この二つの側を経験せねばならないのである。**ノンセンス**はその第一の側、遊びの合理の側への道である。ところでそれが合理の側の活動だからといって、学校で教えられ理解され訓練されているのだなどと早合点してもらっては困るのだ。数学、論理学、遊び、音楽その他の体系的な課目にあって、マインドのこの側をいかに扱うかは学校では教えてくれない。学校でも大学でも教えてくれない。これについて今日、我々は何も知らないのである。そのカリキュラムからして中世の人たちは知っていただろうと察せられるが、我々は何も知らないのである。[*3]ところが、**ノンセンス**は遊びのほんの一部なのにその親切な導者のつとめをはたし、我々をもう一方の半分、つまり夢や呪法や神秘が跋扈《ばっこ》するマインドの非合理の側に導いてくれたわけなのだ。こちらの側にしても誰も教えてはくれないし、二つの側の関係いかんについて知っている人もいないのである。人々は聖トマスの師でありスコラ学の傑物であった、アルベルトゥス・マグヌスにまつわるエピソードを聞くと笑うに違いない。この人物は数学と科学の巨匠でもあったが、伝承によると部屋にもの言う像を置いてあって、彼が出入りするたびにこの像が彼に会釈して、「ようこそ《アヴェ》！　ようこそ《アヴェ》！」と言ったのだそうだ。学校では今は魔術を教えない。何かの宗教的な手ほどきが受けられ神秘に立ち入ることがまだ許される人がいれば、今どき幸運な人としか言いようがない。

　ゲームの二つの側が、説明され考えられ教えられる必要がある。**ノンセンス**と踊りについて教えることから、ともかくも始められそうだ。五歳児のための教育プログラムとしてではなく、マインドを十全に動かしたいと望む人ならどんな人でも歓迎さるべきである。これが、新しいやり方だとみえるのが妙ではないか。実に古くからあるのに、我々の方でそれから逸《そ》れてしまっているのだ。そのあげく**ノンセンス**は児戯として蔑《なみ》され、我々は踊りの何たるかもすっかり忘れはててしまっている。踊りは、もし誰か思いださせてくれれば、今日だれも教えないし、あげく度しがたい無知のままに肥大するか窒息させられてしまうかしている我々自身のもう一つの半分、つまり夢の側について多々教えてくれるはずのものである。**ノンセンス**が合理の側に与えたように、もし活動の場さえ与えられるなら、この夢の半分は非常に貴重なものとなるのである。多分理性を経ずに我々は、もし我々がその次第を知ってさえいれば、踊りが必ずや夢の半分への道となると感じている。そして踊りもまた遊びの一種だから、我々は**ノンセンス**によって見出したマインドの世界を、我々の必要に応じてこのように広げることもできるだろう。そしてまたお空の蝙蝠とお盆の宇宙を捨てることなく、我々の引き継いだ遺産の一部、愛すべきすてきな一部としてこれを携え、我々はガリアルダ[*4]踊る星のもと、暗黒の中を、あの言葉の都府バビロンさして進むことができるのだ。

（1）モーティマー・J・アドラー『論理』。キーガン・ポール社。ロンドン。一九二七年刊。三二ページ。「もっとラディカルに言ってしまえば、信ずるか否かは事実か否かと同様、論理的弁証（ダイアレクティック）にとっては場違いのものである」

（2）スチュワート・カリン『チェスとトランプ』。一八九六年六月三十日で終了する年度の合衆国国立博物館の報告書。六七九―九四二ページ参照。タロウと『アリス』のつながりについては、ミュリエル・ブルース・ハスブルークの『運命の追求』。これには三十六枚のタロウ・カードが付いている。E・P・ダットン社。ニューヨーク。一九四一年刊。

（3）『個性の彼方』、ジェフリー・ブレス社。ロンドン。一九四四年刊。二六―七ページ。

（4）ジャン・ピアジェ『幼児の言語と思考』、ハーコート・ブレイス社刊。ニューヨーク。一九二六年。二一二ページ。「幼児は……世界をある以上に論理的なものと考えるものだ」

訳注

＊1　make-believe　重要な概念。子供のいわゆる「……ごっこ」がこれだが、字義通りには「佯《いつわ》ってそのふりをする」ということで、そうでないことを知っていながらそのままだまされているふりをするこの心

性は、もろもろの原始宗教論、遊び＝演戯＝仮面論の中でクローズアップされた。「いわゆる原始宗教の領域の全体を、一つの遊戯の領域として考察する」ことを訴えるホイジンハの断章「信仰と遊戯」（前掲書。邦訳四七―五三ページ）をシューエルは下敷きにしているらしいが、彼女が念頭においていると思われるホイジンハの論点は「未開人は存在と遊戯を区別できない。つまり、その存在であることと、その存在を演ずることとの間に何ら概念上の区別を知らない［……］我々の遊戯の概念の中では、本当に信じていることと、信じているらしく見せかけることとの区別が消えてしまう［……］この聖なる遊戯の世界には子供と詩人と未開人が共に棲んでいる［……］仮面を被った姿を眺めると……我々はたちまち日常生活の中から連れだされて、白日が支配する現実界とはどこか違った別の界域へひきこまれる。それは我々を未開人の、子供の、詩人の世界へ、遊戯の領域へと導いてゆく」ということである。いずれにせよ“make-*believe*”を半信仰として文字通りの意味を活かしたシューエルのエレガントな議論の妙を味わってほしい。

representation　シューエルはこれを「照応」（correspondence）とほぼ同意に用いている。中世の万物照応思想によると、人間の内なるミクロ世界と外なるマクロ世界は精緻な対応の原理によって自在に交流できたはずだったが、いま遊びに仕込まれた「照応」＝「見立て」の原理をよすがにシューエルは、ノンセンス（分析と個別）によって切り裂かれた内と外を、人間の世界と神の世界をもう一度交流させようとする。この「見立て」の深い意味については神秘思想家スウェーデンボルイを論じたシューエルの文章参照（『オルペウスの声』一八五―九〇ページ）。

＊2　神を意味する“divinus”から派生した語である。単なる「占い」より深い意味があるので注意。シューエルのいわゆる「オルペウス的」思想家たち（特にジャンバチスタ・ヴィーコ）は、自然（外なる世界）を解読さるべき隠秘な言語としてとらえたが、“divinari”（divination）こその神聖言語の解読技術に他ならなかった（『オルペウスの声』一五一ページ。またジョルジォ・タリヤコッゾとヘイドン・ホワイト共編の国際シンポジウム『ジャンバチスタ・ヴィーコ』（一九六九）に寄せたシューエルの「ベーコ

ン、ヴィーコ、コールリッジと詩的方法」（二二五ページ）参照）。

＊3 「中世のスコラの人々はそれについて知っていたが、我々はルネッサンスと宗教改革と共にその知を失い、一八五〇年まで思考のゲームをプレイすることを教えることは全くなされず——今日でも同じだが——詩人と思想家は別々に糞真面目な仕事をしていたにすぎない」（シューエル『ポール・ヴァレリー』一九五二年刊。九ページ）。シューエルなりの歴史観が背景にある。

＊4 十六―七世紀に流行した三拍子の二人ダンス。

参考文献

LEWIS CARROLL. *The Complete Works.* The Nonesuch Press, London, 1939.

ルイス・キャロル『不思議の国のアリス』『鏡の国のアリス』（邦訳多数。マーティン・ガードナーが詳注を付した『新注』版［高山宏訳、東京図書、一九九四］が便利）

『スナーク狩り』（高橋康也訳、新書館、二〇〇七）

『シルヴィーとブルーノ』（柳瀬尚樹訳、ちくま文庫、一九八七）

EDWARD LEAR. *The Complete Nonsense.* Faber & Faber Ltd., London, 1947.

エドワード・リア『完訳ナンセンスの絵本』（柳瀬尚樹訳、岩波文庫、二〇〇三）、『ノンセンスの絵本』全三巻（高橋康也訳、河出書房新社、一九七六）、『ノンセンス・ソング』（新倉俊一訳、思潮社、一九七四）他

Letters. Edited by Lady Strachey.（2 vols.）. T. Fisher Unwin, London, 1907.

Nursery Rhyme: *The Nursery Rhymes of England,* edited by James Halliwell, London, 1842.

＊　＊　＊

ADLER, Mortimer J. *Dialectic.* Kegan Paul, Trench, Trubner & Co. Ltd., London, 1927.

AQUINAS, St. Thomas. *Summa Theologica,* Pts. I, I-II and II-II. Literally translated by Fathers of the English Dominican Province. Benziger Bros., Inc., New York, 1947. トマス・アクィナス『神学大全』（高田三郎他訳、創文社、一九六〇―　）

ARISTOTLE. *Metaphysics, Poetics, Rhetoric.* アリストテレス『形而上学』（岩崎勉訳、講談社学術文庫、一九九四）、『詩学』（松本仁助・岡道男訳、岩波文庫、一九九七）、『弁論術』（戸塚七郎訳、岩波文庫、一九九二）

ARNOLD, Ethel M. *Reminiscences of Lewis Carroll, Atlantic Monthly,* June, 1929, p. 782.

AYRES, Harry Morgan. *Carroll's Alice.* Columbia University Press, New York, 1936.

BERGSON, Henri. *Laughter: An Essay on the Meaning of the Comic.* Translated by Cloudesley Brereton and Fred Rothwell. Macmillan Co., New York, 1921. アンリ・ベルクソン『笑い』（林達夫訳、岩波文庫、一九七六）他

BINET, Alfred. *Psychologie des Grands Calculateurs et Joueurs d'Echecs.* Hachette et Cie, Paris, 1894.

BOREL, Emile, and CHERON, André. *Théorie Mathématique du Bridge:* à la Portée de Tous. Gauthier-Villars, Paris, 1940.

BOWEN, Wilbur P. *The Teaching of Play.* F. A. Bassette Co., Springfield, Mass., 1913.

BOWMAN, Isa. *The Story of Lewis Carroll.* J. M. Dent & Co., London, 1899. アイザ・ボウマン『ルイス・キャロルの想い出』（河底尚吾訳、泰流社、一九八三）

CAMMAERTS, Emile. *The Poetry of Nonsense.* George Routledge & Sons Ltd., London, 1925.

CHÂTEAU, Jean. *Le Réel et l'Imaginaire dans is le Jeu de l'Enfant.* J. Vrin, Paris, 1946.

CHESTERTON, G. K. *All Things Considered.* John Co., New York, 1916.

As I Was Saying. Dodd Mead & Co., New York, 1936.

A Defence of Nonsense. (From *The Defendant,* 1901.) Included in *Selected English Essays,* edited by George G. Loan. Dent & Sons Ltd., London, undated. G・K・チェスタトン「ノンセンス文学弁護」（安西徹雄訳、『棒大なる針小』、春秋社、一九九九、所収）

Essay on Gilbert and Sullivan in *The Eighteen-Eighties,* edited by Walter De La Mare. Cambridge Uni-

versity Press, 1930.
The Victorian Age in Literature. Williams & Norgate, London, undated.『ヴィクトリア朝の英文学』（安西徹雄訳、『G・K・チェスタトン著作集』第八巻、一九七九）
COLLINGWOOD, Stuart Dodgson. *The Life and Letters of Lewis Carroll*. T. Fisher Unwin, London, 1898.
CORIAT, Isador H. *The Meaning of Dreams*. Little, Brown & Co., Boston, 1920.
CULIN, Stewart. *Chess and Playing Cards*. Report of the U. S. National Museum for the year ending June 30th, 1896, pp. 679–942.
DAVIDSON, Angus. *Edward Lear: Landscape Painter and Nonsense Poet*. John Murray, London, 1938.
DE LA MARE, Walter. *Lewis Carroll*. Faber & Faber Ltd 1932.
DE POSSEL, René. *Sur la Théorie Mathématique des Jeux, de Hasard et de Réflexion*. Hermann et Cie, Paris, 1936.
EMPSON, William. *Some Versions of the Pastoral*. Chatto & Windus, London, 1935. ウィリアム・エンプソン『牧歌の諸変奏』（柴田稔彦訳、研究社出版、一九八二）
GROOS, Karl. *The Play of Man*. D. Appleton & Co., New York, 1901.
HARTLAND, Edwin Sidney. *The Science of Fairy Tales*. Walter Scott, London, 1891.
HASBROUCK, Muriel Bruce. *Pursuit of Destiny: with Thirty-Six Tarot Cards*. E. P. Dutton & Co. Inc., New York, 1941.
HAWKINS, D. J. B. *A Sketch of Medieval Philosophy*. Sheed & Ward, New York, 1947.
HOLLINGWORTH, H. L. *The Psychology of Thought: approached through studies of sleeping and dreaming*. D. Appleton, & Co., New York, 1927.
HUIZINGA, J. *Homo Ludens*. Pantheon Akademische Verlaganstalt, Amsterdam, 1939. ヨハン・ホイジンガ『ホモ・ルーデンス』（高橋英夫訳、中央公論社、一九六三／中公文庫、一九七三）

LANGER, Susanne K. *An Introduction to Symbolic Logic*. George Allen & Unwin Ltd., London, 1937.

LASKER, Emmanuel. *Common Sense in Chess*. J. S. Ogilvie Publishing Co., New York, 1895.

Manual of Chess. David McKay Co., Philadelphia, 1947.

LEE, Joseph. *Play in Education*. Macmillan Co., New York, 1921.

LENNON, Frances Becker. *Lewis Carroll*. Cassell & Co. Ltd., London, 1947.

MARITAIN, Jacques. *Art and Poetry*. Editions Poetry, London, 1945.

Art and Scholasticism, with other essays. Translated by J. F. Scanlan. Sheed & Ward, London, 1930.

MARSHALL, Frank J. *Comparative Chess*. David McKay Co., Philadelphia, 1932.

MASON, James. *The Art of Chess*. David McKay Co., Philadelphia, 1913.

The Principles of Chess: in Theory and Practice. Revised by Fred Reinfeld. David McKay Co., Philadelphia, 1946.

MEGROZ, R. L. *The Dream World: A Survey of the History and Mystery of Dreams*. John Lane, London, 1939.

MITCHELL, Edwin Valentine（Editor）. *The Art of Chess Playing*. Barrows Mussey, New York, 1936.

MITCHELL, Elmer D. and MASON, Bernard S. *The Theory of Play*. A. S. Barnes & Co., Inc., New York, 1935.

MOSES, Belle. *Lewis Carroll in Wonderland and at Home: The Story of His Life*. D. Appleton & Co., New York and London, 1910.

ORWELL, George. *Shooting an Elephant and Other Essays*. Seeker & Warburg, London, 1950. ジョージ・オーウェル「ノンセンス・ポエトリー」（工藤昭雄訳、『オーウェル評論集４／ライオンと一角獣』、平凡社ライブラリー、一九九五、所収）

PARTRIDGE, Eric. *Here, There and Everywhere: Essays upon Language*. Hamish Hamilton, London, 1950.

PIAGET, Jean. *Judgment and Reasoning in the Child*. Kegan Paul, Trench, Trubner & Co. Ltd., London, 1928. ジャン・ピアジェ『判断と推理の発達心理学』（滝沢武久・岸田秀訳、国土社、一九六九）

The Language and Thought of the Child. Harcourt Brace & Co., New York, 1926.

READ, Carveth. *Man and His Superstitions*. Cambridge University Press, 1925.

REED, Langford. *The Life of Lewis Carroll*. W. & G. Foyle Ltd., London, 1932.

SACKVILLE-WEST, V. *Nursery Rhymes*. Michael Joseph, London, 1950.

SCHILLER, F. von. *Letters upon the Æsthetic Culture of Man*. Translated by J. Weiss. Little & Brown, Boston, 1845.

SCHORSCH, Robert S. *Psychology of Play*. Notre Dame, Indiana, 1942.

STEBBING, L. S. *A Modern Introduction to Logic*. Thomas Y. Cromwell Co., New York, 1930.

STILES, Percy Goldthwait. *Dreams*. Harvard University Press, 1927.

STRACHEY, Sir Edmund. *Nonsense as a Fine Art*. The *Quarterly Review*, 1888, p. 335.

STRONG, T. B. *Lewis Carroll. Cornhill Magazine*, 1898, p.303.

TAINE, Hippolyte. *De l'Intelligence*, Tome Premier. Hachette, Paris, 1911（12th edition）.

TINDALL, W. Y. *James Joyce: His Way of Interpreting the Modern World*. Charles Scribner's Sons, New York and London, 1950.

VENN, John. *The Logic of Chance*. Macmillan & Co., London, 1876.

WALLAS, Graham. *The Art of Thought*. Harcourt Brace & Co., New York, 1926.

WHITEHEAD, Alfred North. *Essays in Science and Philosophy*. Philosophical Library, New York, 1947. アルフレッド・ノース・ホワイトヘッド『科学哲学論集』全二巻、蜂谷昭雄他訳、松籟社、一九八七・一九八九）

WOOD, Walter. *Children's Play: and its Place in Education*. Duffield & Co., New York, 1917.

WOOLF, Virginia. *The Moment and Other Essays*. Hogarth Press, London, 1947.

WOOLLCOTT, Alexander. *Introduction to Nonesuch Complete Works of Lewis Carroll* (q.v.).

付録1　ノンセンス詩人としてのルイス・キャロルとT・S・エリオット

『T・S・エリオット古稀記念論叢』（一九五八）より

奴は思った銀行員を見たと
そいつはバスから降りるとこだった。
奴がも一度見ると何とそいつは
一匹の河馬だった
――ルイス・キャロル

河馬が翼をひろげるのを見た
――T・S・エリオット

ノンセンスは未来の文学だ。と、一九〇四年にこう喝破したのは驚倒すべき感性と奇癖奇行の人、G・K・チェスタトンであった。これはさえた見立てだった。しかるに現在、『不思議の国のアリス』や『スナーク狩り』の裁判場面が、ドイツ議会《ライヒスターク》放火裁判からマッカーシーの赤狩り裁判にいたる本物の裁判の原型をなしていたことが判明し、かつ我々の文学――詩も批評も――と哲学のほとんどが、**ノンセンス**の原理もろもろに基いて形づくられ始めるに及んで、チェスタトンの眼力の正しさが立証されたにも拘らず、人々が**ノンセンス**とルイス・キャロルの重要性を認めるのにはまだまだ手間暇がかかっている有様だ。キャロルは決して突然変異（lusus naturae）なのではなく、フランスにおけるマラルメの重要性を英国において占める存在なのである。英国人が彼らなりにとらえた「純粋詩」「数学言語」「言葉なきロマンス」が、即ち**ノンセンス**なのであって、それは言語を記号論理学なり音楽に変性せしめんとする彼ら流の努力の結果である。たしかに辛い努力でないといえば嘘になる。だけどそんな風に見えなくちゃならんということもないじゃないか。ノンセンスねえ、そりゃむろん唯《ただ》のおあそびですよ……と、これが我々流の答え方である。「そらっとぼけ」は英国人のおはこなのだ。

ノンセンス・ゲームのジャンルは、厳密なルールをもっている。そのめざすところは、言葉でもって慎重に選ばれコントロールされた論理的な「話想宇宙（universe of discourse）」をつくり上げることである。この遊びの場の内部でマインドは、主としてものと数字の名から成る材料を操作することができる。この操作は、いつも材料を分解し分離して個別な駒からなる一かたまりという形に変え、対象に距離を保っている知性は、これを俟《ま》って言葉とイメージの抽象的で細密で人工的なパターン（それ自身でも固有の意味をもつ）の連続体をつくりだし、眺め、また楽しむことが可能となる（何がなしニュー・クリティシズム風ではなかろうか）。総合をめがける傾向は、一切御法度《タブー》とされる。マインドの中の想像力、言語における詩的隠喩的な要素、また主題の上では美、豊穣、聖俗のあらゆる愛が締めだされる。何であれ結びつけるものは、**ノンセンス**の強敵なのである。万難を排して追放せねばならない。

醇乎たる**ノンセンス**を実現するためには、高度の禁欲が必要である。マインドの中にそれが存在しうるかどうかは、ひとえに限定と不毛にかかっているのである。その本性からして**ノンセンス**は、論理的で非＝詩的なものだ。従って**ノンセンス**「詩人」は、間断なく自己否定のパラドックスに直面することになる。その結果のいかなるかは三人の偉大な**ノンセンス**作家、マラルメ、キャロル、それにT・S・エリオット氏の作品の中に看取することができる。

このパラドックスに多大の犠牲を払って一生没入したのがマラルメであり、するうちに彼は一人の禁欲の行者、無神の徒、在俗する文学の聖人になりおおせた。キャロルもエリオット氏もこれには満足しえず、その構え方といい作風といい二人はかたみによく似通っていて、その歩みの軌跡は多分偉大な**ノンセンス**作家に特有の似たようなカーヴを描きだしていて余念がない。二人ともまず超高度に厳酷な**ノンセンス**から出発しながら、このゲームの束縛もろもろに愛想をつかし、**ノンセンス**が忌避していた現実生活の一切合切を――人間関係を、肉体を、愛を、セックスを、宗教を、自然界における成長と発達を――取りこもうと望むにいたった。この望みは高貴なものだが、ゲームを破壊せずにはおかない。マラルメは究極的には『賽子《さいころ》一擲』で、思考について思考するという段階に進むことで、如上のパラドックスを悪達者に回避する。何やら曖昧だがあざといまでに美しい船と大海、そして星たちの突然の奇蹟的な落下を詩の中にもちこみながら、賽子遊びという全体的な枠組は微動もしていない。賽子は数字とゲームのものだから、こうして依然**ノンセンス**であり続けることをも得るのである。エリオット氏とマラルメのつながりは密接であり、エリオット氏自身「老人のための歌」と「リトル・ギディング」の中に、そのヒントを仕込んでいる。しかし、エリオット氏とキャロルのつながりにはさらに密なるものがある。キャロルにあっては『アリス』作の至純なる**ノンセンス**より出て『スナーク狩り』を経て『シルヴィとブルーノ』に至り、エリオット氏にあっては『荒地』とスウィーニー詩篇の時代から『四つの四重奏』を経て後期の詩劇に至る。現在エリオット氏を理解する最良の手引きはキャロルであり、エリオット氏の隠れもないノンセンス作品『おとぼけおじさん猫行状記』は決して偶然の所産ではなく、軽みの妙を得た巨匠の作に間違いない。それは彼の作品全体の本質的な一部分であり、彼の詩、彼の問題を解く鍵なのである。

　エリオット氏は、自画像を**ノンセンス**の言葉で描きだしている。ただし一段距離をおいて、である。というのは彼は、エドワード・リアの「自画像」をパロディして「エリオットさんって不愉快な方！」とやっているからである。彼はかつてのキャロル同様幅の広いパロディ詩人であり、この二人にとってパロディとは、それを介さずば**ノンセンス**にとって危険かもしれぬものを処理する戦術の一つであるわけだ。それは肯定し、そして否定する営みであり、その自画像においてエリオット氏は**ノンセンス**を自分自身との関係において肯定し、そして否定しておられるわけである。氏が我々に言うところでは、『四つの四重奏』第一篇劈頭の薔薇園は『不思議の国のアリス』から借りてきたものだそうだ。これは、最終篇を満たし締めくくる薔薇のイメージへとつながっていく。エリオット氏はダンテを畏敬してやまないが、一九二九年公表のダンテ論で、我々は「鏡を通り抜けて、我々の世界と同じくらい理にかなった世界をみいださねばならない[*1]。そうし終えて初めてダンテの世界が、我々の世界よりも大きくかつ牢固たるものではないかと人は考えだすのだ」と氏は言っている。どうやら**ノンセンス**は、エリオット氏に骨がらみの気配である。全体、人は自分がつまらぬものと思っている言葉で、よしんばアイロニカルにせよ、自分の自画像を描いたり、真面目な詩のイメージのシステムをつくりあげたり、尊敬おくあたわざる詩人を説明しようとするものだろうか。**ノンセンス**をつまらぬものと蔑《なみ》すとすれば、それは我々の方の罪なのである。

ここでエリオット氏が演じているのは、**ノンセンス**詩人たる天職の孕むディレンマとの確執劇であろう。『四つの四重奏』はこの劇の縮図と言える。それは宗教的な詩篇群だが、主要なイメージの一つは**ノンセンス**の古典に由来している。『不思議の国のアリス』の薔薇だが、これがやがて「天堂篇《パラディソ》」の薔薇となるのだ。こちらはこちらで、エリオット氏によれば「鏡を通り抜けて」初めて理解できる詩人「ダンテ」によって書かれたものだ。しかも**ノンセンス**は、マインドと言語の純粋でシステマティカルな芸術形式であって、詩および宗教を排除するときている。

ルイス・キャロルは、詩人としてはエリオット氏よりはるかに小ぶりだが、しかし教会人としては同じくらい敬虔な人物であって、同じ問題に逢着した。ところが彼には有利な点が二つあった。まず公《おおやけ》に聖職者であったことと、時代ももっと幸運な時代であったことである。彼は三重人格をもてた。チャールズ・ドジソン牧師、数学と記号論理学のエキスパート、そして**ノンセンス**作家というわけである。あとの二つは密接なつながりがあって一つにされたし、最初のものは少くとも『シルヴィとブルーノ』の時期までは封印されていた。そしてまた彼の生きた時期は、「抑圧」とか「人格統合」とかの当世風な意味あいを与《あずか》り知らぬフロイト以前の時代であったからこそ、右の如き人格分離が可能となり、その所産たる『アリス』作品が可能となったのである（これが『スナーク狩り』になるともうかなり曖昧になる）。これはよしんばその至純なる**ノンセンス**性の点からだけでも、エリオット氏を羨ましがらせるに足る図式である。氏はその**ノンセンス**自画像において、自分の特徴は「牧師型」だと言っているし(1)、彼の戯曲に出てくる人物たちは次から次へと聖職にかりたてられていく。『家族再会』のハリーは「石の聖域、劫初の祭壇」めざして出発していくし、『カクテル・パーティ』のシーリアは「とても厳酷な教団」に加わって殉難する。『秘書』のエガーソンは、コルビー・シンプキンスによればやがて教会人になるとのことだし、『寺院の殺人』では主人公自身が大僧正、聖人にして殉教者である……といった具合なのだ。ところがエリオット氏にとって難しい点は、今日宗教その他の重要問題は、これを肯定しながらどこかに封印しておくという便利なやり方が不可能であることだ。人は同時に**ノンセンス**作家であり、詩人であり、教会人でなければならないのである。キャロルの河馬は、**ノンセンス**の領域内に安住しているからこの世のものであり続け、世俗のものであり続ける。しかしエリオット氏の河馬は詩の領域に入りこんでいて、何としても天国へ運んでもらわねばならない。この二人の表面的な相違あれこれはさて措《お》いて、二人が二人同じ四足獣を扱っているから、一頭をものさしに他をはかればよいというのは、とまれ我々読者にとっては大助かりである。エリオット氏理解のためには、キャロルこそ最良の突破口なのである。

エリオット氏の初期詩篇と『アリス』作品の間に、細かな類似をみつけようとすれば材料には事欠かない。「ある婦人の肖像」には『不思議の国のアリス』の蛙の従者を思わせる行文があるし(「ここに坐り続けるのね……」)、『スウィーニー・アゴニスティーズ』にトランプに取り囲まれながら出てくる死刑執行人は、ハートの女王のクローケー場にもそっくり出てくる。赤の王様の夢は『スウィーニー』の中の「もし彼が生きていたのなら、牛乳屋の方は生きてなかったのだ」の中に谺《こだま》を返している。二人の作家には、時間の逆転や完全な停止が出てくる。帽子屋の茶会さながらに終りのない茶会が「プルーフロック」「ある婦人の肖像」「ミスター・アポリナックス」「ヒステリー」「料理の卵」に出てくる。『荒地』にも出てくる。タイピストがお茶の時間に帰宅するくだりだ。それから『家族再会』の第一場、『おとぼけおじさん』の「のらくら乗務員」がそうだし、「ドライ・サルヴェイジズ」にいたってはお茶っ葉しか残っていない……など興味ないこともないが、些細にすぎる類似点とは言うべきであろう。**ノンセンス**とキャロルがものさしとして本当に役立つのは、主要な詩作品をとり上げた場合にであろう。断じてそうあるべきなのである。

『荒地』はエリオット氏が醇乎たるノンセンスに一番近いところでした仕事であって、『アリス』作品に、実にこれのみに比べらるべきものである。彼は危険な要素――神話、愛、詩、過去の美――をテーマの中こもちこんでいるけれども、それらをコントロールするのに**ノンセンス**の定石とも言える手法をいろいろ徴用している。してみるとこの詩の有名な断片化(fragmentation)も、現代世界に対する嘆きと解さるべきものではなく、これこその材料を個別の単位に――赤の女王の口吻を借りるなら「一たす一たす一」に[2]――分解し、**ノンセンス**向きに変える**ノンセンス**詩人一流の骨法なのである。この詩が表わす不毛性についても同断である。これまた自分の特有な芸術のために必要な条件を、**ノンセンス**詩人が周到につくりあげているのだと言うべきなのである。そして詩全体を支えるためにキャロル的な典型的枠組が利用されている。トランプとチェスである。人間関係というおよそ**ノンセンス**的ならざる危険な代物に代えて、数字たちとゲームの指し手があるばかりなのだ。**ノンセンス**のルールが必要な条件をつくりだす――マインドが主題から保つべき距離、材料の分解、融けあわないイメージのパターンの操作。**ノンセンス**と同じように高度に知的なこの周到きわまるシステム世界の中に、潜在的には危険そのものであるはずの材料さえ取りこまれてしかるべく所を得、あげく完成した作品はエリオット氏の傑作と称さるべき逸品である。

それが『四つの四重奏』になると、状況はもっと困難になる。詩人がいやましに総合の問題、なかんずく愛と宗教のテーマに力点を置くようになるからである。ここではものさしとして『アリス』と『スナーク狩り』が必要だし、『シルヴィとブルーノ』にさえ一瞥を与えてみる必要がある。『荒地』にあった**ノンセンス**の全体的なコントロールはもはやなくて、ここで**ノンセンス**が機能しているとすれば、特定の危険に対する応急手段としてということになる。特定の危険、四つばかりを取りあげてみよう――詩、論理的ならざる働きをする言葉、そして中核的な二つのイメージ、即ち薔薇と踊りと。

まず詩。伝統的な詩形が時折り『四つの四重奏』の中にもちこまれてくる。およそ**ノンセンス**の敵たるべき隠喩とか非論理的な言い回しも、一緒に入ってくる。しかしそれらが出てくると、ちょうど『アリス』作品におけるように、たちまち好餌とばかり批判的分析の俎上《そじょう》にのせられずにはすまぬ傾向がある。たとえば「イースト・コーカー」第二部を見ると、「終らんとする霜月は何をなすのか」という行文が出てきて、それに続いてすぐ「まあそうも言えなくはないが——意に満たない。擦り切れた詩法の迂言《うげん》法って奴だ」というのが入る。同様にアリスがいくつか韻文を復唱したあと芋虫に「あんまり合ってないみたいだわ……言葉がいくつも変っちゃってるわ」と言うと、芋虫が「徹頭徹尾合っとらんよ」と批評する。詩は不出来なものであっても、さらにパロディ化されていてさえも、**ノンセンス**にとっては危険な存在だから、すぐに批判にさらしておく方がよい。現今の過熱気味の文学批評一般に興味ある人は、こうした批判的スタイルの精神的な祖としての芋虫氏やハンプティ・ダンプティ君の重要性を、看過してはなるまい。

次に言葉だが、比喩と夢のアウラを発散して詩の素材となる言葉もまた危険なものである。エリオット氏が、自分自身の会話を評して「正確にはどんな……」といった言い回しに厳しく限定されていると言う時、氏は**ノンセンス**のルールを認めていることになる。夢や詩が忍びこまないように、言葉は厳密にコントロールされなければならない。だから「バーント・ノートン」は、言葉は不正確さのために腐っていき、適所におさまろうともじっとしようともしないと言う。ハンプティ・ダンプティなら、これに「奴らにゃ気性ってものがある。特に動詞がそうさ」と言い足すところだ。「イースト・コーカー」には「単語と意味を相手の仮借なき苦闘」というフレーズが出てくるし、人が言葉を思うようにできるようになったら、今度は言うべきことに事欠いているという嘆きも出てくる。しかし何としても、単語の主人にならねばならないのだ。「問題はどちらが主人になるか、それだけさ」とハンプティ・ダンプティが道破するが如しである。詩人たるもの少くとも或る所では、その言葉の支配下に入るが、**ノンセンス**詩人は、決してそんなことはない。「リトル・ギディング」の終りになってやっと言葉は踊ることを許されるけれども、その時でさえ言葉は形式に緊縛され正確厳密でなければならない。さてやっと踊りと、そして薔薇とに行きついたようだ。これらは天国を表わすダンテの二大イメージだが、同時にキャロルとエリオット氏の詩においては、**ノンセンス**のイメージとなるものなのである。

薔薇は**ノンセンス**にとっては、考えられうる限り最も危険の多いイメージである。それは生けるものを幅広く暗示する――美を、成長を、肉体を、セックスを、愛を。**ノンセンス**において薔薇は特別な処理を要するだろうし、キャロルは彼の薔薇にすぐ取り組む。トランプ・カードの人間というか、数字に手足がついた輩《やから》にペンキをもたせて薔薇を塗らせるのである。エリオット氏は別の、しかし同様に効果的な手段を使う。「リトル・ギディング」の初めと終りで、氷と火を用いて薔薇を不毛のものとしてしまうのである。氷と火は互いに相殺し、それと一緒に薔薇の生ける意味あいを消し去ってしまう。あとには**ノンセンス**にふさわしい一個の駒ないし符牒が残っているばかりである。

最後に踊りだが、これも生命と肉体のイメージであって危険なものだ。これに対するキャロルの態度は、いつも消極的である。はね回るにせ海亀とグリフォンはぎくしゃく踊ってアリスの足を踏んづけるし、「マルベリーの木の周りをまわろう」と言ったたって、トゥイードルダムとトゥイードルディーにとって三回まわるのが精一杯である。キャロルにおける踊りを端的に語る彼の手紙があって、彼は踊る自分をメヌエット踊るサイと河馬にたとえている。キャロルはいやいや踊る河馬なのだ。ところで『四つの四重奏』におけるエリオット氏も――よしんば踊りが天国への道なのだとしても――渋々踊る踊り手である。「静謐なる一点、そこに踊りが」というわけで、この踊りは抑制が働いているのだ。気違い帽子屋のテーブルをぐるぐる回る動きや『シルヴィとブルーノ』で自分の頭の上を歩

「も一度見ると……河馬だった」
(『シルヴィとブルーノ』。ファーニス画)

薔薇にペンキを塗ってる（テニエル画）

堂々めぐりの鰐（ファーニス画）

いていく鰐の動きと同様、抑制された運動でしかない。自由な運動に対するこうした抑圧についての最大の解説が、『スナーク狩り』に出てくる。「イースト・コーカー」や「バーント・ノートン」には「私の初めに私の終りがある、というか終りが初めに先立つのだ」とあるけれども、こうした状況に通暁しているベルマンは、これを「スナークされた」状態と呼ぶ。「時々頭の斜檣と尻のかじがひとつに」なった状態である。運動は**ノンセンス**にあっては、ただ無化されるためにのみもちこまれる、というかコントロールとパターンを保とうとすればそうならざるを得ないのである。

さてここまでくると、どこへ向かうことができるだろう。『シルヴィとブルーノ』そして『カクテル・パーティ』『秘書』へと向かうほかなさそうだ。「終りはいずこにかある、秋の花々の声なき悲嘆、言《もの》もなき凋落の終りは」。これは「ドライ・サルヴェイジズ」第二部にあるが、こうした行文と『シルヴィとブルーノ』(正篇)の終りにある散文詩との間にはびっくりするほど似たところがある。この散文詩にも冷たい霧や海原を吹き抜ける陣風の啜り泣きがあり、萎えた希望の枯れ葉もある。主人公をインドの地へと駆りたてる「東方を見よ!」という命令があって、エリオット氏の詩が我々をクリシュナやアルジュナの世界へ誘うのと符節が合っている。ところで、これが**ノンセンス**詩人エリオット氏の最終的な答でもないのだ。キャロルが『シルヴィとブルーノ』続篇でするように、『四つの四重奏』後半や戯曲においてエリオット氏は、愛と神と天国のことを語る。しかしこれも答にはならないで、河馬は依然として天国には入れない。エリオット氏の答はもっと直截で、もっと驚くべきものである。もっともこの答が無意識のものかというと、断言は憚《はばか》られる。何しろ相手は、自作に平気で「おとぼけおじさん」などという名を付す作家なのである。**ノンセンス**作家が天国に達するには、**ノンセンス**そのものによるしかないと彼は言わんとしていて、それがつまりは『おとぼけおじさん猫行状記』というわけである。

猫と**ノンセンス**作家は、実生活でも作品でも実に折り合いがいい。猫は肉体と女のイメージだ（グリーシュキンを見よ）[*2]。猫はまた神のイメージでもある。ミニアチュアの神である。エンプソン氏がチェシャー猫は神を表わすと言っておられるが、エリオット氏の「グレート・ランパスキャット」だってそうではあるまいか。「ゲロンチョン」では、キリストは公然と虎とみなされている。いずれにせよここには何の危険もなく、エリオット氏はキャロルが与り知らなかった自由を享受することができるのだ。『おとぼけおじさん』を通じて、「中命記猫」だの、そのうちの一つはみだりに唱えてはならない猫の三つの名前だの、巧妙な神学の渦巻があちこちにある。このいわゆるマイナーな作においては、他の詩で**ノンセンス**詩人としてのエリオット氏をあんなにも苦しめた愛や慈悲のすべてが、解き放たれ和解しているのが見られる。ここでも罪は避けられないが（「マンゴジェリーだって、グリドルボーンだっているよ」）、すべてがよくなるだろう。「ジェリクル一族の唄」の章では踊りが始まる。やっとここにいたってである。あらゆる障碍にもめげず、そして巷間にもっと詩的だと看做されているどの作品よりも見事に踊りが始まる。自由と愛に満ちた踊り。静穏でなかば秘密の踊り。これこそは天国を表わす透明なイメージであり、天国への誘いなのである。

いずれにしてもここで舞踏会が始まるのであって、エリオット氏の最も美しい**ノンセンス**詩で彼が一つだけ何かを忘れていたとしても、それは全くの偶然と言うべきだろう。その欠けたところを私にひとつつくろわせていただくことにして、ぜひ衷心深甚の念をこめてジェリクル一族にひともとの薔薇をささげたく思うのである。

（1）エズラ・パウンドは『キャントーズ』の中でエリオット氏のことを「エリオット師」そして「おとぼけおじさん」と呼んでいるが、パウンドもまた二つのつながりの矛盾に気づいているかのごとくである。

（2）『荒地』の最後の部分に対しては『スナーク狩り』のベーカーが最良の注釈者たりうるであろう。即ち「私はヘブライ語で言いました——オランダ語でも——ドイツ語でもギリシア語でも——」

訳注

＊1　『鏡の国のアリス』は原題を『鏡を通り抜けて、そしてそこでアリスがみいだしたものは』という。

＊2　エリオットの詩「不死の囁き」五—七聯に出てくる女。「毛並つややかなブラジルのジャガーといえども……客間にいるグリーシュキンほど濃厚な猫のにおいを発しはしない」

付録2　ルイス・キャロルの作品と現代世界にみるノンセンス・システム

E・グウィリアーノ編『知られざるキャロル』（一九七六）より

ここ久しく——と言うのは多分ここしばらくルイス・キャロルが私の念頭から消えてなくなりそうもないと感じてこの方ということだけれども——一体どんなコンテクストでもって人がキャロルを引用してものを書いたり話したりするものかに、私はずっと注意を払ってきた。もとより統計的ならざる私の研究ではあるけれども、それを見るとどうやらあるパターンがあるらしいことが分かる。キャロルが引用されることは、有識階級、知的専門職階層の世界に圧倒的に多いのである。英国流に言えばアッパー・ミドル・クラスの世界である。哲学者たちもよく引用するし、学者たちにも人気がある。英国の聖職者たちも多分例外ではなかろうと思うが、まあこれは推断にすぎない。それから高級がる広告の文句にもよく出てくる。しかしながらキャロルが最も頻繁に、かつ多量に引用される世界がなにかといえば、それは問題なく——法律と政治の世界であろう。

『アリス』作品と『スナーク狩り』にはどこか我々の世界のあれこれに似ていて、それらに説明を加えているようなところがあるが、なかんずく法律と政治のシステムにおいて起っていることどもとはよく似通っているのだという感じにはどうやら否みがたいところがあるようである。

「システム」——実に便利な言葉である。我々の体には「消化器系」なるシステムがあり、メディアの世界にはコミュニケーションズ・システムがあり、またシステム・エンジニアリング（組織工学）などというものもある。フューダル・システムと言えば封建制のことである。一方、この言葉の否定形も仲々に意味深長である。「アンシステマティック」という形容詞をみると人は乱雑さ、そしておそらくは無秩序をイメージするであろう。私としてはキャロルの**ノンセンス**もまた一個のシステムだと言いたいのだが、その前に一寸この言葉のことを考えておこう。さしあたり次のような定義で十分だと思う――「ある領域に見られ、またその領域によってうみだされる秩序だち、首尾一貫した関係構造の一組」というのである（完全に正鵠を得た定義とも言えない――むしろその関係構造がそうした領域をうみだしていくとも言えるからだが、さしあたりはこれで十分である）。さらに、ある一つのシステムは一致点、類似点、またコントラストなどを通じて、別のシステムのありようを説きあかしてくれる。

一九四九年に英国ノンセンス文学の古典的作品を研究し始めたときに私が明るみに出したかったのは一個のシステムとしての**ノンセンス**像であった。有効な一組のメンタルな関係体としての**ノンセンス**、というわけである。それは論理、数学、そしてマインドの分析的な営みに非常によく似た点を多々もっている。そして私はついには**ノンセンス**を考える上で最も裨益《ひえき》するところ多い類同物として、ゲームなるものに行きついた。不思議の国のトランプとクローケー、そして鏡の国のチェスというゲームが、そういうアプローチへの道標となった。その結果、一個の閉ざされた自律的な領域《フィールド》がイメージできてきた（「領域」という言葉がピンとこない向きはフットボールのフィールドを考えて下さればよい）。この領域は絶対的なルールに支配されていて、時間と空間の中に孤絶している。その中で運動する一つ一つの単位《ユニット》は――人間という「単位」をも含めて――たがいに分離され個別的（つまり「孤独」）である。白の女王の言葉を借りるなら「一たす一たす一たす一」なのである。コントロールされた競合関係の閉じた世界にふさわしいもの以外は、いかなる情緒もここからは厳密に締めだされている。そこにありうる関係といえば、議論であるとか敵意にみちた無礼さといった狭隘なものに限られ、ある一定のパターンの中で全く当然のものとされている分だけ強烈になる。それから想像力、夢、共感、愛、詩といった「総合」をめざすような傾向もそっくり締めだされているのは言うまでもない。詩をパロディに化すことで隠喩《メタファー》というものをキャロルがいかに周到に武装解除しているか思ってみるだけで十分だろう。そしてまた我々をして人間たらしめる大問題のことごとく、悲しみとか美とか神とかなどなども、きれいさっぱりとここからは締めだされているのである。こうした除外もろもろが**ノンセンス**にとって必須の要件であることは、あの『シルヴィとブルーノ』というおそろしくごたごたした作品を見れば一目瞭然であろう。そこでキャロルは別種の**ノンセンス**をめざし、色々と取りこんだけれども失敗に終った。(1) さらにここは個別的な単位の世界なのであって、一切は操作の技倆と、彼我を分つ距離にかかっている。コントロールすることにかかっているのであって、コントロールされてはならないわけである。

これが二十年ほど前に私がノンセンスについて考え、また書いたことであった。(2) それはそれで一段落だと自分では思っていた。が、他の何かが起って、別の新しい角度が見えてき始めたのである。それらについて私が考えていたシステムが、今度はそれでもって考えるための一システムになったのである（詩についても同じことが私には起った。詩もまたそれで考える何ものかになり、研究の対象だったものがやがて蓋をあけると更なる研究のための方法となっていたのである）。そこで私は**ノンセンス**・システムとは何なのか私なりに考えたところを基準にして、他の詩人や詩的方法をさぐっていくことを始めたのだった。

それはそれとして、ここでもっと関心のあるのは右の事情によって開けたもう一つの方向である。最初にも言ったが、キャロルからの引用がなぜか謎めいて多い幾つかの領域に対する興味である。この興味からして書かれた私の最初の文章は「夢と裁判」というタイトルであった(3)。けだし面白いことではないか。夢と裁判は文学の中に手に手をとりあって現われることがなぜか多いのである。私にはこの点が気にかかってきた。いや手に手をとって現われるというより、両者は実に渾然一体をなしているのだ——夢ないし悪夢としての法廷、審《さば》きの場としての夢。夢の中に閉ざされている法廷となると、ただちに荒犬フューリーによるネズミ裁判、ハートのジャックの裁判、それに『スナーク狩り』に出てくる弁護士の裁判夢のことが思い出される。これらについてむかし私が書いた文章をここに少し引くのをお許し願おう。それは、まず『スナーク狩り』の裁判から説きおこして、次に『アリス』の二つの裁判のことに語り及ぶ。

審理は進行するにつれますます曖昧かつ混沌、自家撞着の極になりまさる。ここで興味のあるのは法廷の色々な役人が一人ずつその役目を放棄していくことである。判事は訴訟事実の要約をやめるし、陪審は評決を答申しないし、判事は判決を申しわたすことができない。そして怪獣スナークが一つずつそれらの役目を身に帯びていって、(たてまえは被告弁護人ということになっているのに)「有罪」の評決を答申し、しかるのち判決を言いわたす——「終身流刑……しかして四十ポンドの罰金」。裁かれているはずの豚が、実は審理の始まる何年か前にすでに死んでいることが分かるのは、やっと裁判劇の幕切れになってからである。「ネズミの尾話」でも……面白半分に検事役で始めた荒犬フューリーがスナークと同じく次々に法廷の他の役も兼職していって、最後は被告人にとって絶望的な仕儀に立ち到る。……『不思議の国のアリス』巻末のハートのジャック裁判も、同様に曖昧混沌として本末顚倒したやり方で進む。トカゲやネズミや鳥たちの陪審は不運でぼんくらな手合いだ。証人は脅迫を受ける。判事役の王様は審理運行については何も知らないし、運行は逆転されて「判決が先、評決はあと」ということになる。先の二つの裁判場面では役目の兼職と被告の有罪宣告が主題であったのだが、ここでは「重要」と「重要でない」が全く等価であるといった具合の催眠術的な狂騒のクレッシェンドが主調音をなすのであり、これは刻一刻悪夢に近くなっていく……(4)。

これらの裁判場面を原作で再読して、我々はキャロルお得意の他愛ない「ナンセンス」だと軽く受け流してすますだろうか。それともこれらこそ底気味悪くも正真正銘の**ノンセンス**であって、世界史のこの八十年ほどに起ったことどもと酷似しているのでは、と気づくであろうか。

右のエッセーで私はドレフュス裁判、ドイツ議会《ライヒスターク》放火裁判、一九三〇年代ソヴィエト連邦の反逆罪裁判、それに第二次大戦後吹き荒れたマッカーシー旋風のことが想起されると述べておいた。もっと当世風の事例をと言われるなら、最近のシカゴ「陰謀」事件の裁判のことを加えてもよい。被告は椅子の上に縛りつけられていて、反目する二つのグループが彼らの坐ったテーブルにかけてあったアメリカ国旗でもって「どっちも負けるな」綱引き大会をやっている、とそんなイメージの裁判であった*1。これらはどれもある特徴を帯びた裁判だった。「高度な政治的判断」という奴が介入したのである。こんな事例を我々は沢山見てきたし、これからも見ることだろう。ところでこういう裁判の記事を読んでいて「あれっ」と思うのは、記者や関係者（ずっと前の裁判のことなら歴史家）が、これではまるで『不思議の国のアリス』じゃないかと気づいていることである。実際そういう記事にはキャロルからの引用が引きもきらず、加えて、これらの裁判にはキャロルがその三つの架空裁判をその中に閉じこめたのと同じあの夢ないし悪夢の気配が濃厚にたちこめているのだという認識が確かにそこにはあるのである。

「カフカがそうじゃないか」と、ここまでくると読者は言われるに相違ない。しかり、である。カフカはこの点では予言者であった。裁判の描写をめぐってこの二人の作家を並べる研究も既に幾つかある。まともに考えだすとぞっとするような暗い洞察を彼らはもっている。しかし、私がここでとりあげるのは二人の予言者の初めの方の一人である。なぜならいま言ったような現実を前にすると「我々」が引用するのはまずルイス・キャロルであるからだ。我々の偉大な諸制度、議会制民主主義、陪審制度などなどと同じく、アングロ・サクソンの精神にこの「ルイス・キャロル」的なるものが深く根ざしているからである。キャロルがその傑作でかくも論理的芸術的に一貫して精錬したところの**ノンセンス**・システムの全体を見なければならないし、そしてどっか似てるなという些細なところから始めて問題の核心に真っ芯に当る問いを発してみなければならない。

キャロルが我々に示しているのは、それがヴィジョンであろうと夢または悪夢であろうと、ともかく何か脳裏に孕《はら》まれたものが「本当になる」ことの可能性である。これまた括弧《かっこ》つきだというのも、その真の意味を考えることなく我々が日常的に口にしている言い回しだからである。想像された世界が本当の世界に、なぜ、どうやってなりうるものか。この問いは今しばらく保留しておくことにしよう。もしこれらの**ノンセンス**の裁判場面が、かなり後になって起った本当の裁判によく似ているのだとすれば、全**ノンセンス**・システム——右の裁判場面はそのごくごく一部にすぎない——が、我々が今日ここで経験しているもっと他のあれやこれやとも相似ていそうである。大いに似ている、と私などは思う。

その前に、ここで考えている**ノンセンス**、かつて拙著『ノンセンスの領域』の中で整理してみた**ノンセンス**についてざっと復習しておく方がよい。まずそれは一個のシステムであって、論理と分解とダイアレクティック（対峙）の原理によって動くものである。何よりもゲームに似ている。この論理（logic）は、論理すべてがそうあらねばならぬように、およそ反抗を許さぬものである。不合理な前提からだろうと遮二無二論理的な結論をめざすのである（ここで論理学者や数学者ばかりでなく、小さな幼児がおそろしく論理的であることを思いだしておくのも無駄ではあるまい）。次に分解（analysis）の原理だが、これは**ノンセンス**の思考の営みそのものばかりか、その中に現われるものや人間たちにも及ぶ。それらは個別に分離された一つずつの単位となるし（ゲームというのはこの単位性を俟《ま》って初めて可能となるのである）、いっそ単なる「もの」とみなされる方が好ましい（少女アリスは『鏡の国のアリス』では一個のチェスの駒とみなされている）。いや、もっと露骨に言えば生命のない「もの」、死物とみなされるのである。生命をもち自分の意志をもったものを相手ではいかにゲームがやりにくくなるかは、ハートの女王のクローケーのしっちゃかめっちゃかぶりを見れば忽ち明らかであろう。この**ノンセンス**・システムは、およそゲーム万般がそうであるべきだが、厳密に閉ざされた時空の中で機能する。そしてこの閉ざされた場を絶対的なルールが支配する（ルールといっても「挙《きょ》措《そ》のルール」即ち社会倫理とは縁もゆかりもない）。単位それぞれの関係、相対する彼我の関係を律するのがこれらのルールである。情緒、思考、言語のいずれを問わず総合をめがけるものは、愛、想像力、隠喩、詩どれもこれもこのシステムからは厳密に締め出されている。したがってこのゲーム中の人物、つまり生ける単位のそれぞれの間には、ただただひたすらなるダイアレクティック（dialectic）――つまり対峙と競争――の関係があるのみである。このゲームは自分で自分を更新する――

「六時まで一戦やってそれから飯だ」とトゥィードルダムは言っている。ダイアレクティックの関係は、言い争い、無礼な言動という形をとって現われる。時には隠微な残酷さを帯びて人を当惑させたりもするのである。

「これどっかで聞いたことない？」という感じの問いを私は発してみようとしているわけだ。くちばしのとんがった顔がノックに応じて出てきて「さ来週まで来客無用！」と言うや、人の鼻先で扉をバターンとしめる、と『鏡の国のアリス』にある。「なんだ！　こりゃニューヨークじゃないか……」とすぐに私は口走る。どっかフェアでなくもないが、完全にまちがいでもあるまい（もっとも他の都会だって大同小異だろうけれども）。言葉とそれを使う側との関係、言葉とその意味との関係もまた影響をこうむるであろう。こうした**ノンセンス**な物語の中では、言葉、隠喩そして詩というものに異常に注意が向けられる。それらの総合する、夢的な隠喩的な性格は抑えて、進行中の論理ゲームのカウンター（駒）の役にそれらを封じこめようとする配慮が働いている。だからこそハンプティ・ダンプティは言葉の主人たることとの必要を力説するのだ。操作の技倆を発揮して、遊び道具たるものや人間をコントロールし続けることこそ、要するにゲームに勝つということの意味ではあるまいか（スポーツ解説者がバスケットボールやフットボールのチームのことで「彼らはボールをコントロールしそこなった」という、あの言い方である）。このシステムでは、言語はまた奇態な文字通り《リテラリズム》の意味をかちとりやすい。陰翳に満ちた人間的な意味が抑えられて、表層のパターンの忠実な解釈に終始するのである。「一日おきのジャム」のエピソードがいい例だ。[*2] **ノンセンス**・システムの特徴の最後は、その完璧ともいえる自己一貫性であり、我々が知っているような宇宙のノーマルな日常経験の世界からは全く隔絶していることである。

繰り返しになるが、これらのどれか、あるいは大部分、あるいは全部の特徴が、あなたにとってどこかで会った感じのものではなかろうか。まずあれだと思いつくほど似ているのは、当然ながらプロ・スポーツの大帝国である。大変に興味はあるが、これには深入りしない。急いでキャロルの引用が大好きな分野に移らねばならない。「ゲーム」、「ゲーム・プラン」——これらは球戯以外のところでも我々がよく耳にするフレーズではなかろうか。*3 たしかにそういう言い方が、清濁を問わず政治キャンペーンや、経済戦争や、超大国が夏ごとにやる軍事演習ないし机上演習などなどに繰り返したち現われて、同じ「話想宇宙（universe of discourse）」がこれらに通底していることを教えている。閉ざされた巨大システム、そこではそれ自身のルールに従ってシステムそのものがたえず仮借なく己れをめぐりめぐって跋扈《ばっこ》跳梁するばかりで、その中に捕えられた人間は誰しも「一たす一たす一たす一」の断片化の呪縛、挫折感、苛立ちにさいなまれて、萎縮していく。システムの無意味さ、競争の世界、事件と人々を支配する管理技術の無意味さを深く確信しながらも、どうにもできないまま、萎縮していくのだ。

我々はみんなこれそっくりの世界、領域、場の数々におぼえがある。私の言おうとしているのは、この英国のみならず西洋諸国一般の偉大な諸制度がしだいに紛う方なき**ノンセンス**・システムの特徴を帯びてきているという事である。キャロルは予言者なのだ。それも大変に目の効く予言者だ、と私は思う。もし彼のメッセージが人を震撼させるようなものだとしても、また私が一人の無垢超俗の人物の像をこんな暗い役割りで翳《かげ》らせる心なき所業に及んでいるように見えるとしても、私としてはあえてこれだけは言っておきたい——予言者はそれと認められて顕彰されるべきであるし、彼もまた予言者の一人であろうと。

我々がもっている制度の多くが不思議の国や鏡の国の世界の構造とよく似ているようだ。プロ・スポーツ界のことには一言ふれただけだが、偉そうに書くには余りに知るところ少ない商業世界のことには私は立ち入らないでおく。ここでの議論が裨益するだろうとは想像に難くないけれども、仕方がない。法律の世界のことは初めにもふれたし、それに前にも書いたことがあるので、ここでは詳論しない。するとノンセンスと似ていて不思議だと思われる分野として私がぜひ注意を喚起したいエスタブリッシュメントとしては三つばかり残ることになるだろう。第一のもの、それは宗教界である。そしてこれ以後の全ての場合に私は現状に対する私なりの深い危惧の念——憤りとは言わぬまでも——を表明するつもりなので、ここでも私が属している特殊個別的な世界、つまりローマ公教会のことを引きあいにだしておく方がいいだろう。この宗派は特に結婚、セックス、生殖の問題を固定自足した論理的なルールで規制しようとかかっている。そして実際には終熄をむかえたノンセンス・システムと言えるであろう。その内部の人間、とりわけおそらくは女性たちから公然非公然に集団的な造反を招いているのである。(5) ノンセンスは自分の中だけで自己反復を繰り返したあげく悪夢を招来し、そこでアリス的存在が突破口を開くのである——「あんたたち何よ、ただのトランプじゃないの」とか「もうこんなのがまんならないわ」とか言いながら。

第二番目のノンセンス・システムをも、こうして突破できればどんなにいいだろう。このシステムは今日のエスタブリッシュメントの中でも最もあなどりがたい力をもっているものだと思うが、残念ながら突破はまだまだのようだ。この第二のシステムとは——またしても私の属している世界だ——教育界のことである。ノンセンスとの類比は教育界全般にあてはまるのだが、特に大学教育について言いたい。現実生活や内部にいる人たちの要求や欲求からの隔絶、機構の論理的にして自己正当化をめざす運用、ゲーム・プレイング（策謀）と確執抗争（大学の政治力学の苛烈さは夙《つと》に悪名高い）、勝てば官軍的発想とカンニングの横行。ベルトコンベアにのって教師と博士号が大量生産されるが、しかし職はないのだ。大学院学生は自分のやらねばならぬことに何の意味もみいだせない。それに学部同士、スペシャリスト同士の絶縁——これらは実際**ノンセンス**そのものではあるまいか。よく言えば**ノンセンス**、悪くすれば悪夢としか感じられず、だから人々は「ドロップ・アウト（脱落・退学）」していくのである。

ノンセンスに似た第三の、つまり最後のもの——我々の政治の世界、これである。まず極端な状況へと飛躍して、それから元へ戻ってみたい。何か或るシステムを——言うべくば一個の政治的なシステムを——描いてみるので、それに心当りがあるかどうかを考えてもらいたい。その特徴を並べてみると、（1）強迫観念じみた論理に支配されている。非人間的で不合理な原理から出発しながら、しかし厳酷そのものに遵守される論理である。（2）このシステムの内部の人間は何か外部からの力によるというのではなく、人間精神の上に論理が押しつける全くの強迫観念によってそのシステムで働くことになる。そこに胚胎するパッシヴィティ（受身性）は、また夢や悪夢によっても生みだされる類のものである。（3）このシステムは我々がノーマルな生活とみなすことにしている全てから完全に隔絶している。（4）それはノンセンシカルな仕事が果たされることを要求する。（5）その内部の一人一人の個人は、プロパガンダ、コントロール、あるいはテロルの力を介して他の個人から隔離されている。

こう並べてみると最初に思い当るのは監獄ではないかと思う。多分そうだろう。しかし実際は監獄よりはずっと大きい世界なのである。実に世界中がこうしたシステムによって動かされているのだ。

今までのところアングロ・サクソン圏の我々は、報道を通じて、間接にそのことを知っているにすぎないのだけれども。私が今まで言ってきたことに関して、ルイス・キャロルを念頭にハンナ・アーレントの『全体主義の起源』（とりわけ十二章と十三章）をお読みになるがよろしい。裨益するところ大のはずである。アーレント女史は全体主義のシステムばかりでなく、それの極致としてのナチ強制収容所のシステムを論じている。論理をへて、何やら右に見てきたがごとき**ノンセンス**に近いものにいたり、あげく地獄にいたる跡が剔抉《てつけつ》されて遺憾がない。この本は単なる事実記録ではなく方法《メトーデ》の考察ともなっているのである。そしてここにまたしても、**ノンセンス**との類比が顔を出してきて、我々は一驚を喫する。

事態ここに至ってもなお、我々はこうした恐怖がどこか遠くからやってくる、誰か他の者、たとえば「一部暴力集団」かなんかによってひきおこされると信じこみやすい。私がもっと若かった安定した時代のことを思い出してみると、この国の政府の中にはファッショ的な傾向があるなどと広言する人たちのことを軽蔑していたように思うのである。私も周りの人もそんな警告なんて過激分子やデマゴーグから出てくるのだと思っていたのである。しかし私も例外ではないが、ヴェトナム、チリ、ウォーターゲート以後はるかに不安感を覚えるようになってきている。もし**ノンセンス**の原理にのっかった教育システムに動かされているのだとすると——動かされている、と私には思える——その最終的結果たるや、国家全体の**ノンセンス**・システムのための原材料を、つまり人間という原材料を生産再生産することに他ならないのではないだろうか。教育は現行社会の反映であると同時に、その社会にとって最も望ましい市民像を先取りもするものだ。それゆえ、おそらくは一見民主主義的な構造の中で、我々はノンセンス・ゲームのための歩《ポーン》の駒を教練しつつあるのだ。そして論理、ゲーム、分解、操作、孤立といったものに依拠する全てのシステムがついに行きつかざるを得ない悪夢の境に、否も応もなく投入されていくのが、これらの駒の運命なのである。

それではこれに代るべき途《みち》は――我々みんなが衷心望んでいるはずだが、もし代るべき途があるとして――それは何なのか。それは我々が一瞥したような偉大な公共制度に対応する今ひとつの類同物《アナロジー》の中にあるのではないかと思う。これら公共制度自体、我々が個の精神と魂の内部に守り育《はぐく》んでいるものの目に見えるかたちであるはずのものだ。公私に亘《わた》り我々がその中で生きていくための構造もろもろを組み上げる構成原理として、**ノンセンス**に代るべきものと私が目すのは、他ならぬ詩である。詩は隠喩、魔術、夢、同一化を方法とするが、これら全て**ノンセンス**がきれいさっぱり締めだしたものに他ならない。

このことのヒントもまた『アリス』作品そのものの中にある。権威も夢の産物にすぎず、王様と歩《ふ》が代りばんこにお互いを夢みるという発想がそこにはある。「誰が誰を夢みているのか」という深刻な問いが二つ目の『アリス』物語を貫く基低倍音のごとく響いているし、またアリスと一角獣の間には互いが他の存在を確認することでお互いがおとぎ話と実生活の生を各自まっとうするという相互了解ができあがってもいる。

何も今この時になって、我々西欧人がデカルトの時代このかた一歩一歩と、数学、論理、解析に拠るものの見方の上に築かれた世界へと歩み入ってきたなどと、わざわざ復習するまでもなかろう。このまま歩み続ければ、あげくはゲームとしての世界、**ノンセンス**としての、悪夢としての世界しかないというのが予言者キャロルのメッセージである。彼の透徹せる洞察はブレイクのそれに近いかもしれない。論理と理性の存在であるユリゼンの中にこのブレイクが見たものは、マインドの中の他の力とバランスがとれれば美しくもなり、孤立して不羈《ふき》に発達すると災禍《まがごと》の源ともなる力であった。[*4] 我々の諸制度は、我々の歴史の中にある漠然たる社会的力の所産であり、その正確な投影であると同時に、もっと本質的には我々の思考とマインドのかたちと性質の正確な反映であると言うべきだろう。

頭脳のもつ二つの側について新しく分かりつつある事実もこのことに合致するようである。マインドも制度もひとしく、論理の要素の他に夢と詩と魔術の要素を欲しているのである。これがどういうしだいで締めだされてきたか——ワーズワース流に言うと「想像力、いかに失われいかに復されしかは」——ここで扱うには大きすぎる問題だろう。こうした革命は遙か先の、しかも巨大なもののように思われて気も挫けそうだが、しかしそんなものではないのである。というのはそうした革命が始まる場所は他ならぬ我々の心《マインド》の中なのだということを示して遺憾のない証拠が十分あるのだから。それは我々一人一人の心、あなたの心、私の心の中で始まる。それは小さく始まる。少女アリスのように小さくと言うべきかも知れない。彼女は強靱な正気をもってあの息苦しい**ノンセンス**の宇宙を二つまでも通過し、ついには意を決してその呪縛を突破し、「ウェイク・アップ」するのだから。

(1)『シルヴィとブルーノ』に付したキャロルの序文によると、この本における**ノンセンス**の要素またこの本の独創性は、同書が、彼の「ゆくりなくもかりそめにやってきた……珍奇なアイデアや会話の断片とか……これもまた……夢の中に生じて……ただ一連の物語の糸によって縫いあわされていくだけでよかった……折り折りの想念」を手広く蓄えたものを素材として書きあげられた点にあった。キャロルはまたこうも言っている。「これが書かれたのはお金のためでも名声のためでもなく、私が愛してやまぬ子供たちに、幼年時代の命に他ならない無垢な幸福の時間にこそふさわしい考えの数々を提供したいという願いからなのです。かつまた子供たちや他の人たちに、生のもっと真面目な律調と調べが合わぬでもない思いのあれこれをも供せんとねがうからでもあるのです」。

（2）『ノンセンスの領域』（チャトー・アンド・ウインダス社。ロンドン。一九五二年刊）。

（3）マイケル・ポランニー古稀記念論叢『個の知の論理』ルートリッジ・アンド・キーガン・ポール社。ロンドン。一九六一年刊）所収。

（4）前掲書。一八〇―一、六ページ。

（5）たとえばキャロルの古典的**ノンセンス**作品三つを見てみると、**ノンセンス**世界がいかに徹底して非女性的な世界かが忽ち知られよう。キャロルのこうした面は既に精神分析学の好餌と化した感がある、しかしながらこれは方法《メトーデ》の問題として見ても重要だし、多分こちらの捉え方のほうが肯綮に当っているのである。

（6）序文が加わった新版（ハーコート・プレイス・ジョヴァノヴィッチ社。ニューヨーク。一九七三年刊）［邦訳、みすず書房。三巻本］。

訳注

＊1　一九六八年八月シカゴで民主党大会が行われた折りの暴動事件で左翼急進派七名が陰謀罪に問われた裁判。連邦区判事ジュリアス・ホフマンは偏見に満ちた暴力的審理を強行、全被告とその弁護人に法廷侮辱で禁錮刑を言い渡すなどして、世論の反撥を招き、合衆国法制史上に一大汚点を残した。

＊2　Jam *every other day*（一日おきにジャムをあげる）をJam every *other day*（他の日全てにジャムをあげる）と解してしまうことから、「昨日のジャム、明日のジャムはあげられるが、今日のジャムはあげられない」という奇妙な論理を弄して、白の女王がアリスを当惑させるくだり。ラテン語の"iam"に現在形がない、というのが真相。

＊3　game plan　目的達成のための作戦。

＊4　Urizen は「セルの書」「天国と地獄との結婚」などの予言的神秘詩の中心的主人公。本来神の四位格

の一つであったが堕落してサタンとなった。分析と限定をことをとする理性の力を表わす。そして「傲慢の王」と呼ばれるが、同じく傲慢のため堕（墜）落していく**ノンセンス**原理の体現者たるハンプティ・ダンプティとも二重映しになるだろう。そしてブレイクの私的神話の中でこのユリゼン（理性）はルーヴァ（愛など一切の感情）とロス（詩）と結合することで更新するのであるが、シューエルはここでこの壮大図を彼女なりの言葉で言っていることになる。

解説

1　終末のオルガノン

本書はエリザベス・シューエルの先駆的ノンセンス論『ノンセンスの領域』（一九五二年）の全訳である。シューエル女史は一九一九年、インドの英国人家庭に生れた哲学者、文芸評論家で小説も詩も書く多面の異才である。教育は英本国で受け、のち、一九七三年アメリカに帰化、各大学を舞台に輝かしい教歴も持つヒューマニズムの人で、ローマ・カトリック教徒である。最近も相変らず緻密な健筆は衰えていないようで嬉しい。

さてシューエルの評論だが、その中心にあるのは、「分析」的知性の所産たる「ノンセンス」、数学、論理の世界と、それを克服すべき「総合」的想像力の所産たる「詩」、宗教、笑いの世界との対決の構図である。一方で処女作『詩の構造』（一九五一年）から名著『オルペウスの声』（一九六〇年）に至るまで、人間と世界を「総合」してくれるものとしての「詩的方法《ポエティカル・メソッド》」のいかなるかをシューエルは追った。そして他方、この「詩的方法」によって克服さるべき病理としてのノンセンスの方法ないし構造のいかなるかを明らかにする一連の作品を書き続けてもきたのである。

そもそも『詩の構造』においてマラルメの、また『ポール・ヴァレリー、鏡の中の知性』（一九五二年）においてヴァレリーの、それぞれ余りにも明晰で分析的な知性の危険を説いていたシューエルは、まずこの『ノンセンスの領域』でルイス・キャロルを材にとりながら、そうした分析的知の行きつく自閉的病理の極限を余すところなく描いてみせたわけである。その後もあちこちの批評論叢や雑誌に秀抜なノンセンス論を書いて、『ノンセンスの領域』の問題を広げてみせている。中でも『T・S・エリオット古稀記念論叢』（一九五八年）に寄せた「ノンセンス詩人としてのルイス・キャロルとT・S・エリオット」は、『ノンセンスの領域』で確立したノンセンスの方法《メトーデ》をエリオットにあてはめ、当時考えられもしなかったエリオット＝ノンセンス詩人論をやってのけた驚異的なエッセーであった。現代の不毛を嘆く作品とされる『荒地』のあの断片性と不毛性は実は、「材料を〈一たす一たす一〉に分解し、ノンセンス向きに変えるノンセンス詩人の骨法」に他ならないという発想はいまだに衝撃的なもので、エリオット・ファン、キャロル・ファンの双方から必読のものと評価されている。プレンティス・ホール社の出している作家叢書の『エリオット』の巻にも、ロバート・フィリップ編の『多面なるアリス』というキャロル論叢にもちゃんと収められている。『ノンセンスの領域』の主題を実にコンパクトにまとめてくれている上に、シューエルの言う「ノンセンス」というものが、現代文学を考える場合の方法《メトーデ》としていかに有効に展開されうるものであるかをうかがわせるにこの上ない文章であるというので、編集部にお願いして付録として入れてもらった。「エリオット氏を理解する最良の手引きはキャロルである」というその視点のとり方は、「私の視野に入ってくる芸術や思想のすべてを、キャロルという分光器を通して見つめるということ」をめざした高橋康也氏の驚嘆すべき『ノンセンス大全』（晶文社刊、一九七七）のそれと全く同じものである。この付録を入れることで、いわばシューエル版「ノンセンス大全」をもくろんでみたのである。そうなると彼女の最も新しいノンセンス論にも一瞥を加えることでこの「大全」に何とか画竜点睛をとげさせたくなる。『ノンセンス大全』と相前後して出たE・グウィリアーノ編『知られざるキャロル』（一九七六年）にシューエルが寄せた「ルイス・キャロルの作品と現代世界にみるノンセンス・システム」というエッセーがそれである（後述）。このエッセーを突破口にして、我々のシューエル版「ノンセンス大全」は一挙に現代的問題へと開かれるはずである。現代文化そのものまでが他ならぬノンセンスだとするアクチュアルな視点が開かれてくるのである。「ノンセンス詩人としての……」の冒頭で「我々の文学と哲学のほとんどがノンセンスの原理もろもろに基いて形づくられている」とシューエルは言っていた。またドレフュス裁判、ライヒスターク裁判、三〇年代ソヴィエトの反逆罪裁判、マッカーシー裁判……を見ていると、キャロルが書いた三つほどのノンセンス裁判と余りにも似てはいまいかというので、シューエルは『マイケル・ポランニー古稀記念論叢』（一九六一年）に「夢と裁判」なる黙示録的エッセーを寄せている。しかもその後、大学紛争が世界中に吹き荒れた。大学人としてシューエルがその渦中で見たものは、ノンセンス・システムと化した現代大学の姿であった。彼女は「ルイス・キャロルの作品と現代世界……」の中でこう言っている。「私も例外ではないが、ヴェトナム、チリ、ウォーターゲート以後はるかに不安感を覚えるようになってきている。もしノンセンスの原理にのっかった教育システムに動かされているのだとすると――動かされている、と私には思える――その最終的結果たるや、国家全体のノンセンス・システムのための原材料を、つまり人間という原材料を生産再生産することに他ならないのではないだろうか。教育は現行社会の反映であると同時に、その社会にとって最も望ましい市民像を先取りもするものだ。それゆえ、おそらくは一見民主主義的な構造の中で、我々はノンセンス・ゲームのための歩《ポーン》の駒を教練しつつあるのだ。そして論理、ゲーム、分解、操作、孤立といったものに依拠する全てのシステムがついに行きつかざるを得ない悪夢の境に、否も応もなく投入されていくのが、これらの駒の運命なのである」。今や世界がノンセンスなのだという慄然たる視点！　童謡やリア、キャロルの「児童文学」を動かしているくらいにしか見えなかった原理と構造が今や世界そのものを動かしている。こういう暗澹たる発見がシューエルに「ルイス・キャロルの作品と現代世界……」を書かせた。

　考えてみればシューエルは一九一九年生れである。世界の終りかと言われた第一次世界大戦直後の「荒地」に生を享《う》けたのだ（エリオットの『荒地』は一九二二年）。まだある。彼女の学問的出発はケンブリッジ大学の学生としてヴァレリー研究に着手した一九四六年である。つまりもう一つの世界戦争の直後の「荒地」から彼女の研究は出発したということなのである。アルマゲドン（終末戦争）の世代なのだ。一見精密で坦々と進んでいくその論の背後にはいつも、こうした終末に生きる者の逼迫《ひっぱく》感がある。この荒地をもたらした「近代」とは何なのかという論に必ず彼女は捩《ね》じ戻され、その「近代」を支えてきた分析的知性とノンセンスの構造への危惧に行きつかざるを得ないのである。

　ルネッサンス、宗教改革以降の排除と分析を原理とする「近代」への、極めて納得性のある歴史的パースペクティヴを、シューエルは『ポール・ヴァレリー』冒頭で既に明らかにしていた（訳注参照）。『詩の構造』『ノンセンスの領域』では精密なテクスト解読作業の蔭にこの反「近代」の歴史的パースペクティヴは隠れているように見えるが、知性の「無秩序」の側と和解する方法を我々は「忘れている（なくしてしまった）」という繰り返し出てくる痛恨の苦さの裏に、それはちゃんと仕込まれているのである。分析的知を選ぶことで、我々は世界を「もの」として対象化できた代りに、世界との有機的なつながりを「失ってしまった」。分析的知こそ、ハイデガーの所謂「世界喪失の技術」だったのである。同時に遊び《ルドウス》もまたその知的部分と肉体的部分、「操作」と「踊り」の二極に「分解」してしまった。分析を意味するアナリシスという言葉は同時に分解の謂《いい》でもあろう。「原＝遊戯が蘇生されねばならない。なぜなら詩と思考は互いを相手に遊び続けることができなければ硬《かた》ばっていくはずだからだ。悲しいことに我々はもはやスコラ学を学ばず、つまりはいかに思考すべきかを忘れ、科学と芸術が一つ世界に属すものであり、芸術は知的な営みなのだということも、叡智も遊戯もそれ自体のために追求されるべきものだということも忘れはててしまっている」とシューエルは『ポール・ヴァレリー』に書いている。『ノンセンスの領域』でもあちこちに繰り返されている主張である。今やそもそも「遊び《プレイ》」という概念自体が神話的存在論的な意義を奪われて単なる児戯や消閑法へと凋落し、いわゆる「二つの文化」の乖離《かいり》が始まったというわけである。近代初頭に起きたと言われる「感性の乖離」の凶事《まがごと》が、我々「個人」という一つの総体であるべき人間を知性と肉体、「秩序」と「無秩序」とに分解させ、思考をもっぱら知性の方に担わせたのである。ジョン・ダンは「彼女の肉体が思考する」と歌ったが、この終末の「詩的方法」（オルガノン）によってシューエルが復権を夢みるものこそ、この失われた「一種の肉体による思考」であったはずだ。世界を「もの」と見る視線を克服し、もう一度世界の中に自分を包括させるには、ノンセンスの「分析」を捨て、詩の「融和」につかねばならない。歴史的パースペクティヴをいつも意識して読めば、シューエルの本はどれも同じ主張を繰り返していることが分かる。「近代」を荒廃させたものとしてのノンセンスの方法《メトーデ》への危惧と、それを超克するための「詩的方法」への祈りである。フランシス・ベーコンを愛読するシューエルは、世界がいよいよ見えなくなりつつある終末に、「詩的方法《ポエティカル・メソッド》」なる新機関（ノヴム＝オルガーヌム）を構想する。

「詩的方法」への展望は『オルペウスの声』で全面的に開かれる。分析的知性が抑圧し切り捨ててきた我々の肉体的側面、「無秩序」の側、夢の世界、自然の世界に、我々はもう一度、一生物としての自分の肉体的側面を通して包括されなければならないという論旨である。因みにシェイクスピアの『嵐』に寄せて、「明るい」知性たるエアリエルと「暗い」肉体たるキャリバンの和解によるトータルな世界像の蘇生を夢みたオーデンの名作『海と鏡』は一九四四年の刊であった。『オルペウスの声』が我々に勧める「思考の生物学」ないし「論理以後《ポスト・ロジック》の思考」というのは、つまりは「詩的方法」のことに他ならず、隠喩、夢、魔術、愛を介して我々がエゴ中心的な内側の世界（世界に対してひたすら能動的に対峙する生）から、いわば一有機体として世界という全生態系《エコロジー》の中にとりこまれていく（世界から働きかけられる受身をよしとする生である）ことを許すこの「詩《ポエトリー》」こそは、同書のキーワードを借りるなら即ち「包括の神話」に他ならないのである。ノンセンスの方法がひたすらなる「排除」にあったことを考えあわせるべきであろう。

さて『ノンセンスの領域』だが、この本の第十三章までは、ノンセンスし、再演しながら、右のように見てくると実は、「分析」的知性がめざめ世界をひたすら「外」なる「もの」として対象化してきた「近代」そのものの行程をみごとに追復し劇化しているわけであり、そして第十四章で一転、抑圧されていた肉体と運動を通して、つまり「踊り」を通して、もう一度世界に包括されるべきだとオルフィスムが説かれる。「完全に論理一本という方」には「お分かりにならないだろう」とシューエルは言うが、確かにそのはずである。たとえば「……ごっこ」「見立て」という遊びの用語で語られているものは、実はネオプラトニズム的な内と外の照応という思想に他ならず、シューエルの読書体験の中にスウェーデンボルイやジャンバチスタ・ヴィーコ、或いはノヴァーリス、ヘルダーリンらの姿が自ずと透けて見えてこようというものだ。これらにシェイクスピア、ベーコン、エラズマス・ダーウィンとワーズワース、ゲーテとリンネとリルケ、ルナンとユゴーを加え、はてはエマーソンからカッシーラーまで加えて論じた絢爛の書が『オルペウスの声』だったわけで、「オルフィスム」なるものの晦渋さはこれだけでも何となく察せられようというものだ。ジョージ・スタイナーは『オルペウスの声』の書評の中で、「シューエル自身、彼女がとりあげた幻視者たちの一員なのだ」と言っている。

が、ともかく照応にしろ「包括」にしろ、変貌を繰り返す一個の巨大なプロセスである外なる世界ともう一度交感しようとすれば、我々自らの知性もまた、ノンセンスの方法によって内に硬ばることをやめて、変貌と総合をうべなう一個のプロセス、一個の生命とならねばならないというのが、シューエルの「オルフィスム」の要諦であることだけは確かだ。分析的論理は事物《もの》を対象化するが、「ポスト論理」は「自らを事物の中に投企する」術《すべ》を知っているという図式である。人は「単位《ユニット》」から有機体《オルガニズム》ないし肉体にならねばならない。もう一人、現代にオルペウス神話の蘇生を夢みた『エロス的文明』（一九五八年）のマルクーゼの所論ともみごとにパラレルではないか。

右に言ったような文脈からすると、あまたあるシューエルの書きものの中でも、『ノンセンスの領域』と『オルペウスの声』は二幅対画の如くに対応しながら、ヨーロッパ近代知性の失楽園と復楽園を語っている作品と言える。シューエル全評論の中で『ノンセンスの領域』を位置づけるとするとまずはこうなるはずだが、これほど一貫した視点で書き続ける人もいないから、この本一つとりあげてもシューエル批評のめざすところ、その肌理《テクスチュア》は十分に窺知できる。『オルペウスの声』の巻末にシューエルは全巻の要旨を十三篇の詩にしてまとめているが、そのテーマはまたしても星と踊りである。世界と交感する人間の姿を、星と同じかたち《フィギュア》を描いて踊る踊りのイメージに綴っているのだが、考えてみればこれとて『ノンセンスの領域』の第十四章、ないし巻頭詩の世界の正確な延長線上にあったはずのものである。

星と踊りとなればダンテだ。「早くも、私の願ひと私の意志は、まろやかに廻る輪のやうに、かの愛に廻らされてゐた。その愛は動かす、太陽と、ほかのかの星々を」（寿岳文章氏訳）とは「天堂篇」の有名な結句だが、シューエルは『オルペウスの声』に彼女なりの『神曲』を描いたのである。各三十三歌よりなる三部構成の『神曲』をなぞるかのように、各九章の三部構成で『オルペウスの声』はできている。そして同時にシューエル版の「創世記」であるとも言える。件《くだん》の巻末の詩群は「我々を散文と韻文に引き裂く呪い」がオルフィックな踊りを介して解かれていく様子を歌い、そして一番最後に何と「創世記」という詩に行きつく。終末にふさわしく、黙示録から始めて創世記で終る終末のバイブル。この「創世記」の結句、つまり大著『オルペウスの声』全巻の結句でもある四行は次のようになっている。「世界と知性のことを／詩人また詩人が語った／一つとしてただ死んでいくものはない／つながりをもたぬ何ものもない」。この「何ぴとも一島嶼《とうしよ》にては非ず」（ダン）、「ひたすら結べ《オンリー・コネクト》」（フォースター）という万物連鎖の「包括」のヴィジョンを、単にシューエルのカトリシズムないしオカルティズムに帰着させて能事足れりとしてはなるまい（チェスタトンにしろ高橋康也氏にしろ、「排除」するノンセンスに敏感に反応していく知性が皆すぐれてカトリック［元来は「包括的」の意］であるのは面白い）。むしろ言語にあらわれたひたすら明晰たらんとする知の病に身をもって対決したぎりぎりの結果なのだ。どこまでも「中間」的存在である言語に縋《すが》ることで、分析的知の余りに純粋な独走から、肉体と知性のバランスした混淆体に他ならぬ己が現存在《ダーザイン》に我々はたえず捩《ね》じもどさるべきなのだ。言語につきまとう猥雑で肉体的な身振りを介して、我々は我々自身の、「中間」的存在者としての肉体性につなぎとめられるべきだと、そうシューエルは言いたいのである。

そもそもシューエルは『ノンセンスの領域』で、ノンセンスを対象化してこれに批評的距離を保ちながらノンセンスとは何かを語っていく方法はとっていない。いわば自らがノンセンスとなり、ノンセンスを擬態《マイム》することで――文字通り「身をもって」――ノンセンスの方法が世界を「荒地」化していく現場なりプロセスを我々に見せようとするのである。ノンセンスについて「真理」など自分は明らかにしない、とシューエルは言う。ダイアレクティックは論理の自己一貫性のみを追う世界で、しかもノンセンス自体がこのダイアレクティックを原理とするものである以上、ノンセンスの運動を擬態してみようとするこの論文にも自ずと論理の自己貫徹以外、なんらの予定調和も「真理」もない、というわけである。「論理学者としての立場からすれば、前提が真であるか否かなどどうでもいいことなので、その前提からひたすら論理的に或る結論を導くことだけが問題だ」と言ったのは『論理ゲーム』の論理学者ルイス・キャロルその人であった。論理《ロジック》というものはそうなのだ。そしてこの非情に一貫したシステムを論者自ら擬態することでその危険をあばくというシューエルの論の進め方は稀有にもスリリングなものと言えよう。

ともかくまず対象を一つのシステムないしメトーデとして捉え、一切の細部をそこから検討していくシューエルの作品は、『詩の構造』にしても『ノンセンスの領域』にしても、すぐれて構造主義的な本である（構造主義の到来に遙かに先駆けること十有余年！）。が、同じ構造主義のノンセンス論、たとえば最近出たスーザン・ステュワートの『ノンセンス』などと決定的に違うのは、自らがノンセンスの構造を体現してそれを叙述するという右の如き装置《しかけ》である。ステュワートの本はノンセンスの具体相の分析では明らかにシューエルの作品の成果を巧みに使っているし、何しろデリダやクリステーヴァを使ってピンチョンやカブレラ・インファンテを論ずる当世風に絢爛たる好著には違いないが、シューエルの黙示録的構想とその中での「方法」としてのノンセンスという捉え方の前には、どうしようもなく小粒の感は免れない。[*1] 二つの大戦に感受性を挾撃されることによって否応なく「近代」と対決させられたという歴史的瞬間が、『ノンセンスの領域』を永久に凡百のノンセンス論から際だたせるのである。ノンセンス論としてのみか、そもそも或る対象を叙述するとはどういうことかという批評という営みの根本的なところに、たえず読む者を揺り戻す「書物という事件」(J・リカルドゥ)としても興味尽きぬ本である。装置《しかけ》といった悠長なものではないのかも知れない。超克すると言っても、分析的知の呪縛力は決定的な刻印を現代に、そしてシューエル自身の上にも残している。いわばこの執念《しうね》き敵をかわすには、その病を自らの肉体に骨がらみ刻みこみ、踊る肉体のうちに「身をもって」悪魔祓いするよりないかも知れないからだ。そういう迷宮舞踏の気配があるのだ。この『ノンセンスの領域』という本には。

＊1 Stewart, Susan, *Nonsense: Aspects of Intertextuality in Folklore and Literature* (John Hopkins U. Pr., 1979)

2　ノンセンスとしての世界

「一つとしてただ死んでいくものはない／つながりをもたぬ何ものもない」。このシューエルの祈りは今日ますます美しい。星は夜が暗いほど美しいと諺に言うが、シューエルの見る現代社会は彼女の危惧する方向へどうしようもなく突き進んでいるらしいのだ。ここで最初にあげた「ルイス・キャロルの作品と現代世界にみるノンセンス・システム」という、おそろしくアクチュアルな警世の文章に帰らねばならない。我々としては到底見逃すわけにはいかない性質の作品だから、できるだけシューエル自身の言葉で語らせるということにして、以下その内容を紹介して解説者の責めをはたしたいと思う。我々が読めるシューエルの文章としては一番最近のものであり（一九七六年）、そうであるだけにその切迫した危機感と打開への祈りは直接的で生《な》まなましい。

一九四九年に英国ノンセンス文学の古典的作品を研究し始めたときに私が明るみに出したかったのは一個のシステムとしての**ノンセンス**像であった。有効な一組のメンタルな関係体としてのノンセンス、というわけである。それは論理、数学、そしてマインドの分析的な営みに非常によく似た点を多々もっている。そして私はついには**ノンセンス**を考える上で最も裨益するところ多い類同物として、ゲームなるものに行きついた。不思議の国のトランプとクローケー、そして鏡の国のチェスというゲームが、そういうアプローチへの道標となった。その結果、一個の閉ざされた自律的な領域《フィールド》がイメージできてきた。

と、シューエルは『ノンセンスの領域』を振り返って言う。この本は『ノンセンスの領域《フィールド》』という題だが、「「領域」という言葉がピンとこない向きはフットボールのフィールドを考えて下さればよい」とも彼女は言っている。ノンセンスの「競技場」に情緒もろもろがなだれこんでくる、という本書中に出てくる妙な言い方もこれでお分かりになれよう。

ノンセンスは「個別的な単位の世界なのであって、一切は操作の技倆と、彼我を分つ距離にかかっている。コントロールすることにかかっているのであって、コントロールされてはならない」そうである。「近代」を「距離」をおくことの病理とみなしてその治癒を言った名著にワイリー・サイファー『文学とテクノロジー』（一九六八年。邦訳白水社）があるが、これと並べて読むと『ノンセンスの領域』『オルペウスの声』のアクチュアルな問題性が一層はっきりしてくるだろう。サイファーと言えばもう一つその『自我の喪失』（一九六二年。邦訳河出書房新社）は、「ひたすら論理的に或る結論だけをめざす」アモラルな、演繹的と言うかノンセンス的な「近代」知性の自閉の輪が、今世紀になって科学芸術の全面に亘《わた》って虚妄をあばかれた委細を雄弁に語っていて、これまたシューエル理解に資するところ大である。数学の論理の自閉性を不完全性定理であばいたクルト・ゲーデルがアインシュタイン賞を受けたのが一九五一年。その年に『詩の構造』が、翌年に『ノンセンスの領域』が書かれていることを考えれば、シューエル批評のもつ歴史的パースペクティヴ、それ自身の位置する終末の歴史的地点とのかかわりぬきで、単なる詩やノンセンス文学の形態論としてこれをかいなですするのはやはり不当と言わるべきだろう。問題になっているのはいつも「近代」なのである。

さて「これが二十年ほど前に私が**ノンセンス**について考え、また書いたことであった。それはそれで一段落だと自分では思っていた。が、他の何かが起って、別の新しい角度が見えてき始めたのである。それらについて私が考えていたシステムが、今度はそれでもって考えるための一システムになったのである（詩についても同じことが私には起った。詩もまたそれで考える何ものかになり、研究の対象だったものがやがて蓋をあけると更なる研究のための方法となっていたのである）。そこで私はノンセンス・システムとは何なのか私なりに考えたところを基準にして、他の詩人や詩的方法をさぐっていくことを始めたのだった」。現代の批評界では稀有と言っていいような自発性と連続性をもつシューエルの批評自体、彼女が生の理想とする「プロセス」「有機性」「運動」を体現している気配である。右のような批評的発展のもっとも見事な成果の一つが「ノンセンス詩人としてのルイス・キャロルとT・S・エリオット」に他ならなかった。「しかし、ここでもっと関心のあるのは右の事情によって開けたもう一つの方向である」とシューエルは言う。現代文明そのものが巨大な**ノンセンス**と見えてきたのである。この方向に沿って書かれたのが問題の「ルイス・キャロルの作品と現代世界にみるノンセンス・システム」に他ならない。今まで見てきたような**ノンセンス**の「大部分、あるいは全部の特徴が、あなたにとってどこかで会った感じのものではなかろうか」とシューエルは問いかける。「我々はみんなこれそっくりの世界、領域、場の数々におぼえがある。私の言おうとしているのは、この英国のみならず西洋諸国一般の偉大な諸制度がしだいに紛う方なきノンセンス・システムの特徴を帯びてきているという事である」、と。

ノンセンスと化したエスタブリッシュメントとして、宗教、教育、法律、政治の各領域の終末状況をシューエルは論じていく。まず「結婚、セックス、生殖の問題を固定自足した論理的なルールで規制」しようと腐心するローマ公教会。しかしこれはその内部の沢山のアリスたちが「何よ、ただのトランプじゃないの」と集団的に造反することによって今や終熄を迎えたノンセンス・システムと言える。次に教育界だが、これはシューエル自身アメリカに帰化した後はオハイオ州立、ヴァッサー、ベネット、フォーダム、プリンストンなど、数えきれぬほど各大学で教鞭をとった優秀な教育人でもあって、そのノンセンス化に対する危惧は痛憤の調子を帯びざるをえない。一方で『オルペウスの声』に美しい「詩的方法」の詩学《ポエティックス》を綴りながら、しかしその日々にシューエルが教壇から見続けていたものを思うと暗然たるものがある。

かくてキャロルが自らを閉じこめたあのノンセンス・ゲームの輪が教育界からついにベルゼンやアウシュヴィッツの鉄条網の輪と二重映しになるところで、シューエル版「ノンセンス大全」は一個の「アポカリプス・ナウ」としてのアクチュアリティを得、現代へと、きのう今日我々が蠢《うごめ》いている巷へと開かれてくるのである。そう言えば『収容所群島』のアレクサンドル・ソルジェニツィンもまたノンセンスの方法なりシステムのことを書き続けているではないか。この人も数学の学生ではなかったろうか。シューエルより一年早い一九一八年生れ。第一次世界大戦終了の年に生れて、ナチズム、スターリニズムの吹き荒れるアルマゲドンの時代を生き抜いた人だが、シューエルが大学で勉強していた頃、一九四五年から五三年にかけて彼は強制労働キャンプに収監された虜囚であった。『イヴァン・デニソヴィッチの一日』、『癌病棟』もまたラーゲリというノンセンスの「方法《メトーデ》の考察」でなくてなんであったか。一九五一年、ハンナ・アーレントの『全体主義の起源』の出た翌年にシューエルの『ノンセンスの領域』は出た。

こう見てくるとシューエル版「ノンセンス大全」は一九一〇年代から六〇年代にかけての「近代」の終末状況から生れてきたものに相違なく、たしかに『ノンセンスの領域』の後半部の冴えに冴えた細かな分析の与える知的スリルもさることながら、まずこの大きな「近代」の黙示録としてのパースペクティヴのゆえに、今後あまたノンセンス論が出てこようともこの書が凌駕されるなどということは決してない。事実優秀なノンセンス論が最近続々と出ている。アンネマリー・シェーネ『英国のノンセンス詩』、アルフレート・リーデ『遊びとしての文学』、クラウス・ライヒェルト『ルイス・キャロル、ノンセンスの研究』、ジル・ドゥルーズ『意味の論理』、そしてステュワートの『ノンセンス』。

種村季弘、高橋康也両氏の本も大きな収穫である。どれも秀作だからちゃんと「近代」の問題と対決していて見事である。[*2] しかし、それが書かれた時、書いた人を囲繞《いにょう》していたはずの「歴史」までを書きこんだ本となると、これはまずシューエルの「ノンセンス大全」にとどめをさすであろう。「ルイス・キャロルの作品と現代世界……」は「我々西欧人がデカルトの時代このかた一歩一歩と、数学、論理、解析に拠るものの見方の上に築かれた世界へと歩み入ってきたなどと、わざわざ復習するまでもなかろう。このまま歩み続ければ、あげくはゲームとしての世界、ノンセンスとしての、悪夢としての世界しかないというのが予言者キャロルのメッセージである」と結論する。前述したシューエルの反近代のパースペクティヴに議論は収斂《しゅうれん》していくのである。アナライズ（分析・分解）する知性による世界の分解を指弾し、世界を再びシンセサイズ（総合）し、「再＝積分」（G・R・ホッケ）する方途として多面に亘《わた》る「詩的方法」の実現ないし蘇生を訴えるシューエル批評の全体像《コーパス》（corpus コーパスには「肉体」の意もあるわけだが）の中で読む限りは、『ノンセンスの領域』についてどういう読み方をされようと自由であるとあえて言っておきたい。

　シューエルこそは「バランス」の人であり「正気」の人であるから、エスタブリッシュメントの**ノンセンス**化を嘆くばかりでなく、その治癒の方途にも触れている。「我々の諸制度は、我々の歴史の中にある漠然たる社会的力の所産であり、その正確な投影であると同時に、もっと本質的には我々の思考とマインドのかたちと性質の正確な反映である」から、我々の内部でやるべき「詩的方法」への自己変革は、「詩」の社会的相関物たる「我々の偉大な公共制度」（議会制民主主義、陪審制度などなど）の賦活と必ずや平行するはずだとシューエルは言う。そしてこれは焦眉の急務なのだ、と。

＊2　ゲームと現代文化の自閉的システムについては拙文「俯瞰のエレジー――『キャロル大魔法館』瞥

見」（『ユリイカ』一九七八年十二月号／『アリス狩り』、青土社、所収）参照。

3　「リフレクト」する病

楽観的に過ぎるのではないかと我々はどうしても思ってしまう。この救いへの展望に背後から強力にエネルギーを注ぎこんでいるのは『オルペウスの声』の「包括の神話」である。が、その大著を読んでみても、それでも詩と現実は違うのだ、神話とレアルポリティーク（生《な》まの政治）は違うのだ、そんな「革命」など起るはずがないという声が我々のどこかで響く。体制はもっと遥かに強固で、ずっと始末が悪い。詩や踊りで世界が変るか、と。

しかしその時にこそ、『ノンセンスの領域』一巻は、我々の内に多分ひそむだろうそういう声を病としてあらかじめ分析していた、とでも言うか、過去未来という眩惑的な時制を仕込んだ螺旋形の批評装置としてもっぱらあなた自身をめがけて迷宮的に機能し始めるであろう。この本でキャロルの知性でもあり私の知性でもありどの知性でもある知性を解明したい、というあの奇態な自在無礙《むげ》さによって（第四章幕切れにシューエルは「完全に論理一本という方」のためにちょっとした惑乱装置を仕掛けている）、シューエルの「詩」を拒否した瞬間のあなた自身が、分析者であると同時に分析されるものとしてこの本の中であらかじめもののみごとに対象化されている（いた？）ことになるのだ。生の原理を変貌と運動とプロセスとみなすオルフィスムの徒シューエルその人をなぞるかのように、この本には「終り」がない。第十四章は「これは「終り」ということを許さない」形の奇態な「終」章である。言うところの「開かれた本《オペラ・アペルタ》」なのだ。本が己れの自己展開に間断なく読み手を巻きこみ、本と読み手の合せ鏡の如く終りない相互作用が始まれば、これはたえず一つのプロセスであって、予定調和的な「終り」などないはずだから。

誰が誰の夢を見て、誰が誰のゲームをしているのか結局は分からなかった、とシューエルは言う。我々が自分のゲームをし、自分が夢を見ているのだと言っても、それは神々の原＝遊戯の模倣にすぎないのだし、神の見る夢の中の生き物にしか我々はすぎないのだから、主客の関係が終りなく連鎖し、主がたえず上位の主の客になりながら神に達するこの生ける世界にもう一度「包括」されるためには、ぜひとも「……される」という受身性《パッシヴィティ》を身につけなければいけないというのがバークレー的夢想の人でありオルペウスの巫女《みこ》たるシューエルの託宣にちがいない。ところで批評家というか、テクストの織り手としてのシューエルに即してみると、この誰が誰の夢を見るかという入れ子箱的装置は、読んでいる側の人間をそのたえざるプロセスの中に織りこむための詐術装置ともなるのだ。「この**ノンセンス**論の終りにいたってもなお我々は誰がプレイをしているのか、夢を見る側にあるのは誰なのかという問いに満足な解答を与えられないのである。まるで**ノンセンス**がまさしく一面の鏡である感じで、我々はこの研究の最後にいたって**ノンセンス**についてもっと知るのではなく、我々が他ならぬ我々自身だけをずっと研究してきていたのだと、卒然として気づくのである」。『ノンセンスの領域』自体が鏡となって我々を映し出していたのだ。「リフレクト」という英語の動詞は「思考する」と「鏡に映す」の二義をもつのだそうだが、我々はこの紙でできた鏡に己れの分析的なマインドを映していたのである。「リフレクション」――それは己れを二つの像に引き裂く分析的知の謂《いい》に他ならない。「スペキュレイト」という語も鏡・思考の両義をもつが、シューエルは『ノンセンスの領域』と前後して同年に出した『ポール・ヴァレリー、鏡の中の知性』で、この「リフレクト」「スペキュレイト」の両義性から出てくる眩惑的に錯綜した知の状況を描いてみせている。批評行為を鏡の比喩で捉えることのできる批評家の例にもれず、シューエルは警世の書でしたたかに遊ぶことのできるポストモダニズムの批評家でもある（「私自身が本書を書きながら一つのゲームをやっているわけだ」！）。我々が分析的知の病に冒されている限り、その中で分析的知のプロセスが進行していくこの本を開くと、ただちに我々自身がそこで分析されているに他ならないわけで、かくて我々自身、白いページなす鏡を境に読む側と読まれる側、分析者と分析される者に二分される。この本は過剰な知を必ずや引き裂くであろう。かくて「分析」的知はこの本を前に「近代」世界の「分解」を個体発生的に身振りさせられ、アナリシスの両義性がここに皮肉に完結する。本を使って「近代」のドラマをたえず再演させる巧緻な仕掛である。だから本書第十四章の救済のヴィジョンを受けつけない読者は、彼自身大なり小なり**ノンセンス**の方法の荷担者として第十三章（不吉の数！）どまり、自分自身が読者であり分析者でありながら分析されている者でもあるという合せ鏡の出口ない状況を、ぐるぐる円環するよりないのである。キャロルが陥った「魔法の輪」「悪循環の輪」という不吉な円環のイメージは、実は本書に仕込まれたまがまがしい鏡の間《ま》を堂々めぐりするよりない我々自身のためにあらかじめ用意されていたイメージなのである。この「スナークされた」状況から出ようとすれば、合理による理解を放棄して非合理をうべない、一挙に第十四章の小暗い世界へと跳躍するよりない。なべて「超越《トランセンデンス》」というものは「非合理なる故に我信ず」の突破行為なのである。そのことを『ノンセンスの領域』の13＋1という構造を使って、シューエルは読者に読むことの行為を通して教えるのだ。W・B・イェイツではないが、まさに「鏡による訓練」*1なのである。ここでも問題は性急な「知」の病に対する「無知の知《ドクタ・イグノランティア》」の顕彰なのであろう。「リフレクト」したヴァレリーとキャロルは誰知らぬ人のない鏡憑き《カトプトロマニア》、ナルシスの徒であると同時に分析的思考の徒でもあったが、これこそは「近代」知性の宿痾《しゆくあ》なのであり、人はぜひとも鏡と円環と十三の呪いを突破しなければならない。合理は何の助けにもならない。「論理をさらに追っていってもただこのゲームのこの合理の側にさらに入りこむだけで、如上のディレンマは深くなりまさるのみ」。あるのは「こんなこともうがまんできないわ」と決断して「ウェイク・アップ」することだけなのである。鏡が破られた時、知性は己れの鏡像によって遠ざけられていた己が肉体を見出し、円環は「リンガ・ロージズ」や「天堂篇」の輪舞へと変成され、そして十三は『オルペウスの声』の十三の救済詩篇へ贖《あがな》われる。

かくてどうやら『ノンセンスの領域』という本は文字通りの「本」としても、各個人の知性の中で、或いは「近代」文明の中でたえず追復されるところの「分析」的知と「ポスト論理」的知の対立劇を再演し、知の「リフレクシヴ」な自閉とそこからの「超越」のドラマを際限なく再演する、すぐれて批評的、メタ批評的に騙《だま》し絵風な奥行きをもった奇書なのである。愚かな我々は日々「超越」のまねごとを繰り返しては「リフレクト」する病に戻り、そのたびに十三の鏡に閉じこめられる。この本自体、我々が自分の内なる「近代」と日々戦う「鏡による訓練」の場なのである限り、この本はまたその限りにおいて日々新しく、次に来るものに凌駕されるといった種類の本とは自ずと質を異にしているはずなのである。我々はぜひにも十三の呪いの輪を外に向けて突破し、第十四章に脱《ぬ》けなければならない。この第十四章はもはや「鏡」ではない。そこに入る我々はもはや「知」のナルシスではないはずだからだ。第十四章はもはや我々を閉じこめない。それは世界に向けてこの本全体を開く「終り」なき終章である。この本でもあり我々の肉体でもあった小空間を、この章が本の「外」の世界に向けて開いてくれる。この本そのものがかくて通過儀礼の「場」ないし「空間」なのである。

＊1　Colie, Rosalie L., *Paradoxia Epidemica: The Renaissance Tradition of Paradox* (Princeton U. Pr., 1966).

〔邦訳、ロザリー・L・コリー『パラドクシア・エピデミカ』、白水社〕また拙文「〈リフレクト〉する病――コーリー、ダン、ウェブスター」（『ユリイカ』一九八〇年八月号／『アリス狩り』、青土社、所収）参照。

4　「ストラクチュア」の強迫

もうひとつふたつ、シューエルのことで言い足すとすれば、本書の主として前半部のとりつきにくさのことがまずある。いわば自明のものとして扱ってもよいような概念について、全くもってくどくどしく、単語《ワード》とは何か、そもそも言語《ランゲージ》とは何か、知性《マインド》とは何かというゼロからの概念規定が続くのだ。定義に使われている一々の語をまず定義し、今度はそれらの定義の中の語の定義を……というセクストゥス・エムピリクスの呪われた批評的螺旋構造そのもののように、シューエルの議論は遅々としてはかどらぬように見える。が、実はこれもシューエル批評の必然なのであり、方法なのだ。

そもそも処女批評『詩の構造』という本からしてそうであった。「何が言語をして詩たらしめるか」という驚くべくエレメンタール（根源的・初歩的）な問いを発し「詩についての考え方の構築」という何やら迷宮的に複層化しそうな書をシューエルはめざしているが、その方法についてこう言っている。「指導書が全く役に立たず、素人が独力で進み出さなければならぬ地点に私はいる。もうまるであとにも先にも一人の専門家も存在しないかのように独力で」と（一五ページ）。こうして詩とは何か、言語とは、経験とは、レファレンス（語の意味作用）とは……と、徒手空拳の概念規定が全体の三分の二ほども続く。頭《ヘッド》の「定義」まで出てくるのだ。「頭とはその中であらゆることどもが起るが、ある全体として捉えらるべき何ものかのことを言う」。まるで神によって散らされた言語をオルペウス的に原＝辞書に再編する感のあるこのエレメンタールな叙述法が、「**ノンセンス**についての筋道だった考え方をうちたてよう」（傍点高山）とめざす『ノンセンスの領域』にも引き継がれてくるのである。「**ノンセンス**の構造を見いだすためには、我々自身一つの構造体をつくり上げねばならない」（同）というわけで、再びシューエルは自分を全くの素人に擬して、概念と引用の砕片から批評のモザイクを構成していく。終末のブリコラージュ（寄せ集め）と呼ばずに何と呼ぼう（「ものごとを自己流でこつこつと作る人間の素人技術、非専門的本能的な技能」サイファー）。けだしブリコラージュという概念をもちだしたレヴィ＝ストロースその人の仕事もまた六〇年代に集中し、と言うことはシューエルの『オルペウスの声』（一九六〇年）、『人間的メタファー』（一九六四年）などのオルフィックな視点と正確に同時代のものなのではなかったのであろうか。砕片をもう一度トータルな世界像に紡《つむ》ぎ直すシューエルの「詩的方法」に、ジェイコブ・コルグはたしかにブリコラージュの相関物を認めている。[*4] そしてシューエル批評のこうした余りにもエレメンタールな面もまた、既成の価値体験、既成の辞書が根本的に白紙に帰した（「一人の専門家も存在しない」）アルマゲドンの「荒地」世代の必然ないし宿命なのであり、しかもそれを己が方法として反転した「荒地」世代の強靱さにも他ならなかった。『ＭＬＮ』誌のヴァレリー生誕百年記念号（一九七二年五月）に、珍しく個人的な回想文をシューエルが寄せていて、彼女が学問的に出発しようとしていた学生時代のことを追想している。

私は二十七歳だった。そしてその時初めて私は考えるということを始めたのだった。……一九四六年の十月のある午後、私は突拍子もない決心をした。この日じゅう、ひとつ私のテーマ、つまり言語と詩の広い問題について、私以前に誰一人として書いたことがないというつもりになってみようじゃないか、というのである。ここはひとつ腰をすえて、それまで読んだもの研究してきたものをすべて無視して、右の二つのテーマについて独力で考え始めてみたらどうだろう。この軽佻な思いつきがどんな結果をもたらすか知っていたら、とてもそんなことをする気にはならなかっただろう。私はともかくやりだし、考えるのに紙と鉛筆だけをもって坐りこみ、そしてすぐ怖ろしい発見をした。いかに考えるかを私は全く知らなかったのだ。学校や大学を上首尾に進んできたはずの私に、考えるということができず、考えるとはどういうことかが全く分からない。驚愕の沈黙のうちに自分が解体していくのを感じたが、ともかく私は一つ、たった一つのことだけはしかと理解した。私は考えるとはどういうことか独力で発見し、それに基いて独力で出発するしかないのだ、と。大なり小なり似たような経験をお持ちの方になら、そこから始まる興奮と恐怖の感覚についてもお分かり願えるだろう。私は自分が発狂していくのを感じた。夢うつつに歩くことも多くなった。誰にも言わなかった――このような自己変貌を専門家や教授に話して何になろう。（悪魔にでも？）とり憑かれたか愛の虜にでもなったか、ともかく私は何かにとり憑かれたのを感じていた。

そこで若きシューエルは「考える術《すべ》を教えてくれる方法として数学と論理学とに没入した」が、「これらは、自己をこれらの美しい科学が我々にさし示してくれる純粋な関係の網の目に変化させることをも意味した」。彼女は分析的知の整合性の「美を生れて初めて体験した」わけだが、やがて「このプロセスのうちに、全世界が関係の迷宮へと解体し、それとともにこの純粋に過ぎる営みの凍りついた空気に共鳴しながら、此方の知性もまた解体していく」のを知る。そこでヴァレリーの世界と出あい、カトリックへの転身をはじめその後のシューエルの行程が決まるという筋道だが、右に引用した作者の青春の苦悩の過程がそっくり作品化されているのが『ノンセンスの領域』そのものに他ならぬことは今や明らかであろう。一九四六年に彼女が感じた二重三重の「解体」の感覚とは、アルマゲドンの「荒地」と化した世界を前にして同時代文化全体が直面したはずの解体感覚と正確に対応しているはずのものなのだし、「構築《コンストラクション》」をめざし「構造《コンストラクチュア》」を言い続けるシューエルの「つくり上げる」ことへの意志は、またこの何もない空間に直面した人間のみの知る強迫観念に他ならない。“structūra”というラテン語は「バラバラのものを寄せ集めること」の謂《いい》である（ブリコラージュ！）。バラバラになった世界の四肢をもう一度寄せ集めようというオルペウスの「詩的方法」の生れてくる所以《ゆえん》である。一方でシューエルには新トマス主義者《ネオ・トミスト》としての一面がある。人間を知の怪物と化した「分析」的近代への反省が十九世紀末以来、聖トマス・アクィナスの中世への再評価となって現われてきていたわけだが、知性偏重の人間像を克服し、知性と肉体の混淆体たる人間を宇宙の秩序のあるべき位置に再び戻す「包括の神話」を、シューエルはネオ・トミストのジャック・マリタンやエチエンヌ・ジルソンとたしかに分ちあっている。ところでシューエルをスコラ学にかく親懇せしめたのも、彼女にとって一切がゼロに帰した時点にあって、「考えるとはどういうことか」という問いから一切を「つくり上げ」ていくエレメンタール極まる方法の学がスコラであったからに他なるまい。『ノンセンスの領域』前半の執拗にエレメンタールな議論に、焦土の中から一つずつ再び「つくり上げ」ていくアルマゲドン直後世代の不幸な知的ドラマを垣間見ることができる。これらの数章もまた確実に「近代」と反「近代」の劇を身振りしているのだ。

　こうした現代批評の苛酷な原風景を顧みることもないまま、批評理論の教科書に取り囲まれてまるでアプリオリな便利な言葉として「構造」とかシンボルとかメタファーを気楽げに操る昨今のうす寒い批評ファッションの中で、こうしていわば批評のエレメンタールな根（「考えるとはどういうことか」）を問い続けるシューエルの批評のもつ意義には測り知れないものがある。我々の批評もまた**ノンセンス**の原理に基いて形づくられ始めている、とシューエルは言う。特にニュー・クリティシズム以後の、「言葉とイメージの抽象的で細密で人工的なパターン」ばかり追っておよそいかなるヒューマニズムの残滓《ざんし》さえもとどめぬ体《てい》の批評に、「現今の過熱気味の文学批評一般」に、「ノンセンス詩人としてのルイス・キャロルとT・S・エリオット」でシューエルは危惧の念を表明していた。批評精神がヒューマニズムを放棄したとき何が起るか、『ノンセンスの領域』の十三の章の紙幅を費して、シューエルは「身をもって」それを方法的に再演し、その病を我々の前に異化してくれているのである。

＊4　Korg. Jacob. *Language in Modern Literature: Innovation and Experiment* (Harvester Pr., 1979), pp. 141-2.

5　星のコレオグラフィー（舞踏）

最後になったが、巻頭の詩について一言。この詩はこの本全巻の論旨を詩的イメージに凝結した内容になっていて、理解のヒントはすべて本文中にちりばめられているので、とくに第十四章を読んだあとでもう一度帰ってくるとその詞藻はよく分かる手筈になっている。光の世界に対する闇の世界の擁護である。まずバベルの塔に象徴される魔術の闇の世界がある。それを神が罰して、夜明け、つまり光の世界が来る（この「神」とは「怒りの日」をもたらすエホヴァでも、光の神アポロンでもあるようだ）。星たちは太陽の横溢する光にかき消されてしまう。さてその光の世界をくいとめて、闇の中をもう一度「言葉の踊り」即ち「詩」を介して「毀《こぼ》たれた塔めざし」帰ろう、と詩人は歌う。かなめは「が　夜明けをくいとめるのはわたしたちだ」の一行に尽きる。

　ヴァレリーとキャロルという「リフレクト」する知性が「光」、即ち分析と明晰を過度に愛したことをシューエルはしきりに難じている。「明るい」知性に対して、我々の生物としての肉体は「暗い」ラビュリントスだ。オルペウスが冥界に降下していった神話にことよせて、シューエルは「オルペウス的暗黒」という言い方をする。アポロンの光をくいとめて、忘れていたディオニュソス＝オルペウスの「暗さ」と我々はもう一度和解せねばならないのだ、と。シューエルはみだりに暗黒《オプス》＝反啓蒙主義者《キュランティスト》たらんとするわけではない。ただ「光」としてやってきたはずの分析的「近代」（啓蒙思想は英語では「光で照らすこと《エンライトメント》」、フランス語ではもっと直截に「光《レ・リュミエール》」と言う）そのものがつまりは精神と文化の暗黒をもたらすに至った今世紀の世界大のパラドックスを目のあたりに、暗黒と肉体と星のオルフィスムに治癒の夢を託すのだ（実際、雷鳴とよもすこの「夜明け」が、読みようでは終末の「怒りの日」の到来とも読めるところがミソなのだ）。こんな短い詩でさえ、魔術的「プレ・ロジック」の前近代↓「ロジック」の分析的近代↓「ポスト・ロジック」のありうべき未来というシューエルの歴史的パースペクティヴなりクロノロジーを伝え得ていることに注意を喚起しておきたい。生物としての「暗い」肉体の踊りを媒介にして、世界と自己、星と自己が同じ「かたち《フィギュア》」を描くような「詩」の一切包括、万物照応の方法をこの詩は夢みる。星をパートナーに踊る肉体と言語というこのオルフィックな詞藻が、そのまま『オルペウスの声』の十三詩篇に増幅されていったことは前に述べた通りである。

「どうして踊りから踊り手を分ちえようか」とW・B・イェイツは歌った。カーモードなどが明らかにしているように、踊る肉体のイメージにそれぞれの「詩的方法」を託した詩人たちが十九世紀末から今日に至るまで集中的に出現してきているのも、以上のようなシューエルの目を通して見た「近代」とその袋小路たる現代というものの歴史的パースペクティヴの中で考えれば偶然ではないのかも知れない。リアやエリオットは有名なバレー・マニア《バレトフィリア》であった。ホイットマン、リルケ、イェイツ、ヴァレリー、カーロス・ウィリアムズ、ハート・クレイン、オーデン、ベリマン、ローウェル、レトキ、スナイダー、シュヴァルツ、レヴァトフ……と繰り返し踊りの詩を書く詩人たちの名を拾えば、即ちこれ現代詩そのものという有様ではないか[*5]。ルネサンス詩人サー・ジョン・デイヴィーズの踊る詩の名作「オーケストラ」へとこうして歴史のサイクルは一めぐりしていく。詩人としても並々ならぬ力量を感じさせるシューエルを、こうした現代の踊る詩の詩人たちとの系譜で捉える意想外の楽しみも残っている。シューエルの「詩的方法」の探究が決して硬ばったアカデミズムにならないのは、一方では以上述べてきたようなアルマゲドン体験が核にあり、それから詩人としてのこの感受性が他方でみずみずしく生動しているからに他ならない。

＊5 Rodgers, Audrey T. *The Universal Drum: Dance Imagery in the Poetry of Eliot, Crane, Roethke, and Williams* (Pennsylvania State U. Pr.,1979). ノンセンスと舞踏については拙文「アデュナタの狂熱——キャロル、リア、ヴィクトリアン」(『ユリイカ』一九七九年十二月号／『アリス狩り』、青土社、所収)参照。原＝舞踏についてはファン・デル・レーウ『芸術と聖なるもの』も参照(邦訳、せりか書房)。

＊

訳者は寡聞にしてシューエルの論が日本語で紹介された例を二つしか知らない。一つは『現代詩手帖』別冊のキャロル特集にのった柴田稔彦氏訳「ノンセンス詩人としてのキャロルとエリオット」、他は『エピステーメー』一九七六年十一月「数学の美学」号にのった出淵博氏訳「数、夢、言語そして詩」である。後者は『詩の構造』の中の理論的核になる二章を抄訳したもの。両氏の訳文から多くの示唆を受けた。この場を借りて御礼申しあげる。高橋康也氏の『ノンセンス大全』のシューエル理解も正鵠を得たものであって、大きな支えとなってくれた。感謝したい。不明個所につき平野敬一、高橋康也また金関寿夫の諸先生より丁寧な御教示を頂戴したし、資料の不備を快く補ってくれた富士川義之先生、学兄富山太佳夫氏の御好意も心に沁みた。河出書房新社の川名昭宣氏の御世話になった。本体を早目に訳了していい気になっているうち、加えたい論や入れたい絵があるとか色々と欲が出てきて、氏に大変な御面倒をおかけしたのである。装幀はまたしても平野甲賀氏に腕を揮って頂いた。それからこの翻訳の企画のそもそもの生みの親たる竹村美智子さんにもやっと本が届けられて、とても嬉しい。一人では何ごとも成らない。いつもながらの感懐である。最後になったが、この訳本を亡父に献げることをお許し願えるだろうか。この盲目の哲人もまた、人生は神の見た夢という寓話がとても好きな人であった。

一九八〇年七月二十一日　訳者識

アルス・ポエティカの閃光

エリザベス・シューエル（一九一九―二〇〇一）の『ノンセンスの領域』（一九五二）をぼくが訳した本が河出書房新社から出たのが一九八〇年秋のことだから、もはや三十年たったということである。大体が元の作が書かれて三十年後の邦訳、そしてその三十年後に復刊というのも、偶然のようにも見えながら、文化流行三十年周期というぼくのかねてよりの自説にも合っているようで、面白い。

種村季弘氏の絶品批評、『ナンセンス詩人の肖像』（一九六九）に始まり、高橋康也氏の文字通りノンセンス文学百科という規模の総覧書、『ノンセンス大全』（七七）に行きつくノンセンス文学研究の、十年ほどのブームがあった。海彼でも似た経緯があって、スーザン・スチュワートがやはりノンセンス文学史を総覧したものに「エスノメソドロジー」という新しい社会学的方法論をコーティングした名著、『ノンセンス――民話と文学の自己言及の諸相』が出たのが一九七九年。どうやらホットな十年にも一段落かというタイミングに、そもそもの火つけ役たるべき出発の書が訳出されるというのが少し皮肉でおかしかったが、『ノンセンスの領域』邦訳が登場した。それなりの話題になりかけたタイミングを見てということだが、売りに出た直後に月刊誌『ユリイカ』に「ノンセンスの王国」特集号（一九八一年五月）を組み、高橋康也氏と哲学者中村雄二郎氏に対談をお願いして、シューエルの仕事への御意見をいただいた。実はぼくがキャロル論として究極と考えていたクラウス・ライヒャルトの『ルイス・キャロル、ノンセンス《ウンジン》の研究』の一番肝心な章の抄訳が入るとか、仲々大事な特集号なのだが、主役のシューエルには、一九七六年刊のキャロル論叢に女史が寄稿した一文、「ルイス・キャロルの作品と現代世界にみるノンセンス・システム」の全文訳載の形で登場願っている。『ユリイカ』特集では何人かの論者が、沈没中の格差社会の否定相が詩や踊りで救えるか、と何やら「3・11」以後そのもの、といった議論をして、つまりは『ノンセンスの領域』への疑義ないし否定の言葉を連ねていたが（訳者想定内）、問題の両雄対談では、シューエルの対象を擬態しつつ批評・批判していく方法が絶讃され、ノンセンス論プロパーとしてよりも、思考する《マインディング》とは何かという根元的なところに一瞬たりと無関心でありえない哲学者シューエル、思考者シューエルにこそ大きな共感を表明されたのは流石に一世風靡の中村雄二郎氏であった（只管祈御本復）。こういう貴重な生《き》の思考者、思索人の存在を知らしめてくれた訳者解題に感服とまで言われて、この解題長文が学術出版の世界へのデビューであったぼくは（想定外の成り行きに）驚き、かつ雀躍したのを、つい昨日のことのように思い出す。

　御存知のように、西欧では学術書といえども翻訳者の地位は非常に低い。ましてや自分のやっと訳した相手に、訳者風情が解説・解題の類を付け足すなど、不遜の極み。そう長く信じられて実は今日にまで到っている。ぼくなどのその後の翻訳仕事を見ていただくと判るはずだが、たとえばぼくの考え方は全然ちがう。翻訳論に立ち入る気はないので切り上げるが、たしかに『ノンセンスの領域』は、この解題なしには相当厄介な相手であったはずなのだ。一九八〇年、この翻訳を出した時点での情報を残らず盛り込んだ究極の解題であったと、今でも自負している。
最初×××について考えていた相手×××が次の段階では別の何かをその×××でもって考えるという学知やリサーチの理想のあり方がシューエル学展開の魅力の一切である。とするなら、この『ノンセンスの領域』で、キャロル作品、リア作品とたえずやりとりしながらできていくノンセンス原論が、（それとして予めよく知られている）キャロル、リア以外の文学者を研究する、今度は道具にいかになるか、読者はその批評の現場を是非みたいのであるまいか。現にこのぼくがそうだった。そこでぼくは有名なヒュー・ケナーがその目利きぶりを発揮して編んだT・S・エリオット論叢（プレンティス・ホール社刊のいわゆるケースブック中の傑作である。一九五八刊）から、シューエルのT・S・エリオット論一篇をとって、『ノンセンスの領域』本体への「付録」とした。版権に鷹揚な時代が許してくれた編集工学のスマッシュ・ヒットと今でも自画自賛のアイディアである。今復刊末尾の付録1「ノンセンス詩人としてのルイス・キャロルとT・S・エリオット」（一九五八）がこれである。

最初考えてもいなかった物を考える時、その前に考えてきたことが今度は方法になってくれる。それは文学研究についてのみ生じる事態ではなく、現代文化そのものを考える時にも起ることで、結果、現代文化が**ノンセンス**と見えてくる、とシューエルは考えるのだが、このプロセスを簡にして潔に教えてくれるのが前掲の「ルイス・キャロルの作品と現代世界にみるノンセンス・システム」なる一文で、大きな本からごく一部をとって、別の本に訳載という版権上の面倒があって、付録にとることを断念し、その悔しさから、問題の邦訳初版の解題文中に多大な引用文という形でとり込んだ。今復刊ヴァージョンでは版権手続きがクリアできたので、これも「付録2」という形で併載し得た。長年ののどのつかえがとれた感じで、欣快至極である。単なる復刊ではない。輝く付加価値が誇りだ。

シューエルには六作の批評書の他に、単行本未収録の厖大な文章から二十ほど女史自薦で再録した批評集『真の詩たらんと』（一九七九）があり、その冒頭にキャロル論三篇が並ぶうちの二篇が本書に「付録」としてとられた二篇なのである。自分のシューエル追跡の正しさ（？）を喜ぶとともに、この二篇を同じ本に蒐めてくれた批評集企画に感謝。この本の版権をとることで問題は解消した。

この『真の詩たらんと』はシューエル・ファン垂涎の批評集で、マラルメ、ランボー、ヴァレリー、コールリッジ、キャロル、リア、ポー、ヴィーコ、ベーコンと、「詩」と「ノンセンス」の追求がどんどん「オルペウスの詩学」として一線に系譜化していき、グレアム・グリーンだの、フラナリー・オコナーだの、「ええっ」という相手まで自由自在に相手にし、やがてはアクティヴィストとして社会や大学の改革を試み始めるに到る経過を時系列に沿って描きだす。逆にと言うか、もう二篇訳してしまったことにはなるのだが、機会をみて是非日本語にしてみたい傑作である。ちょっと微妙なズレなのだが、ちょうど『ノンセンスの領域』を訳していた最中に出た『真の詩たらんと』であって、あの時点で迅速に入手していたら問題の解題はどうなっていただろうか。

後悔も何も、一九八〇年時点で知る由もなかったことについては今回、どうしても記しておかねばならない。女史逝去のことである。『ノンセンスの領域』邦訳成った一九八〇年以後、まとまったテーマをめぐる本格的批評となったものもなく、時々人権活動の現場でああ言ったこう語ったという噂が入るくらいで、だから二〇〇一年一月十二日の逝去の報も随分あとになって知ったような有様である。学問的な苦労話だの少女時代の思い出など、さすが詩人で小説家でもあるシューエルは学術書の中にもいろいろ綴る面白い語り部である。女史をめぐることどもは割と知られている。とにかく御本人もかなりな「ディアレクティケー」の人であったようで、厖大な文通は伝説的（生涯強烈なコンピユータ嫌いだった女史、すべて手書き）。最近もマージョリー・ジョーンズという人の、ルネサンス魔術研究の泰斗、フランセス・イェイツ女史の伝記『フランシス・イェイツとヘルメス的伝統』（作品社）を読んでいて、二人の「大」女史の交遊のくだりに直面して、嬉しさ半分、絶句した。暗黙知の哲学的人間学者マイケル・ポランニー（ポラーニ・ミハーイ）とのやりとりは特に豊饒で、『オルペウスの声』はこのポランニーにささげられている。
判明してきたデータを整理しておく。

1919　インドで生れる。両親英国人。
1942〜45　ロンドンで戦時勤務。英国教育省で。
帰還後、ケンブリッジ大学モダン・ランゲージの修士号、博士号取得。
1949　アメリカ行き。以降往復重なる。
1951　*The Structure of Poetry.*
The Dividing of Time.（小説）
1952　*The Field of Nonsense.*
Paul Valéry: The Mind in the Mirror.
1955　*The Singular Hope.*（小説）
1960　*The Orphic Voice: Poetry and Natural History.*
1962　*Now Bless Thyself.*（小説）
Poems, 1947–1961.（詩集）

1964 *The Human Metaphor.*
1968 *Signs and Cities.*（詩集）
1973 アメリカに帰化。
1979 *To Be a True Poem: Essays.*（批評集）
1983 *An Idea.*（回想録）
1984 *Acquist.*（詩集）
1995 *The Unlooked-for.*（小説）
2001 逝去。
2008 *Lewis Carroll: Voices from France.*

批評六、批評集一、小説四、詩集三、回想録一は世界的文人の文業として特段のものではないけれども、一点一点のクォリティの冠絶をみるに、手きびしさで有名な批評家、ジョージ・スタイナーがほとんどヴィーコ、ノヴァーリス級と絶讃したシューエル女史の世界はやはり底知れぬ。ウィリアム・エンプソンを絶讃するシューエル、を絶讃するスタイナー。日本人の「批評」が一番にが手にする批評の一系譜のように思われる。この線をわかっていたのは英文学者、出淵博、由良君美のお二人のみ。お二人とも故人。ぼく個人は、マーシャル・マクルーハンを背景にシューエルの仕事を何回か考えてみせた（高山宏『雷神の撥』［羽鳥書店］に全て収録）。フランス・ポスト構造主義批評という名の**ノンセンス**・システムを通過してなお、一向飽くことを知らぬ批評が今こそ必要なのに、それができるシューエル圏《クライス》の教養者、思索者がもっともっと出てくるべきだ。

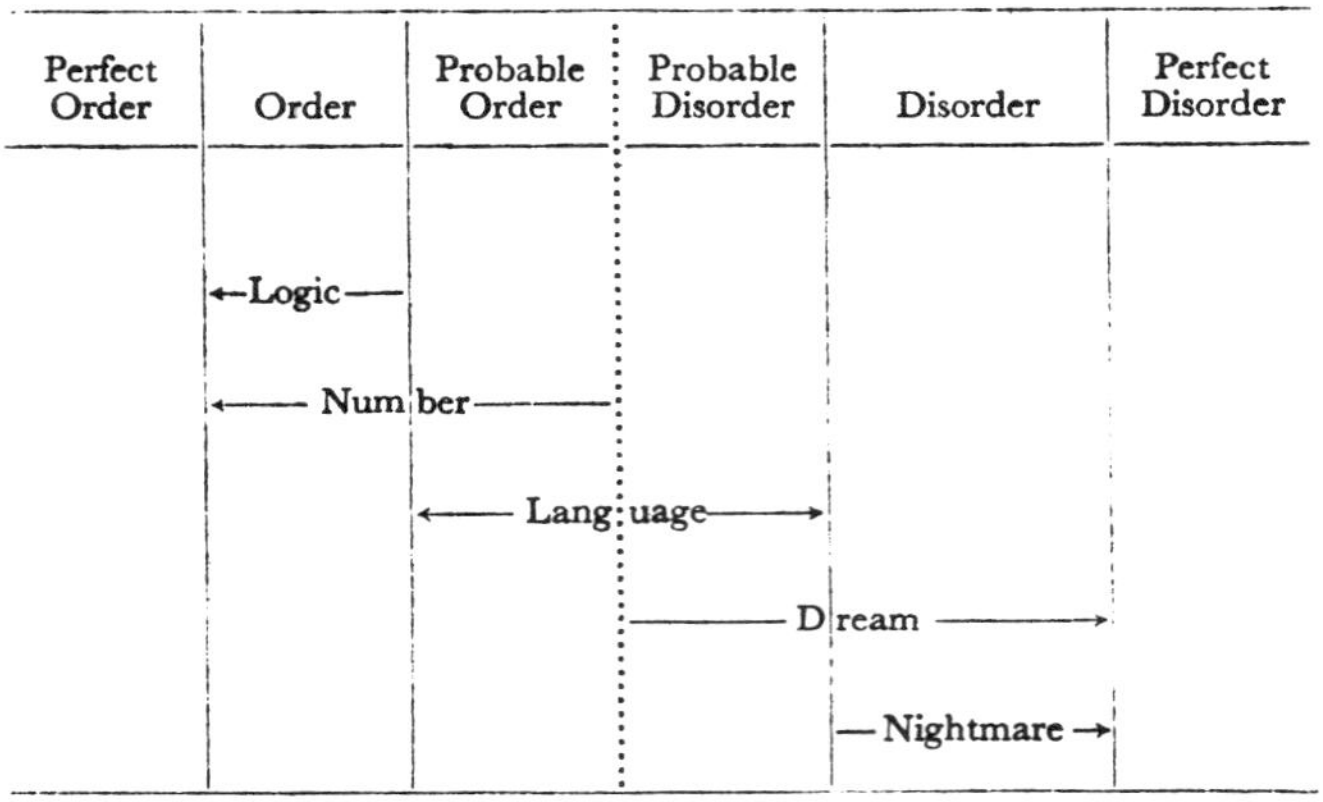

シューエル詩学中の「論理」、「数」、「言語」、「夢」、「悪無」の布置。『詩の構造』五〇頁より。

教育者としても生涯にわたって十三大学（プリンストン、フォーダム、ヴァッサー……他）で教え、幾多名誉称号を得た。アメリカ高等教育界に残した事績の大きさと意味とでは、このセレクションにも登場願うはずのマージョリー・ホープ・ニコルソンにも匹敵すると思うのである。

キャロルで始まったキャリアがキャロルで終ればと思うのも、無理な願いではないだろう。マラルメ、ヴァレリーという最強の師弟に取り組み、ランボーを対置し、しかもそれを自分の身の丈に合った緻密独得の韻律分析でやりおおせた若きフランス文学者、シューエルにとって、「キャロルをほとんど一個の強迫観念に」したフランス人たちの動向は、一九七一年刊の伝説的大型論叢雑誌『カイエ・ド・レルヌ』第十七号「ルイス・キャロル」号以降、シューエルの中でどう捉えられていたのか。そこが長く見えなかったのが、ズバリ遺著 *Lewis Carroll: Voices from France*（二〇〇八）が全面的にそこを突いている。かたや二十世紀初めのブルトン、アルトーからサルトル、クノー、そして二十世紀末のドゥルーズ、ラカン、デリダ、バルト、ルセルクルたちが「キャロル」やジャバウォッキー詩にどう立ち向かったかを一冊使って総覧する。実はわが高橋康也『ノンセンス大全』が一度やってみせた総覧作業なのだが、皆どれも面白いとする高橋式「大全」とちがって、シューエルはフランス現代思想を総なで切り。『詩の構造』や『ノンセンスの領域』が二十世紀を文字通り二分折半《せっぱん》するタイミングの刊行であるのがとても象徴的だ。ホワイトヘッドやポアンカレやゲーム理論に依拠しながら一歩一歩、対象と自分の相互鏡映を意識してつくり上げられていく知と、大量消費の情報と「イズム流行（isms）」に溺れていった知の対照のドラマが、これほどはっきりと見すえられた作品も珍しいだろう。「無」「自死」「言語」「純粋」「ゲーム」に捉えられ、煮詰まって行くフランス前衛思想自体が唾棄すべき**ノンセンス・システム**だと見えてくるアングルの痛快。「バランス」というものに対する「言い得べくば英国風のリスペクト」（クレア・イムホーン）を最後まで全うした、見事に時代とともに歩んだ反時代の真正のクリティークであった。この遺著をもって『ノンセンスの領域』というアルパはオメガに至ったとも思え、キャロル研究ということで是非訳さるべき一書ではある。

享年八十一。書きかけの遺稿としてウィリアム・ブレイク論と近代魔術哲学論が机上にあったという。西欧近代の分析的理性が絶妙にバランスをとっていた相手は何だとエリザベス・シューエルが考えていたかが、最後に改めて確認される。ブレイク研究の頂点キャスリン・レイン女史と魔術の観念史の革命者フランセス・イェイツ女史の間で見事に続けられた仕事——二十世紀人文学の最もスリリング、かつ息長い仕事は実は「女たち」のネットワークが育んだ感さえないだろうか。

詩学が学知であることを我々は理解できない。最高のアルスがアルス・ポエティカであり得ることを、エリザベス・シューエルと、激しくシューエル狂《マニア》のジョージ・スタイナーに即《つ》いて改めて学ぼう。詩について「リアル・プレゼンス」（スタイナー）を教えるヒーローたちの系譜をシューエルが厖大一著に書き尽くし、最後は想像通り陳述が詩に昇華していく『オルペウスの声』も本セレクションにすぐ登場の手筈である。おたのしみに。二十世紀人文学の一頂点と思っている。

邦訳初版では、原英語版で明らかにシューエル的意味で使われている証拠に大文字で始まる「ノンセンス（Nonsense）」を、普通に用いられている「ノンセンス（nonsense）」と区別しなかったが、今次復刊では区別してゴチック体にした。また「心」、「知性」、「精神」と適当に訳し分けた"mind"もストレートに「マインド」とカタカナ表記に戻した（その形容詞が「メンタルな」である）。二十一世紀初めを彩る"philosophy of mind"の先駆書の一冊、と思ってもらいたい一心だからである。

高山　宏

二〇一二年八月三十日
南海トラフ激震で三十万死亡という
政府予想で世情騒然の日

索引

ア行

愛　196, 239, 242, 247, 258, 283–286, 294-295, 318, 319, 362, 363, 366, 367, 369, 371, 372, 379, 383, 392
悪夢　53, 63, 72, 80, 81, 91-96, 380-382, 386, 389
アクロスティック　71, 133
アドラー　Adler, Mortimer J.　350
アナグラム　67
アブディー　Abdy, Dora　324
アリョーヒン　Alekhin, Alexander　65
アルファベットづくし　128-133
アルベルトゥス・マグヌス　Albertus Magnus　349
『荒地』（エリオット）　336, 363, 366, 367, 373
アーレント　Arendt, Hannah　388
イェイツ　Yeats, W. B.　303
ヴェルレーヌ　Verlaine, Paul　303
ウォーラス　Wallas, Graham　83
ウルフ　Woolf, Virginia　308, 317
エア　Ayer, A. J.　17
エアーズ　Ayers, Harry Morgan　87
エゼキエル書　229
エニグマ　68
エリオット　Eliot, T. S.　336, 359–373
エンプソン　Empson, William　71, 73, 80, 226, 283, 315, 323, 328, 372
オーウェル　Orwell, George　329
踊り　341-350, 367, 369, 372
オールコット　Alcott, Louisa　66

カ行

鞄語　214-215, 218, 233
カフカ　Kafka, Franz　382
カマーツ　Cammaerts, Emile　24-25, 34, 52, 73, 76, 136, 204
カリン　Culin, Stewart　350
キーツ　Keats, John　242
キャロル　Carroll, Lewis; →［キャロル索引］
狂気　20, 47, 52-54, 120, 211, 270, 276, 283, 285, 300, 310, 320, 328
ギルバート　Gilbert, W. S.　136, 152, 205, 206
グロース　Groos, Karl　72
クロスワード・パズル　60, 71
ゲイナー　Gaynor, Janet　342
コナンドラム　68
コールリッジ　Coleridge, S. T.　51, 173, 210, 211, 242, 352
コリングウッド　Collingwood, Stuart Dodgson　179, 284, 285, 301, 323, 324, 325, 327, 328

サ行

裁判　47, 361, 380-382, 391; →［キャロル索引］ハートのジャック裁判
サウジー　Southey, Robert　104, 313, 315
挿絵　32, 44, 204-206, 231, 259, 309, 344
サースタン　Thurstan, E. B.　223
詩　19, 41, 49-54, 117-120, 172-173, 188-189, 207, 211, 228-229, 241, 283, 301-308, 328, 333, 348, 361-372, 379, 389-390
シヴァ神　335-336, 347
シェイクスピア　Shakespeare, William　302, 309, 317
シェレル　Scherer, Jacques　236
シカゴ「陰謀」事件　381
時間　161-166
詩篇（旧約聖書）　153, 154, 188

ジョイス　Joyce, James　327, 330
『神学大全』 87, 92, 103, 111, 115, 150, 154, 196, 197, 227, 240, 326, 331, 339
申命記　152
スウィンバーン　Swinburne, A. C.　38, 172
数学　50, 64, 85, 89, 109, 112, 124, 137, 298, 361, 365, 378, 389
数字・数　63-66, 72, 91, 97, 108-124, 133, 137, 149-178, 179, 246, 251, 286, 362, 363, 367, 369
スコット　Scott, Walter　105
スコラ学　59, 86-87, 184, 349, 352
ストレイチー　Strachey, Sir Edmund　20
スペンサー　Spenser, Edmund　301
スポーツ　239, 384-386
全体主義　388
占卜　336, 337
造語　212-225
創世記　153, 329

タ行

ダイアレクティック　45, 47, 60-84, 88-89, 235, 323, 325, 333, 350, 383-384
タロウ・カード　336, 350
ダン　Dunne, J. W.　94, 98
ダンテ　Dante Alighieri　364, 369
チェス　44, 45, 54-57, 60, 64-65, 81, 82, 89, 179-180, 250, 251, 329, 336, 348, 367, 378, 383
チェスタトン　Chesterton, G. K.　83, 205, 206, 328, 332, 361
デイヴィッドソン　Davidson, Angus　24, 26, 333
テイラー　Taylor, Jane　104, 183
デカルト　Descartes, René　389
テニエル　Tenniel, John　31, 56, 78, 155, 168, 194, 219, 232, 335, 370
テニソン　Tennyson, Alfred　221, 300
デ・ラ・メア　De La Mare, Walter　49, 73, 75
ドイツ議会放火裁判　361, 381
童謡　34-42, 48, 103, 158, 252, 259, 268, 345; →［童謡索引］
ドジソン　Dodgson, C. L.　85, 309, 310, 315, 318, 325, 365; →［キャロル索引］
トマス・アクィナス　Thomas Aquinas　58, 86, 103, 111, 115, 150, 196, 239, 326, 339, 349
トマス，ディラン　Thomas, Dylan　173
トランプ　25, 45, 54, 60, 64-65, 250, 251, 332, 336, 366, 367, 369, 378, 386
ドレイトン　Drayton, Michael　303
ドレフュス裁判　381

ナ行

謎々　71, 207-208, 211, 336

ハ行

パウロ（聖）　Paul, St.　255
パウンド　Pound, Ezra　229, 373
ハスブルーク　Hasbrouck, Muriel Bruce　350
ハッチンソン　Hutchinson, H. G.　73
パートリッジ　Partridge, Eric　213-215, 220-222, 224
バニヤン　Bunyan, John　96
ハリウェル　Halliwell, James　42
パロディ　38, 47, 103-105, 183, 193, 295, 313-313, 363-364, 379
パン（地口・駄洒落）　47, 71, 106, 218, 231-233, 243, 273
美　184, 196-197, 230, 316, 319, 362, 366, 369, 379
ピアジェ　Piaget, Jean　93, 98, 350
ピーク　Peake, Mervyn　309
ビネ　Binet, Alfred　89
ファーニス　Furniss, Harry　37, 78, 140, 253, 309, 370

フォースター　Forster, E. M.　311
フォーテスキュー　Fortescue, Chichester　98, 135, 143, 329, 339
ブラウニング　Browning, Robert　83
プラトン　Platon　335
ブレイク　Blake, William　153, 389, 392
フロイト　Freund, Sigmund　111, 298, 365
ヘイウッド　Heywood, Thomas　242
ペテロ前書　297
ヘブル書　255
ベロック　Belloc, Hilaire　70, 192, 195, 203, 206, 213, 262
ホイジンハ　Huizinga, Johan　333, 337, 348, 351
ホプキンズ　Hopkins, G. M.　242
ホリデイ　Holiday, Henry　280
ホリングワース　Hollingworth, H. L.　65
ホワイト　White, T. H.　135, 206
ホワイトヘッド　Whitehead, A. N.　94, 98, 148, 150

マ行

マタイ伝　154
マッカーシー　McCarthy, Joseph　361, 381
マラルメ　Mallarmé, Stéphane　49, 216, 361-363
マリタン　Maritain, Jacques　87
ミルトン　Milton, John　228, 302
ミルン　Milne, A. A.　182, 214
メイク・ビリーヴ（…ごっこ／かのように）　60, 83, 334-338, 347-348, 350
モーゼズ　Moses, Belle　236

ヤ行

夢　19, 51-54, 63, 72-73, 80-83, 91-94, 96-97, 111, 119-120, 165, 181, 196-197, 204-211, 224-225, 240, 265-266, 276, 310, 320, 337-339, 349, 350, 368, 380, 382, 389-390
ヨハネ黙示録　152
ヨブ記　61, 298

ラ行

ラッセル　Russell, Bertrand　148
ラブレー　Rabelais, François　136
ランガー　Langer, Susanne K.　91
リア　Lear, Edward; → ［リア索引］
リクス　Rix, Edith　324, 327
リスト・アップ　133-136
リード　Reed, Langford　325, 329
ルイス　Lewis, C. S.　348
ロビンソン　Robinson, T. H.　201

ワ行

ワイルド　Wilde, Oscar　243
ワーズワース　Wordsworth, William　104, 173, 313, 315, 390
話想宇宙　362, 385
ワッツ　Watts, Isaac　104, 313

［キャロル索引］

『鏡の国のアリス』　18, 28, 33, 45-46, 53-55, 75, 77, 81-82, 89-91, 97, 104, 111, 141, 160, 161, 164, 166, 177, 179, 187, 190, 193, 196, 200, 208, 222, 227, 231, 240, 243, 245, 248, 256, 264, 267, 268, 275, 278, 313, 334, 341, 383, 384
「老いに老いたる人」　313
「鏡の国にアリスが言った」　105
「ジャバウォッキー」　29, 49, 75, 104, 106, 213-215, 225, 232, 275
「ハッシャバイ、レイディ、アリスのひざで」　38, 105
「一ひらの小舟、真澄の空に」　133
「冬きたり野は白く」　104
「まずは魚をとらえにゃならぬ」　105, 106
「みんなお前に話してしんじょ」　104

［リア索引］

*

[童謡索引]

本書はエリザベス・シューエル『ノンセンスの領域』（河出書房新社、一九八〇年刊）の再刊です。

なお、再刊に際してシューエル「ルイス・キャロルの作品と現代世界にみるノンセンスのシステム」（『ユリイカ』一九八一年五月号、青土社）を改題、追加収録しました。

エリザベス・シューエル（Elizabeth Sewell）

一九一九年、インドの英国人の家庭に生まれる。イギリスで教育を受け、ケンブリッジ大学を卒業（現代語）。第二次大戦後中はロンドンの教育省で働き、戦後ケンブリッジに戻って博士号を取得すると四九年に渡米、七三年に米国帰化。オハイオ州立、ヴァッサー、ベネット、フォーダム、プリンストン、ノースカロライナなど、多くの大学で教壇に立つ。『詩の構造』（一九五一）、『ポール・ヴァレリー、鏡の中の知性』（五二）、『オルペウスの声』（六〇。小社近刊）など一連の著作で人間と世界を総合する「詩的方法」を論じ、『ノンセンスの領域』（五二。本書）では分析的知性によってゲーム化する世界を描いてノンセンス論に独自の地平を切り拓いた。詩人・小説家としても数冊の著作がある。二〇〇一年没。

訳者略歴

高山宏（たかやま ひろし）

一九四七年生まれ。東京大学大学院人文科学研究科修士課程修了。現在、明治大学国際日本学部教授。翻訳家。

著書に『アリス狩り』『目の中の劇場』『メデューサの知』（青土社）、『殺す・集める・読む』（東京創元社）、『近代文化史入門』（講談社）、『風神の袋』『雷神の撥』（羽鳥書店）、訳書に、コリー『パラドクシア・エピデミカ』（白水社）、ウィルフォード『道化と笏杖』（晶文社）、バルトルシャイティス『アナモルフォーズ』（国書刊行会）、シャーマ『レンブラントの目』（河出書房新社）他多数。

高山宏セレクション〈異貌の人文学〉

ノンセンスの領域

二〇一二年一〇月一五日　印刷
二〇一二年一一月一〇日　発行

著　者　エリザベス・シューエル
訳　者　© 高　山　　宏
発行者　及　川　直　志
印刷所　株式会社　理想社
発行所　株式会社　白水社

東京都千代田区神田小川町三の二四
電話　営業部〇三（三二九一）七八一一
　　　編集部〇三（三二九一）七八二一
振替　〇〇一九〇‐五‐三三二二八
郵便番号　一〇一‐〇〇五二
http://www.hakusuisha.co.jp
乱丁・落丁本は、送料小社負担にてお取り替えいたします。

松岳社 株式会社 青木製本所

ISBN978-4-560-08302-4

Printed in Japan

叢書口上

二十世紀、ふたつのグローバルな終末戦争を介してヒューマニティ即ち人間であることが問われ、それは同時にヒューマニティーズを名乗る人文諸学の死、ないし失効と考えられました。然しこのクリティカル（危機的）な時代はまさしくもうひとつの意味に於てクリティカル（批評的）な時代でもあり、かえって開ける展望、深まる洞察を通して未曾有に活力ある人文学をうんだのです。これが二十一世紀の難題を解く鍵を示してくれる財産だったはずなのですが、その半ばも紹介されない。無知のまま私たちはいよいよ迫りくる文明の終りに立ち向かおうとして右往左往しています。勿体ないではありませんか。二十世紀が誇る領域越えの知恵の書を新たな光を当てて復刊し、また新たに訳しては、知恵を望んでいる皆さんにお届けしたい。知恵よりは快楽をと仰有る感心な読書士も満足される読む喜びにも満ちた本ばかりです。

高山　宏

高山宏セレクション〈異貌の人文学〉（※既刊）

文学とテクノロジー　ワイリー・サイファー　野島秀勝訳　※

ノンセンスの領域　エリザベス・シューエル　高山宏訳　※

絶望と確信　グスタフ・ルネ・ホッケ　種村季弘訳

オルペウスの声　エリザベス・シューエル　高山宏訳　＊新訳

ピープスの日記と新科学　M・H・ニコルソン　浜口稔訳　＊新訳

（『文学におけるマニエリスム』は刊行を取り止めました）